Impressum

PF 1621 – 72006 Tübingen – Tel. 07071 / 66551 – Fax 63539
Die Autoren sind für ihre eingesandten Beiträge und
Materialien rechtlich selbst verantwortlich.
Gesamtherstellung: Typo-Druck Roßdorf GmbH
Grafische Konzeption & Gestaltung: G. H. Seidel
Titelbildidee: Leo Tesch
Fotographische Realisation: Hucky F. Porzner
ISBN 3-88769-121-0

Laura Méritt & Regina Nössler

Mein lesbisches Auge

Das Jahrbuch der Erotik XIIIa

konkursbuch

Vorwort von Laura Méritt

Damals hieß es noch „keine panik“:
All die Mannsweiber, KV’s, Kampflesben und Radikalas schüchterten noch richtig ein, die Clichés griffen hart zu.
Entwarnung war vonnöten.
Heute, 20 Jahre später, ist die Panik einer großen Verunsicherung gewichen.
Die Lesbe oder Lesbianerin als solche läßt sich zumindest äußerlich nicht mehr eindeutig festmachen. Es gibt sie in mindestens dreizehn Versionen, die Regenbogenpalette reicht längst über’s andere Ufer hinaus.
Da gibt’s die Lesbe, die jetzt ein er ist und mit Schwulen wie mit Lesben fickt oder die Lesbe, die mal ein Er war und heute wie früher Frauen liebt. Der bildhübsche Dandy, der es genießt, den „richtigen“ Männern seine vielleicht auch „falsche“ Frau zu präsentieren und morgen mit „ihr“ händchenhaltend als schwules Paar durchzugehen. Oder die XXL-Variante, die aussieht wie ein Mann in Frauenkleidern. Lustvolle Geschlechterverwirrung ist angesagt. Diese neue Vielfalt bewirkt, daß Liebe auf den ersten Blick noch ganz andere Dimensionen enthüllen kann und die Entdeckungslust gefordert wird. Umgekehrt erlaubt sie, mit den verschiedensten Anteilen einer selbst zu experimentieren, ohne gleich das Gesicht zu verlieren. Es stehen jetzt mehrere zur Verfügung.

Die „Queer Community“ sammelt alle Geschlechter, die es außerhalb der zwei herkömmlichen treiben. Es kommen immer mehr hervor: zu Lesben, Schwulen, Bisexuellen gesellen sich Transvestiten und Transsexuelle, vermehrt Transgender und Intersexuelle.

Mai Leff

Hucky F. Porzner

Von letzteren als der jüngsten öffentlichen Bewegung dürfen wir lernen, daß es mehr als 4000 Geschlechter gibt, es aber den Herren in Weiß gelungen ist, medizynisch eine Festlegung auf sog. männlich und sog. weiblich zu vollziehen und Abweichungen von dieser (männlichen) Genitalnorm „anzupassen". Daß eine solche Definition vollends willkürlich ist, wird in anderen Kulturen deutlich, die mehr als diese zwei westlichen Geschlechter kennen und individuellen wie gesellschaftlichen Spielraum lassen. (Auch dazu mehr in diesem Buch). Es bleibt zu hoffen, daß wir in der Zukunft so viele Geschlechter wie Personen unter uns haben werden und eine Kategorisierung hinfällig wird.
Auch Lesben fielen in der Vergangenheit gerne in eine Schubladisierung, grenzten sich gegenüber Andersartigen ab. Frau hatte strenge Definition davon, was eine Lesbe ist und wie sie auszusehen hatte. Das konnte mitunter bis zu biologistischen Argumenten, fast lesbischen (geklonten) Genen führen. Schließlich waren wir alle lesbisch geboren, haben nie einen Schwanz gesehen geschweige denn geblasen oder gefickt. Heute kann sie selbstbewußt über die damals notwendige Abgenzung hinwegschreiten.

Aber zunächst noch einmal zu „den Lesben im Auge". Sicherlich haben Frauen in dieser Gesellschaft einen größeren Spielraum, weil sie schon immer flexibler in

Cornelia Gürtler

der eigenen Lebensführung sein mußten. Letztendlich ist das männliche Bild viel starrer und eingeengter als es je für Frauen gezimmert werden konnte. Während Frauen immer wieder neu vermessen wurden und doch als unergründlich gelten, bleibt der Mann seit ewigen Zeiten der gleiche Potenzhaberer. Lesben nahmen es sich nun schon immer raus, diesen zu unterminieren, indem sie sich auch aus ökonomischen Gründen als ein solcher ausgaben. Sie stachen als Matrosen zur See, kommandierten als Befehlshaber in der Armee, schrieben unter Pseudohym oder lebten als zufriedener Ehemann mit ihrer nichtsahnenden Frau. Das alles erlebt jetzt eine erweiterte Neuauflage, wenn auch aus einer anderen Motivation heraus (obwohl der Spätkapitalismus vielleicht bald wieder Frauen zu solchen Geschlechtsveränderungen zwingt). Die sozialen Bewegungen und hier bes. Frauen-, Lesben-, Huren-, SM-Gruppen haben aktiv die Dekonstruktion der Geschlechter vorbereitet. Lesben sind wieder mit die ersten, die diesem Mannsbild andere Erscheinungen verpassen, die zugeschriebenen Charakteristika durcheinander mischen. Das drückt sich auch in der Sexwelle der Frauen aus. Frauen treiben's all zu bunt. In keinem Frauenmagazin fehlt heute der unabdingbare Sex-Ratgeber für die autonome Sie. Lesben designen, produzieren, verkaufen und konsumieren Sexspielzeuge in allen Formen, Farben und Materialien. Das, was Männer in den 70ern auf ihre Art und Weise in Männerblättern trieben, besorgen Frauen sich heute spielerisch. Umgekehrt ist es gar rührend, wie die neuen Herrenmagazine à la Men's Health sich ganz im Stil der 70er-Brigitte um Informationen darüber bemühen, wie mann sich wäscht und welches Parfum man benutzt, wie man sich schön anzieht und

Mahide Lein

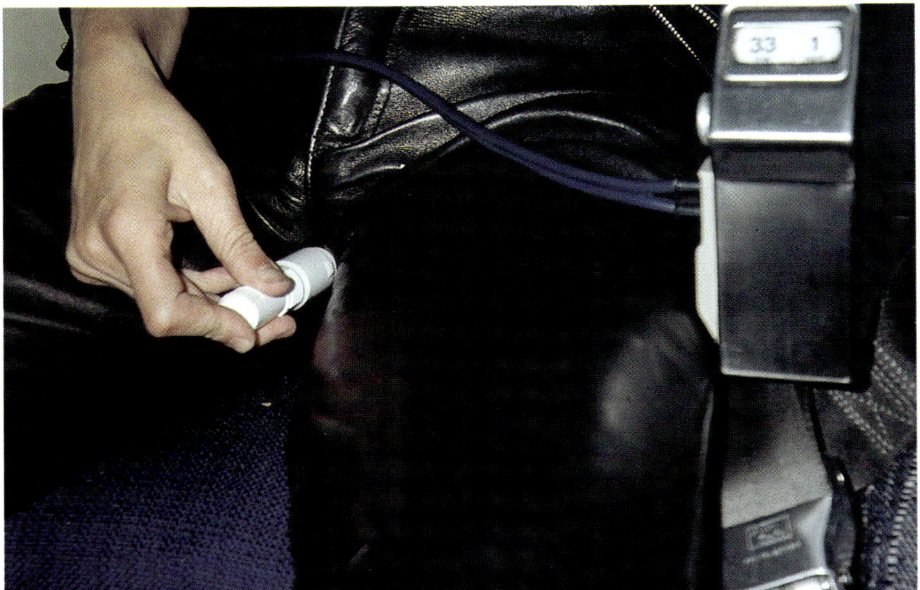

Petra Gall

lecker kocht. Sozialer Umgang will gelernt werden. Der Zirkel schließt sich.
In diesem Buch haben wir versucht, möglichst viele Facetten des heutigen Lesbischseins zusammenzutragen. Großen Wert legten wir darauf, daß die „dirty old women" herauskämen, da uns so schien, als ob beim neuen lesbischen Sex-Chic keine über der Altersgrenze der Dreißiger zu sichten sei. Der Bogen der hier vertretenen Autorinnen reicht von den Zwanzigern bis zu den Siebzigern. Deutlich wurde aber bei der Auswahl der Texte auch, daß es oft die eigenen Projektionen sind, die eine nicht näher beschriebene Figur zum Faltenrock macht. Die Lolitas der Humbert Humberts spuken erfolgreich in unseren grauen Zellen.
Interessant war es für uns auch, was die angesprochenen Frauen unter Erotik verstanden. Nicht alle legten den Begriff sexplizit aus, und die wenigsten nahmen die Sache so ernst. Eine jüngst durchgeführte Untersuchungen in London, die 300 Lesben dazu befragte, brachte zutage, daß Sex für jede einzelne eine andere Bedeutung hatte. Nicht mal beim Orgasmus (geschweige beim gemeinsamen) war frau sich einig. Wie soll da jemals ein Frauenporno zustande kommen, der alle befriedigt? Das vorliegende Sammelsurium an Erotik bietet jedenfalls so verschiedene Augenblicke wie Autorinnen und die Einsicht, daß es keinen gemeinsamen Nenner gibt. Und das ist auch gut so. Nur die lust- und liebevolle spielerische Rangehensweise kann als roter Faden aus der Möse gezogen werden. Überraschend (befriedigend) auch, daß sich viele von dem, was gemeinhin als erotisch angesehen wird, eher nicht angezogen fühlten. Die Zwischenfeststellung, es fehlten noch wirklich erotische Bilder, löste bei einigen Unverständnis aus. Bekommt frau doch spermanent Titten um die Ohren gehauen, Positionen vorgeturnt und Fetisch präsentiert. Das, was Erotik ausmacht, verändert sich offenbar auch noch während eines

langen Liebes-Lebens. Einige konnten beim Anblick von Schwanenhälsen, der Bewegung eines Entengangs oder dem Versinken in Flächen und Flecken mehr empfinden als je ein Reiz-Reaktions-Pornotest auslösen könnte.

Die dreizehn war für uns die magische Zahl, um über all die lesbischen „Andersartigen" ein Buch zu führen. Wird ihr doch Glück, Unglück und Veränderung zugeschrieben.

Als Zahl der babylonischen Unterwelt folgt sie auf die im Duo-Dezimalsystem heilbringende Zwölf, sie gilt als Entzweierin des Vollkommenen, steht für Transformation, Anfang
und Ende. Die 13. Fee, die zur Feier Dornröschens nicht eingeladen wurde, hatte alle SchloßbewohnerInnen verwunschen und in einen hundertjährigen Schlaf fallen lassen. Jetzt wurde der Hofstaat wachgeküßt und die Gemeinschaft feiert, ein Fest der Freude.

Djean

Regina Nössler

Katja stellte sich im Badezimmer gern auf den Badewannenrand, um auch die mittlere und untere Partie ihres Körpers sehen zu können (auch, wenn sie dabei nie etwas Gutes sah), denn nirgendwo in der Schnerwik-Hochhauswohnung existierte ein Spiegel, bei dem dies möglich war, ohne sich, wie auf diesem Weg, der Gefahr eines schweren Unfalls im Haushalt auszusetzen. Im Augenblick jedoch war ausnahmsweise nicht der Hintern gefragt, sondern der Oberkörper. Mit einer Mischung aus Faszination, Ekel und dem zarten Keim von Selbstliebe wurde der Badezimmerspiegel zum Thema *Brüste* befragt. Der Anteil an Selbstliebe war hierbei der geringste. Katja scheute Vergleiche mit anderen Mädchen, in jeder Hinsicht, und entzog sich daher gern dem gemeinschaftlichen Duschen nach dem Sportunterricht. Katja verließ den Sportunterricht als ungeduschtes Schwein. Kaum etwas scheute sie mehr, denn bei Vergleichen, egal, ob es um Brüste, das Einsetzen der Menstruation, das Einfamilienhaus der Eltern in Hertens bester Wohnlage oder um Zungenküsse ging, schnitt sie stets am schlechtesten ab. Im Grunde ihres Herzens fand Katja andere Mädchen böse, aber auf noch tieferem Herzensgrund beneidete sie die anderen heiß.
In allem war Katja Schnerwik Novizin.
In allem war sie zurückgeblieben

aus: „Wahrheit oder Pflicht“,
Roman (Herbst 1998)

Susanne Kaiser

Runzelstilzchen

Eigentlich gab es schon vorher Anzeichen, die mich hätten stutzig machen sollen. Zwar ist es im Grunde nicht weiter verwunderlich, wenn die Gattin aufs ausführlichste von ihren Umzugsplänen ins lesbische Altersheim schwärmt. Erweckt die Angebetete allerdings den Eindruck, der Einzugstermin sei besser gestern als heute, während sie morgen gerade mal 36 wird... Auch daß sie auf der Straße jedem Rock hinterherschaute, dessen Trägerin mindestens die 60 überschritten hatte, kann frau als ungewöhnliche Vorliebe abtun. Doch an jenem Morgen bekamen diese Eigenarten eine Wendung, die ich niemals vermutet hätte.

Ihr spitzer Schrei riß mich augenblicklich aus dem Schlaf. “Ha!! Guck mal! Guck maaal!!!” Sie fegte ins Zimmer und ließ sich auf mich plumpsen - auf mir hockte ein Bündel gespannter Erwartung. Mühsam öffnete ich die Augen. Mein Gesichtsfeld war vollkommen ausgefüllt von ihrem reizende Dekolleté, das sie allerdings auf recht merkwürdige Weise mit den Händen zusammenquetschte. “Siehst du denn nix?!” schmetterte es mir, ganz Fragezeichen, entrüstet entgegen. “Sie ist da!! Meine erste Falte ist da!!” Bevor ich irgend etwas brummeln konnte, war sie schon wieder von dannen. Durch die Schlafzimmertür sah ich sie aufgeregt von Spiegel zu Spiegel hüpfen und in immer neuen Positionen Haut quetschen, ziehen und zupfen. A senior-a was born.

Ich konnte nicht umhin: Ihr Zustand der Erregung und ihre akrobatischen Verrenkungen animierten mich zu weitergehenden Turnübungen. Ich küßte jede ihrer neuen Falten (die für mich ehrlich gesagt lediglich virtuell existierten) ausgiebig, sagte ihnen Hallo und Welcome und wollte der Liebsten ihre morgendliche Prozedur des Teemachens versüßen, indem ich den Saft preßte. Mich nicht weiter um ihre Ermahnung scherend, daß diese Position einer älteren Dame wohl kaum geziemt, schnappte ich mir einen Latexhandschuh und ein Tröpfchen Gleitgel, stellte sie an die Küchenzeile und bahnte mir von hinten einen Weg in ihre Möse. Wie nicht anders zu erwarten war, ließ sie bald meine Hand willig in sich hineinflutschen. Was allerdings ganz und gar nicht zu erwarten war, waren ihre plötzlichen Schreie der Verzückung: “Wie toll! Am Bauch sind auch welche!” Oder der Empörung: “Guck, wie meine Titten hängen! Wie olle Zitrönchen!” Ich versuchte einen Rhythmus zu finden, der Madame von diesen irdischen Dingen ablenkte und ihr genehm war, um sie ins Reich der ekstatischen Verzückung zu geleiten. Vergeblich. Als hätte eine magische Initiation über Nacht stattgefunden, galt ihre ungeteilte Aufmerksamkeit den Auswirkungen des Alterungsprozesses an ihrem Körper. Zu guter Letzt sprang sie mir von der Hand, küßte mich kurz auf die Nase, ließ mich mit meinem triefenden Fäustchen einfach stehen und verabredete sich für später mit ihrer Mutter zum Kaffee im Kranzler.

Ich versaute mir übrigens den weiteren Vormittag völlig mit der beiläufigen Anmerkung, auch meine Haut würde Falten werfen, wenn ich sie derart drangsalierte, wie sie es vor den diversen Spiegeln praktiziert hatte. Dachte ich etwa, ich hätte ihr damit einen Gefallen getan? Ein tröstendes Wort gespendet? Ihre kalte Verachtung hielt mehrere Stunden an - bis sie auch an der Hüfte etwas entdeckte hatte, was sie als Alterserscheinung ortete und nicht umhinkonnte, mir diesen weiteren Beweis zu präsentieren. Von diesem Tag an änderte sich unser Leben.

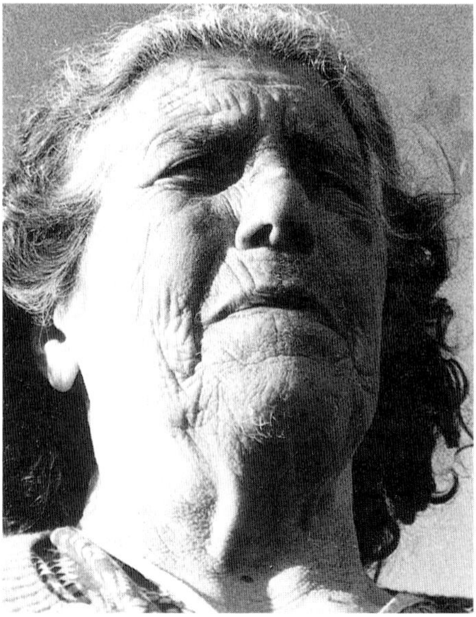

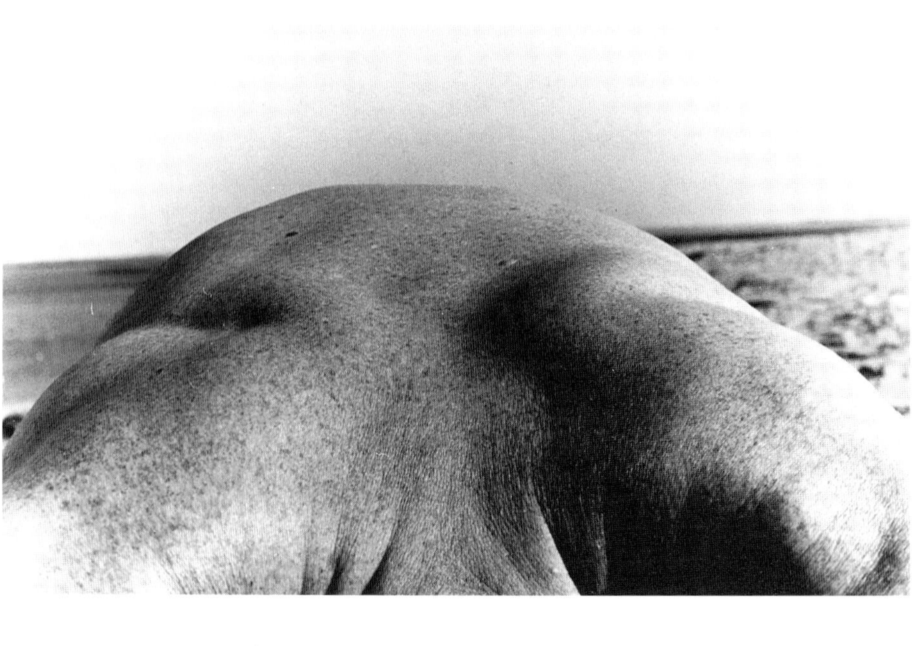

Babett

Sie überredete die örtliche Regionalgruppenvorsitzende von "SAFIA - Lesben organisieren ihr Alter", es mit der üblichen Aufnahme-Altersgrenze von 40 Jahren diesmal nicht ganz so genau zu nehmen. Sie fing an, die Erbstücke von ihrer Frau Mama aus den tiefste Tiefen des Kleiderschrankes zu holen und reüssierte in Pelz und Kostüm. Sie schleifte mich zum Seniorentanznachmittag in den Berliner Prater. Die eh schon nicht geringe Anzahl an Tiegelchen und Töpfchen im Badezimmerregal wuchs ins Unermeßliche. Ich bekam eine kurze Einführung, aus welchen ich gefälligst die Finger zu lassen habe, da sie erst "für die Haut ab 40" und viel zu teuer und überhaupt waren. Ab und zu spürte ich einen Blick ungewöhnlichen Ausdrucks auf meinem Körper ruhen: Er war fast - mitleidig.

Irgendwann bekam ich ein schlechtes Gewissen, daß ich nicht einmal 30 war. Ein Nichts. Ein Niemand. Junges, hohles Fleisch. Drumherum diskutierten feministische Zirkel über den Jugendwahn und seine verheerenden Folgen, und ich brütete darüber, wie ich den Nimbus der Jugendlichkeit schnellstmöglich loswerden konnte. Die zwar unfreiwillig, aber üblicherweise zur schnellen Alterung eingesetzten Mittel - wenig Schlaf, durchsoffene Nächte, viele Zigaretten, anstrengende Affären, verhaßte Jobs - erschienen mir wenig adäquat. Gelegentlich verfiel ich in unkontrolliertes, hysterisches Gekicher, wenn mir wieder mal eine meiner Freun-dinnen mit Grabesstimme von ihrer Weltuntergangsstimmung vor dem bevorstehenden 30. Geburtstag berichteten.

Babett

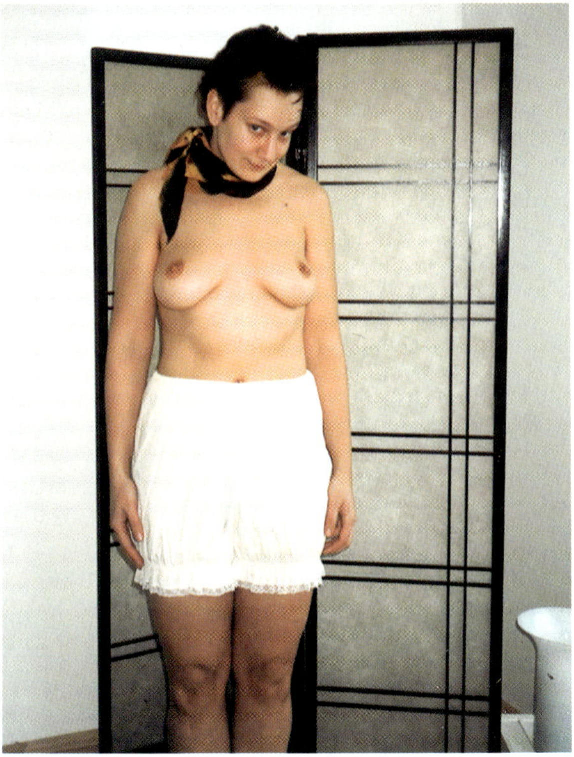

Schließlich wußte ich keinen Ausweg mehr: Ich begann zu kontern. Dabei war mir ein erster wichtiger Punktsieg sicher, allerdings mußte ich wochenlang warten, bis ich diesen Joker einsetzen konnte. Als es dann endlich passierte und sie ihre ersten grauen Haare entdeckte, verwies ich auf meine nahezu komplett grauen Schläfen, mit denen ich bereits als beginnender Twen gesegnet? geschlagen? war. Ha! Diese Basis galt es auszubauen. Mit dem glaubhaften Verweis auf meine zahlreichen Knieoperationen verweigerte ich bei einem S/M-Spielchen das Niederknien. Beim nächsten Mal lehnte ich die Rolle des Pferdchens wg. erlittenem Bandscheibenvorfall ab. Sie hingegen fing an mit den Knien zu knacken, wenn wir auf dem Bett herumturnten. Wir wurden beide Meisterin darin, uns beim Sex in einigermaßen bequeme Positionen zu ruckeln. Ich sagte ihr, daß ich sie auch ohne Runzeln lieben würde, und sie gewöhnte sich wieder ab, bei der Nachfrage nach meinem Alter noch einige Jahre weniger anzugeben, als eh schon Realität war. Und was das Wichtigste war: Ich schaffte es ihr auszureden, auf meinem Motorrad nur noch mit einem ausklappbaren, geblümten Sitzkissen mitzufahren, das sich doch auch für den Spaziergang unterwegs so gut eignete... Und so lebten sie glücklich und zufrieden bis... Verdammt, ist das da etwa ein Krähenfüßchen?!

Nadja Schefzig

Anastasia und ich

Anastasia und ich
sind zusammen hundertsiebzig
gemeinsam sind wir im Heim
schlürfen unseren Haferschleim
und stecken uns gegenseitig den Finger rein
Von den alten Herrn
halten wir uns fern
die sind meist ganz schön senil
haben überhaupt kein Ziel
Aber wir zwei
sind hier endlich frei
gratis Kost und Logie
hatten wir früher nie
Und wenn wir mal was verbrechen
Straffrei! - Wegen unsrer Gebrechen
Als die Großmutterbande
suchen sie uns im ganzen Lande
Wir sprengen Pelztierfarmen
und unterstützen die Armen
oft waren wir schon in Untersuchungshaft
denn "Kapitalumschichtung" ist Annis Leidenschaft
Wir berauben gerne Banken
das Geld kriegen die Alten und Kranken
Aber auch wir machen mal Pause
sitzen gemütlich bei einer Jause
Seit 45 Jahren spielt Anni jetzt mit mir Schach
immer noch denk ich ihr dabei zuviel nach
Weil ich sie damit ganz zermürbe
droht sie immer daß sie darüber noch stürbe
Wenn ich sie dann einehau' *
sagt sie: Für eine alte Frau bist du ganz schön schlau
Gerade klopft die hübsche Schwester Irene
Wo sind denn jetzt bloß meine Zähne
Die Gute bringt uns Kaffee und Kuchen
also fang ich an mein Gebiß zu suchen
eben fällts aus Anastasias Dekolltee
dazu noch ein Päckchen vom feinsten Schnee
das tun wir gelegentlich ins Himbeergelee
Jetzt sind wir gleich ganz munter
treibens noch ein bißchen bunter
lassen unsere Finger
nicht einmal von Schwester Inga
Was ich halt' immer sage
Nicht verzage!
sondern freu dich auf deine alten Tage!

Anm. d. Übersetzerin:
* einehau' : österreichisch 1. niederschlagen, 2. beim (hier: Schach) Spielen schlagen

Babett

Babett

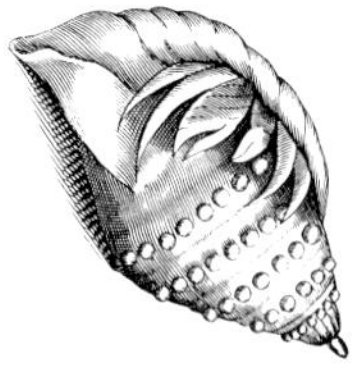

Martina Witte

Die verbotene Kirsten

Zum fünften Mal ruckelte die S-Bahn bei der Anfahrt auf erbärmliche Weise, so als ginge ihr gleich die Luft aus. Jeden Moment würde sie verrecken und liegenbleiben. Und ich mußte noch 13 lange Stationen die kleinen Werbeplakate an schmierigen Fensterscheiben studieren. Das war jedoch immer noch erträglicher, als auf die grauen Gesichter der Sitzreihe gegenüber zu glotzen. Mir war langweilig. Vielleicht sollte ich lieber die Augen schließen und vorsätzlich an kleine Ferkeleien denken. Ich schlug die Beine übereinander. Ein bißchen Reibung inspiriert immer. Die ruckelnde Bahn tat ihr Quentchen dazu. Ich strengte mich an, und es fiel mir eine kleine schlechte Sexszene aus dem Fernsehfilm von gestern abend ein. Ein bißchen Gestöhne im Hinterkopf zu haben hilft. Dann hangelte ich mich weiter zu einem Ausschnitt eines Schwulenpornos, den ich gottweißwo gesehen hatte und endete, nun doch leicht angeregt, bei einer extravaganten sexuellen Begegnung aus meiner Jugendzeit, die bis heute einen besonderen Reiz auf mich ausübt.
Um mich noch ein bißchen mehr in Stimmung zu bringen, preßte ich ab und zu gezielt meine Schenkel zusammen. Als die weichen Teile meiner Möse durch den Druck hübsch durchblutet waren, packte mich langsam ein Hauch erregender Gefühle. Ich stellte mir das Reiben zweier Finger vor, die durch das Häutchen hindurch die Klitoris hin- und herschoben. Mit der schaukelnden Bewegung der Bahn zusammengenommen, war ich immerhin bis zur nächsten Station so weit, daß ich gänzlich in dem, was ich tat, versunken war. Und als meine rauh gewaschene Unterhose sich immer exzessiver an den Lippen meiner Möse schubberte, auch durch das nun rhythmisch gewordene Pressen meiner Schenkel, da ging es mit mir durch. Ich wollte es mir richtig machen, schwitzte inzwischen etwas und erregte mich daran, wie vorsichtig ich sein müsse, damit niemand merkte, was ich hier im geheimen trieb. Bei jedem Halt mußte ich regungslos verharren. Bewegung erlaubte ich mir nur beim Ruckeln! Das machte mich noch mehr an, und als ich schon richtig heißzulaufen begann - Ruckeln! Pressen! Reiben! -, ich war gerade bei einem kleinen Handschellenintermezzo im Kopf angelangt, da kam mir plötzlich ein nächtlicher feuchter Traum in den Sinn. Er trieb mir augenblicklich einen Schub Saft zwischen die Lippen. Ein vergessener Traum, der nun wiederkehrte. Es war Kirsten, die verbotene Kirsten, die sich da über mich beugte und gerade meinen Oberschenkel mit feuchten heißen Küssen bedeckte. Sie verfolgte zweifelsohne ein bestimmtes Ziel. Jetzt schaute sie mir auch noch siegesgewiß geradewegs in die Augen, und ich wußte, was gleich kommen würde.
Die S-Bahn hielt. Halt, stillsitzen, nur noch einmal pressen. Ich hing wie eine Vinyl-Platte bei einem Sprung. Geh nicht weg, Kirsten. Langsam wurde mir etwas mulmig, so halbverloren im Universum der sukzessiven Befriedigung. Bloß nicht die Augen aufmachen, bloß keinen feuchten Fleck auf dem Sitz hinterlassen. Bloß nicht... Anfahrt! Pressen, reiben, und die verbotene Kirsten knabberte sehr soft an meinen Lippen, und ich meine nicht die am Mund. Ich kostete den Moment aus, wo sie mit ihrem Mund tastend nach einer Lippe sucht, sie ganz in den Mund nimmt

und leicht an ihr saugt. Immer wieder spulte ich diese Szene in meinem Kopf. Die Nachempfindung des Traumes ließ mich Unsichtbares sehen, wie in Zeitlupe, riesengroß. Die tastende Zunge, die in ihrer Röte und Nässe sich an meine weichste Stelle schmiegt. Die Lippen, die sich wie zum Kuß öffnen, aber an einer weitaus verboteneren Frucht kosten. Und dann das Einsaugen, das Gefühl meiner

Laurence Jaugey-Pared

Schamlippen in ihrem Mund. Weich verschmolzen mit der Zunge, die sie leckt, jetzt innen leckt. O, hör nicht auf, Kirsten, mach weiter. Wann kommt sie mit ihrer Zunge, tief hinein? Sie läßt mich warten, das durchtriebene Stück. Sie weiß, daß mich das nur noch mehr hochbringt. Ich bettle. In meinem Bauch wogt es. Ich lechze nach innerer Berührung, Zunge oder Finger, egal, nur komm. Aber sie läßt jetzt die Lippen frei und zieht sie mit ihrer Hand auseinander. Ich sehe es vor mir, nasses Rosanes, mit dem einladenden Mund, der in die Tiefe führt. Doch sie gleitet sehr zart mit ihrer Zunge die ganze Länge der rosanen Spalte entlang und hebt mit ihrer Spitze das Fetzchen an, worunter meine pralle Klit versteckt ist, oja. Sie gleitet auf und ab, quälend langsam. Sie foppt mit ihrer wundervollen Zunge diesen Mund. Die Spitze taucht für einen winzigen Augenblick ein, nur um sich wieder zurückzuziehen und mich die grausame Leere noch deutlicher fühlen zu lassen. Ich flehe sie an, o bitte - da war die Station vorüber, wo ich hätte aussteigen müssen. Egal, gleich war ich soweit. Anfahrt, reiben, pressen, Zunge, Kirsten - jaa. Implosionen, Hitzewellen, oje. Aber so ein süßes Gefühl und ein wahrer See in meiner Hose. Die letzten Wellen ebbten noch vor sich hin, dennoch, ich mußte mich losreißen. Aussteigen. Ich kam sowieso schon viel zu spät. Augen auf. Ich erhob mich mit einem leichten Bedauern und trat der jungen Frau neben mir auf den Fuß. Sie lächelte sehr verständnisvoll. Ich brabbelte eine Entschuldigung - die hat doch nichts mitbekommen? Omeingott. Schnell raus. Zu hastig, also geriet ich ins Stolpern und mußte mit den Armen rudern, um wieder ins Gleichgewicht zu kommen. Ich hüpfte ein paar Mal im Hopserschritt wie ein Kind, was sich wohl nur als Übersprungshandlung einer 28-Jährigen nach der Masturbation in einer S-Bahn erklären ließ. Nun aber schnell zum Bus, entgegengesetzte Fahrtrichtung, und zu meiner Verabredung - so spät schon. Was mache ich nur. Rosanaß.

***

"Hallo Kirsten." Ich gab mich betont unbekümmert.
"Du bist viel zu spät!" schnauzte sie. "Ja, sorry, ich kann das erklären..." - "Deine Erklärungen kenne ich", unterbrach sie mich nicht eine Spur freundlicher. "Diese nicht", erwiderte ich nach einer kleinen Pause spitz. Ich wußte, sie konnte Verspätungen nicht leiden, und wir gerieten nicht das erste Mal deswegen aneinander.
"Wieso", jetzt klang es ein kleines bißchen besorgt, "ist wirklich etwas passiert?" "Wie man's nimmt", antwortete ich bedeutungsschwanger. Das hätte ich nicht sagen sollen. Sie schaute mich erwartungsvoll an. Jetzt würde sie anfangen, genau nachzufragen. Ich wurde tatsächlich rot. "Sag mal, du hast doch nicht etwa 'ne Neue und spielst jetzt das Spiel Ach-es-ist-so-geil-ich-komm-garnicht-mehr-aus-dem-Bett. Das zieht bei mir nicht." Sie wollte es wirklich wissen.
"Nein, das ist es doch gar nicht, ich bin einfach spät dran, kannst du es nicht darauf beruhen lassen?" Ein Versuch. Aber sie war unerbittlich. "Ach, erst machst du so blöde Andeutungen, und jetzt war gar nichts, ist ja toll." Kirsten war richtig sauer. Wahrscheinlich dachte sie, ich würde mich über sie lustig machen, herrje. "Du hast aber auch eine Scheißlaune, Kirsten", versuchte ich es. "Na und, was geht dich das an." Warum mußte sie so einen Aufstand machen. Der Abend hatte doch für mich bisher recht hübsch ange-

Barbara Dietl

fangen. Ich beschloß einzulenken. “Ich will mich nicht mit dir streiten. Was ist denn eigentlich los mit dir?” “Ach”, seufzte sie herzerweichend, aber nicht wirklich leidend, “was wohl, arge Beziehungsprobleme mit Elke.” Ich wurde hellhörig, sagte jedoch nichts dazu. Sie schwieg ebenfalls eine Weile und schaute mich nur nachdenklich an. Sie erhob sich mit der Frage: “Was trinken?” “Hm”, antwortete ich und überlegte krampfhaft, wie ich sie etwas aufheitern könnte. Ich weiß nicht, warum mir ausgerechnet das einfiel, es purzelte mir einfach so aus dem Mund. “Ich hab' in der S-Bahn masturbiert und bin deswegen eine Station zu weit gefahren”, ich kicherte etwas dümmlich, “und deshalb bin ich zu spät gekommen, jawohl.” Ich wollte wohl meine Verspätung irgendwie originell entschuldigen, aber in dem Moment, als ich es ausgesprochen hatte, dachte ich, ich könne sie nicht mehr alle haben. Das dachte Kirsten vermutlich auch, denn sie starrte mich entgeistert an und sagte: “Du hast *was* ?” Ich wich ihrem Blick aus. Sie war wohl nicht in der Stimmung, das lustig zu finden. “Ich habe eine Krise, warte seit über einer Stunde auf dich, und du treibst es in aller Seelenruhe in der S-Bahn mit dir selbst vor allen Leuten?” Sie hielt inne. Schuldbewußt sah ich auf und bemerkte, daß sie mit einem aufsteigenden Lachen zu kämpfen hatte. Ich grinste ein ganz kleines bißchen, und da brach es los. Gelächter, über mein Gesicht, über ihre Empörung, über die ganze absurde Situation. Ich stimmte nur zu gern mit ein und war so erleichtert, daß ich gar nicht mehr aufhören konnte. Wir steigerten uns zu Tränen, die nächsten Bierhütchen sprangen. Jever Fun, wie ich nun bemerkte, was seltsam war, denn ich fühlte mich eigenartig berauscht. Sie holte ein Taschentuch, wischte sich die Augen und fing an, auch in meinem Gesicht damit herumzutupfen. Als das Lachen langsam verebbte und ihr Arm leicht auf meiner Schulter lehnte, schaute ich zu ihr auf. Mir wurde ganz anders, als ich ihren Augen begegnete. Sie wich meinem Blick aus. “Du, Kirsten”, versuchte ich sie wieder mit Worten einzufangen. “Ja”, sagte sie gedehnt und nahm ihren Arm weg. “Was würdest du sagen, wenn ich dir erzählen würde, daß ich dabei an dich gedacht habe?” Sie wußte sofort, was ich meinte. Sie drehte sich halb von mir weg, legte das Taschentuch beiseite und meinte bedacht: “Ich würde sagen, du spinnst.” Da stand sie nun, mit dem Rücken zu mir, die Arme auf den Tisch gestützt, und sie wirkte so anziehend auf mich, daß der Wunsch, sie zu berühren, der Mittelpunkt meiner Gedanken wurde. Wie? Kirsten. Ich wagte es, hinter sie zu treten und legte meine Hände auf ihre Schultern. Sie drehte, nun doch überrascht, leicht den Kopf in meine Richtung und sah mich seltsam an.

Das war nicht die erste Situation für mich, sie zu begehren, denn das war es, was ich in diesem Moment empfand. Aber heute war ich auf geradezu tückische Weise von diesem als Hirngespinst verworfenen Begehren heimgesucht worden. Dieser Traum hatte es so wirklich erscheinen lassen. Und sie stand so nahe vor mir. So nah.

Ich massierte leicht ihre Schultern. Natürlich wußte ich, daß sie darauf stand, und so paßte ihr Ton gar nicht zu dem, was sie auszudrücken suchte. “Was soll das werden?” Es klang viel zu sanft. Und so wagte ich es, mit meinen Lippen ihren Hals zu suchen und sehr zart zu berühren. Ich versäumte dabei nicht, einen Schritt näher an sie heranzurücken, so daß ihr Hintern mein Becken berührte.

Ihre Wärme versetzte mir einen Adrenalinstoß. Mein Herz klopfte so, daß ich Angst hatte, sie würde es bemerken. “Ist das dein Herz, was da bummert?” fragte sie süffisant. “Du bist gemein”, erwiderte ich und drehte sie zu mir herum, so daß wir uns nun in die Augen sahen. Ich glaube, es war kaum zu verbergen, wie es um mich stand. “Ich bin nicht gemein”, murmelte sie und senkte dabei ihren Blick. Todesmutig strich ich mit meinen Händen ihre Seiten hinauf bis zu ihren Brüsten. Sie fühlte sich wundervoll an. Ihre Augen schlossen sich. An ihrem Herzschlag merkte ich, daß auch sie die Situation nicht unberührt ließ. “Ich will dich küssen”, flüsterte ich in ihr Ohr. “Ach, dafür brauchst du jetzt eine Erlaubnis”, sagte sie mit einem anzüglichen Blick auf meine Hände, die an ihren Brüsten lagen. “Tu das nicht”, sagte sie ernst werdend und schob mich heftig weg, als mein Mund dem ihren gefährlich nahe kam. Ich registrierte, wie es zwischen meinen Lippen an heißer Stelle sickerte. Die S-Bahnfahrt war mir noch allzu präsent. Ich wollte nicht aufhören. Wir sahen uns schweigend an, und an dem heftigen Heben und Senken ihrer Brust sah ich, wie aufgeregt sie war. Mir kam das erste Mal vage in den Sinn, daß ich vielleicht nicht die einzige war, die diese heimliche Leidenschaft hegte. Das Schweigen wurde unerträglich. Warum bleibt sie regungslos stehen, fragte ich mich. Ich hielt ihre Augen mit meinem Blick fest, ging auf sie zu und schob meine Hand zwischen ihre Beine. Alles oder nichts. Sie zuckte zusammen, wehrte sich jedoch nicht und sagte kein Wort. Sie sah mich nur an. Ungläubig. Ich streichelte sie dort, wo meine Hand lag und suchte mit dem Daumen ihre empfindlichste Stelle. Ihr Atem ging ein wenig schneller. Ich rieb, fordernder werdend. Meine Hand zog sich über die volle Länge ihrer Scham, ihre Möse lag in meiner Hand, getrennt durch ein langsam feucht werdendes Stück Stoff. Sie begann, leise zu stöhnen. Unsere Augen ließen sich nicht los. Wenn eine von uns wegschauen würde, wäre der Bann gebrochen. Ich würde nicht aufhören. Sie schien das aus irgendeinem Grund zu wissen. Ich schob mit meinem Knie ihre Beine auseinander. Sie stützte sich am Küchentisch ab und kam mir etwas entgegen. Der Moment auszuweichen war überschritten, ich hatte sie an der Angel. Sie seufzte schwer. “Komm”, flüsterte ich, “komm”, und variierte den Druck meiner Finger, mein Daumen kreiste auf ihrer Klit. Sie sah mich noch immer an, leise stöhnend. Ihre Augen veränderten sich. Ich wollte in sie hineinsehen, wenn sie kam. Und dieser Moment konnte nicht mehr fern sein. Sie kreiste kaum merklich mit ihrem Becken und wölbte sich immer begieriger meiner Hand entgegen. Ihr Mund öffnete sich, und ihre Zunge - Kirstens Zunge - befeuchtete die trocken gewordenen Lippen. Ich wagte nicht, sie zu küssen. Die leisen Seufzer kamen jetzt in immer kürzeren Abständen, ich meinte beinahe, ihre hartgeschwollene Klit zu spüren, ich sah sie nahezu vor mir. Ich preßte meine Hand heftig gegen sie, ihre Augen weiteten sich. Sie biß sich auf eine Lippe und kam mit einem unterdrückten Stöhnen, wobei sie ihre Beine hart zusammenpreßte und mir beinahe die Hand brach. Erst jetzt schloß sie die Augen.

Mir waren die Knie weich geworden. Ihr aufgelöster Anblick machte mich ganz schwach. Einen Augenblick später gab sie meine Hand frei und stand immer noch schwer atmend und leicht verschwitzt mit gesenktem Kopf vor mir. Ich traute mich nicht, sie zu umarmen. Nach einer Weile

richtete sie ihren Blick auf mich und legte ihre Hand auf ihre pochende Möse. Es mußte sie doch sehr mitgenommen haben. Ich verspürte ein reges Kribbeln. Es war glasklar, ich wollte mehr. Viel mehr. Aber was war mit ihr? Es war ihr nicht anzumerken, was sie dachte oder gar fühlte, und sie ließ mich offensichtlich genüßlich auf eine Reaktion ihrerseits warten.
"Das hast du ja toll hingekriegt", unterbrach sie meine Gedanken. Ihr Ton war herausfordernd. Ich schaute sie fragend an. Wie meinte sie das? "Ich reiß' mich jedesmal zusammen, wenn wir uns sehen", fuhr sie fort, "schon so lange - und was machst du ? - Du kommst einfach hereingeschneit, noch heißgelaufen von deinen S-Bahn-Eskapaden und besorgst es mir mal so eben und das auch noch in voller Montur. Ich glaub' das einfach nicht. Dabei wußtest du genau" - und hierbei blickte sie mich scharf an -, "daß wir das nicht hätten tun sollen."
Ich nickte noch ganz benommen von ihrem Geständnis. Sie also auch. "Andererseits", meinte sie dann mit einem liebreizenden Lächeln, "ist es nun mal geschehen" - sie sagte es so, als sei sie gar nicht daran beteiligt gewesen -, "und nun macht es eigentlich den Kohl auch nicht mehr fett, wenn wir -" - An dieser Stelle unterbrach sie sich selbst und ging mit ihren Händen zielstrebig auf meine Hose los, um mich von ihr zu befreien. Mir wurde fast schwindelig. Sie sah mir siegesgewiß geradewegs in die Augen.
"Dreh dich um!" befahl sie und warf mich grob über den Küchentisch. Oja.

Dagmar Schönfisch

"Du fehlst mir"

Alles war und bin ich schon gewesen - zu jung um alt zu sein, und zu alt um jung zu sein -
Auf dem Kontinuum meines reifenden Älterwerdens, sind die Menschen, die mich begehren und lieben, jünger und jünger und jünger.
Natürlich frage ich mich, ob es sein kann, was nicht sein darf oder?
Naja, gut, was nicht sein dürfte - vielleicht -
Und da ich nicht mehr in dem jugendlichen Maße von SEX besessen bin, wundert es mich um so mehr, wie häufig und stark wesentlich jüngere Menschen sich in mich verlieben.
Abgesehen davon ist meine Ausprägung platonisch determiniert, deshalb nicht weniger leidenschaftlich, aber irgendwie scheint es in gewisser Weise andersherum bei mir zu laufen.
Irgendwie ist es spannend, wieviel Jahrzehnte es noch braucht, dieses Phänomen zu begreifen.
Nun frage ich, wen interessiert das schon, daß SEX für mich nicht das Wichtigste in meinem Leben ist? Dennoch scheine ich mehr Gemüter zu erregen, als mir ange-

Petra Gall

nehm ist. Es war wieder einmal notwendig, mir diese Gedanken zu machen, da meine zauberhafte, sehr, sehr junge Geliebte mich alte Kuh immer und immer wieder in großes Erstaunen versetzte. Durch ihr Verhalten, ihre Aufmerksamkeit, Akzeptanz, Toleranz und Mitdenken. Schlicht, aber auch vollkommen mich zu verwöhnen, in jedem Zusammenhang. Ich hatte meine Erwartungen total reduziert und war eigentlich froh, wenn Mensch mich in Ruhe ließ. Deshalb war meine Überraschung groß, wie sensibel meine sehr, sehr junge Geliebte mich erfaßte.
Es ist so zauberhaft und rührt mich zutiefst, wenn sie flüstert:
"Liebst Du mich noch?" und
"Bleib bei mir"
"Du fehlst mir"
Abgesehen vom Inhalt dieser Sätze, die bei mir Wallungen hervorrufen, ist die unbeschreiblich Art, wie sie es sagt, absolut betörend und unnachahmlich.
Schon dafür liebe ich sie. Natürlich könnte ich die Seiten über SEX vollschreiben, aber das ist schon so abgedroschen. Nicht nur in jeder, teilweise platten Talk-Show wird über SEX gequasselt.
Sex ist einfach - so gesehen - das Banalste von der Welt seit Millionen von Jahren. Einige versuchen noch mit Drogen der Sache einen besonderen Kick zu geben - was übrigbleibt, ist manchmal nicht mal die Erinnerung an den Namen der oder des SEX-Partners.
Dann ist Lust = Frust.
Ich meine, die Menschen reden so viel darüber, weil sie es so wenig oder nicht tun? Sex ist selbstverständlicherweise in mein Leben integriert und erfüllt mich nur, wenn ich eine umfassende Beziehung zu einem anderen Menschen aufbauen kann (hört sich sehr nüchtern an, was?), ist aber so für mich.

Selbst in meinen "geilsten Zeiten" blieb ich unzufrieden zurück, nach einem "F...". Es fehlte zu viel für mich bei meinem Gegenüber, wie Vertrautheit, Geborgenheit, Zärtlichkeit - Zeit zum Ausloten und kreativen Spielen.
Und ich kann gar nicht adäquat ausdrücken, wie es mich mit Glück erfüllt, wenn "meine" sehr junge Geliebte auf Rechenpapier kritzelt: "Geliebte - ich liebe Dich - mehr als alles andere auf dieser Welt."
Ich wünsche Dir und mir noch viele gemeinsame Jahre.
Du machst mich glücklich.
Danke für dieses eine Jahr mit Dir, für alles.

P.S. Was will Frau mehr?
6 Richtige im Lotto!

Petra Gall

Babett

Ingrid Rafael

Renate Simon

Ich wußte, ich riskierte alles. Meine Freundin hatte zierliche Hände, weich, langgliedrig und geschickt. Diese hier hatte große Hände, nicht derb, aber doch eher viereckig als langgliedrig. Du hast gefährliche Hände, würde ich ihr einmal zuflüstern, doch es war noch nicht so weit. Dabei genoß ich die sanfte Zärtlichkeit meiner Freundin, und wenn wir zusammen einschliefen, meine Nase in ihrem Nacken, verging ich noch immer in ihrem zauberhaften Duft. Duft. Darum hatte ich mich in sie verliebt. Wir trafen uns während eines Frauentheaterfestivals auf der Straße. Sie lud sich zu mir ein. Kam am Tag darauf und wollte mein Moskitonetz von innen besichtigen.
Was ich zuließ. Und in ihrem Duft schwelgte, schon beim ersten Mal. Ihre ersten Berührungen spürte ich kaum, ihre zögernden Finger in meiner Möse, ich drehte mich um und befriedigte sie. Doch am Morgen kam ich, verschlafen unter ihren immer noch zögernden, aber doch rhythmisch-ausdauernden Fingern. Sie liebte den Morgen, ich den Abend. Und die Pünktchen auf ihren Brüsten. Sie war schön. Schmal, dunkle kurze Haare, Glutaugen. Sie besorgte es mir von hinten, ihre Hände wühlten sich durch die Poritze in meine Möse, drangen ein, zart, lange und ich kam immer wieder. Ich liebte es, sie zu necken, während ich ihren Kitzler leckte oder mit der flachen Hand auf ihre Möse klopfte und mit dem Mittelfinger auf die Clit. Was machen Sie denn da, sagte sie, und wir verfielen in einen kindlichen Tonfall. Eigentlich fehlte mir nichts. Ich hatte immer wieder mit der Frau mit den kräftigen Händen zu tun. Sie war mir fremd. Nicht nur ihre Hand, auch sie selbst war groß, blond, mit ungepflegtem Strubbelhaar, wäßrigen blauen Augen, viereckig. Ich konnte kaum mit ihr reden. Sie erzählte aufregende Pläne über ihre aktuellen Schauspielprojekte und hatte schwarze Fingernägel. Sie spielte kluge Clowns. Und wohnte in der Nähe in einem Dorf, mit Holzofen. Wenn ich ihr etwas erzählte, über meine aktuellen Buch- oder Theaterkritiken, schwieg sie, ich hatte den Eindruck, es interessierte sie nicht. An einem Abend, ich hatte ein großes Konzert organisiert, und stand müde am Ausgang der Lokalität in Erwartung eines Taxis, umarmte sie mich aus heiterem Himmel. Ich spürte eine Sekunde lang ihre Lust - und fuhr mit dem Taxi heim. Diese Sekunde ging mir nicht aus dem Kopf. Ich begann von ihr zu träumen, ärgerte mich am Tag darüber und

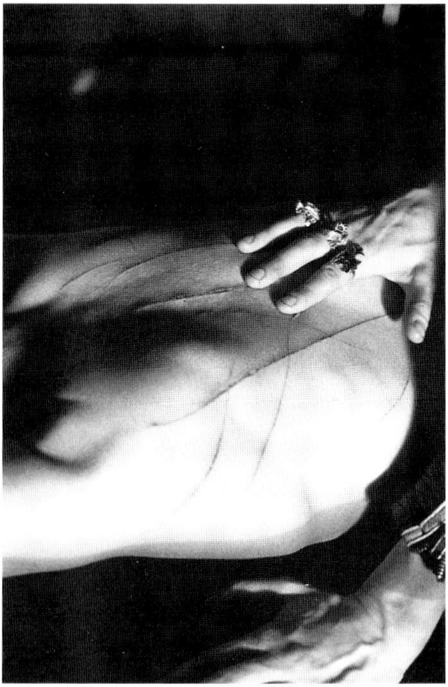

Mimi Barett

war besonders nett zu meiner Freundin. Meine Möse schrie. Schrie nach dieser anderen Frau. Mein Kopf weigerte sich, und doch. Eines Tages besuchte ich sie. Sie wohnte nicht mal in dem Dorf, sondern ein wenig außerhalb, schon im Wald. Ich irrte mit dem Auto bald eine halbe Stunde auf den falschen Waldwegen herum, bis ich zu ihrem Haus fand. Ich dachte, ich finde sie nicht, trotz ihrer exakten Beschreibung sahen alle Wege gleich aus, und sicher war ich schon das eine oder andere Mal gewaltig am Unterholz entlanggeratscht. Mein Auto sah jedenfalls am Tag darauf entsprechend aus. Nach einem kurzen Gruß beachtete sie mich kaum, räumte irgendwelche Holzberge in ihrem Garten an den Hausrand. Mir war alles egal. Ich setzte mich auf ein langes Sofa vors Haus. Endlich fragte sie so etwas wie, möchtest du was trinken, und brachte einen mittelmäßigen italienischen Rotwein und setzte sich zu mir. Wir redeten und redeten, d.h. ich fragte und sie erzählte. Von ihren Liebesgeschichten, ihrer Arbeit und wieder ihren Liebesgeschichten. Irgendwann hatte ich ihr entlockt, daß sie zarte Fußfesseln erotisch fand. Von ihrem sexuellen Begehren bei der einen Umarmung war nichts mehr zu spüren, meine Möse dagegen pulsierte und ich kam fast durch den Umstand, daß ich hier saß, neben ihr, unter weit aufgeblühten wilden rosa Rosen. Das Innere des Häuschens hatte ich noch nicht betreten. Aber sehr viel Wein getrunken. Und bat, als sie keinen Wein mehr hatte, und Wasser oder Schnaps zur Wahl stellte, um einen Schnaps . Ich kann nicht mehr fahren. Das war ihr klar, es war dunkel inzwischen, sie hatte ein Feuer entfacht, und wir redeten noch immer. Ich versprach mich.

Mimi Barett

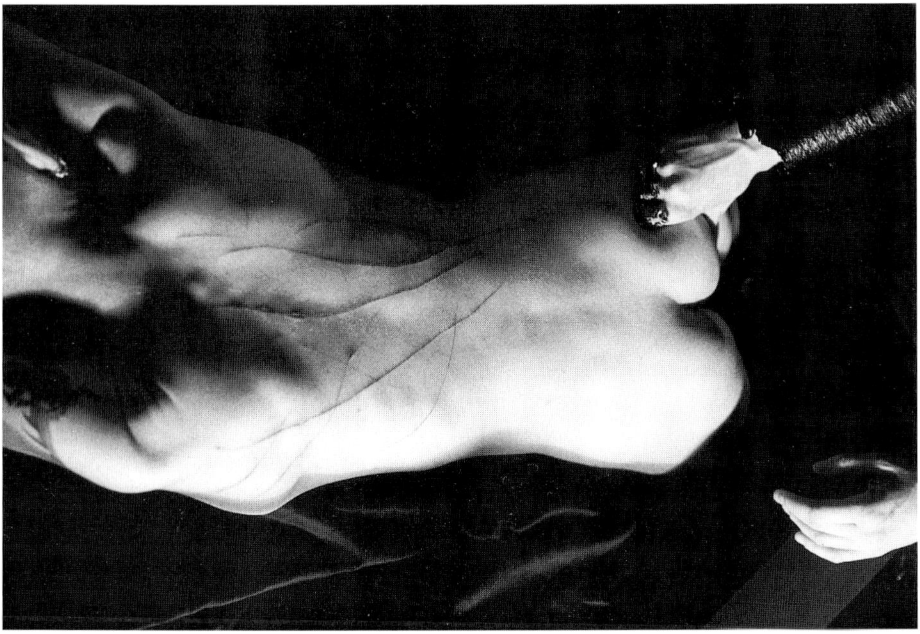

Fand nur noch alkoholisch verwirrte Worte. Fragte nach Zigaretten, doch es war nur noch Papier da, wo ist denn das Feuer, mir ist ganz kalt, komm leg dich unter die Bettdecke. Und ehe ich mich's versah, hatte ich meine Hand zwischen ihren Beinen, sie hatte ihre Jeans ausgezogen, und sie war sehr naß. Doch sie ließ mich nicht weiter in sie dringen, drehte mich auf den Rücken und stieß ihre große viereckige Hand in mich, ohne Vorspiel, ohne Streicheln, ohne Kuß, ich bockte auf ihrer Faust, meine Möse war so weit, und sie stieß mich einfach und schlug dabei ihre Möse an mein Knie. Sie stieß und stieß und ich schrie, sie warf mich herum, ich lag auf dem Bauch, streckte meinen Po in Luft und habe geschrien. Die Faust in mir, ich wollte mehr, nein, nicht ich, meine Fotze wollte mehr, sie sagte nichts, ich sprach. Da klatschte sie mir ihre freie Hand auf den Arsch, es brannte, sie schlug und schlug und fickte und fickte und ich ertrank. Und sank schließlich wimmernd unter ihr zusammen. Streckte meine Hand in Richtung ihrer Möse und spürte, wie sie auslief und über meinen Fingern zuckte, zuckte, sie hatte schon vorher gezuckt, es befriedigte sie, mich zu ficken und zu schlagen, und ich wußte nicht, ob ich das alles nur geträumt hatte, ich mußte ja wahnsinnig sein. Mit wunder Möse und zerschrammtem Auto verließ ich den Wald. Sie war wochenlang nicht mehr zu sehen, antwortete nicht auf Anrufe, ich verging, schlief mit meiner Freundin, es war schön wie immer, doch ich verging. Bis ich sie endlich, endlich am Telefon hatte. Und sie nach einigen Überredungskünsten dazu gewinnen konnte, daß ich sie noch einmal besuchen durfte. Wieder war sie unfreundlich, ließ mich stundenlang zusehen, wie sie ein Buch zu Ende las, dann spielten wir Schach, ich

Nadja Schefzig, Anonymphe

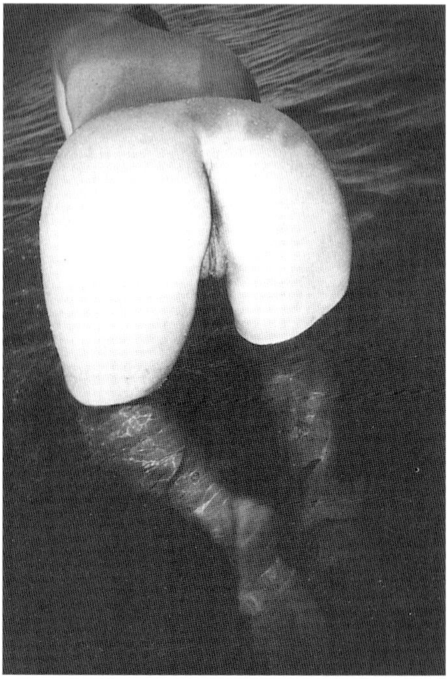

verlor , verlor, sie lachte und ich verlor noch einmal, sie nahm mich mit in ihr Bett und wieder berührte ich sie zuerst und wieder fickte sie mich und fickte mich, mit ihrer Hand. Diesmal wagte ich, in ihr Ohr zu flüstern als es vorbei war: du hast gefährliche Hände, sie lächelte, sagte wie immer nichts und drehte mich auf den Bauch und begann wieder. Diesmal schlug sie härter, diesmal fickte sie härter. Ich hatte das Gefühl zu zerbersten, doch es war mir so egal, so egal, sie hätte mich zerreißen können, ich war vom Wahnsinn des Begehrens davongetragen und konnte nicht mal mehr nachdenken, daß es eigentlich verrückt sei, hier, allein, in dieser Hütte ausgeliefert an meine dumme Möse, gefickt von hinten wie im billigsten Porno. Auf meinem roten Po saß ich noch Wochen, Wochen, in denen sie mich nicht an sich heranließ und ich sie spürte, in der Möse, auf dem Po, spürte, als wäre sie noch in mir. Ich entdeckte das Gefühl, etwas in mir zu spüren, gegen das meine Möse schlug, nachdem ich gekommen war. Die Kraft der Muskeln, die auf den vibrierenden Madonnenkopf schlugen (den ich dann ganz schnell abschalten mußte, um es zu fühlen). Ich benutzte zu der Zeit das erste Mal einen dieser lesbischen Vibratorinnen. Sie hatte eine Freundin. Sie hatte immer Freundinnen. Sie wollte mich nicht. Und doch hatte sie Orgasmen mit mir. Wenn sie mich fickte, ihre Möse an mich preßte und ich sie berührte. Sie roch nicht gut. Sie roch nach Knoblauch, oder nach Tieren. Doch dieser leichte Hauch Ekel verwandelte sich in die unausweichliche unbeschreibliche Lust, in ihrem Schweiß zu baden. Ich konnte mir nicht vorstellen, daß dieses wahnsinnige Begehren jemals aufhören

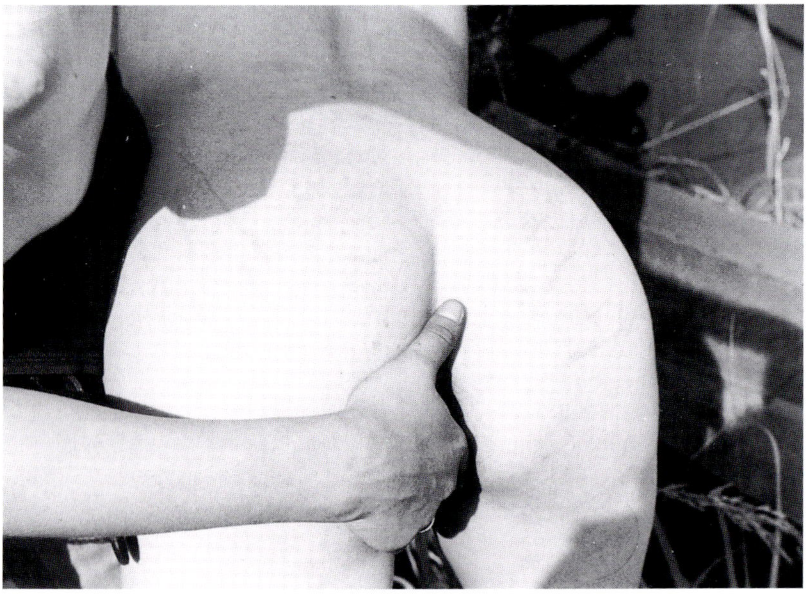

Andrea Grimm & Julia Kordina

könnte, und mir war egal, daß ich liiert war, mir war egal, daß sie eine Freundin hatte, mir ging es um nichts anderes, als gefickt zu werden, von ihr, von ihren gefährlichen Händen. Mir war es egal, wenn ich das Gefühl hatte, ich langweilte sie, mir war egal, wie sie mich behandelte bei meinen seltenen Besuchen, Hauptsache, wir landeten im Bett. Als ihre Freundin einmal dort auftauchte und sie mich bat zu gehen, war es mir auch egal. Ich wollte nicht ihre Freundin sein. Ein einziges Mal leckte ich sie bis sie kam. Sie lächelte mich an und sprach ein erstes Mal beim Sex: Danke. Ich schulde dir eine Revanche. Doch danach habe ich sie nicht wiedergesehen. Und, seltsam, auf einmal war das dumme, demütigende Begehren weg. Das Begehren einer Möse, von einer gefährlichen Hand gefickt zu werden, nichts als gefickt. Was hatte das mit dem Verstand einer klugen, kultivierten lesbischen Frau zu tun. Ich verstand es nicht, aber es war wirklich verschwunden, ich war glücklich darüber. Die Geschichte mit meiner Freundin schien am Ende, oder auch nicht, ich wußte es nicht, sie ertrug die Phantasie nicht, ich täte es mit anderen, hatte immer die falschen Frauen im Verdacht, machte mir unglaubliche Szenen, die ihrer Sanftheit nicht zuzutrauen waren, und phantasierte viel mehr als je war. Mir war sie weiterhin nahe. Aber plötzlich war mein wahnsinniges Begehren weg. Von dem ich geglaubt hatte, es würde nie mehr gehen, ich würde mich immer halbe Jahre lang um einen Fick bemühen müssen und zwischendurch warten, es war weg.
Vielleicht war es anderswo.

Sabine Müller

Obsession

Jedes Mal, wenn ich Brigitte sah, geriet ich in einen Zustand der Entrückung. Allein sie zu sehen bescherte mir ästhetischen Genuß. Sie war, so dachte ich damals, eine der schönsten Frauen, die ich je gesehen hatte, klein, zierlich, mit dem etwas abwesenden Lächeln der Kurzsichtigen, der Figur eines Teenagers und sexy ergrauenden Schläfen. Für mich war sie umgeben von einer Aura aus goldenem Sternenstaub, und mein Herz zog sich bei so viel Schönheit jedes Mal schmerzlich zusammen. Sie war auf jeder Party und jeder Veranstaltung, ob Violet, Jungle oder Für Sie, kannte sehr viele Leute, war aber immer allein. Und ich hatte nicht den Mut, sie anzusprechen. Nach einem halben Jahr intensiven Anhimmelns aus der Ferne, in dem ich meinen ganzen Bekanntenkreis durchforstete, ob jemand diese Brigitte kannte, fand sich endlich der Lichtblick, Freundin J. kannte sie. "Sprich zwei Sätze mit ihr, und du bist geheilt", meinte sie, "die Frau ist total anstrengend." Aber sie arrangierte das Treffen, mit dem alles begann.

Meine Freundinnen halten mich für pervers. Wenn Freundin R. auf der Straße Frauen Anfang 40 mit möglichst verbissenem, frustrierten Gesichtsausdruck entgegenkommen, gestrenge Lehrerinnen oder Beamtinnen im gehobenen Dienst, denkt sie sofort an mich. Sie kennt meinen Geschmack ziemlich genau. Solche Frauen ziehen mich magisch an, ich will wissen, was hinter dieser Strenge steckt. R. findet, daß Brigitte aussieht wie eine saure Gurke, auf die jemand einen Mund gemalt hat. Ich fand sie einfach nur cool.
Brigitte war tatsächlich Beamtin und wohnte in einem Fünfziger-Jahre-Bau, in dem es immer muffig roch. Ihre Wohnung sah genauso aus, wie ich sie mir vorgestellt hatte. Klein, ordentlich, steril. Unpersönlich. Wir hatten uns nach dem ersten unverfänglichen Treffen regelmäßig verabredet, Brigitte war offensichtlich begeistert, daß sie jemand am Wochenende in den Sub begleitete.
Am Anfang, als ich ihr den Hof machte, war es sterbenslangweilig mit ihr. Sie quatschte einfach zuviel. Brigitte war eine Meisterin unverbindlicher Distanzlosigkeit, sie konnte völlig beliebig stundenlang hochintime Dinge erzählen. Sie war hypochondrisch veranlagt, beliebtes Gesprächsthema waren ihre Krankheiten. Ich zerbrach mir den Kopf, was das alles zu bedeuten hatte und kam zu dem Schluß, daß sie wohl einfach ein Gegenüber brauchte, das ihr geduldig zuhörte, um ihren Alltagskram loszuwerden. Wieso auch nicht, so gewöhnte sie sich vielleicht an mich. Zumal mich ihre Stories allmählich interessierten. Und ich konnte sie ungestört ansehen, während sie sprach. Brigitte hatte einen wunderschönen Mund, sie lispelte leicht und rollte das R.
Das gefiel mir.

Brigitte trank nie Alkohol. Nach der Erfahrung alkoholbedingten Kontrollverlusts im Alter von vierzehn Jahren trank sie nur noch stilles Mineralwasser oder Kamillentee. Damit konnte man sie prima aufziehen, wenn sie im Frauencafé ewig über der Getränkekarte grübelte. Und sie beschwerte sich gerne. Es war mir manchmal ein bißchen peinlich, wenn sie der Kellnerin auseinandersetzte, daß der Tee nicht genau die richtige Temperatur hätte,

Laurence Jaugey-Pared

oder wenn sie die Leute vor uns im Kino scharf zurechtwies, weil sie zu groß waren.
Brigitte hielt große Stücke auf sich. Freundin R., die sie arrogant findet, verpaßte ihr den Spitznamen "Westentaschenmonster". Sie schlug sich auf die Schenkel und lachte ihr röhrendes Lachen, wenn uns Brigitte im Sub begegnete. Freundin J. meinte, sie ist bestimmt so eine, die nüchtern gestreifte Schlafanzüge trägt. Ihre Schlafanzüge habe ich nie gesehen, aber Brigitte teilte mir schon bald beiläufig mit, daß sie schwarze Tangas trug.
Nachdem wir einen Monat lang jedes Wochenende zusammen in den Sub, ins Kino und sonstwohin gegangen waren und auch zusammen einen Massagekurs mit Ausziehen besucht hatten (das war ihre Idee), einen Monat, in dem ich alles über ihre Familie, ihre lästig gewordene Affäre, ihren Job, ihre Erfahrungen in der SM-Szene der 80-er-Jahre und ihre Krankengeschichte sowie ihre hochkomplizierte Psyche erfahren hatte, fragte ich sie, ob ihr meine Absichten eigentlich klar seien. Sie fiel aus allen Wolken. Außerdem könne sie mit meinem Alter nicht umgehen, sei nicht in mich verliebt und hätte Beziehungsängste. "Damit kann ich nicht umgehen", war einer ihrer Lieblingssätze. Ich meinte, ihr Alter sei für mich kein Problem, und beschloß, ihr noch eine Chance zu geben, schon weil sie mich von da an zum Abschied immer auf den Mund küßte. Freundin R. meinte, daß Brigitte sich doch noch in mich verlieben würde, und R. hat

immer recht. Freundin L. meinte, ich könne doch wirklich bessere Frauen haben. Aber ich wollte Brigitte.
Zwei Wochen später war es dann soweit. Nach einem Sonntagnachmittag psychologischer Schwerstarbeit, der unverfänglich mit dem Betrachten ihrer Jugendfotos begonnen hatte, hatte ich Brigittes moralische Bedenken zerstreut, sich auf eine Affäre mit einer fünfzehn Jahre jüngeren Frau einzulassen, in die sie nicht verliebt war, denn schließlich war sie auf der Suche nach einer coolen älteren Butch, bei der sie sich anlehnen konnte, und ich war weder älter noch cool, aber warum eigentlich nicht. Man hat ja schließlich Bedürfnisse. Ich war mit einem unguten Gefühl hingefahren, und es hätte mir eigentlich klar sein müssen, daß es nicht funktionieren konnte. Sex und Strategie passen nicht zusammen. Ich hatte mich wochenlang sehr strategisch mit ihr verhalten, um herauszufinden, wie am besten an sie heranzukommen wäre, und nun lag ich mit ihr im Bett, hielt ihren wunderschönen Körper ("mich schätzen alle auf Anfang 30") in den Armen und war über das weitere Vorgehen völlig ratlos. Ich schätze, daß ich mit einer heißblütigen Eroberung auch ans Ziel gekommen wäre, aber das war mir irgendwie zu anstrengend. Von ihr kamen keine Zeichen, nichts, wir versuchten es irgendwie, abwartend, ich griff ihr an die Möse, die genauso schön und klein war wie alles an ihr und merkte, daß sie ganz trocken war. "Du kannst dich auch nicht gerade fallenlassen", meinte sie lächelnd, und dann beschlossen wir, wieder damit aufzuhören. Es ging einfach nicht. Sie wollte nicht, und ich konnte nicht. Aber wir kuschelten und knutschten noch eine Weile, und ich dachte, wenn sie

Laurence Jaugey-Pared

so mit mir kuscheln kann, ist mir egal, ob sie in mich verliebt ist oder nicht. Wir rauchten eine Zigarette danach, obwohl gar nichts war, und ich mußte wegen der Ironie der ganzen Situation lachen, der ganze Aufwand, und wofür? Sie war etwas irritiert wegen meiner guten Laune. Dann fuhr ich nach Hause. Ich hatte trotz allem zum ersten Mal das Gefühl, daß wir irgendwie eine gemeinsame Ebene zueinander gefunden hatten. Zumindest konnte ich das Hofieren nun sein lassen.

Ich wohnte damals in einem Loch am Stadtrand, mit Außenklo und ohne Dusche, es bürgerte sich so ein, daß ich einmal wöchentlich zu Brigitte in die Innenstadt fuhr, um zwanzig Minuten in ihrer blitzsauberen Badewanne zu verbringen. Hinterher massierte ich ihr aus Dankbarkeit den Rücken. Sie war immer sehr verspannt. Danach kuschelte sie sich noch zwei Minuten an mich, und dann ging ich nach Hause. Brigitte hatte eine Reizblase und mußte ständig auf die Toilette, wie sie mir erklärte, besonders, wenn sie sich entspannte, beim Sex und nach Massagen. Als ich sie einmal besonders gut massiert hatte, dauerte es auf der Toilette etwas länger. Sie kam zurück und meinte, ich hätte auch ihren Darm aktiviert. Sie wunderte sich, warum ich lachte.
Niemand konnte verstehen, warum ich noch zu ihr ging. Ich konnte es ihnen nicht erklären.
Wenn ich Brigitte massierte, entspannte sie sich. Sie lag auf dem Rücken, ich saß am Kopfende ihres Bettes, ihren Kopf zwischen meinen Beinen und massierte ihr Nacken und Schultern. Ich sah ihr ins Gesicht und reagierte auf jedes Zucken. Sie hatte die Augen geschlossen und

Laurence Jaugey-Pared

lächelte, und ich konnte sie immerzu ansehen. So entspannt gefiel sie mir am besten. Und sie war mir ausgeliefert. Wenn ich so auf sie herabsah, war ich erfüllt von solcher Zärtlichkeit, daß ich hätte zerspringen können. Die Minuten dehnten sich ins Endlose. Es machte nichts, daß wir keinen Sex hatten. Es war wie Sex. Wenn sie sich hinterher an mich kuschelte, hätte ich sie am liebsten nie mehr losgelassen. So wollte ich sie haben. Aber natürlich ließ ich sie los. Ich ging mit nasser Hose nach Hause und brauchte drei Tage, bis ich sie vergessen hatte und mich wieder voll auf meine Arbeit konzentrieren konnte. Dann war es meist schon wieder Freitag, und wir telefonierten und verabredeten uns. Ich rief sie nie unter der Woche an. Ich mußte Abstand zu ihr haben.

Ich beschloß, jedes Wochenende wieder bei Null anzufangen, alles zu vergessen, was gewesen war und so zu tun, als würden wir uns einfach nur miteinander amüsieren. Einfach die Tatsache, daß diese kontrollierte Frau sich in meiner Gegenwart entspannte, machte mich glücklich. Es waren die Kleinigkeiten, die mich an sie banden. Kleine Vertrautheitsgesten, die mich zutiefst rührten und freuten. Wer uns zusammen auf Feten sah, mußte denken, wir wären zusammen. Ich konnte mit allem leben, wenn sie mir nur einmal in der Woche schnurrend im Arm lag. Anfälle von Verspieltheit und Albernheit bei ihr machten mich glücklich. Sie ließ sich gehen. Sie fühlte sich offensichtlich wohl mit mir.

Einmal sagte Brigitte, ich solle die Lotion aus dem Bad mitbringen, sie würde mich nach dem Baden eincremen. Ich saß in der Wanne und lachte. Was sollte das wieder werden. Was tat ich hier nur. Sie cremte mich tadellos ein, auch die Vorderseite. Danach rannte sie überstürzt auf die Toilette. Als sie zurückkam, massierte ich ihr den Rücken und fuhr in den Außenbezirk zu Freundin J. Das war zu der Zeit, als ich keinen Hausschlüssel hatte und bei Freundinnen übernachten mußte, weil ich ohne Schlüssel nach zwanzig Uhr nicht mehr ins Haus kam. Den Hausmeister konnte ich nicht anrufen, ich wohnte dort illegal und wollte keine schlafenden Hunde wecken. Brigitte bedauerte, kein Gästezimmer zu haben, aber mit anderen Leuten in einem Bett schlafen könne sie nicht. Sie beneidete mich gar nicht, daß ich nachts um elf bei Schneesturm noch so weit fahren mußte.

Ich saß noch bis zwei Uhr bei J. und A. am Küchentisch, wir aßen Pudding und unterhielten uns über Brigitte. Ich konnte ihre Empörung nicht verstehen. Was macht die nur mit dir. Ich versuchte zu erklären, daß nichts dabei wäre. Sie hatte mir die Titten eingecremt, na und? Anschließend hatte sie mir von ihrer neuen Affäre erzählt, worauf ich nicht weiter eingegangen war. Das war eben Brigitte. Freundin R. nannte sie von da an Brigitte die Achte. Wie Heinrich VIII., der seine Frauen umbrachte.

Meine letzte Gabe an Brigitte war der Teddy mit den Handschellen zu Weihnachten. Sie lachte sich halbtot und küßte mich zum Dank schmatzend auf die Wange. Im Gegenzug bekam ich von ihr eine Mandarine und zwei Schoko-Nikoläuse in einer Tüte aus Geschenkpapier, von ihr eigens zusammengetackert. Freundin R. meinte, ja, der Teddy wird sie ans Bettgestell fesseln und es ihr ordentlich besorgen, ihr an den Muff gehen und in ihr gutgepflegtes Arschloch!

Irgendwie hatte ich das Gefühl, es könne

nicht so weitergehen. Ich rief meine Stiefmutter an, die gerade per Fernstudium eine Ausbildung zur Psychotherapeutin absolvierte und schilderte ihr den Fall. Was sie sagte, gab mir zu denken. Sie sagte: "Und warum machst du nicht einfach Schluß mit ihr?"

Nach drei Monaten brach ich den Kontakt zu Brigitte ab. Sie nahm es ganz cool und fragte auch gar nicht, warum. (Freundin D. meinte, die weiß ganz genau, warum. Ich war mir nicht so sicher.)

Ich hatte zur Feier des Tages eine Flasche Sekt besorgt, wir stießen auf meine Trennung von Brigitte an. Freundin J. fragt sich, worüber wir uns von jetzt an unterhalten sollen. Freundin H. sieht sich bereits nach dem nächsten Objekt für mich um. Aber so schnell findet sich keine wie Brigitte.

Brigitte.

Wer sie kennenlernen will - sie ist klein, zierlich, hat das leicht abwesende Lächeln der Kurzsichtigen, die Figur eines Teenagers und sexy ergrauende Schläfen. Sie ist auf jeder Party und jeder Veranstaltung, ob Violet, Jungle oder Für Sie, kennt sehr viele Leute und ist immer allein.

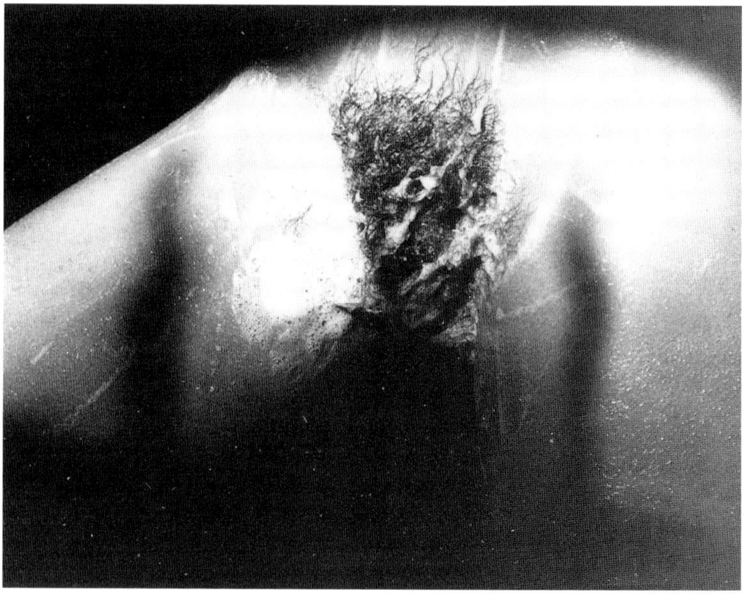

Gabi Sieg

Susanne Kaiser

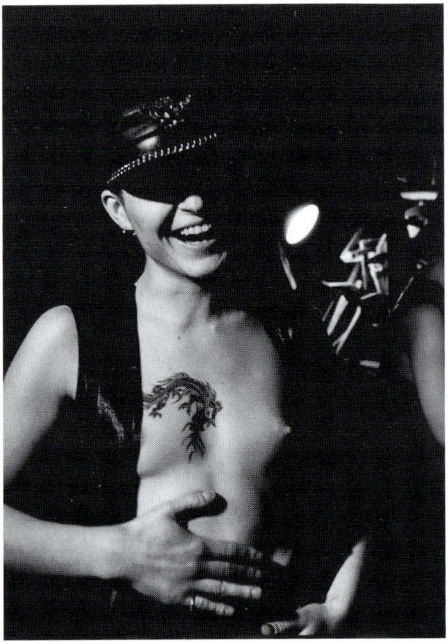
Christiane Pausch

Dykes on bikes

Ist doch so: Jede Lesbe will eine Bikerin sein. Einige mögen Versace tragen oder ein BMW-Cabrio fahren, aber tief im Hubraum wollen wir doch alle eine Lederjacke und ein spöttisches Grinsen. Kein Wunder.
Gehst du nur die Straße entlang, wirst du mit jedem deiner schleppenden Schritte begehrliche Blicke ernten. Die geilsten Bräute der Stadt werden sich um einen Platz an deiner Sissy-Bar schlagen. Ihre Körper werden sich schutzbedürftig an deinen drängen. Sie werden ihre endlos langen Beine um dich schlingen, um sich an dir zu verbrennen statt am Auspuffrohr. Das Röhren zwischen euren Beinen wird es mit jeder Vibratorin aufnehmen. Du und deine Mausi werden mit Sicherheit das größte Sexspielzeug in ihrem Repertoire. Jede Ausfahrt wird der pure Sex. Und nicht nur das. Wenn du eine Bikerin wirst, verändert sich dein ganzes Leben! Du wirst sehr langweilig werden, ungefähr so wie als du das erste Mal verliebt warst. Deine Freundinnen werden dich tunlichst meiden, um nicht noch ein weiteres Gespräch über Fußrastenvorverlegung oder die phantastischen Putzeigenschaften von Nev´r Dull über sich ergehen lassen zu müssen. Sie sitzen lieber zusammen und reden über Sex und Musik, während du über einem Motorradkatalog hängst und die neuesten Testergebnisse deiner Maschine studierst. Du nimmst ihnen derweil übel, daß sie nach ihrer ersten Probefahrt mit dir beschlossen haben, weiter mit der U-Bahn zu euren Treffen zu fahren, anstatt sich von dir abholen zu

Petra Gall, © St. Artamochine

lassen. Du mußtest ja auch unbedingt diesen Chopper mit dem eingebauten Easy Rider Feeling haben, der dich zwar mit langgestrecken Beinen und Achselschweiß verhindernder Armhaltung die Welt erobern läßt, die Sozia hingegen auch dem kleinsten Schlagloch gnadenlos ausliefert. Dich nebenbei gesagt auch. Du traust dich aber nicht, mit irgend jemand über die wahnsinnigen Rückenschmerzen zu reden, die dich nach jedem Ritt befallen, der nicht nur zu deiner Lieblingskneipe um die Ecke führte.

Dort wirst du es vermissen, wie die beste Barschlampe aller Zeiten dir immer deinen special drink mixte. Du mußt ja noch fahren. Falls du nach mehreren Monaten in der Lage sein solltest, mal irgendwo ohne dein Motorrad aufzutauchen, beispielsweise um einen Trinkabend einzulegen, wirst du diese Entscheidung dein Leben lang bereuen. Ausgerechnet an diesem Abend wird deine absolute Traumfrau zum ersten Mal in deiner Kneipe sitzen, und du könntest dir in den Arsch treten, daß du sie nicht mit deiner üblichen Show (in weitem Bogen vorfahren, ein letztes Mal am Gasgriff drehen und trotz 32 Grad im Schatten in voller Ledermontur knarzend durch den Laden stiefeln, während der Drink an deinem Theken-Stammplatz schon auf dich wartet) beeindrucken kannst.

Bist du mit dem Bike unterwegs, solltest du dir abgewöhnen, jede zweite Sekunde dein Haar zu richten. Es hilft sowieso nichts. Laß dir von niemandem einreden, es gäbe eine brauchbare Helmfrisur - selbst zwei Millimeter kurze Haarstummel können sich in alle Himmelsrichtungen plattlegen und dich wie eine begossene Pudelin aussehen lassen. Wandere in

einen US-Staat ohne Helmpflicht aus, leg dir eine hippe Glatze zu oder finde dich einfach damit ab, den Rest deines Lebens auf dem Kopf scheiße auszusehen.
Dafür wirst du dich nie wieder auf die niedere Suche nach einem Parkplatz begeben müssen. Nun, die eingesparte Zeit verbringst du damit, jeden Morgen (und

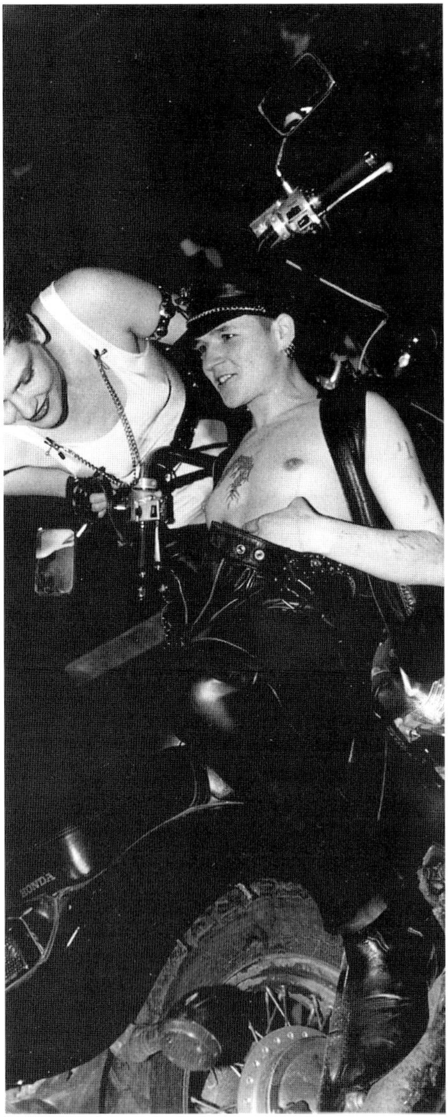

Christiane Pausch

vor jeder weiteren Fahrt des Tages) ungefähr dreimal soviel Zeit damit zu verbringen, dich in deine umfangreiche Ausrüstung zu pellen, aber nun gut. Auch daß du nie wieder den Falschparker-Trick mit einer attraktiven Politesse abziehen kannst, ist zu verschmerzen. Schließlich erntest du jetzt die Aufmerksamkeit von so vielen Menschen. Wenn du stundenlang vor einem Motorradladen lungerst, mußt du allerdings auch damit rechnen, daß dich diverse Männer anquatschen, die denken, in dir endlich die Frau gefunden zu haben, die sich nicht über einen Vergaser im Spülbecken aufregt.
Im übrigen wird es zu deiner zweiten Natur werden, vor irgend etwas herumzulungern. Nicht nur weil du dein bestes Stück immer im Auge behalten willst (man hört ja soviel...), sondern vor allem, weil deine Aufenthaltsdauer in irgendetwas sehr begrenzt ist, solange du deine Lederklamotten anhast. In geschlossenen Räumen verwandelst du dich nämlich innerhalb kürzester Zeit in ein schweißtriefendes Häufchen. Gute Motorradkleidung eignet sich eigentlich nur zum Motorradfahren und sonst gar nix. Sollte sich tatsächlich eine schwer beeindruckte Dame zum Mondscheinspaziergang überreden lassen, solltest du in Erwägung ziehen, zuvor mit deinen neuen Lederhosen rasch noch einen Marathonlauf zu absolvieren. Ein Quietschen bei jedem Schritt tötet nämlich jeden Anflug von Romantik und nimmt die Geräusche einer heftig beanspruchten Matratze in unangemessener Weise vorweg.
Mach dir nichts draus, im Hochsommer die einzige Frau mit Frostbeulen an den Händen zu sein. Ein Punkt mehr, der dich mit anderen Bikerinnen (alle anderen sprechen ja nicht mehr mit dir, s.o.) beim Kneipengespräch so fest zusammen-

schweißt. Hier könnt ihr Narben vergleichen. (Nicht die, die ihr euch gegenseitig zugefügt habt, weil ihr es nicht lassen konntet, mit eurem eigenen Spiegelbild zu vögeln. So was geht nie gut.) Die, die ihr euch zugezogen habt, als ihr beim mißglückten Aufbocken die nagelneue Maschine davor bewahren wolltet, vor den Augen der neuen Flamme gaaanz, gaaaanz langsam in den Dreck zu sinken. Andere Lesben werden euch still aus dem Eckchen bewundern, während ihr die Köpfe zusammensteckt und darüber redet, wie man Chitin (der Stoff, aus dem Insekten sind) von den Zähnen herunterbekommt oder ob Kniewärmer aus Angora denen aus Neopren vorzuziehen sind.

Chr. Jungeblodt

Alle anderen - besonders Autofahrer - werden dich hassen.

Du bist für sie das Symbol der Freiheit, die sie nicht haben. Versuche dich als Rebellin gut zu fühlen, wenn es in Strömen regnet, in deinen Stiefeln bereits das Wasser knöchelhoch steht, sich deine Lederkluft bis zum letzten Fädchen vollgesogen hat und du immer noch zwanzig Kilometer bis nach Hause hast. Versuche dich an diesem Punkt genau an dein lautstarkes Krakeele zu erinnern, daß du dich niemals in diese affigen Regenklamotten zwängen wirst, die dich wie die schäbige Schwester vom Michelin-Männchen aussehen lassen. Nach dieser Tortur wird das Lieblingsstück deiner Garderobe - das Lieblingsstück jeder Bikerinnen-Garderobe - eine Weile brauchen, bis sie wieder so richtig in Form ist: die Jacke. Die, für deren Auswahl du Tage geopfert hast, weil du wußtest, daß sie das einzige sein wird, das

dir noch bleibt, wenn du dich längst von Motorrädern getrennt hast. Die immer noch ein paar süße Mädels zutiefst beeindrucken wird, solange du ihnen verschweigst, daß dein Volvo vor der Tür parkt.
Mache ansonsten nie den Fehler, an einem Schrauberinnen-Kurs teilzunehmen. Das ist zwar urfeministisch, führt aber nur dazu, daß du an deinem (ein halbes Jahr alten) Motorrad jede Menge Macken durch begeistert mit diesen ganzen Werkzeugen hantierenden Frauen davonträgst und dir Schrauben abbrichst, die niemals hätten gelockert werden müssen. Oder daß du dich bei deinem geliebten Uralt-Möfchen auf die Ursache nach dem Kurzen im Blinkerrelais begibst, um zwar nicht diesen, aber zwanzig weitere Fehler zu finden. Das Ergebnis ist bei beiden Varianten das gleiche: Dein öltriefendes Reparaturhandbuch wird häßliche Flecken an der Wand hinterlassen, wenn du es schließlich wütend an selbige schmeißt. Du wirst dich dabei ertappen, dubiosen Mechanikern einen Blow Job im Gegenzug für ein paar technische Tips anzubieten, oder sogar bereit sein, dich mit deiner Familie auszusöhnen, nur damit dein Vater dir dein Erbteil doch noch (vorzeitig) auszahlt. Begibst du dich gleich in eine Werkstatt deines Vertrauens, rechne damit, väterlich behandelt und/oder sexuell belästigt und/oder von einem Schwachkopf hoffnungslos ausgenommen zu werden. Wahrscheinlich vergißt er wieder das ein oder andere Schräubchen, und du tust gut daran, trotz allem weiterhin ADAC-Mitglied zu sein, wenn du irgendwo in der Pampa mutterseelenallein stehenbleibst.
Wie gesagt, Motorradfahren wird dein Leben verändern. Also, worauf wartest du?

Roswitha Baumeister

Leo Tesch

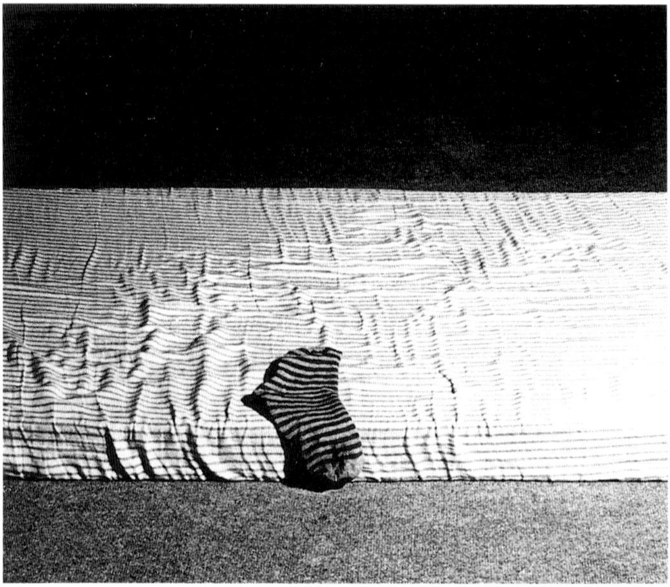

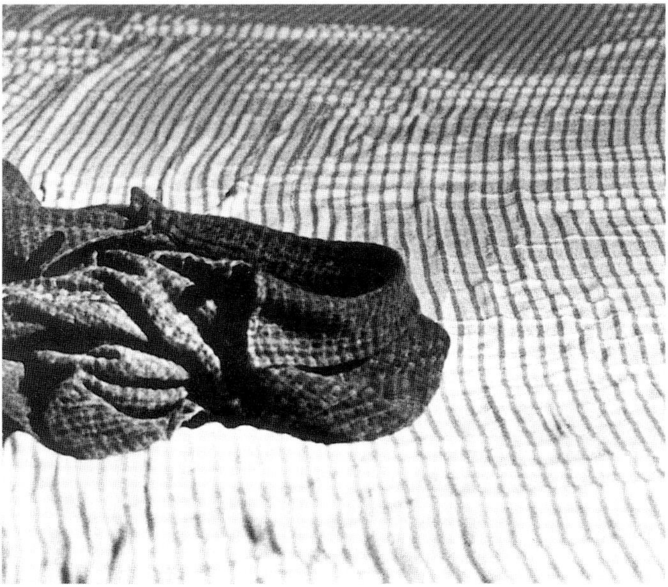

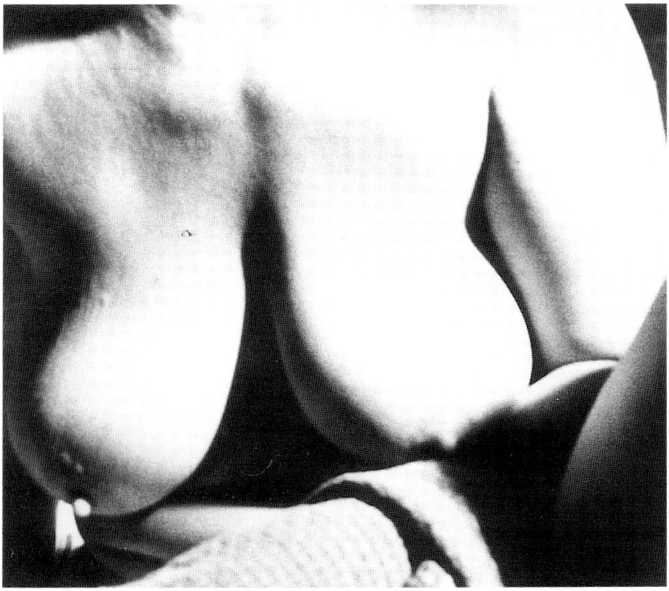

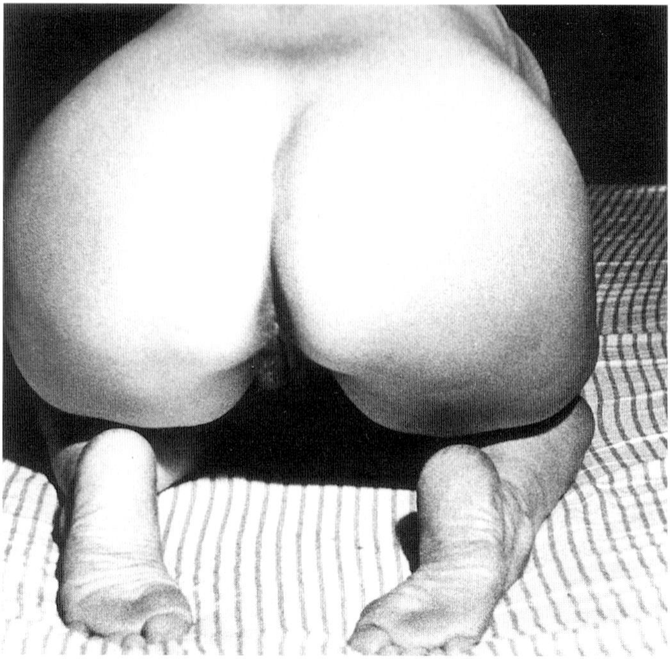

Nada

draußen
hell
finde ich mich
auf der straße
wieder
inmitten meiner verklemmtheiten
schenke ich
dem
wind
mein begehren

Viola Voigt

Julia und Julia

"Ich muß gehen, mein Bus fährt in einer halben Stunde,"
Philippa sah auf. "Ich dachte, du schläfst heute hier!"
"Nur, wenn du es möchtest", beeilte sich Jaqui zu antworten.
"Ja, klar! Ich hole die Matratze und dann machen wir es uns gemütlich wie im Ferienlager." "Wie im Ferienlager?" Ja, beieinanderliegen, im Dunklen flüstern, Kekse knabbern..." "Hunger hab' ich schon", unterbrach Jaqui. "Ich mach' Brote und du baust das Bett." Beide sprangen auf, Jaqui kannte sich inzwischen aus. Wie selbstverständlich öffnete sie den Küchenschrank und entnahm ihm zwei Tassen. Nie wäre sie auf die Idee gekommen, diese zwischen Töpfen und Pfannen zu suchen. Gebückt wurde nach Dingen, die selten benötigt wurden. Gute Organisation war wichtig für Frauen, Haushalt, Kind und Beruf unter einen Hut zu bekommen. Philippa wuchtete die breite Matratze aus dem winzigen Raum neben der Küche, wo sie sonst mit ihrem Freund schlief. Eng und kalt war es, doch das zweite Zimmer hatte die vierjährige Tochter bekommen, die gerade mit dem Vater bei den Großeltern war. Philippa betrachtete die schmale Öffnung der Kammertür und die unförmige Matratze. Sie stöhnte. Nach mir die Sintflut! Oder sollte sie sagen: nach uns? Sie warf einen verstohlenen Blick zu Jaqui. Diese verteilte schwung-

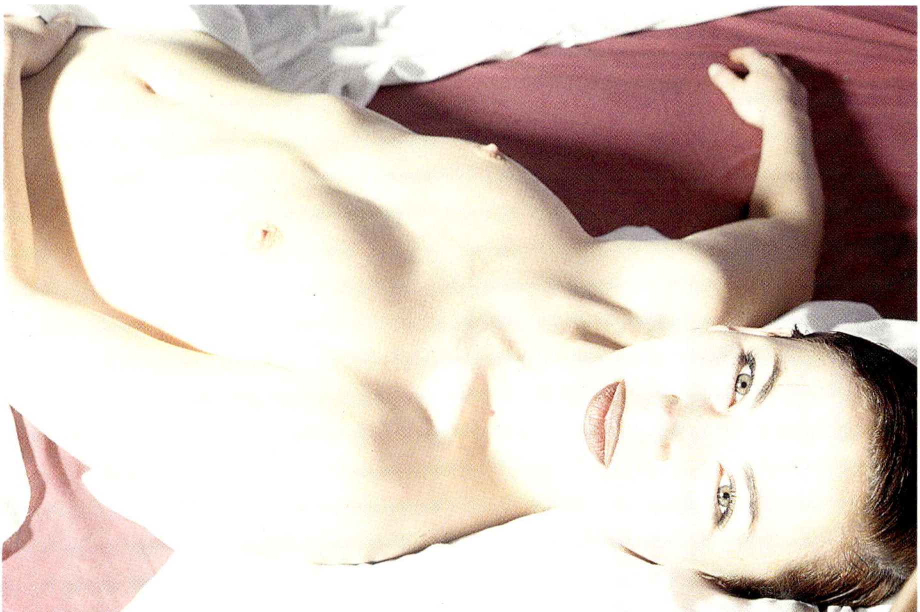

Laurence Jaugey-Pared

voll Schnittlauch über Quarkbrote. Ihr schulterlanges Haar wippte.

Eigentlich, so fand Philippa, stand ihr das große Holzfällerhemd nicht. "Komm, ich faß mit an!" Jaqui griff zu. Als das Lager bereitet war und beide gegessen hatten, war es schon spät. "Laß uns schlafen", meinte Philippa gähnend, "brauchst du Kopfkissen und Decke?" "Nein", Jaqui spitzte den Mund, "ich will unter deine Decke." Aha, dachte Philippa, die Achtjährige in ihr meldet sich. Aber besser als der siebzehnjährige Knabe. Beide zogen sich aus. Philippa konnte ihre Neugier kaum zügeln. Immer wieder schielte sie mit gemischten Gefühlen zu Jaqui hinüber. Der geschulte Blick sagte ihr, daß diese Frau rundliche Hüften hatte und kleine Brüste, aber nackt konnte sie sich eine Lesbe nicht vorstellen. Philippa war Kostümassistentin am Theater. Jaqui studierte Sozialwissenschaft. Das klang nach Freiheit. Frei - dieses Gefühl! Philippa schmeckte es förmlich, seit sie Jaqueline kannte. Wie eine Ertrinkende, so hatte sie nach ihr gegriffen. Doch noch immer konnte sie in der anderen keine Frau erkennen. Der "Butch" drängte sich keck in den Vordergrund. Sie fürchtete sich vor ihm, vor ihr. Seine Umarmungen waren zu stürmisch, zu gekonnt. Vielleicht würde sie sich daran gewöhnen, aber hätte sie sich dann nicht besser in die Arme ihres Freundes flüchten sollen? Vielleicht wartete er nur auf seine Wiedererweckung. Sie versuchte es ja, warf den Frosch an die Wand, seit zwei Jahren schon.

"Ziehst du dich nicht aus?" Philippa schreckte aus ihren Gedanken. "Doch, natürlich!" Sie streifte ihre Kleider ab und ließ sie neben sich fallen. Jaqui legte ihre Sachen ordentlich zusammen, hatte in Sekunden ein perfektes Päckchen fertig. "Tja, gelernt ist gelernt!" Philippa lachte nicht. Sie wußte, daß Jaqui mit dreizehn Leistungssportlerin gewesen war. Sogenannte Sportfunktionäre hatten das Andersseinwollen des unreifen Mädchens ausgenutzt. Ausgebeutet für die Selbstdarstellung eines kleinen Landes. Zurück blieb ein menschlicher Splitter, den niemand brauchte. Philippa kannte das. Auch sie schien nicht mehr wichtig. Jüngere arbeiteten jetzt an ihrer Stelle. Frauen ohne Kind. Sie war degradiert zur Befehlsempfängerin. Immer Angst vor dem verzögerten Feierabend. Was? Noch eine Anprobe? Aber der Kindergarten schließt! Das Kind kommt über Nacht ins Heim. Philippa träumte oft, sie hätte die Tochter vergessen. Weinend irrte sie durch unbekannte Straßen, durch Bahnschächte, auf der Suche. Schweißgebadet erwachte sie, fand den Platz neben sich leer. Schichtdienst! Jaqui hatte auch Männer gehabt. Früher einmal. Sehr viele. Und Alkohol. Da verschwammen die Gesichter besser und der Ekel ließ sich bekämpfen. Doch die Suche blieb. Niemand sagte ihr, daß in Kneipen keine Märchenprinzen saßen. Nur geile Böcke, die für einen Fick ein paar Bier und Korn springen ließen. Philippa stand noch immer neben der Matratze, als Jaqui ihren Slip demonstrativ zur Seite legte und unter die Decke schlüpfte.

Sie liebkoste Jaqui und erzählte von ihren Ängsten, die nun verflogen waren. Der siebzehnjährige Knabe war gegangen! Vielleicht für immer. Sie wußte jetzt, daß sie ihn verjagen konnte. Philippas Finger tasteten mit soeben gewonnener Sicherheit über Jaquis Körper. Sie streichelten Becken und Schenkel, verirrten sich schließlich in die Schamgegend. Nein, sie

Laurence Jaugey-Pared

verirrten sich nicht. Zielgerichtet suchten ihre Finger die Vagina der anderen. Dies war kein Neuland. Philippa kannte diesen Körperteil. Sie war darin zu Hause. Noch nie war ihr das so bewußt gewesen wie in diesem Moment. Sie kannte das wohlige Gefühl, das alle Glieder löste, wenn sie sacht die Schamlippen berührte. Mit der Fingerkuppe deren Form nachzog. Langsam den Druck verstärkte, um dann spiralförmig einzudringen in dieses weiche, weiße, feuchte Zentrum der Lust. Wenn sich alles weitete, öffnete, um entgegenzufließen, dann hatten es zwei Finger leicht vorzudringen. Dem u-förmigen Weg zu folgen, der von der Spitze der Klitoris bis weit ins Innere der Frau reichte. Nicht geradlinig, daß wußte sie. Diese Lust konnte kein männliches Glied hervorzaubern. Nur feinnervige Finger, biegsam in jede Richtung. Niemals müde werdend oder schlaff. Diese konnte sie einzeln benutzen. Zwei, vier oder alle fünf. Sie konnte jede Stelle erreichen, dort verweilen.

Still oder lebhaft, bis die Explosion kurz vor dem Ausbruch stand. "Bitte, bitte..." Jaqui warf sich hin und her. Sie flüsterte dieses Wort so eindringlich, bis Philippa sie erhörte. "Bitte, nimm mich, du machst mich wahnsinnig!" Philippa sah lächelnd auf die Schöne, die sich unter der Lust wand, die ihr die Freundin verweigerte. Nicht ewig, nur wenige Sekunden. Philippa hörte die schmatzenden Laute, die ihre Bewegungen zwischen Jaquis feuchter Haut verursachten. Philippa zog ihre Finger sanft zurück, glitt dann wieder hinein. Diesmal ließ sie keine Zeit verstreichen, erfühlte den Punkt, den man so unprosaisch G-Punkt nannte. Berührt! Die Ge-

liebte bäumte sich auf und schrie, ließ sich dann zurückfallen und biß in das Kissen. Philippa gab ihr keine Zeit zum Ausruhen. Ihre Nägel drückten sich in die kleine rauhe Stelle und strichen darüber. Jaqui schrie, warf sich herum, trat gegen die Luft, kreischte in den höchsten Tönen, brummte einen erstaunlichen Baß. Philippa strich sich das Haar aus dem Gesicht. Ihre Hand hatte sich wie eine Klammer um den Venushügel der anderen gelegt und saß fest. Beide glänzten schweißnaß. Philippa spürte, wie ihre Erregung das Bein von Jaqui befeuchtete. Ich kann nicht mehr", stöhnte diese. Sie löste ihren Griff und küßte der Freundin Wangen und Mund. "Ich liebe dich, ich liebe dich", flüsterte Jaqui.
Sie zog Philippas Kopf auf ihre Schulter hinab. Noch immer schien der Mond durch das gardinenlose Glas. Es war still. Jaquis Atem beruhigte sich allmählich. Ab und an erschütterte sie noch ein kleines Nachbeben, wie sie es nannte. Die Freundinnen lachten. "Ich dachte, ich verführe eine ältere Hetera mit Kind. Und dann höre ich, einer Ohnmacht nahe, nach dem sechsten Orgasmus auf mitzuzählen. Hast du wirklich noch nie mit einer Frau geschlafen?" Jaqui sah die Geliebte forschend an. "Nein, noch nie!" Sie blickten sich sekundenlang in die Augen. "Aber das kannst du doch unmöglich in vier Wochen aus Büchern gelernt haben."
"Nee, aber durch dreißig Jahre Selbsterfahrung!"
Beide prusteten los und lachten sich in den neuen Tag hinein...

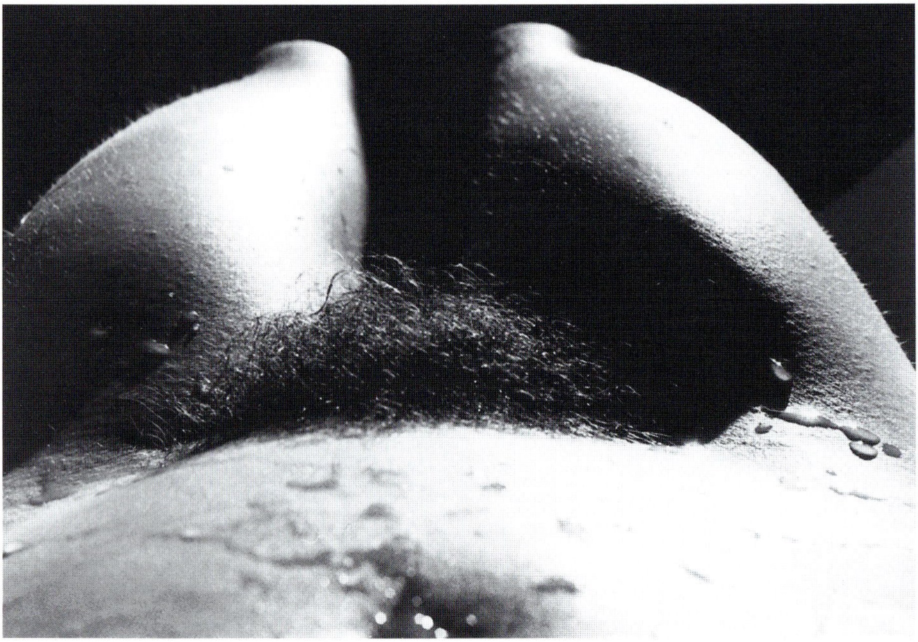

Gabi Sieg

Petra Rissmann

Anna Leopolder

1.15 h: Bloodfist VII

US-Actionfilm von 1995

wieso nicht da reinstechen? immerhin ist es keine gummipuppe. es ist eine echte frau.
aber sie antwortet nicht.
wie auch! sie liegt da in der ecke. sie kann nichts sehen. außerdem stellt sie sich selbst dauernd fragen. von denen wird sie wohl auch so bald nicht in ruhe gelassen werden. nicht, bevor endlich eine anhaltgebende handlung stattfindet. ein warten. sie kennt es, wenn sie in der nacht die zähe stille bekämpft. es ist die stille, die sie sich tagsüber herbeiwünscht, um dann in der dunkelheit von ihr überwältigt zu werden. und doch ist es jetzt anders. diese stille hier platzt vor heimtücke. nicht einfach nur so wird sie überwältigen.. sie wird warten, bis die spärlichen, aber gezielten fesseln anfangen, beunruhigend zu werden.
die echte frau fragt sich, ob es denn sinnvoll war, sich von einer verschwindend bekannten, aber entwaffnenden frau unter deren küchentisch lagern zu lassen. die echte frau fragt sich auch, woher sie bloß weiß, daß sie hier lieber nichts sagen sollte. auch keine antworten auf ungestellte fragen, die die atemluft jetzt schwer machen und knapp. von den armen aus gehen stachelige wellen durch die poren. sie hinterlassen kleine wunden, die in ihrer regelmäßigkeit erleichterung hervorrufen. das warten verliert an vehemenz.
eine nadel fällt! ein seidenes klappern verfliegt schnell wieder, aber die zeit danach ist unerträglich und schließlich ergebnislos. jetzt würde sie sich gerne bewegen, allein schon, um darauf zu verweisen, daß sie noch da ist. aber es geht nicht. im moment weiß sie nicht, ob es an den fesseln liegt oder an der lähmung, die das unterlegene tier zeigt.
wie sie so daliegt. schön anzusehen, etwas verbogen. und einladend ... fahl ist sie geworden. schweiß schimmert! eine schöne frau liegt hier als beute vor ihren füßen. unter dem küchentisch, der sonst nur oberflächlich delikates kennt. jetzt wurde unter ihn eine frau geworfen, die darauf wartet, wahrgenommen zu werden.
warum nicht? eine leise berührung am rücken der frau. die frau zuckt zusammen. ein zittern deutet sich an. es bleibt still. durch die überraschung liegt sie leicht unvorteilhaft auf der seite, gekauert: es scheint sie nicht zu beunruhigen, daß sie eine einzige angriffsfläche darbietet. gefallen! die perspektive drängt sich auf. glänzende arme und beine, verhängnisvoll am boden festgeklebt. diese hand will anfassen. aber nicht irgendwie, sondern laut, mit einem spitzen schmerz zum schluß.

die frau spürt ihn sich unkontrolliert ausbreiten überall hin, nur komischerweise am wenigsten am arsch, obwohl der wuchtige schlag da hingegangen sein muß. das rasseln klingt ab und geht über in oranges schlingern, das sich mit grassierender herztätigkeit vermischt. die fesseln erzeugen inzwischen selbständiges, ähnlich wie der schlag, aber stetig. sie spürt allmählich wärme, die von innen

gegen den kalten steinboden wirkt. auch ist da eine unglaubliche lust.
jetzt! sofort! gefickt werden. sie würde allerhand dafür tun, und trotzdem bemüht sie sich, das nicht gleich preiszugeben! soll die frau denn wissen, daß sie sich nichts so sehr wünscht, als an bestimmten stellen, wenn auch nur kurz, bitte angefaßt zu werden? hinzu kommt, daß sie sich selbst gerade gar nicht entscheiden könnte: von dieser frau gefickt oder ausführlich entwaffnet werden.
ob sie etwas bemerkt hat? wieder diese mutwilligen zwischenräume. was macht sie denn gerade, ist sie noch da? wie hat sie überhaupt ausgesehen. nur an die langen, festen hände kann sie sich noch erinnern. aber die würden reichen, egal, was sie planen.
wie sich herausstellt, haben die hände jetzt gar nichts mit ihr vor.
die langen, festen hände zünden eine zigarette an, die sie nicht mal in die NÄHE ihrer haut halten. kein unheil bahnt sich an. nein, ungeduld macht sich breit, und wut. der kalte boden ist wieder spürbar: er wird stärker mit vorwürfen bekämpft als die unterlassenden hände.
die zigarette schafft eine willkommene distanz, um nicht voreilig in eindeutige handlungen zu verfallen. höchstens ganz beiläufig könnte sie ein vielversprechendes geräusch machen, das zu spekulationen anlaß gibt. ein messer ritzt holz und gleich danach: die gerte trifft hart auf den rücken einer leblosen frau. es bleibt nicht dabei, es prasselt noch mehr auf die unschuldige? ein. die frau ist nun nicht mehr leblos. im rahmen ihrer möglichkeiten biegt sie sich von einer seite auf die andere, und sie weicht doch nicht aus.
der letzte war zuviel. aber wie kommt es, daß sie ihn trotzdem haben mußte? das orange ist jetzt grell geworden und wütet.
eine warme zunge macht sich über die striemen her. was würde sie jetzt tun ohne die fesseln, die sie notdürftig zusammenhalten. ein bodenloses fallen wird von der fixierung umrahmt. noch schwerer klebt die frau nun am stein. sie wird aufgesammelt und geschultert, an einen anderen tatort gebracht.
teppichfasern sticheln und schaben einzeln an der dünnen haut. es geht tief. besonders durch die zugefügten stellen bahnt sich etwas direkt einen weg zu ihrer möse. dort angekommen, wird es durch bauch und brust in die kehle geworfen. aber es bleibt still. das system bleibt geschlossen. sie ist ein stück fleisch, das vielleicht noch zubereitet wird.
ungeschlachte finger greifen die ganze möse. achtlos, kurz! da ungefragt hinfassen und die dürre spüren, die man selbst verschuldet hat! die vernachlässigte gegend einer frau, die nun auf dem rücken liegt und sich selbst nicht berühren darf, das weiß sie. bei zuwiderhandlung droht nicht strafe, sondern zeit.
eine Sehnsucht genießt es, innezuhalten, auszulassen, was jetzt so leicht zu haben wäre.
das dunkelrote ist da und schneidet in den fingerspitzen. liegt sie nicht selbst da unten auf dem boden und erwartet? auch sie fühlt sich schonungslos und entledigt. sie spürt, daß nicht sie allein besitzt. diverse gefährliche gegenstände werden auf und neben dem körper der pulsierenden frau hinterlassen .. ein minenfeld. sie hat es nun selbst in der hand. wird sie übermütig werden und eine unsachgemäße bewegung riskieren? ein messer steckt im boden, in direkter nachbarschaft zu ihrer möse. metallisches strahlt in sie herein, wo vorhin noch ein mensch am werk war. sie muß jetzt etwas haben. manche stellen fordern bereits noch mehr

gefahr von den gegenständen und doch stellt sich eine unentschlossene starre ein, in der die verschiedenen ballungsräume miteinander vernetzt werden. auch so wird der strom stärker, oder hat sie sich unbemerkt doch bewegt? noch bevor sie dieses schauspiel in eigenregie zu ungeahnten höhen bringen kann, werden ihr alle stilmittel weggenommen! die chance ist vertan. eine ungeschickte hand läßt wenigstens noch einen brennenden spalt in der schenkelhaut übrig.
die frau fällt jetzt wirklich zusammen. jenseits von hoffen und bangen verdichtet sich das leere ganz von selbst! es gibt einen punkt dafür im körper einer frau, und eine hand ist ohne abstecher auf dem weg dorthin. das system kann jetzt nicht mehr geschlossen bleiben, es ringt um expansion. schockwellen überfluten den organismus, sterne sind da reingefallen und kommen um. alles bahnt sich seinen weg und nichts macht halt an strohhalmen in der uferregion.
unaufhaltsames wiederholt sich in beengenden zeiträumen. "mehr!" diese erste und erlaubte äußerung der frau wird wohlwollend aufgenommen und gleich in die tat umgesetzt, was drastische folgen hat. die frau ist inzwischen ein einziges kentern und kann nicht mehr gegensteuern, warum sollte sie auch, gleich ist es zu ende. die luftmatratze hat ein loch bekommen und geht schnell unter!

Krista Beinstein

Mich hat Sex, der sich nur aufs Organ beruft, nie interessiert.
Es fehlt die Illusion, die Transparenz, die Seele, wenn man so will,
das Bild von ästhetischer Existenz.

Meine Bücher sind Bildromane.
Ich konzipiere ein Buch gleich einem Fotoroman,
einem Filmbuch oder dem visuellen Theater,
indem die Geschichten für sich stehen,
aber im gesamten ein Konzept bilden.
Seine Linie ist von Anfang bis Ende
durchdacht und in sich geschlossen.
Die Schwerpunkte darin beziehen sich
auf die Selbstdarstellung der Frau.
Weiters auf Fiktion, Traum und Realität;
auf die Vielseitigkeit der Frauen und ihrer Neigungen.
Ihre Erscheinung erfährt über die Inszenierung eine
Übersteigerung, einen theatralischen Effekt.

Del LaGrace Volcano

Er stapft. Stiefelt. Stakt. Kerzengerade, raumgreifend, selbst auf dem Weg vom Kühlschrank zum Spülstein so, als sei er gerade zur Verleihung des Oscar auf die Bühne gebeten worden. "Brust raus, Bauch rein", pflegte Frau Mama zu sagen; vor uns steht die Inkarnation dieses Wunsches, Auslöser eines kleinen Ärgers darüber, sich nie an diesen mütterlichen Ratschlag gehalten zu haben, und sagt: "Ich bin Feminist. Das war ich schon immer, warum sollte sich das geändert haben?" Für gewöhnlich zieht diese Feststellung aus dem Munde eines Mannes eine gewisse allergische Reaktion nach sich, was allerdings nicht an der Aussage selbst liegt, sondern an der Sorte Männer, die sie üblicherweise treffen. Das bleibt jetzt aus.
Na klar, warum sollte es sich geändert haben?Del LaGrace Volcano ist ein etwas untersetzter und ziemlich klein geratener Kerl, der jeden Millimeter im Kampf mit der Schwerkraft zu gewinnen versucht; mit lustigen Augen unter buschigen Augenbrauen, kurzrasiertem Haar, das er daheim gerne unter einer Mütze versteckt, und sprießenden Bärtchen dort, wo Bärtchen eben wachsen können. Mr. LaGrace Volcano ist ein geschätzter Fotograf und neuerdings auch Filmemacher, den die "Times Out"in eine Reihe stellte mit Cindy Sherman: Beide beherrschten perfekt "das Spiel mit ihrer weiblichen Identität".
Wäre es in unserer Gesellschaft etwas mehr üblich, daß auch Männer mit ihren weiblichen Anteilen spielen, wäre diese Aussage nicht weiter verwunderlich, doch der Times ist da schlicht etwas entgangen. Nicht, daß Della Grace, Starfotogräfin der lesbischen Sexavantgarde Londons, irgendwie von der Erdoberfläche verschwunden wäre. Daß aber vielen Leuten für Del noch so oft ein weibliches Pronomen herausrutscht, und zwar nicht nur notorischen IgnorantInnen, ist vielleicht damit zu erklären, daß alles, was sie ausmachte- was immer das in unserer Gesellschaft heißt - von ihm nicht gnadenlos übergebügelt wurde. Es gibt zwei Seiten, und du hast dich für eine zu entscheiden? Pah! Was der Times nun entgangen ist, ist, daß Della Grace nun lebt als... nun ja, jedenfalls nicht mehr als Frau.
della grace ist auf eine gewisse art mein genuiner name, aber auch ein name, den ich mir angeeignet habe. della grace ist der mädchenname meiner mutter. sie nannte mich nach ihr, aber änderte della zu debra. sie hatte den namen della von meiner großmutter, della janine grace. ich war debrah diane. meine ersten 20 jahre in amerika war ich eine debbie, debbiiih, einer der gemeinsten namen. also mußte ich etwas ungewönliches werden. jetzt wollte ich aber della nicht aufgeben, weil ich nicht mehr so fühlte wie della, also bin ich jetzt del. es ist nicht der beste name, ich werde sicherlich noch ein paar andere namen ausprobieren und ich erwarte auch noch weitere veränderungen in meinem leben. der vulkan kommt von jonny vulcano, den ich wirklich liebe. er ist ein wunderschöner mann, und die beziehung geht weit über sex hinaus. es ist auch mein astrologisches geschlecht. ich habe so viel feuer, all meine löwen. die herausforderung meines lebens ist, daß ich mit all dem feuer umgehen lerne, ohne jemand zu verbrennen. ich möchte mein licht auf andere scheinen lassen und deren licht wieder auf anderen sehen. das ist vielleicht dumm und spirituell, aber so bin ich. das schönste für mich ist, wenn ich eine party gebe und alle sehen gut aus. ich

liebe aufmerksamkeit, ich liebe das rampenlicht. ich verdiene aufmerksamkeit, vielleicht nicht mehr als jemand anders, aber du mußt es wollen. it is my way. manche sagen mir nach, ich hätte das geschlecht gewechselt, um mehr aufmerksamkeit zu bekommen, aber die hatte ich schon immer. es könnte doch auch das gegenteil davon sein, denn leute beobachten frauen viel mehr als männer. ich werde normalerweise nicht angeschaut, nur manchmal, weil ich meine brüste nicht verstecke. aber dann denken die leute, daß ich ein mann mit titten bin, weil sie sich

nichts anderes vorstellen können, manchmal denke ich: oh, ich sollte mich männlicher verhalten! aber ich habe das alles wieder verworfen. wer sagt mir, wie ich mich korrekt oder angemessen verhalte? ich kümmere mich nicht darum, wenn mich jemand angafft, weil ich mich nicht entsprechend seinen oder ihren vorstellungen verhalte.
es geht doch darum, ob du eine person magst oder nicht, egal ob sie männlich oder weiblich ist. oder magst du mich nur

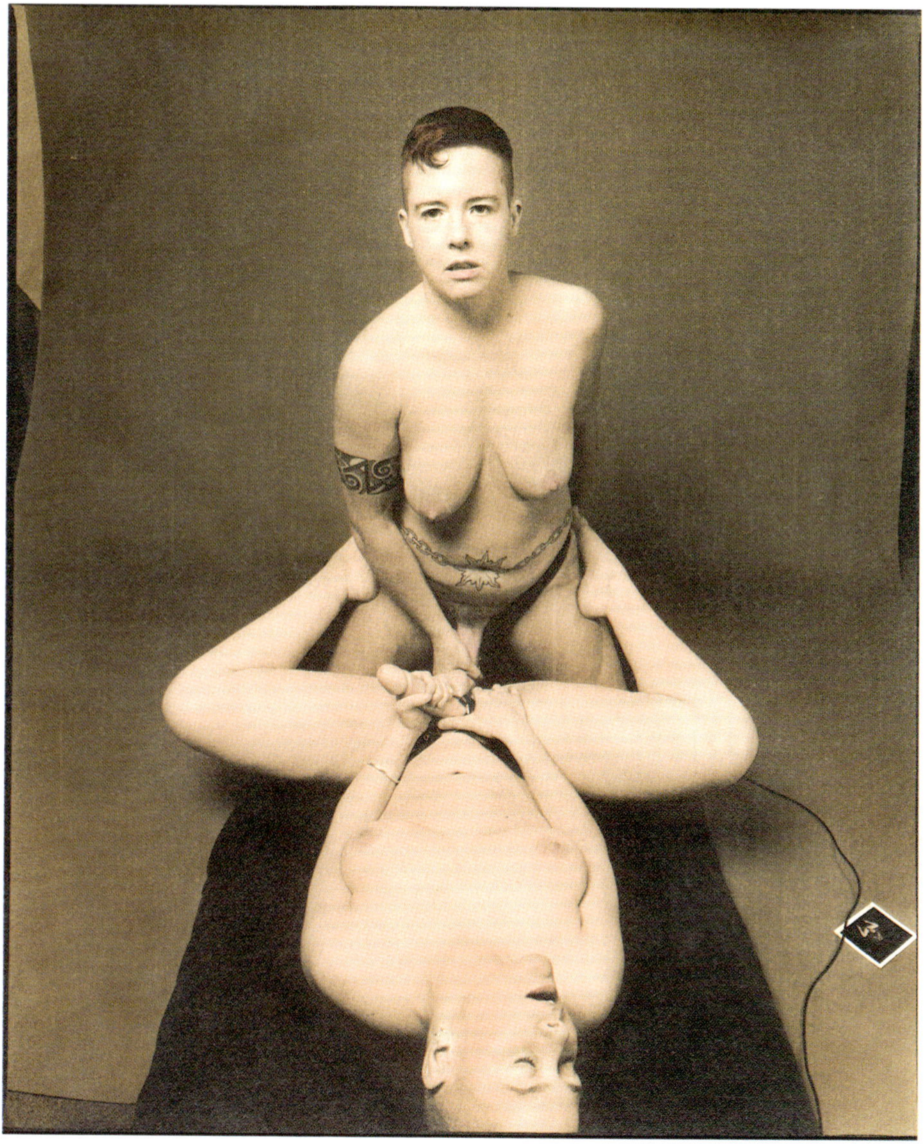

so lange, wie du mich in eine kategorie stecken kannst? und wenn das nicht mehr geht, hörst du dann auf, mich zu mögen? viele leute, die sich sonst progressiv geben und intelligent denken, haben aber doch probleme damit. ich bestehe auch darauf, daß man mich jetzt ER nennt und ich korrigiere jede und jeden freundlich, wenn sie das nicht tut. Das ist, was ich JETZT brauche. vielleicht ist es in zehn jahren anders. aber es ist ein mangel an respekt, wenn leute mich weiterhin als

eine Sie sehen. sie akzeptieren meine wandlung nicht, es geht ihnen zu einfach, aber das stimmt nicht.
es wäre schön, wenn diese Annahmen nicht immer vorweg gemacht würden: oh, du bist weiblich, deshalb verhalte ich mich so und so dir gegenüber. oh, du bist männlich, deshalb bist du so und so.
und dann bekommt man immer zu hören: oh, die hormone sind so schädlich! aber was ist mit alkohol und nikotin, lsd und ecstasy? natürlich gibt es da gesundheitliche sachen, die du auch als transgender beachten mußt. natürlich haben viele probleme und brauchen deshalb stoff. aber man muß schon differenzieren zwischen der einnahme und dem mißbrauch von drogen. es erfordert eine gewisse selbstkontrolle und disziplin.

ich sage nicht, daß ich im falschen körper geboren wurde, aber ich habe mich nie wohl gefühlt. jetzt fang' ich erst an, glücklich in meinem körper zu sein. die meisten haben sich doch noch nie gefragt, ob sie mit ihrem körper zufrieden sind. die möglichkeit einer veränderung, ob physisch oder psychisch, ist jenseits ihrer vorstellungskraft. ich bin nicht intersexuell geboren. intersexuelle haben jemand anzuklagen, und alle sind involviert. die meisten intersexuellen haben gausame erfahrungen gemacht und die wenigsten von ihnen leben noch. sie begehen meist vor ihrem 40. lebensjahr selbstmord. das oppositionelle denken ist hier in form von der geschlechtscodierung am stärksten zu spüren. wenn das baby nicht der jeweiligen geschlechtsnorm entspricht, d.h. dem, was als männlich oder weiblich definiert wird, werden diese "deformationen" korrigiert. ein leben lang wird diese person wie auch ihre eltern einem psychoterror des "richtigen" geschlechts und infolgedessen zahlreichen operationen bis zu vergewaltigungen ausgesetzt sein. denn ein loch zu machen ist einfacher als einen schwanz stehen zu lassen. "deformation" heißt aber nicht nur, daß bei allen personen, die nicht eindeutig xx oder xy sind und z.b. titten und schwanz haben, eingegriffen wird, sondern auch bei denjenigen, deren Klitoris größer als 1cm oder deren schwänzchen kleiner als 2,5cm ist (europäische norm, in amerika liegt die klitgröße drunter). dabei existieren rein äußerlich über 100 verschiedene ausprägungen von genitalien und auch innerlich können sowohl eierstöcke wie hoden und andere formationen veranlagt sein. der reduzierten einteilung der männlichen wissenschaft zufolge sind so aber 10-15% der sog. weiblichen personen "mißgebildet" und 70% vermännlicht, d.h. die clit ist zu groß, die spannweite der lippen zu breit, bartwuchs etc., was operiert bzw. verstümmelt werden muß. sog. männliche menschen kennen weniger mißbildungen, da alles, was keinen normierten schwanz mit entsprechender penetrationsfähigkeit zu erreichen droht, frühzeitig zum sog. weiblichen bougiert wird.
allen geschlechtlichen ausprägungen zufolge existieren aber über 4000 geschlechter oder so viele, wie es menschen gibt.

ich war ein "normales" weibliches baby, aber ich habe bestimmte charakteristika entwickelt, z.b. meine brüste. eine entwickelte sich, eine nicht. oder mein bart. egal wie weiblich ich war, ich fühlte mich immer deplaziert. ich wußte aber, daß meine erfahrung geteilt wird. viele, die sich "ganz normal" weiblich oder männlich identifizieren, fühlen sich nicht wohl damit. diese gesellschaft akzeptiert aber keine personen, die sich nicht auf das eine oder das andere geschlecht festlegen. Das

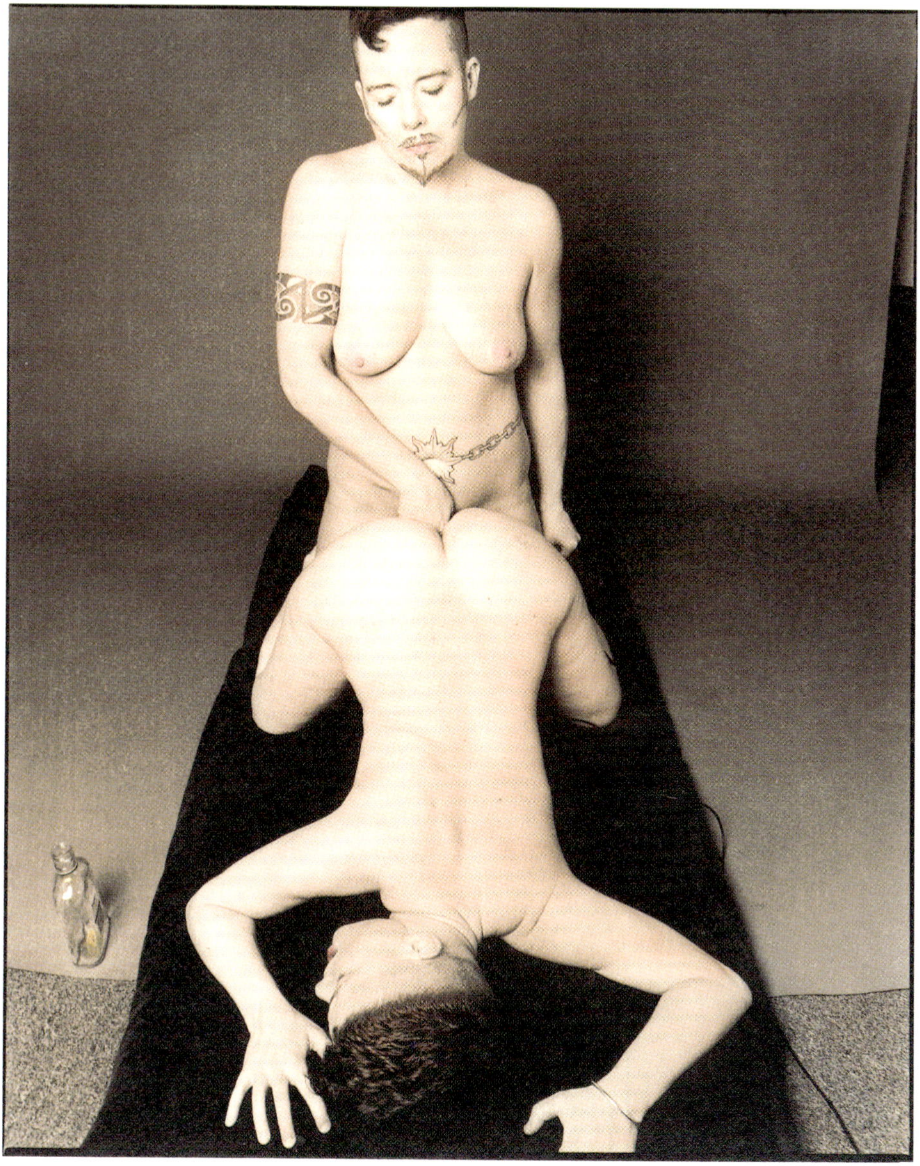

geht intersexuellen so, das geht auch transsexuellen so. Sie müssen wählen. Selbst diejenigen, die nichts mehr von einer frau an sich haben, deren transition abgeschlossen ist und die 100% als mann durchgehen, sogar funktionierende schwänze haben, sind nicht glücklich, weil sie einen teil von sich verleugnen müssen. aber das waren sie einmal und das sind sie doch auch noch. Kate Bornstein, eine lesbische transsexuelle performerin, sagt das gleiche. wir beide sind feministische kämpferinnen. ich bin feministisch erzogen, aber auch das bereitet mir denselben konflikt: habe ich frauen verlassen, verraten, einen ausweg gewählt? warum bin ich nicht weiblich geblieben und habe weitergekämpft für die frauensache? natürlich kämpfe ich auch weiterhin für frauen. ich bin so feministisch wie ich immer war und um eine dimension erweitert. ein transsexueller freund von mir, der lesbisch war, meint aber, ich würde meine männlichkeit negieren, wenn ich feministisch bin. die mehrheit der transsexuellen unterstützt die herrschenden geschlechtskategorien, mehr noch als der durchschnittsmensch. ich versuche immer zu destabilisieren.

ich bin für die abschaffung von allen geschlechtskategorien. all diese grenzziehungen "wir sind alle lesben" oder "das ist eine hetera", eine kleine mauer hier, eine große mauer da. auch wenn es sich mehr als je zu vermischen scheint, ist da immer noch dieses "der oder die ist nicht so wie wir!" ich muß aber auch immer die differenz betonen, daß andere sich nicht mit mir über das geschlecht identifizieren. es geht um gemeinsamkeiten spirtueller art, nicht um weiblich oder männlich. das muß ich immer wieder sagen. ich bin da längst drüber. es ist auch eine entmutigung. du wirst nicht darin bekräftigt, deine erfahrungen zu sammeln, experimente zu machen. die leute wollen, daß du so bist wie sie, damit sie sich sicher fühlen können. da ist manchmal offene aggression zu spüren, wenn sie nicht wissen,was du als nächstes sagen könntest, was zu nah an der wahrheit liegt. aber ich habe gelernt zu lügen, ich mußte.
ich bin z.b. verheiratet, für die immigration, mit einem mann, der an aids starb. wenn ich durch den zoll gehe, fragen sie mich, wie ich das aufenthaltsrecht bekommen habe. ich antworte, daß ich 1983 geheiratet habe, und sie fragen mich, ob ich denn noch mit dieser frau zusammen bin. ich sage: ja! ich schreibe auch immer auf die landekarte: männlich! und ich betituliere mich als Dr.Volcano. vielleicht werde ich nie ausgehorcht, weil ich nichts zu verbergen habe. ich sage: bitte, fragen sie mich! ich verstehe andere nicht, die sagen, sie können nicht reisen. das ist eine opfermentalität.

sexgroupies? ich weiß nicht, ob ich welche habe, vielleicht im alter, aber natürlich hätte ich gern welche, das ist doch nichts schlechtes. aber ich weiß nicht, was sie davon haben, sex mit einem star zu haben, vorher als frau, jetzt als mann. wenn ich testosteron einnehme, ist mein sexleben eher unten, aber ich bekomme offerten. das ist sehr wichtig für mich. das ist die sache mit dem neinsagen. ich hatte so viel sex, den ich wirklich nicht wollte. jetzt hab ich gelernt, nein zu sagen. aber manchmal denk' ich, ich muß jetzt wieder ja sagen lernen. ich würde gern meine sexualität mit männern mehr ausleben, aber da ist diese unsicherheit, weil mein körper noch weitgehend weiblich ist und das, was nicht weiblich ist, auch nicht eindeutig männlich ist. natürlich habe ich auch meine annahmen über männer, die mit männern zusammen sein wollen. sie wollen einen dicken schwanz, eine heldenbrust, alles, was ich nicht habe. ich hatte sex mit einem bisexuellen, der spezialisiert ist auf transsexuelle und rumgereicht wird. ein bildhübscher junge, toller schwanz, keine stand- oder härteprobleme, brillant, was sex angeht. er fickt mit frauen und transen, in jede richtung, pansexuell. das gilt auch für mich. ein freund von mir liebt auch objekte, astlöcher und son-

stiges, warum nicht. ich könnte das vielleicht auch, wenn ich müßte.
es war lustig, mit dem mädchen gestern sex gehabt zu haben. ich dachte noch, besser nicht. sie sagte mir, daß sie mich nicht anders als eine frau sehen könnte. so hat sie mich kennengelernt. aber wir haben uns jahre nicht gesehen. ich sehe ganz anders aus. ich höre mich ganz anders an. und ich fand es auch schwierig, sie als eine frau zu sehen. ich dachte, sie ist trans. vielleicht sehen wir uns gegenseitig immer so, wie wir uns sehen wollen. sie wollte in mir eine frau sehen, ich wollte sie so sehen wie mich. projektionen. das war sehr interessant für mich. auch, daß ich gefickt worden bin, weil ich das nicht mehr werde. das ist das schöne an den leuten, die nicht den kopf mit so sachen voll haben wie: oh du bist trans, du mußt das hassen! und "ist das okay so für dich?" sie tun es einfach. ich glaube, junge sind gut für so was, aber ich habe noch keine älteren probiert.

Frauke Kober

Daß ihr Name aus der Hurensprache kommt und einen Preis abmachen, verhandeln bedeutet, wußte sie nicht.
Als Kunststudentin dachte sie noch, sie müßte walla walla aussehen, um erfolgreich zu sein. Heute tritt sie ihren potentiellen Käufern im Anzug entgegen und fühlt sich als Geschäftspartnerin ernst genommen. Gerade hat sie wieder ein Bild verkauft und genießt es, zum ersten Mal auf den Sterntaler-Scheinen zu schlafen. Ihre Freundin hat sie eingeladen, pretty women zu spielen. Sie ist der big spender, für einen Tag.
Ihre Objekte liebt sie großflächig, sie muß hineingehen können. Oft sind Tunnel, Spalten, Türen zu sehen, die zur Aufnahme bereit sind. Schwarz ist die Farbe für die abgrundtiefe Seele, für alles, was frau sich nicht auszuleben traut. Sie hat sieben Jahre lang monogam onaniert.
Gearbeitet wird im karierten Flanellhemd oder im Overall. Wenn ein Werk oder ein Abschnitt fertig ist, gönnt sie sich einen Orgi. Sie ist die Macherin, die Aktive, das Schlüsselkind. Grenzen setzt wenn überhaupt nur sie sich selbst.
Im Moment würde sie am liebsten ständig mit einem Schwanz rumlaufen. Wenn sie die Wahl zwischen Sex und einem Spaziergang hätte, wäre die Entscheidung eindeutig.
Schließlich kann man auch mit einem Schwanz Luft holen (gehen).

Johnny

?du hast einen so verführerischen boxerblick und dann blitzt da immer ein goldzahn raus, wenn du lächelst!
!das hab' ich mal geübt, daß der goldene zahn rauskommt, wenn ich den mund leicht aufmach'. das hab' ich jetzt schon so verinnerlicht. stell dir vor, den hab' ich 86 schon gehabt und madonna erst ein halbes jahr später. ich bin ein wahrer trendsetter.
?auf den setter!
!ja und diese irren augen haben boxer, weil du nie weggucken darfst. nie die augen zumachen, du mußt immer denken, da haut dich einer. vor lauter anstrengung kneifst du sie dann so zusammen. aber was das geile am frauenboxen ist, daß du dir hinterher in die arme fällst und dann knutscht. aber während des kampfes schenkst du nichts, das geht voll in die fresse, immer voll in die fresse. letztens auch wieder, da war eine, die voll meine nase getroffen hat, und die ist empfindlich. mein blut also in ihrer fresse, das spritzt ja dann auch, wenn die draufhaut. und nachher hab' ich dann gedacht, das ist voll erotisch. also 3 runden waren um, dann stehst du noch ein bißchen rum und gibst ihr noch die hand. und ich dachte, die stellst du heute nach der siegerehrung noch irgendwo an die wand. erst haust du dir in die fresse und dann ist es voll erotisch. du kommst dir so nah. du gehst aufeinander los, es tut auch mal weh.
?green barrets fällt mir dazu ein. schwule military gruppe, die treffen sich am Wochenende, im wald, alle jungs natürlich im uniformfimmel, und machen dann geländespiele. sie müssen dann aufgaben bewältigen, fallen übereinander her und ficken miteinander rum. das wäre für die mädels doch auch was, im schlamm rumwälzen und im wald spähen cowgirls und indianerinnen mit dem irren blick, ob sich was rührt. das ist doch toll.
!ja, aber was das gemeinste beim boxen ist, da stellen die mir jetzt schöne langhaarige 17jährige hin, die soll ich verdreschen. und bei einer hab ich's auch getan, aber mich hinterher so fies gefühlt.
?nun bist du ja auch sonst immer in begleitung blutjunger reizender mädchen zu sehen. was reizt dich denn an den jüngeren frauen?
!zwischendrin hatte ich auch mal eine alte. das war ein weib. da hatte mich ein freund mitgenommen zu 'ner party, mitten in der pampa. da steht da 'ne geile villa, ein riesenwintergarten mit so' nen fetten haschischpflanzen. das hab' ich

Del LaGrace Volcano, Johnny

noch nie gesehn, wir waren ständig am qualmen. und sie hat mich sofort an ihre seite komplimentiert. sie war strohblond, gertenschlank, so'n minikleidchen, hatte grade 'ne affaire mit dem bruder von meinem besten freund beendet, der war so alt wie ihr sohn, und ihr mann hatte sich umgebracht. so, und jetzt zieht sie mich gleich an ihre rechte seite. und sagte zu dem sohn: los, hol mal die jonny-platten. und das war ein riesending, weil die hat sie seit dem tod von dem vater nie mehr gehört. und ich steh' auf und mein freund richy auch, weil er dachte, ich tanz' mit ihm. ich sag': du depp, ich tanz' mit ihr! und vorher hat sie mir noch ganz teure schuhe geschenkt von ihrem mann, bally, wir haben die gleiche schuhgröße. und dann haben wir getanzt, so hab' ich noch mit keiner getanzt. die hat sich führen lassen! ich kann ja nicht tanzen, also ich kann nur schritte, den schieber, den mir meine mutter beigebracht hat, also eins eins eins, aber das in verschiedenen geschwindigkeiten und zu jeder musik. aber das war ein traum, wie die getanzt hat. weißt du, die können das einfach, diese älteren frauen, die können sich so führen lassen, da meint jeder mann, er kann tanzen, weil die sich so führen lassen, weil die so mitgehen, so extrem. und dann hatte ich sie an mir dran, dann ging so das temperament durch und ich halte sie so ganz dicht an mich dran. und dann dachte ich, uups. das kannste jetzt auch nicht machen, dann hab' ich sie wieder 'n bißchen lockerer gelassen. und dann sind wir da rumgewirbelt, und am schluß standen sie alle da und haben geklatscht. das war wie im film, toll! ooh, die hätte ich gerne wiedergesehen, diese flotte 50erin. dann hab' ich mich nicht getraut, auch weil der sohn da war.

?also eigentlich bist du schüchtern?

!total. total.

?aber nur bei den älteren erfahrenen frauen?

!ja komisch, nee, das hab' ich bei gleichaltrigen auch. nur bei so ganz jungen fühl' ich mich überlegen. ach, ich werd' jetzt 37. und die phase mit den jungen dingern ist eh schon wieder vorbei. ich bin mir vorgekommen wie so´n alter depp, wirklich wahr, genau so. aber naja, man fühlt sich erst mal gut mit so jungen hübschen mädchen an seiner seite, ja jung, hübsch und niedlich. da fühlst du dich gleich so als kerl wie ich, ja, wie king louis.

?du hofierst die mädels wie ein richtiger kavalier?

!jaja, das ganze geld geht drauf, muß sein. guck, die sind ja viel jünger und haben nich so viel.

?das weißt du doch gar nicht?

!das muß einfach sein. frauen müssen geld kosten.

?aha, und du bedienst die damen von hinten bis vorne, machst ihnen alles recht, bist sehr aufmerksam, zuvorkommend. alte schule, so kenn ich dich. glaubst du, daß das auf die jungen mädels so wirkt, weil sie das nicht so kennen? den kavalier von früher, den findet man ja nicht mehr so. das sind dann doch eher ältere herren ..

! so sugar daddies, das find ich auch klasse, aber da hängt mir der arsch noch ein bißchen zu weit runter, sagt man bei uns. so finanziell, um den zucker zu blasen. aber eigentlich bin ich dazu gekommen wie die jungfrau zum kind. es war in passau, wo ich gewohnt hatte, und es gab gar keine frauen in meinem alter, lesben meine ich. meine älteste freundin war 66er, also 5 jahre jünger, die anderen alle 72er jahrgang, also 12 jahre jünger als ich. ich war knapp 32 und die waren alle um die 20. es gab keine gleichaltrigen lesben, das gibt's da überhaupt nicht. da gibt's nur studentinnen, denn was gibt's

da sonst? und da bin ich da so reingerutscht und irgendwie kann man sich auch dran gewöhnen. früher hab' ich immer gesagt, ich mach' 10 kreuze, wenn ich mit ner 10 jahre jüngeren sein muß. vom ganzen denken her. ich hab' mir immer gedacht, stell dir uns mal vor mit 20, um göttin willen. ich wollte mich nicht haben mit 20. haha.
? na gut, als ich 20 war, hätt' ich gern ne ältere gehabt. und die altersgrenzen verschieben sich ja auch, werden nebensächlicher. meine liegt momentan bei mitte 20, aber ich kann mir gut vorstellen, daß ich später eine sog. männerposition einnehme von wegen junge hübsche mädchen, warum nicht? das hätte ich mir vor ein paar jahren noch nicht zugestanden.
!ja weil man auch älter wird, dann schmückt man sich gerne damit.
aber damals war das gezwungenermaßen. am anfang war das schon komisch. ich war da erst mit einer zusammen, die war friseurmeisterin, isolde. die war nun 8 jahre älter als ich. und die nächste, die ich dann hatte, die war 24 jahre jünger als isolde, 16 jahre jünger als ich. die waren auch noch das gleiche sternzeichen. das war mit der jüngeren dann schon chaotisch. aber ich hab' genossen, eine junge hübsche frau an meiner seite zu haben, wo alle nachglotzen, alle typen, die mit mir im arm geht. und alle kanacken glotzen ihr und mir hinterher.
?du genießt das auch, daß sie nicht wissen, ob du ein mann oder eine frau bist? oder spielst du damit auch in der lesbenszene?
!da muß ich nachdenken. das hab' ich so drauf. also ich geb' einfach nur an damit. aber spielen, ich glaub', das ist mehr. also mit den frauen spiel' ich nicht. aber das ist keine rolle, das ist kein spiel mit der männlichkeit, das ist wirklichkeit.
?bist du ein mann?
!ja das wollen die auch immer wissen, haha. und die sind meistens hetero. das gefällt mir noch besser, also diese heteros zu erobern, das ist mein ding. weil die normalerweise nur mit kerlen zusammen sind. und die sind nach mir auch mit keiner frau mehr zusammen. das klingt jetzt arg positiv, haha. das war dann nur ich und nach mir keine. also eine hat, als ich mich schon ausgezogen hab' und schon im unterhemd war, da hat sie erst gemerkt, daß ich ne frau war. aber erst am nächsten tag hat sie mir das gesagt. es gibt halt selten so ne frau wie mich.
? wie reagieren sie darauf, daß du dich als

Skai

Skai

frau entpuppst?
!ganz normal, als ob sie das eh gewußt hätten.
? reizt die frauen, daß du beides in dir hast, wollen die eigentlich gar keinen "richtigen" mann oder eine "richtige" frau, sondern wünschen sich eine überraschungsmischung?
!das find' ich ganz toll bei diesen jungen, daß es da mehr auf die person ankommt als auf das geschlecht. es gibt so viele jetzt, die bi sind, wie man jetzt sagt, das hört sich zwar an wie eine krankheit, aber es kommt denen wirklich auf die person an. das find' ich klasse an der neuen generation.
?aber dich hätten sie doch in früheren generationen auch mit kußhand genommen. mit den qualitäten: du stickst, kochst, bügelst und siehst aus wie´n smarter kerl!
!ja ich bin ein softi, hat letztens eine gesagt. da hab ich gesagt: seit wann boxen softis? aber da bin ich gestern zum boxen gegangen und hab' mir so gedacht: warum gehst du eigentlich zum boxen? warum läßt du dir auf die schnauze oder 'n blaues auge hauen? nur damit die dich als kerl ansehn. ich glaube ja. weil mal das superweib mit dem besten busen von allen frauen, die ich je gesehn habe und je sehen werde, gesagt hat, sie hat mal zwei frauen boxen gesehen und hat gleich ein nasses höschen gekriegt. und das hat mir den letzten kick gegeben. da bin ich prompt zum boxen gegangen, haha.
?du suchst dir natürlich auch immer totale femmes?
! jaja, da muß ich grade an meinen ersten boxkampf denken, da war mandy. den boxkampf hatt' ich natürlich verloren. die deutschen verlieren alle den 1. boxkampf, max schmeling hat seinen ersten auch verloren, aber das beste daran war, daß ich abends in der jugendherberge in mandys bett gelandet bin. mandy war eine der jüngsten, also die jüngste war 15, aber da hat die staatsanwältin noch die hand drin

bzw. drauf. also mandy hatte das bett neben mir, sie war vom anderen boxclub. und sie war die süßeste und fast die jüngste, und da dacht ich mir, och das hat sich doch wirklich gelohnt, eins auf die nase zu kriegen.
? habt ihr dann miteinander geschlafen oder habt ihr sex gehabt?
! ich bin, glaub' ich, manchmal ein bißchen zu heftig mit den kleinen, weil ich dann über sie herfall' wie so'n... vielleicht kommt da das italienische temperament durch. denen ist das immer too much mit mir im bett, denk ich mir manchmal.
?du bist dann der aktive part, du spielst dann traditionell den mann ?
!jaja und wie!
?meinst du nicht, daß sie das erwarten, wenn sie einen boxer im bett haben?
!ja, und dann sagte sie, ich sei die erste frau. und das macht mich natürlich auch an! ja, ich steh' auf femmes, auf richtige frauen. und ich sag' auch immer, ein bißchen schwul samma natürlich auch. also ich bin schwul. Wie die meisten kerle. aber so zum repräsentieren, zum heiraten und so an seine seite gehört ne femme.
wo ich wirklich probleme mit hab, ist von einer femme mich ficken zu lassen. deshalb sag ich das ja, unter kerlen geht das wunderbar. da kann ich mich von nem kerl ficken lassen. bei frauen komm ich mir blöd vor, da muß ich der kerl sein. ist das nicht bescheuert, das ist doch total cliché.
? und wenn ne frau den kerl spielt?
!das kann sie nicht, das kann sie nicht!
?vielleicht entdeckst du einen kerl, der auch ne frau ist? vielleicht fällst du auf nen schwulen oder ´n hetero rein, der sich genauso wie du später als frau entpuppt?
!wie bitte?
?na du findest einen typen attraktiv?
!typen? ich red von nem kerl wie mir! nicht von nem typen! von ner biologischen frau wie ich, die aber ´n kerl is wie ich, so! da kenn ich noch so´n paar, auch welche, die sich jetzt zum mann umoperieren lassen. die sind ausgesprochen schwul. und dann machen wir die schwule nummer.
?du bist hetero mit ein bißchen schwul dabei?
!jaja.
?was ist das bißchen schwul dabei?
!na daß man sich im freizeitclub dann mal am wochenende mit nem kerl amüsiert, mit seinem freund. ein bißchen einen auf schwul machen, das machen wir alle, die kerle. nach außen hin sind die hetero, so wie die araber, die sind doch auch alle so. das ist doch ne kultur bei den schwulen. also nicht nur schwul, die sind hetero, haben ihre frau, werden aber von klein auf von ihren brüdern und onkeln gefickt. aber da gilt bei den jungs: sie dürfen in den arsch ficken, aber sie dürfen nicht gefickt werden. also wenn sie anderen in den arsch ficken, dann sind sie noch nicht schwul.
?die männliche rolle, wenn du aktiv bist, bist du mann. wenn du passiv bist, bist du weib?
!ist doch eigentlich in allen kulturen dasselbe, griechenland, araber, türken.
?ist ja bei den schwulen auch so, die tunten, sissies als weiblicher part und die supermachos auf der anderen seite.
!ja aber bei gerome, in die hab' ich mich richtig verknallt. da hab' ich gleich beim ersten sehen gedacht, was passiert da im bett? und ich sag' noch so zu ihr: also ich lieg' sowieso oben! und sie guckt mich so an und kriegt ganz große augen, haha, das war süß.
?also das wäre denkbar für dich, mit einer, die umgekehrt so wie du ist?

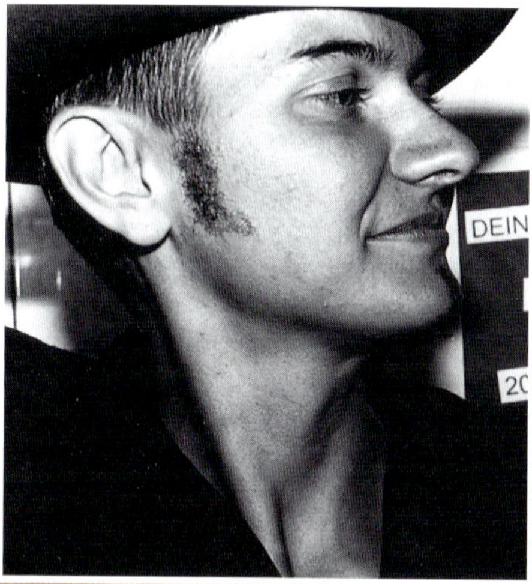
DEIN
20

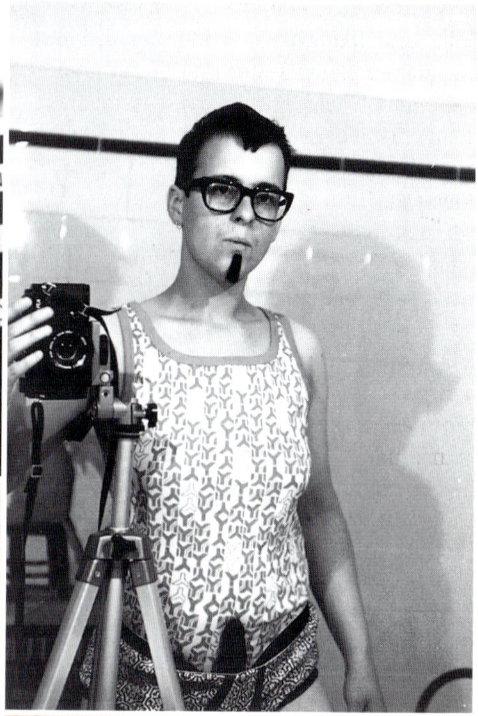

!wir wären ein traumpaar. wir könnten sogar kirchlich heiraten. stell dir das mal vor, wir könnten bei mir im dorf, also ich müßt' erst wieder in die kirche eintreten, gerome würde sowieso in die gleiche kirche eintreten wie ich, also katholisch, sie ist ja auch ausgetreten, aber frauen müssen ja immer dem mann folgen. das hab' ich ihr schon so beigebracht. und dann würden wir in diesem kleinen dorf kirchlich heiraten. es gibt keine kleiderordnung, er müßte uns trauen. ich steh' da im zylinder und frack und sie im weißen kleid.
?aber ihr steht dann doch wie alle andern auch da?
!ja eben, und er muß uns trauen. und die namen dann. manuela emmy maria, hahaha. aber der pfarrer, der pfaffe, der katholische. die story würd' ich teuer an den »stern« verkaufen. natürlich nur als liebesheirat, klar. irgendwann krieg' ich noch von einem ihrer freunde eins auf's maul. neulich wieder hat sie so'n bauarbeiter abgeschleppt, und ich hab' sie so angegrapscht, weil ich nicht geblickt hab', daß der alte dabei ist. und der hat auch nicht gesehn, daß ich keiner bin.
?du kannst also auf allen hochzeiten rumtanzen. du fühlst dich in allen lagern wohl? Ordnest du dich irgendwo ein?
!ja ich würde mich z.b. nie umoperieren lassen. und ich bezeichne mich nicht als lesbisch, ich meine schon als oberbegriff, was soll man denn sagen? hormone würd ich auch nie nehmen. gerome auch nicht.
?nun ist gerome allerdings auch ein besonders hübsches modell und nur ein solches kann an deine seite, nicht wahr. das wäre wirklich eine traumhochzeit. aber abgesehen davon ist eine einteilung sowieso blödsinnig.
!und dann ist mir letztes jahr noch was eingefallen. ich hab' NIE an kinder gedacht. aber da kam's mir als irrwitziger gedanke. ich dachte mir, gerome könnte mutter werden und ich vater!
?aber das ist doch machbar!
!wenn ich jetzt ein kind kriegen würde von gerome! stell dir das mal vor! niemals habe ich daran gedacht, aber gerome würde ich zur mutter machen. und ich würde das kind austragen, wer denn sonst? es wäre unser kind!
?dann würde der mann das kind austragen, das wäre sensationell! die story läßt sich verkaufen, ihr könnt das kind machen. dann ist für das kind ausgesorgt. und der gedanke ist dir bei den jungen gebärfreudigen modellen nicht gekommen?
?doch, ich hab' ja 2 italienische halbbrüder, von denen einer verheiratet ist und einer nicht. und der eine sieht mir sehr ähnlich, nicht meiner blonden dicken mutter. und da wollt' ich immer einer frau ein kind andrehen von meinem italienischen halbbruder. dann hätten wir ein kind gehabt, das aussieht wie ich. das hätte mich schon gereizt.
?du bist bestimmt auch ein guter vater, mutter, tante, onkel, schwester, freundin..
!best daddy in town!
?na dann fang mal an, das kinderbettchen zu sticken. du nimmst doch deinen Stickrahmen immer mit.
!ja ich bin schon auch ein bißchen tuntig. mir kommt das in letzter zeit aber ein bißchen komisch vor, wo alle meine stickerei so merkwürdig finden, fast wie vom therapeuten verordnet.
?aber du hast doch auch gute resonanz auf deine stickerei!
!ja, auch von männern! in der u-bahn grade zwei polinnen, die mit der nase schon fast in meiner stickarbeit drinhingen, haha, und geguckt haben, wie ich das mach' und zwischendurch wieder lächelten und mich bestimmt für das 7. oder 8.weltwunder gehalten haben. und dann

saß da ein deutscher älterer herr, der guckte auch immer so rüber. ich hab' dann getan, als würd' ich das nicht sehn. und er sagte dann ganz laut: ja, das ist emanzipation. emanzipation, verstehen sie! und nickt so zu den polinnen rüber. das hat dem gefallen. ich hab mir gedacht, wenn da 2 typen sitzen und knutschen, ist das nicht so revolutionär, als wenn ich da sitz' und stick'. aber nicht aus dem grund hab' ich damit angefangen, sondern weil ich das gern mach' und mir in der u-bahn langweilig ist. einmal da saß mir einer gegenüber, so'n prolltyp, morgens als ich zum putzen gefahren bin, es waren nicht so viele leute in der bahn, da hat er sich zu gucken getraut. der hing mir auch schon im rahmen, da hat nicht mehr viel gefehlt, da hätt' er gesagt: ich geb' dir'n heiermann, wenn du mich mal ne reihe sticken läßt. haha. es lag ihm auf der zunge. ich hab's genau gesehn, wie ich immer die maschen so lang hängen lasse hinten und nicht gleich vernähe. ich merke, wie er mir sagen wollte, ich sollte das vernähen. aber er hat sich das dann doch nicht getraut. und so kleine jungs, die neben mir sitzen, die finden das schon wieder ganz normal. die gucken gar nicht. die machen in der schule ja auch schon handarbeit. wir früher mußten handarbeit machen und die jungs durften werken, obwohl ich hab' schon immer gern gestickt. heute dürfen sie sich das aussuchen. viele jungs machen das gern, und viele sind verrückt auf's kochen.

Katrin, geknipst von Cornelia

Daniela Malzahn

Pathologie

Sie hatte wieder eine ihrer verrückten Ideen. Diesmal dachte ich, sie geht zu weit. Doch ich kann nie widerstehen ... "Wir treffen uns um sieben in der Pathologie", hatte sie mir ins Ohr gehaucht. Schauer liefen mir über den ganzen Körper. Und Wut stieg in mir hoch. Sie wußte, wie furchtbar ich diesen Teil des Krankenhauses finde. Lange hatte ich überlegt, ob ich zu diesem Treffen an verbotenem Ort gehen sollte. Das Verlangen und die naive Neugier siegten, und ich ärgerte mich, daß sie es wußte.
Bewußt ging ich fünf Minuten nach der vereinbarten Zeit in den Keller. Ich fingerte nach dem Schlüssel und stemmte meinen Körper gegen die schwere, kalte Stahltür. Kein Geräusch, kein Licht, kein Duft, nur Kälte. Mein Mund war trocken, meine Kehle wie zugeschnürt. Ich fing an zu frieren und schlich mich an die erste Liege heran. Nur langsam löste sich die pure Dunkelheit vor meinen Augen auf. Die unheimliche Stille machte mir Angst und ich wollte schon umkehren, da sah ich etwas Weißes am Boden liegen. Ich bückte mich behutsam danach, um mit den Knien kein Geräusch zu machen. Zieh deinen Kittel und die Schuhe aus. Sie war hier. Mein Atem ging schneller, mein Herz pochte. Ich schaute mich um, versuchte, sie im Dunkel auszumachen, ihren Duft einzuatmen. Ich zögerte nur kurz, öffnete den obersten Knopf, streifte meinen Kittel behutsam über die Schultern, ließ ihn hinabgleiten auf den Boden, schlüpfte aus den Schuhen. Tat alles so bewußt und bedacht, als wäre sie direkt

Cornelia Gürtler

Mahide Lein

Atu

hinter mir und würde mir genau zusehen. Spürte ich ihren Atem im Nacken?
Ich kippte, fing mich mit dem Arm ab an einem Bein, ich weiß nicht von wem. Starrend auf das Laken, meine Augen erklommen die Konturen, wurde ich einer Rose gewahr. Mein Blick durchdrang das Dunkel - auf jeder Liege lag eine Rose. Sie war hier.
Sie war hier. Mein Puls hämmerte, meine Gedanken rasten. Wo, wo ist sie?
Voller Erwartung sammelte ich die Rosen zu einem Strauß und preßte ihn an mich, als wäre es ihr Körper. Sie waren frisch, naß und dufteten. Die Dornen stachen in meine Brüste, ich war bereit. Leise rief ich ihren Namen.
An der letzten Liege fand ich einen zweiten Zettel. Leg dich auf mich, berühre die Unschuld in weißer Form. Zitternd legte ich mich auf sie, spürte ihre Schenkel,

ihre Scham, ihre Brüste, langsam ließ ich meine Hände über das Laken gleiten und vergrub mein Gesicht. Mein Körper bebte und liebkoste. Ich ließ meine Hand zu ihrer wandern, nahm das Laken von ihrem Gesicht und flüsterte erneut ihren Namen. Meine Augen geschlossen, meine Lippen fordernd auf dem Weg zu ihren. Ich hörte mein Herz schlagen...

Mein Herz, nur meines... Ein spöttischer Schrei gellte durch die Halle...

Michaela Göltl

Nada

the only touch
between
you' and me
ist das
MESSER
in meiner
Lederjacke

Helga Ginevra

Annette Berr

Auszug aus dem Zyklus : Die ultimative Orgasmusmaschine

Das Mädchen Dinah

Ich konnte nicht einschlafen. Ich spürte, daß sie ebenfalls wach neben mir lag.

"Schläfst du?"

"Nein", murmelte ich.

"Erzähl mir noch eine Geschichte zum Einschlafen."

"Ich weiß keine Geschichte."

"Quatsch keinen Müll, du verdienst dein Geld mit Geschichten, also los, erzähl mir eine."

"Na gut", lächelte ich, "was denn für eine Geschichte?"

"Ein Märchen."

"Ein Märchen?", fragte ich verblüfft, "was meinst du damit? Sowas mit: Es war einmal?"

"Egal, irgendwas, was es so in der Wirklichkeit nicht gibt, so, daß man plötzlich fliegen kann. Oder sowas."

"Muß es eine Geschichte sein, die es so nicht gibt, oder geht auch eine, die einfach so unglaublich klingt, daß man denkt, daß es wie ein Märchen ist?"

"Mein Gott, frag doch nicht immer soviel! Erzähl mir jetzt endlich eine Geschichte!"

"Also gut. Ich habe einmal ein Katzenmädchen aus dem Fenster springen sehen. Es war kein Mädchen und kein Junge, keine Katze und kein Vogel, und es war doch alles zugleich."

"Du lügst. Du hast mir auch erzählt, du hättest mal ein Ufo gesehen."

"Ich lüge nicht! Und ich HABE mal ein UFO gesehn! Also, ES WAR EINMAL vor fünfzehn Jahren in der Music-Hall am Walter-Schreiber-Platz. Es war der sechste Juli 1980 und ich tanzte bis zur Erschöpfung. Die Klimaanlage lief zwar auf Hochtouren, aber du weißt ja, das nützte dort nicht viel. Das Wasser lief mir runter, meine Klamotten klebten am Körper und grade lief "Miss you" von den Stones. Ich konnte nicht mehr tanzen, brauchte eine Pause und setzte mich auf das Podest, um auszuruhen. Da entdeckte ich sie. Um genauer zu sein: Da bemerkte ich, daß ich von ihr entdeckt worden war. Sie schälte sich aus einem Pulk dichtgedrängter Menschen und kam auf mich zu, wiegend, weich und geschmeidig, ich hatte noch nie zuvor ein Mädchen so gehen sehen. Irgendwie fremd. Und sehr besonders! Die ganze Zeit sah sie mir in die Augen. Das faszinierte mich, immerhin mußte sie etwa fünfzehn Meter bis zu mir zurücklegen, und sie blickte nicht nach links oder rechts, oder wo sie ihre Füße hinsetzten könnte. Es war wirklich brechend voll, aber sie schaffte es, sich durch die Menge zu bewegen, zu gleiten, niemanden anzurempeln, und die ganze Zeit ihre Augen in meine zu bohren, das war, ich weiß nicht, das war ein wenig unheimlich.

Ich weiß noch, daß sich mir der Vergleich mit einem wilden Tier aufdrängte, ein Tier, das auf der Jagd ist und sich trittgenau durchs Unterholz bewegt, ohne die Beute aus dem Blick zu lassen und ohne ein einziges Geräusch zu verursachen. Sie kam immer näher. Trotz der Hitze trug sie ein langärmliges, bodenlanges Bagwan-Gewand, so einen Hippielappen, kam näher, blieb vor mir stehen und sagte: "Hey. Du bist aber gutes Material!"

Mir fiel die Klappe.

Sie stand sehr dicht vor mir, ich saß auf dem Podest, und obwohl ich saß, über-

Babett

ragte sie mich nur um wenige Zentimeter. Würde ich aufstehen, dann könnte ich ihr locker auf den Kopf spucken, aber einstweilen war mir nicht nach spucken, sie hatte mir die Sprache verschlagen. Immerhin war ich ja noch ganz schön jung, grade siebzehn, und in dem Alter ist man noch nicht so abgebrüht.

"Hey", sagte ich dann ziemlich einfallslos.

"Hey", wiederholte sie. Immer noch bohrte sich ihr Blick in meine Augen. Mir fiel auf, daß sie bisher nicht ein einziges Mal mit den Lidern geblinzelt hatte. Und, noch merkwürdiger: als einziger Mensch im ganzen Club besaß sie ein trockenes Gesicht. Alle andern glänzten von Schweiß. Ich auch. Sie nicht.

"Setz dich doch", meinte ich und machte eine einladende Geste mit der Hand.

"Nein, keine Lust. Steh du auf."

Ich stand auf und hätte ihr tatsächlich ohne Probleme auf den Kopf spucken können. Ich kicherte, sie packte mich im Genick, riß meinen Kopf nach unten, preßte mir ihren Mund auf die Lippen, küßte mich wild, leidenschaftlich, tief und dermaßen hart, daß mir schwindlig wurde vor Verlangen. Dann ließ sie mein Genick los, und ich blieb wie ein versteinerter Volltrottel unbeweglich stehen. Vornübergeneigt, verblüfft und verwirrt. Dazu muß man natürlich wissen, daß die Music-Hall ein stinknormaler Tanzclub war, Rockmusik, Funk, aber stinknormal. Ein Mädchen, das auf der Suche nach einem Mädchen war, würde nicht unbedingt hier danach suchen. Und überhaupt, ich stand zwar auf Mädchen, aber war mit allem doch noch recht unvertraut, war schockiert, daß ich offenbar aussah wie so eine ..., und hatte eben noch jede Menge Moral-Müll im Kopf. Auf jeden Fall stand ich dort recht verwirrt in der Gegend rum.

"Bist du noch Jungfrau?" fragte sie.

Jetzt war es völlig aus. Ich nickte und murmelte: "Quasi."

"Sehr schön, Jungfrau ist wichtig."

Plötzlich war ich mir nicht sicher, ob sie vielleicht mein Sternzeichen meinte, denn das war damals unglaublich schick, sich mit dem passenden Sternzeichen zusammenzutun.

"Wie meinst du das: Wichtig? Was bist du denn?"

"Auch Jungfrau."

"Aszendent was?", versuchte ich ein zweites Mal herauszubekommen, ob wir dasselbe meinten.

"Wie? Aszendent?"

Also meinte sie tatsächlich, oder wahrscheinlich, Jungfrau. Ich hätte jetzt natürlich eine feministische Diskussion vom Zaun brechen können, daß mit Mädchen schlafen nicht unbedingt bedeutete, ein intaktes Jungfernhäutchen zu haben. Abgesehen von der altbekannten Geschichte mit Sport und so, also ich mochte es auch sehr gern, wenn ein anderes Mädchen mit ihren Fingern in mich drang, aber egal. Wer wollte in so einer spannenden Situation schon irgendwelche Diskussionen führen? Feministische.

Sie hatte keinen Moment ihre Augen aus meinen genommen.

"Wie meinst du das? Was soll diese Frage? Ich glaube nicht, daß ich..., wie soll ich sagen ...?"

"Ich will nur wissen, ob ein Begatter schon mal seinen Samen in dir abgelegt hat?"

Meine Augenbrauen schossen in die Höhe und erneut blieb mir der Mund offen stehen. Stumm verneinend schüttelte ich langsam meinen Kopf. Die hatte wahrscheinlich auch eine Macke. Ich zog solche Menschen an wie Gustav Gans das Glück, oder wie ein Stück Aas die Schmeißflie-

Helga Ginevra

gen. Absonderliche Menschen jeden Alters pflasterten sozusagen meinen Weg. Ich beschloß, sie müsse in diese Kategorie gehören. Es störte mich nicht. Mit Irren war es allemal lustiger, als mit rechenpapierartig ausgerichteten, linierten, funktionierenden, gestempelten Normalos, die sich zwar gut stapeln ließen, die aber schon um acht Uhr wußten, was sie um zehn oder zwanzig Uhr tun würden. Solche Leute machten mir Angst. Viel mehr Angst als all die Irren um mich rum, welche in ihren Fantasiesprachen komische Geschichten erzählten und merkwürdige Sachen erlebten und trotzdem lebendiger sprudelten als kochendes Wasser.
Klar, irgendwann ist alles Wasser verdampft. Dann ist eben Schluß mit lustig.

"Nein, da hat noch keiner seinen Samen abgelegt."

"Sehr gut, gutes Material! Irgendwelche Allergien?"

"Allergien?" Ich kam mir vor, wie bei einem Bewerbungsgespräch.

"Ja. Allergien. Irgendwas, was du nicht verträgst, wo dir die Augen tränen, du keine Luft mehr kriegst, dein ganzer Körper plötzlich Blasen wirft, und die Blasen platzen auf, fangen an Flüssigkeit abzusondern. Oder Blut."

"Nein. Nicht direkt", ich schluckte ungemütlich. Vielleicht hatte sie einen Hang zu Splatterfilmen? "Das einzige, was ich in der Hinsicht zu bieten habe, sind Rote Beete, da bekomme ich Durchfall."
Sie lachte schallend, übrigens zum ersten Mal und rief: "Oh, Tim Robbins! Eine Geschichte, die mit Rote Beete beginnt, endet mit dem Teufel! Prima. Das finde ich klasse. Welche Farbe?"

"Farbe?"

"Der Durchfall! Welche Farbe hat er?"

Plötzlich war ich mir nicht mehr so ganz sicher, ob sie mir tatsächlich gefiel, oder ob ich sie unappetitlich fand. Ein bißchen versaut fand ich ja gut. Aber sowas?

Sie packte erneut mein Genick, ihre kleinen zarten Finger waren erstaunlich kräftig, wieder küßte sie mich, als wären wir irgendwo verschlungen auf einer Matratze, dabei waren wir in einem überfüllten Music-Club! Aber meine Knie begannen zu zittern, mein Blut jagte kreischend durch die Adern, ich stöhnte leise jammernd vor Lust und mein Mund floß über von Spucke. Ich versuchte mich loszureißen, aus ihrem Griff zu winden, mir war das nichts, so viele Leute drumherum, ich kriegte sie nicht los, versuchte mich aufzurichten, was mir auch gelang, allerdings wurde ich weder sie noch ihren hart küssenden Mund los. Ich stand aufrecht, und sie baumelte mit ihrem Gewicht von etwa vierzig Kilo an mir, klebte wie ein blutsaugendes Ungeziefer an meinem Mund, meinen Lippen, und ich war hin- und hergerissen zwischen Ekel und Gier, meine Zunge preßte sich von selbst gegen ihre, die sich in mir aufbäumte. Miststück, dachte ich, du kleine Drecksau, hör sofort auf damit! Und endlich schaffte ich es, sie mittels einer schnellen Drehung meines Oberkörpers zur Seite zu schütteln.

Sie landete zielsicher auf beiden Füßen.

Wie eine Katze.

Ich hingegen schwankte.

Sie lachte.

Auf ihren entblößten Zähnen schimmerte Blut.

Oder?

"Los, komm", flüsterte sie, "laß uns gehen. SOFORT!"

Sie drehte sich um, ging einfach los in Richtung Ausgang.

Ich blieb sekundenlang stehen, blickte ihr hinterher. Sie glaubte doch nicht im Ernst, daß sie hier so rumzubefehlen hatte wie King Lui, dachte ich noch, dachte ich, da waren meine Füße schon längst hinter ihr her, ich konnte mich grade noch so weit bremsen, daß ich nicht losrannte.

Draußen auf der Straße blickte ich mich um, sie war schon ein gutes Stück weit vorgegangen, jetzt setzte ich mich doch in Trab. Kaum hatte ich sie eingeholte, trabte auch sie los und ich gab mir Mühe, mit ihr Schritt zu halten. Wir liefen durch eine herrliche Julinacht, der Himmel war klar, keine Wolken, ein riesiger, orange leuchtender Mond hing über den Häuserdächern, war noch lange nicht an seinem Zenit angelangt, würde irgendwann später, wie üblich, die altbekannte bleiche, kleine Scheibe sein und diese Stadt beschützen. Der Mond war ziemlich voll. Oder war sogar schon ein richtiger Vollmond? Ich wußte es nicht. Konnte sein. Wir liefen.

"Du hast mich in die Lippe gebissen!"

"Guter Sex tut meistens ein bißchen weh."

Die nächsten zwei Häuserblocks dachte ich über den Sinn ihrer Antwort nach. Mein Gott, ich war siebzehn und somit ganz entschieden NICHT ihrer Meinung. Guter Sex war für mich einfach guter Sex, war zärtlich und spannend, hatte mit Entdecken zu tun und mit der Freude aneinander, mit der Freude am Leben, mit Lust. Meine Sexualität war in diesem Alter noch nicht besonders zielgerichtet, vielleicht sogar ein bißchen unbeholfen. Also, ich fand entschieden nicht, daß sie recht hatte, jedenfalls nicht auf dem Stand meiner bisher gesammelten Erfahrungen. Wir liefen und ich keuchte: "Weiß nicht. Finde ich nicht unbedingt."

"Wir reden später darüber", antwortete sie lächelnd. Sie keuchte kein bißchen!

"Bist du Marathonläuferin?"

"Spar dir deinen Atem."

Wir liefen. Inzwischen bogen wir in die

Kolonnenstraße ein. Ich konnte einfach nicht mehr.

"Warte!"

Sie blieb stehen, drehte sich um zu mir. Kleines Persönchen. Im Mondlicht schimmerte ihre Haut weiß, der Kontrast ihrer schwarzen Haare unterstrich das Weiße noch. Sie stand da in ihrem Wallewallekleid, mit Kürbiskernketten um den Hals, und ich kriegte kaum noch Luft, und ich konnte einfach nicht mehr. Was wollte ich mit diesem Hippiemädchen eigentlich?

Sie stemmte die Hände in die Hüften und lachte mich aus.

"Komm", sagte sie, "wir müssen uns beeilen!"

"Moment", knurrte ich, "erstens, wo müssen wir überhaupt hin, und zweitens, warum müssen wir uns beeilen?"

"Erstens, wir müssen zu dir, zweitens, es geht, wie bei allem im Leben, nur um den richtigen Zeitpunkt."

Das war für mich spanisch.

"Bis zu mir ist es noch verdammt weit. Von Zeitpunkten weiß ich nichts, da halte ich nichts von. Entweder, es paßt, oder es paßt nicht."

"Eben! Und manchmal paßt etwas partout nicht ineinander, aber dann kommt der richtige Zeitpunkt, und dann ... dann macht es ZONG, und es paßt, es paßt so ineinander, als wäre es nur füreinander geboren worden. Manchmal muß man sieben Jahre darauf warten."

Für mich blieb es bei spanisch. Ich schüttelte den Kopf. Sie redete nicht so, wie ich das von Mädchen in meinem Alter gewohnt war. Komisches Zeug, sieben Jahre warten, bis es paßt. Bis was paßt? Ich hatte noch nie in meinem Leben auf irgend etwas so lange gewartet. Höchstens auf meine Volljährigkeit. Noch knapp ein Jahr, dann könnte mir keiner mehr was!

"Okay, okay. Wir wollen also zu mir. Gut. Aber, wenn wir es eilig haben, dann sollten wir vielleicht ein Taxi nehmen, sonst kommen wir sicher erst in zwei Tagen an. Mit ein wenig gutem Zureden wird mein Geld grade so reichen.

"Gut."

Sie hob die Hand. Wie aus dem Nichts hielt ein Taxi. Sie hielt mir die Tür auf, ich stieg ein. Sehr, sehr merkwürdig!

"Nach Kreuzberg bitte."

Wie ein harmloses kleines Mädchen schmiegte sie sich an mich, schob ihre Hand in meine und lächelte mich unschuldig von unten herauf an.

Sehr, sehr merkwürdig.

"Kannst du auch Regen machen?"

"Nein, ich glaube nicht."

"Mmh."

Es mochte inzwischen kurz nach Mitternacht sein. Der Himmel hatte ein betörendes tiefes Tintenblau. Der Taxifahrer redete kein Wort und das Hippiemädchen lächelte leise. Ich wurde das Gefühl nicht los, daß irgendwas nicht stimmte. Irgendwas war nicht so, wie es hätte sein sollen. Und ich war kein Held. Wirklich nicht! Und verdammt noch mal, mir wurde mulmig. Und das komische Zeug, was sie die ganze Zeit redete. Wenn sie redete!
Von Begattern und Allergien!
Sehr, sehr merkwürdig.

Wir stiegen aus. Ich wollte zahlen. Der Taxifahrer winkte ab, schlug die Tür von innen zu und brauste davon. Verdammt! Was war hier los? Ich blickte zweifelnd in ihre unverwandt blickenden Augen. Sie blinzelte immer noch nicht. Und ihre Augen hatten keine Farbe. Keine Farbe, wie Augen sie zu haben hatten. Irgendein Grau. Aber so ein dermaßen helles, helles Grau, das war nicht normal. Und es war auch nicht schön! Je länger ich in ihre Augen hineinblickte, desto heller und tiefer wurden sie.

"Sag mal, hast du eigentlich einen Augenfehler?"

"Wieso fragst du?"

"Naja", ich kam mir so doof vor, "weil du nie zwinkerst."

"Achso das, ja. Das ist aber nichts Schlimmes. Das gibt es häufiger, achormasides Syndrom. Nicht weiter wild, meine Tränendrüsen produzieren deshalb vermehrt Flüssigkeit, damit die Augen nicht austrocknen. Bei meinen Augen fehlt einfach der übliche Reflex, der normalerweise die Flüssigkeit auf dem Augapfel verteilt."

Zweifelnd sagte ich: "Achormasides Syndrom?"

Wir gingen hoch. Ich wohnte im 4. Stock. Der 4. Stock war mein Schicksal. Ich schloß die Wohnung auf. Sie huschte seitlich an mir vorbei in den dunklen Flur, drehte sich für einen Moment zu mir um, das Licht der Treppenhausbeleuchtung brach sich in ihren weit offenen Augen. Dann machte sie mein Flurlicht an. Und ich war mir nicht mehr sicher, ob ich das eben wirklich gesehen, oder ob ich mir das einfach nur eingebildet hatte. Ich mußte es mir eingebildet haben. Licht brach sich nicht in Augen, Licht wurde von Augen nicht als Licht zurückgeworfen. Jedenfalls nicht bei den Menschen, die ich bisher kennengelernt hatte.

Gerne wäre ich unauffällig zu meinem Bücherregal geschlendert und hätte heimlich im Brockhaus, den ich von meinen Großeltern geerbt hatte, nachgelesen, ob ich irgendwas über ihr Syndrom fand, da krachte die Wohnungstür, der sie offenbar einen ordentlichen Tritt versetzt hatte, hinter meinem Rücken ins Schloß. Und im gleichen Moment sprang sie mich an. Sprang sie auf meinen Mund, hing mit ihren paarmal zehn Kilo an mir, und wieder dieser Mund, so tief. Zu tief und zu hart für einen wirklichen Kuß. SO, wie ich küssen kannte, war DAS NICHT, spürte ich ihre Zunge, GENAU DAS! Aber ich, ich wollte das nicht. Nicht so wie sie das tat. Das war mir zu schnell. Das war zuviel. Ich wußte nicht mal ihren Namen.

Das war nicht so, wie es sein sollte, stöhnte ich in ihren atmenden Mund meinen Atem, atmete ich mit ihr und sie wurde laut. Lauter. Das gehörte sich so nicht. Nicht an diesem Punkt. Kämpfte ich gegen sie in meiner speicheltriefenden Mundhöhle, aber klein wie sie war, hatte sie mehr Kraft. DAS WAR MEINE WOHNUNG!

Ich riß meine Arme hoch, packte sie an den Schultern, versuchte sie fortzustoßen, mir ging das alles zu schnell. Sie flog etwa einen Meter weit. Und landete sicher auf ihren Füßen.

"Komm", murmelte sie sanft, "komm, zeig mir dein Bett! Komm schon. Komm. Komm. Hab keine Angst. Du hast nichts zu verlieren. Nicht viel. Komm."

Sie machte das Flurlicht aus. Sprang mich wieder an. Ich wollte ja, ich wollte. Sie. Oder Sex. Oder beides. Ich war nur nicht so schnell. Sie sprang und war an mir. Von meinem Mund lief es warm den Hals hinab, meine Spucke, mein Schweiß, es war Juli, die Nacht war heiß, und dieses Mädchen drehte durch. Wie viele Hände hatte sie? Hundert, oder mindestens sechs, knallte sie mich gegen den Türrahmen, immer noch im Flur, griff mir zwischen die Beine, durch die Jeans, packte mich und jetzt reichte es mir aber, packte ich sie genauso! So HART! Tat sie mir weh, tat ich ihr weh! Zog sie, so zog ich an ihr, griff in ihre Haare und versuchte, ihren zu hart küssenden Mund von meinem Hals wegzureißen. Scheiße! Wo war sie, wo stand sie? Sie biß mir den Hals, die Wange, den Mund.

"Scheiße!" schrie ich.

"Komm", schnurrte sie aus dem Dunkel, von allen Seiten zugleich, schnurrte sie aus drei oder vier Mündern, und ihre Zähne waren zu scharf.

"Hör auf!"

"Ich tu dir nichts."

"Doch! Du tust mir weh! Du machst mir Angst!"

Sie zog mich an den Händen, schleichend, windend, ihre Hände umspielten, Riemen gleich, meine Handgelenke, spielend und zugleich führend, umspielten ihre Hände meine Knochen, zog sie mich durch meinen Flur, durchs Dunkel in mein Zimmer, als wäre es ihre Wohnung.

"Jetzt mach mal halblang", rief ich keuchend, schon wieder keuchend, und sie atmete kaum und schwitzte immer noch nicht.

"Hier ist dein Bett."

"Ja", unleugbar, der Mond erleuchtete das Zimmer, da war mein Bett, und da war sie, und da war ich. Mein Mund blutete. Nicht stark, nur ein wenig. Mein Hals, die zarte Haut, alles tat weh, und sie zog mich zu MEINEM Bett. So, wie sie drauf war, wozu brauchte sie überhaupt ein Bett? Ich war mir sicher, sie würde es normalerweise an jeder Wand, im Klo und in der Straße machen.

"Komm, wir haben die Nacht auf den siebten Juli. Komm, ich glaube, es paßt. Es ist Vollmond und du bist Jungfrau."

"Hör auf! Ich ziehe mich selber aus!"

Mann, legte die ein Tempo vor. Sie hatte einen totalen Knall.

"Wo ist eine Uhr? Ich brauche die Uhrzeit, alles muß stimmen."

Und ich Vollidiot suchte ihr im Silberlicht des Mondes eine geerbte Armbanduhr, während ständig EINE von ihren sechs oder zwanzig Händen an einem meiner Gelenke krallte.

Krachend landete ich in der Waagerechten, sie auf mir. Plötzlich war ich FAST nackt, und während sie auf mir lag, entledigte sie sich ihrer Kürbiskernketten, rieb ihr Gesicht tief an meinem Hals, dem Schlüsselbein, biß, und ich biß auch, so wie sie mich und ich sie, auf und übereinander, so, so, hart, zu hart, Kürbiskerne unter der schwitzenden Haut meines Rückens, waren ihre Ketten gerissen.

Und dann zog sie sich aus, windend, auf mir, gelenk und zugleich ungelenk, entledigte sie sich ihrer restlichen Kleidung, sich hüftenschwingend auf mir windend, die Schulter, das Kreuz durchgebogen, wand sie sich und ich wand mich unter ihr, in dem Versuch, nach oben zu gelangen, DENN ICH LAG NIE UNTEN! Gelang es mir verflucht noch mal nicht. Dieses Miststück....

Ich machte eine Pause.

"Schatz, schläfst du schon?"

"Bist du des Wahnsinns, jetzt aufzuhören? Erzähl weiter, erzähl SOFORT weiter! Ich schlafe kein bißchen. Ich will wissen, wie es weitergeht!"

Da lag sie also neben mir und onanierte. Naja, vielleicht onanierte sie nicht wirklich. Vielleicht hatte sie nur ihre Hände zwischen den Schenkeln liegen und spielte an sich herum. Trotzdem war es ein wenig bitter. Wir hatten bestimmt seit zehn Tagen keinen Sex mehr zusammen gehabt. Es war spät in der Nacht. Ich war ein bißchen müde und ein bißchen trotzig. Aber gut, ich sollte erzählen. Sie würde ihre Einschlafgeschichte kriegen.

Jetzt war sie nackt, und ich sah sie zum ersten Mal an. Völlig. Ich sah sie an, während sie auf mir lag und mit ihren

Zehen meine Strümpfe von den Fesseln, den Füßen streifte. Ihr Körper sah aus wie flüssiges Silber.

Was war das?

Das war doch nicht vom Mondlicht? Sie war nicht das erste Mädchen, welches ich nackt sah. Aber das hier war schon ungewöhnlich. Ihr Körper war von einem feinen, weißblonden Pelz bedeckt, lange, feine weiße Härchen über all ihrer Haut, flossen, schmiegten sich über Muskeln, über Muskeln, wie ich sie noch nie gesehen hatte, sie war so klein, zart und zierlich, trotzdem aber so gar nicht zerbrechlich, war ein Mädchen, aber doch kein Mädchen, war sehnig, zäh, und ihr Körper sah nicht aus wie ein Körper, wie ich ihn kannte, wie ein Körper hätte sein sollen.

Ich staunte sie an, flüsterte: "Warte! Warte bitte einen Moment!"

Tatsächlich blieb sie ruhig liegen, ließ sich sogar bereitwillig von mir zur Seite schieben. Andächtig staunte ich sie an. Klar, sie hatte mir in dieser Nacht schon einige Male die Sprache verschlagen, aber das hier ..., das war anders. Eine Stille war um uns, ich wußte genau, es war die Stille vor dem großen Sturm, aber jetzt war Stille, ich brachte kein Wort und nichts sonst über meine Lippen, ... ich, verflucht war das schön, es war vollkommen neu, es war unwirklich, und ich war voller Ehrfurcht. Andächtig berührte ich sie, glitt vorsichtig, mit zitternden Händen, über die seidige Glätte ihres schillernden Pelzes, spürte die Sprungkraft ihrer sehnig gestreckten Muskulatur, das war nichts, was ich mir je hätte vorstellen können. Es war kein Mädchen. Es war auch kein Junge. Es war tatsächlich etwas ähnliches wie ..., sie war, sie war ..., ich berührte sie, drehte sie vorsichtig auf die Seite, strich über ihren gespannten Hintern, glitt über die langgestreckten Lenden, staunte den flachen Bauch an, der als einziges beinahe nackt war, ihr Nabel war keine Kuhle, sondern ein daumenkuppengroßer Knoten, sie, es ...., ich atmete stöhnend aus. Ich fühlte mich auf einmal unendlich schwach, als würde ich jeden Moment ohnmächtig werden, aber das wollte ich auf gar keinen Fall! Ich wollte ihren Anblick in mich aufnehmen , wollte wach sein, vollkommen wach und da. Meine Finger glitten über ihre Brüste, die sich fest und flach über den Rippen ausbreiteten, ja, sie hatte Brüste, wenn auch nicht so, wie ich es kannte, es waren eindeutig weibliche Brüste, und sie hatte auch eine weibliche Öffnung dort zwischen ihren Schenkeln, zwischen denen ich mittlerweile staunend kniete, ich blickte es an, aber ich konnte es nicht berühren, ich sah es nur an, die Farbe war im Mondlicht nicht so genau zu bestimmen ..., vielleicht braun? Ja, es könnte ein helles Braun gewesen sein, so wie Sahne-Nougat. Ihre Öffnung wölbte sich aus ihrem Unterleib, unbehaart wie ihre Bauchdecke, etwa in der Größe einer Aprikose, sah es fremd aus und sehr schön, zugleich unschuldig und herausfordernd, und über ihrer sich wölbenden Öffnung wuchsen aus der Stelle, die ich jetzt mal Venushügel nennen werde, obwohl es so nicht aussah, über ihrer Öffnung wuchsen zwei penisähnliche Glieder empor. Das obere war kleiner und schlanker als das untere, an der Wurzel waren sie zusammengewachsen ..., ich wagte nicht, irgend etwas von all dem zu berühren. Es ging einfach nicht.

Sehr langsam hob ich meinen Blick. Scheu und verwirrt suchte ich das Gegenüber ihrer Augen. Offen sah sie mich an, lächelte in den Mundwinkeln.

"Wer oder was bist du?"

Obwohl ich nur kaum hörbar geflüstert

Helga Ginevra

hatte, wußte ich im selben Moment, daß diese große, beschützende Stille unwiederbringlich vorbei sein würde. Überdeutlich nahm ich sie wahr. Sie schien von innen heraus zu leuchten, so wie ich es nur von Häuserfassaden kannte, wenn sich am Himmel schwarze Gewitterwolken näherten, wenn ganz plötzlich alles Tageslicht verschluckt wurde und wie ein letzter Widerschein des Lichtes, die Häuser anfingen von innen her zu strahlen.

"Ich bin Dinah. Und ich möchte einfach nur nach Hause. Ich möchte nur noch weg von hier."

"Wie lange schon?"

"Sieben Jahre. Sieben verdammte Jahre! Und ich will endlich hier weg. Ich will zurück zu meinen Leuten."

"Sieben Jahre", wiederholte ich.

"Ja, sieben endlose Jahre. Sieben Jahre in eurer Zeitrechnung. Weit mehr als 2500 Tage, und vor allem die Nächte, und alle zwei Nächte die Haare von den Händen und aus dem Gesicht reißen, ätzen, brennen, rasieren. Eine unvorstellbar lange Zeit ... . Und nun möchte ich heim."

"Warum ich? Und warum heute?"

"In einer Nacht auf den siebten Juli bin ich aus der dreizehnten Dimension gefallen. Es war nur ein dummer Unfall, die Folge eines unbedachten Spieles. Wir waren eine ganze Gruppe, ich stellte mich zu weit an den Rand, plötzlich spürte ich einen brennenden Schmerz überall, das Licht des Mondes hatte mich erfaßt, sein Licht ist der Transmitter, und dann fiel ich über die Kante. Hier bin ich nun."

"Warum ich? Warum heute?" wiederholte ich gebannt.

"Heute ist die Nacht auf den siebten Juli. In der dreizehnten Dimension, da wo ich herkomme, da gibt es keine Zeitrechnung, jedenfalls nicht so, wie ihr sie kennt. Ich muß, wie soll ich dir das bloß erklären? Es ist wie eine Tür, diese Tür ist immer da, immerzu existiert sie, aber du mußt warten, bis sie wieder an dir vorbeikommt, verstehst du das? Sie ist immer vorhanden, aber sie kommt hier bei euch nur einmal im Jahr vorbei. Ich habe es jedes Jahr versucht, jeden siebten Juli habe ich es versucht, aber das Licht reichte nie aus, es war einfach verdammt noch mal nie genug Licht! Und heute haben wir VOLLMOND! Es muß einfach funktionieren. Es Muß! Verstehst du? Heute ist meine Tür da. Es muß BITTE funktionieren."

"Okay, ich glaube, daß ich dir so ungefähr folgen kann. Aber, beantworte mir doch bitte, warum ich es bin? Bin ich so etwas wie ein One-Way-Ticket?"

Sie ließ sich Zeit mit einer Antwort. Schließlich sagte sie: "Es wird dir nichts passieren! Es wird dir nichts passieren."

Ich schwieg. Meine Augen schweiften ab, glitten durch mein Zimmer, glitten über den Boden, über unsere verstreute Kleidung, blieben schließlich an der Armbanduhr hängen. Ich beugte mich vor, nahm sie in die Hand und sah auf das rührend altmodische Zifferblatt. Ich mochte diese neuen Uhren nicht, wo eine digitale Anzeige nur das absolute JETZT anzeigte, diese neuen Uhren hatten weder ein Vorher noch ein Nachher, nur das Jetzt. Diese Uhr hier, die hatte alles, alles zugleich, vielleicht ein bißchen so, wie sie ihre Tür beschrieb, diese Tür, die immer da war, aber nur manchmal erreichbar. Hier auf dem Zifferblatt, die zwölf zum Beispiel, ich konnte sie immerzu sehen, sie war einfach da, aber der Zeiger, der kreuzte sie nur alle zwölf Stunden. Ich glaubte zu begreifen. Jedoch, wozu brauchte sie, oder es, wozu brauchte Dinah eine Uhr?

Ohne, daß ich ihr eine Frage gestellt

hatte, sagte sie: "Um zwei. Die Tür kommt um zwei Uhr früh."

Es war zehn Minuten vor eins. Sie hatte also nicht mehr so viel Zeit.

Das Zimmer wurde dunkler, panisch blickte sie zum Fenster. Eine einzelne Wolke schob sich vor den Mond. Sie tat mir leid.

"Hab keine Angst. Hörst du den Wind in den Bäumen? Es ist nur eine einzige kleine Wolke, und ausnahmsweise haben wir nachts ein bißchen Wind. Sie wird weiterziehen. Bestimmt."

Ich bemerkte, daß ihre Muskeln sich leicht spannten. Sie lag zwar auf dem Rücken, doch ich traute ihr ohne Bedenken zu, aus dem Liegen empor zu springen und über mich zu stürzen. Ich duckte mich und fragte trotzdem noch einmal: "Warum ich? Sag es mir!"

Sie schwieg. Nach und nach ließ die Spannung in ihrem Körper nach, dann sagte sie: "Also, gut. Aber erschrick nicht. Es ist nicht wirklich schlimm. Ich, wie soll ich es dir erklären? Das Licht, es darf mich nicht berühren, jedenfalls nicht direkt. Ich muß mich schützen, sonst verbrenne ich. Ihr habt hier solche merkwürdigen Geschichten über Vampire, die verbrennen in der Sonne. Ich hingegen, ich würde in der Tür verbrennen, wenn ich mich nicht mit etwas bedeckte, etwas sehr Besonderem und Speziellem. Hier bei euch gibt es das aber nicht, es gibt nur etwas sehr sehr Ähnliches. Ich muß mich damit bedecken, um nicht zerstört zu werden, und zugleich ist es in der Lage das Licht des Mondes zu bündeln und sogar zu verschlucken. Verstehst du? Mein Körper darf nicht reflektieren. Ich muß das Licht aufnehmen, und unter dieser Schutzhülle wird das Licht dann die Tür, wird der Transmitter."

"Was ist das für ein Stoff?" flüsterte ich. Eine unbehagliche Ahnung beschlich mich, ich befühlte unwillkürlich meinen Hals, die zerbissene, allmählich verschorfende Haut, "was brauchst du für deine Reise???"

"Blut."

Obwohl ich mit genau dieser Antwort gerechnet hatte, schluckte ich hörbar.

"Und Fleisch. Blut und Fleisch."

"Blut und Fleisch", echote ich matt.

"Nicht einfach nur irgendein Blut, es muß weiblich sein, muß Antikörper gegen irgendeinen Stoff ausgebildet haben, also Blut von einer Allergikerin, und es muß gemischt sein mit dieser Flüssigkeit, die ihr Weibchen hier in der dritten Dimension absondert, wenn ihr Lust empfindet."

Sie hatte sehr sachlich und schnell geredet. Ich sagte: "Ahhah."

"Und das Fleisch", auf einmal war sie gar nicht mehr zu bremsen, "das Fleisch darf auf keinen Fall geraubt werden! Auch das Blut nicht! Es muß ein Geschenk sein. Freiwillig hergegeben. Deshalb mußte ich jemanden finden, die sich gerne an den Schmerz gibt, die sich vom Schmerz beherrschen läßt, und ihn dadurch beherrschen kann."

Wieder war ich sprachlos. An den Schmerz geben? Rauben? Schenken? Einen Teil meines Körpers herausbeißen lassen, freiwillig, und trotzdem noch diesen Saft absondern, den die Weibchen der dritten Dimension produzieren, wenn sie Lust empfinden? Wofür hielt sie mich? Himmel ja, ich war allergisch gegen Rote Beete, aber sonst?

"Und es muß jungfräulich sein, es darf noch nie von einem eurer Begatter beschmutzt worden sein, denn ich bin Dinah, das heißt bei uns soviel wie ‚Die Zweischwänzige', ich bin ein ‚Königsbegatter', sie redete ohne Punkt und Komma, ich hörte ihr mit offenem Mund zu und dachte sekundenlang, daß ich bestimmt gleich verrückt werden würde, oder sinnlos schreien, oder doch in Ohnmacht fallen , ich konnte mich für nichts entscheiden und hörte einfach zu, “die Königsbegatter können selber nicht gebären, so nennt ihr das hier, wir begatten nur, und für den Transformationsprozeß brauche ich willig gegebenes Fleisch von einer, die nicht ist wie ich, deshalb darf deine Haut auch keine von diesen Informationen besitzen, die eure Begatter zurücklassen. Es darf nicht sein wie mein eigenes ... .” Ich unterbrach sie mit einer schwachen Geste. Ich wollte nichts mehr hören, nicht ein einziges Wort! Sie verstummte, und im selben Augenblick flutete das Mondlicht erneut ins Zimmer, die Wolke war vorübergezogen, es war ein Uhr und vierzehn Minuten, und ich sah aus den Augenwinkeln einen Schatten, der pfeilschnell über mir war, mich im Bruchteil einer Sekunde vornüber riß, an den Schultern niederdrückte, mein Gesicht stirnlings in die Matratze preßte, mich an den Hüften umkrallte, emporwand und riß, über mich glitt und mich durch einen tiefen Biß ins Genick bewegungsunfähig machte, während sie rücklings in mich eindrang.

Sie drang ein, rücksichtslos, als wäre es die Eile der Zeitlosen, denn sie hatte keine Zeit mehr, und ich schrie in die Matratze, schrie ich ein Ventil für das explosive Gemisch von sich widersprechenden Empfindungen, schrie ich in den Stoff des Lakens und überwand den Schock, hob mich ihr entgegen, spürte sie, spürte ihre Tentakel in mir, BEIDE ZUGLEICH, und schrie, atmete stoßweise in den Stoff, der schon feucht wurde von der Hitze meines Atems, während sie mich durchdrang, durchdrang, durchdrang, glitt ich fort, einer Ohnmacht ähnlich glitt mein ganzes Sein, all mein Empfinden glitt in den Unterleib und dorthin, überall dorthin wo sie war, dort war ich, nur noch dort und nur noch ich, ich da bei ihr, um sie herum, und ihre Zähne hielten mein Genick, drang sie schnell und immer schneller, schwindelerregend schnell immer tiefer, so schnell, daß ihre Bewegungen kein Kommen und Gehen mehr waren, sondern nur noch eine einzige gleitende Berührung.

Sie war wie ein Fließen in mir, dieses Fließen machte, daß wir EIN Körper wurden, der ineinanderfloß und sich in Flüssigkeit verband. Sie war in mir, und ihr Ziel war die Verletzung, denn sie wollte mich öffnen, ich jedoch empfand keinen Schmerz, nur ihre Zähne im Genick, die spürte ich nebelgleich als bohrenden, dauernden Schmerz, aber zwischen unseren Körpern war nur diese vereinende Berührung, weshalb ich mich höher und dichter an sie preßte, mit meinem Rücken in ihren Bauch und ihre Brust drang, mit dem einen, einzigen großen Wunsch, vollständig in sie zu dringen.

Eine Lust glühte in mir. Sehr tief. Tiefer in mir, als ich mir eine menschliche Tiefe je hätte vorstellen können. Tiefer als jedes Meer. Tiefer als der flüssige Kern im Innern der Erde. Einfach nur viel, viel tiefer als alles. Vielleicht eine ganz andere Art von Tiefe? Vielleicht so tief wie das All? Es hatte ganz bestimmt nichts mit Sex zu tun, ganz sicher nicht, Sex, so wie ich ihn kannte, war etwas ganz anderes, Sex hatte mit Zärtlichkeit zu tun, aber das hier, ich ahnte es, das hier war etwas ganz Ähnliches, nur auf einer fremden Ebene, meine Lust wuchs und ich war erschüttert von der Art der Berührung. Noch nie vorher hatte ich, geschweige denn jemand anders, mich dort berührt, war dort in mich eingedrungen, es war eine intensive Lust,

Cornelia Gürtler

ich spürte, wie ich auf einen Orgasmus zuglitt und ich weiß noch, daß ich das registrierte und mich verwundert fragte, wie das sein konnte, denn es gab keine vaginalen, also wahrscheinlich auch keine analen, Orgasmen. Trotzdem riß es mich unaufhaltsam diese besondere Welle hinauf, die ich mit anderen bisher recht selten erschwommen war, und ich stöhnte ein nicht abreißendes Stöhnen in das nasse Laken meiner Matratze, als sie mich unvermittelt von sich stieß, ich auf dem Bauch landete, im selben Moment an den Hüften gepackt, hochgerissen und herum geschleudert wurde, auf dem Rücken landete, ihre Hände an den Schenkeln spürte, die sie mir auseinanderriß, sich dazwischen warf, ihr Gesicht mit den ewig offenen Augen hineinpreßte, als wollte sie Kopf voran in mich dringen, ihren Mund in mein schwimmendes, weibliches Fleisch tauchte, ihre Zähne und ihre Zunge hineingrub, ich aber nichtsdestotrotz aufwärts glitt, und nur noch Begehren und Lust war, und über sie kam. Sie leckte und biß, teilte mich mit den Händen und ich kam. Sie badete Gesicht und Hals in mir, glitt aufwärts, dicht an mich gedrängt glitt sie mit ihrer Brust, ihrem Bauch an mir entlang, durch mich hindurch, schwamm aufwärts und rollte sich abwärts, und ich kam. Sie fraß mich auf, aber selbst das konnte mich immer noch nicht zum Heulen bringen. Ich kam. Ich habe keine Ahnung, wie oft ich in dieser Nacht gekommen war. Es erschien mir endlos, wie Stunden. Ich sackte irgendwann in einen kurzen Dämmer, nahm sie und ihren gleitenden Tanz zwischen meinen Schenkeln nur noch schemenhaft wahr, war davon berührt und beschützt, schloß die Augen. Erst, als sie sich von mir löste, als die Berührung ihres Körpers plötzlich fehlte, kam ich wieder zu mir. Seufzend empfand ich jetzt den Schmerz, ganz plötzlich war er da. Ich atmete tief durch, versuchte ihn anzunehmen und vorsichtig durch den ganzen Körper laufen zu lassen, ich zwang den Schmerz in das Geflecht meiner Adern und ließ ihn fließen, sich verteilend wurde er erträglich. Ich öffnete die Augen und sah sie.

Sie stand am Fenster. Ich drehte vorsichtig den Kopf, um sie betrachten zu können. Im Licht des Mondes wirkte sie beinahe schwarz. Schwarz und feuchtglänzend stand sie am Fenster, hatte mir ihren Rücken zugewandt, öffnete bedächtig die unteren Fensterflügel und drehte sich dann zu mir um.

"Wie geht es dir?"

Ich lächelte gequält. "Oh, ich denke, ich bin in Ordnung. Wie ist es mit dir?"

"Oh, ich denke, ich bin auch in Ordnung. Ich denke, du warst eine gute Wahl."

Sie kam auf mich zu und kniete sich hin. Das Blut begann rasant zu trocknen, die feinen Haare waren verklebt und mit kleinen Klumpen behaftet. Sie hatte sich wirklich Mühe gegeben. Soweit, wie ich das auf den ersten Blick beurteilen konnte, gab es nicht eine einzige, silbrigglänzende, nackte Stelle an ihrem Körper. In ihren Augen, diesen merkwürdigen, sich niemals schließenden Augen, schwamm Blut. Ich konnte ihren Blick nicht mehr finden. Ich suchte neben dem Bett, fand die Armbanduhr. Es war zwei Minuten vor zwei. Sie beugte sich tiefer, gab mir vorsichtig einen sanften Kuß.

"Danke. Leb wohl."

"Leb wohl."

Sie ging erneut zum Fenster, sprang aus dem Stand aufs Blumenbrett hinauf und erstarrte.

Wir warteten.

Ich beobachtete den Sekundenzeiger, dabei wußte ich nicht mal, ob die Uhr genau ging und in welcher Zeit diese Tür hier eigentlich vorbeikommen würde, ich meine, wie GENAU die anderen da in ihrer dreizehnten Dimension wohl waren. Bei uns kamen Züge nie pünktlich. Zwei Uhr. Aus ihrem Körper heraus kam ein Laut, ein Summen, das beständig anschwoll, das Licht des Mondes glitt über sie hinweg, wurde von ihrem stumpfen, dunklen Leib aufgesaugt, verschluckt, aus dem Summen wurde ein Dröhnen, das Zimmer schien zu beben und dann, dann ..., dann begann sie wieder zu strahlen, wie vorhin schon einmal, von innen heraus. Und dann sprang sie. Sie sprang einfach aus dem Fenster! Wie gesagt, vierter Stock, sprang sie. Aber nicht etwa hinab, nein, sie sprang hinauf. Eine Sekunde, oder zwei, sah ich sie fliegen, und dann war sie weg. Einfach weg. Sie hatte sich sozusagen in Luft aufgelöst.

Es schien funktioniert zu haben.

Das faszinierte mich. Was für ein überwältigender Gedanke, daß ein Teil von mir jetzt durch das All flog, oder in einer anderen Realität war, oder in einer anderen Dimension. Ein Teil von mir lebte irgendwo weiter. Ein Teil von mir konnte solch eine Wandlung mit verursachen. Das war irgendwie sehr weiblich. Wie gebären. Das beeindruckte mich alles fast noch mehr als mein allererster multipler Orgasmus, den ich in dieser Nacht erlebt hatte. Es war übrigens auch mein bisher letzter.

Ich schmiegte mich an meine Liebhaberin, die mich jedoch brüsk zur Seite schob. "Nein, ich will jetzt nicht schmusen. Ich will wissen, wie es weitergeht!"

"Wie? Es geht nicht weiter. Es hat doch funktioniert. Dinah hat ihre Tür gefunden."

"Nein, der Schluß gefällt mir nicht. Ich will wissen, was mit dem Mädchen passiert, will wissen, ob sie stirbt und überhaupt."

"Was redest du für komisches Zeug? Ich liege doch neben dir, wie soll ich denn da tot sein, denkst du etwa, ich wäre ein Zombie? Oder sowas Ähnliches?"

"Wieso denn du?"

"Na, du wolltest doch ein Märchen, und ich hab' dich gefragt, ob es auch eine Geschichte sein dürfe, die so unglaublich klingt, daß man denkt, sie ist nur ausgedacht. Das war meine Geschichte mit Dinah."

Sie schüttelte mich maulend und erstaunlich wach, sie knurrte: "Hör sofort auf mich anzulügen! Ich will jetzt einen vernünftigen Schluß. Denk dir irgendwas aus. Irgendeine ganz schreckliche Pointe."

"So glaub mir doch. Das war die ganze Geschichte. Wenn es dich glücklich macht, erzähle ich noch den Epilog. Ich lag also in meinem Zimmer, führte die Schmerzen durch meine Adern und atmete konzentriert. Nach einer Weile wurde ich doch unruhig, weil die Blutung nicht aufhörte. Es blutete zwar nicht sehr stark, aber es hörte auch nicht auf zu bluten. Also robbte ich zum Telefon und rief eine Freundin an, die in der Nähe wohnte und ein Auto hatte. Ich schilderte ihr in groben Zügen, daß ich von einem Tier angefallen und verletzt worden war. Ich bat sie um Hilfe. Sie kam. Ihren Gesichtsausdruck, als sie das Zimmer betrat, brauche ich dir wohl nicht zu beschreiben. Du kannst dir vorstellen, was sie sah. Ich war nackt, blutverschmiert, Hals, Brust und Unterleib zerbissen. Blut auf dem Laken, dem Teppich, am Fenster und überall Kürbiskerne verstreut. Sie war so unter Schock, daß sie keine einzige Frage stellte, mich in ein sauberes Laken wickelte, rasch ein paar Kleidungsstücke aus dem Regal zog und mich auf ihren Armen, die Treppe runter, zum Auto trug. Dann fuhr sie mich zur Ersten Hilfe im Urban-Krankenhaus. Wir kamen sofort ran. Der Arzt stellte alle möglichen Fragen, ich verwickelte mich in Widersprüche, kam mir vor wie ein Mörder, der verhört wurde, immer mehr Ärzte kamen, alle schauten und fragten und fühlten. Dann bekam ich eine Tetanusspritze in den zerbissenen Hintern und wurde schließlich doch ohnmächtig. Erst am kommenden Tag wurde ich wieder wach. In einem Krankenzimmer.

Ein netter älterer Professor kam vorbei und erklärte mir, daß sie die Wunde mit neun Stichen genäht hätten, daß auch sonst alles gut verheilen würde und ich glücklicherweise noch rechtzeitig gekommen wäre. Und dann fragte er und fragte und fragte. Ich wich ihm aus und antwortete sehr vage, sagte etwas von einem Tier, dann redete ich von dem Hund meines Nachbarn, er wurde nicht sehr froh mit mir, schließlich fragte ich ihn, was dieses Verhör sollte, und er sagte, daß ich jetzt die dritte Patientin innerhalb von fünf Jahren wäre, die mit solchen Verletzungen käme, und jeder von uns würde ein Stück ihrer linken, inneren Schamlippe fehlen, und jede wäre in der Nacht zum siebten Juli gekommen, alle wären sie von selber gekommen, und keine von uns wollte sagen, was denn da nur vorgefallen sei. Und so sagte ich ihm also, daß ich auch nichts weiter dazu erklären wollte, daß, wenn er in anderen Krankenhäusern herumfragte, er ganz sicher noch von vier weiteren Patientinnen erfahren würde, und ich aber ganz sicher die allerletzte wäre, sozusagen das Schlußlicht von einer Serie. Es wäre nun vorbei. Mehr sagte ich nicht. Dann ging er. Ich wurde schon nach drei Tagen entlassen. Die Bisse verheilten, die Flecken verschwanden. Ich befühlte jeden Tag meine Zähne, ob sie viel-

leicht wachsen würden, beobachtete meinen Körper, ob meine Körperbehaarung sich etwa verändern würde. Aber alles blieb altvertraut. Nur ein Teil von mir, der fehlte eben. Aber, da war ich Dinah fast schon dankbar, denn wenn ich nicht diesen Makel zurückbehalten hätte, dann hätte ich gedacht, ich hätte mir alles nur eingebildet, und darüber wäre ich früher oder später wahnsinnig geworden. Aber so?! Schade auch, daß mir das Krankenhaus nicht die Namen der anderen Mädchen geben wollte. Ich hätte sie gern kennengelernt.

So mein Schatz, mehr Epilog fällt mir jetzt nicht ein. Und bitte, frag mich nicht schon wieder, was mit dem Mädchen weiterhin passiert ist. Dieses Mädchen liegt hier neben dir. Nur ein bißchen älter.

Isabell Stade

Waltraud Schwab & Sonja Julier

DIE GLEICHUNG

ZUERST GLEICHT
SIE KEINER
$sie_1 = sie_x$
x02,3...??

DANN GLEICHT SIE IHR
$sie_1 = sie_2$

BEVOR DIESE IHR GLICH,
GLICH SIE KEINER
$sie_2 = sie_1 = sie_x$
$x = 3,4,... \rightarrow \infty$

BEIDE GLEICHEN SIE JETZT
EINER DRITTEN
$sie_1 = sie_2 = sie_3$

UND BEVOR DIESE SICH GLICHEN,
GLICHEN SIE NIEMAND
$sie_1 = sie_2 = sie_3 = sie_4 = sie_x$
$x = 4,5,... \rightarrow \infty$

ALLE DREI GLEICHEN JETZT MIR.
$sie_1 = sie_2 = sie_3 = ich$

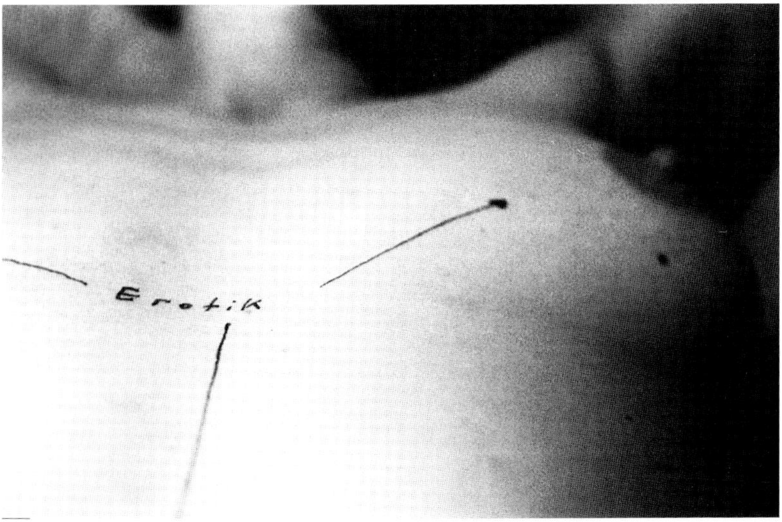

Sonja Julier

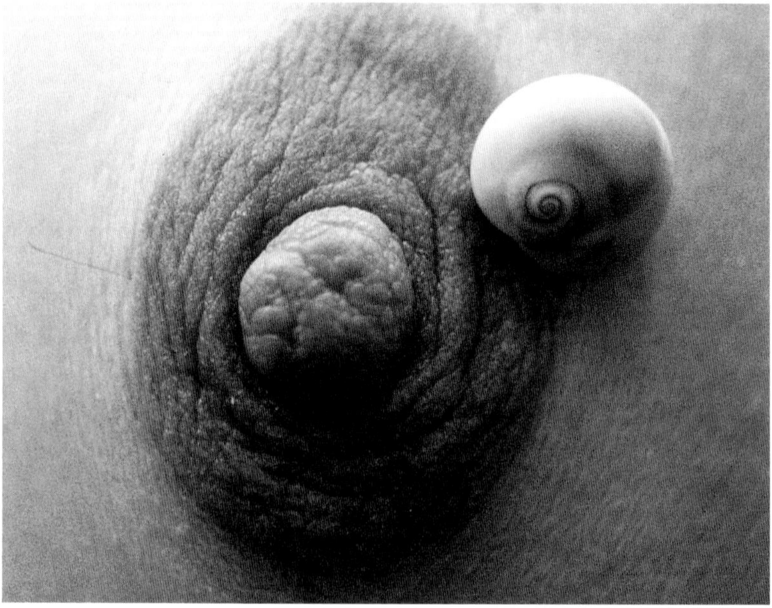

Sonja Julier

E. K.

am tod gestorben

sie war meine große liebe. bei ihr fühlte ich mich angekommen und gemeinsam wollten wir die nächsten jahre im trauten häuschen, mitten in der natur,verbringen. und dann ist sie eines abends einfach weggestorben.

sie haben bei der obduktion nichts gefunden. es gab keinen befund. einfach nichts. aber es gibt über 4000 arten des sterbens, und nicht nur die sog. eindeutig diagnostizierbaren. nun, der tod ist allgegenwärtig. heute hat man sich ja schon fast angewöhnt, auf einen sterbefall mit der alternativfrage “aids oder krebs?” zu reagieren. das ist aber quatsch, den tod so in eine ecke zu schieben.
mittlerweile denke ich, daß es für sie in ordnung war. sie hat immer gesagt, sie möchte sterben, wenn es am schönsten ist, und dann ganz schnell. gerade am abend zuvor hatten wir noch darüber gesprochen. das ist eingetreten. sie war gerade in der blüte ihres lebens. in jeder beziehung auf dem sprung nach vorn. wir waren als paar sehr glücklich, sie war gerade zu mir ins haus gezogen und um uns natur, und sie war gerade dabei, als künstlerin berühmt zu werden, hatte ein großes projekt im sinn - zum thema schwarz. sie hatte keine sorgen.
am anfang war ich natürlich todtraurig im wahrsten sinne des wortes, wollte nicht mehr ohne sie sein, ihr am liebsten folgen. ich hab’ mich immer gefragt, warum? warum darf ich nicht auch ein bißchen glücklich sein? warum ist es mir nicht gegönnt? wir waren gerade mal ein halbes jahr in dieser hochzeit und dieser verbundenheit...und dieser schmerz kommt schon immer wieder hoch. und mit ihm auch all die schmerzen, die ich in meinem leben schon durchgemacht habe. das bricht dann alles auf, weil ich durch diese liebe so verletzlich geworden bin. ich denk’

Simone Ch. Wicki

immer an ihre schönheit, und was ich alles durch sie erleben und lernen durfte. mir war ganz wichtig , daß ich sie in liebe verabschiedet habe. es war schon gruselig genug, wie diese männerschaft an ambulanz, polizei und fahrer mit ihr und mir umgingen. die gehen sehr routiniert vor, du mußt alle möglichen dummen fragen beantworten, formulare ausfüllen, etc. es war ja ein außergewöhnlicher tod, also ohne ankündigung oder krankheitsgeschichte oder so. sie haben das ganze haus durchsucht nach irgendwelchen hinweisen, was sie ja müssen. aber doch nicht in dieser art. und selbst, wenn sie irgendwelche drogen gefunden hätten oder es sich um einen selbstmord oder eine überdosis gehandelt hätte, müssen sie doch menschen mit respekt gegenübertreten, ob tot oder lebendig. junkies sind schießlich auch menschen. ich und meine freundinnen, die in dieser nacht dabei waren, haben den nächsten vormittag auf der polizei mit idiotischen und anmaßenden verhören zubringen müssen. dann haben sie mich nicht als ihre frau und geliebte ernstgenommen. das kommt ja bei lesben immer noch erschwerend dazu. da mußt du um mitsprache, besucherrecht etc. kämpfen, sonst wirst du wie ein nichts behandelt. aber gut, ich bin dann gleich am nächsten tag ins spital, wo sie sie zur obduktion hingebracht haben. ich habe denen klargemacht, daß ich sie wieder heimhole. die frauen dort haben aber gar nicht weiter nachgefragt, sondern nur gemeint, das wäre sehr unüblich. normalerweise schieben die leute die toten sofort von sich, in 20 minuten ist die leiche aus dem haus. dann übernimmt alles das bestattungsunternehmen. man will keinen kontakt mehr haben, sich nicht weiter damit auseinandersetzen. ich finde das sehr unpersönlich, eigentlich unwürdig.

neulich ist z.b. ein lieber heterosexueller bekannter von mir gestorben. ich bin zum begräbnis, vorher aber wollte ich ihn noch einmal sehen. ich hatte eine blume für ihn dabei und bin in die leichenhalle, bzw. die kühlkammer, weil ich noch einmal mit ihm allein sein wollte. ich bekam die entsprechende kabine zugewiesen. eigentlich darfst du da nichts mitbringen, aber ich hab' anscheinend so resolut gewirkt, daß sie mich

durchgelassen haben, mit meiner blume. ich bin zu ihm rein, aber diese kammer war so eng, daß ich mich nicht bewegen konnte. ich konnte mich nicht hinsetzen und eine weile einfach da sein. keine kerze, keine blume, total kalt. eisig kalt auch im wahrsten sinne, so daß ich mich bei ihm entschuldigt habe und bald rausgegangen bin. ich hab' nur noch gefroren. ich konnte ihm nicht einmal die rose in den sarg legen, weil die neuerdings nur noch eine sargklappe für den kopf aufmachen, und da kannst du die blume nicht reinstopfen. das find ich unmöglich, dieses "schneller sterben", eine unkultur. ich finde, sie könnten doch unterschiedliche kabinen anbieten, wo man sich niederlassen kann. entweder feierlich wie früher oder verschieden dekoriert, plüsch oder tiger oder was auch immer, das könnte man individuell gestalten. das wäre doch eine aufgabe für schwullesbische stadtpolitik.
den frauen hatte ich ihre lieblingskleider gegeben, damit sie ihr nicht dieses schreckliche totenhemd anziehen. sie hatten sie dann schon mal gewaschen und hergerichtet, 'ne föhnfrisur bei ´nem irokesenschnitt! und ein bißchen schminke. da hätte sich meine liebste echt geschüttelt. auf ihr äußeres hat sie nämlich immer sehr viel wert gelegt. ich hab das später noch mal in ihrem sinne korrigiert. aber die frauen waren sehr nett. ich hab mich mit einem blumenstrauß für ihre mühe bedankt. da waren sie ganz überrascht.
sie wurde also wieder zu uns nach hause gebracht. sie sollte noch mal in ihrer vertrauten umgebung liegen. ich wollte auch die zeit haben, von ihr abschied zu nehmen. auch physisch mitkriegen, daß sie einfach nicht mehr da ist. sehen, daß da nur noch ihre körperhülle ist, die verfällt, sie selber aber schon ganz woanders schwebt und glücklich ist.

meine freundinnen und ich haben den sarg mit ihr aus dem wagen gehoben und uns richtung haus bewegt. wir wollten sie die treppe hoch tragen und im schlafzimmer aufbahren. jetzt ist das häuschen aber ziemlich niedrig, und wir versuchten es von jeder seite her, sie da hoch zu kriegen. der sarg ist ja auch nicht leicht! und dann mußten wir alle furchtbar lachen. ich glaube auch, daß ich sie lachen gehört habe, weil das wirklich zu lustig aussah. also haben wir versucht, sie ins wohnzimmer zu tragen, aber das ging genausowenig. wir konnten sie nicht um die ecke bringen. da hat sie garantiert wieder gelacht. eigentlich war es ja auch klar, daß sie viel lieber im freien liegen wollte, und das haben wir schlußendlich auch eingesehen. wir haben sie draußen unterm weißen baldachin aufgebahrt, den sarg mit schönen stoffen geschmückt. da konnte sie mit blick auf die berge und ins tal, mit panorama und an der frischen luft noch einmal bei mir sein. und alle, die wollten, konnten sie noch einmal besuchen kommen und abschied nehmen. das ist hier schon etwas außerhalb, d.h. die leute haben den schritt wohlüberlegt gemacht. sonst wären sie nicht rausgekommen. da filtern sich schon die beileidsheuchler von den freunden und freundinnen. und sonst lernst du zu sortieren. wenn flüchtig bekannte mir erzählen wollten, daß sie ja schon immer ein herzleiden hatte. oder wenn die rangelei um das "wer stand ihr näher?" losging. ich hab zu einigen gesagt, nein danke, das brauch' ich jetzt nicht. schau doch lieber mal, was du da machst oder was das mit dir macht. einige dieser leute grüßen mich noch, also haben sie sich vielleicht gedanken gemacht. du wirst einfach ehrlicher, auch deinen eigenen gefühlen gegenüber.
aber von vielen leuten hab' ich doch ganz

viel unterstützung gekriegt, mehr als ich gedacht habe. meistens glaubst du ja, im endeffekt sitzt du alleine da. jeder und jede hat es auf ihre art gemacht. einer hat z.b. ein essen für mich organisiert, und ich durfte sagen, wer eingeladen wurde. gerade auch meine schwulen freunde haben mich immer aufgefangen, wenn ich mal wieder zusammengebrochen bin und ganz viel zuwendung und wärme gebraucht hab'. meine lieben waren immer um mich rum. während sie hier gelegen hat, haben wir gefeiert, getanzt, musik gehört, auch geweint, was halt gerade hochkam.
bevor sie im krematorium verbrannt wurde, gab's noch ´ne lustige szene. als wir den deckel vom sarg zumachen wollten, ging das nicht. ihre cowboystiefel waren zu groß! da hat sie auch noch mal gekichert.

ihre schwester hat die urne abgeholt und mir gebracht. sie hatte keine eltern mehr. ein bruder lebt zwar noch, hat sich aber nicht weiter gekümmert. ihre schwester wußte, daß sie mit mir zusammen war, so daß sie mich alles hat machen lassen. wir hatten ein relativ gutes verhältnis. glücklicherweise hab' ich mit meiner liebsten oft über den tod gesprochen. schließlich sind schon einige meiner besten freunde gestorben. so wußte ich, was sie gerne hätte, wenn es passiert.
ich habe mich mit der urne in die stube gesetzt und bei sehr schöner musik ihre asche gesiebt und in eine wunderschöne schale umgefüllt. dabei lag noch so diverses in der asche, knöchelchen, eine spore vom cowboystiefel -, da mußt' ich wieder lachen.
eine woche später haben wir eine große offizielle abschiedsparty für all die unterschiedlichen menschen gemacht, die sie gekannt haben. das war in der stadt, und zwar in der frauenmusikschule, wo ein

Simone Ch. Wicki

Simone Ch. Wicki

riesiges wandrelief von ihr hängt. alle mußten sich schön anziehen. ich habe einen teil der asche auf den partys verstreut, während die leute tanzten.
die interne abschiedsparty haben wir zwei monate später daheim gemacht, nachdem die restliche asche an ihren lieblingsorten verstreut war, so wie sie es wollte: ums haus herum und auf einem berg, von dem man einen wunderschönen blick in dieses tal hat. ihr geist schwirrt jetzt hier überall herum. wir haben uns auch aufgemacht, um die urne zu verbuddeln. wir sind mit einem spaten in den wald und kamen uns schon recht geheimnisvoll vor. wenn uns einer gesehen hätte, hätte man ja weiß gott was denken können. das war schon recht lustig, aber auch mühsam, die erde war so hart. ja, also es gab schon auch immer was zu lachen. das war auch in ihrem sinne und gehört auch dazu.

in letzter zeit sterben allerdings ganz schön viele in meinem umkreis, da entwickelt sich auch so eine art galgenhumor. letztens hab' ich einen freund getroffen, der soll eigentlich schon seit jahren tot sein. dem haben die ärzte gesagt, daß er seinen zwanzigsten nicht übersteht. den hab' ich mir gegriffen und hochgehalten, das ist so'n schmales bürschelchen, und zu ihm gesagt: du gehst mir nicht als nächster! und er hat geantwortet: keine sorge, ich muß erst mal mein 13. überlebensjahr feiern!

der hat seinen weg gefunden und keine todesangst mehr. der macht das, was ihm gut tut, und nicht, was die ärzte sagen. neulich war er ein wochenende in london und fährt demnächst zu einem sexcamp auf dem lande. ein anderer macht auf esoterik oder ißt nur noch biokost. das muß jeder und jede selbst rausfinden. vor allem mußt du mit dem tod leben, alltäglich. das sollten eigentlich alle machen und nicht erst drüber nachdenken, wenn es so weit ist. interessanterweise genießt du, wenn du selber todkrank bist oder mit dem tod konfrontiert warst, eine Närrinnenfreiheit. die erfahrung hab ich auch gemacht, als witwe sozusagen. du wirst natürlich extrem dünnhäutig, die grenzen verschwimmen dir, du bist verletzbar. auf der anderen seite kannst du deine studien mit den leuten treiben, spielchen machen. der überlebenskünstler hat mir z.b. erzählt, daß er nur blödsinn gemacht hat, als die anderen mal wieder glaubten, er wäre am sterben. er hat einfach mal getestet, wie weit er gehen kann. du kannst dir alle freiheiten rausnehmen, pupsen, schlürfen, jemandem ins gesicht sagen, was du schon immer mal sagen wolltest, dir wird alles verziehen. bis jemand von den engsten freunden dann sagt: jetzt mach mal halblang. das machen alte leute auch so, oder? die werden auch nicht für voll genommen und spielen das dann aus. daß sie als in den letzten zügen oder auch jahren gelten.
warum nehmen wir den tod nicht mit in unser leben, laden ihn ein, sich mal mit uns hinzusetzen und einen tee zu trinken. du siehst dann viel klarer, wo du nicht loslassen willst. auseinandersetzung mit dem tod heißt auseinandersetzung mit dem leben.

Susanne Kaiser

Babett Herchenröder

Plaudereien aus Babettes Nähkästchen

Die Folge einer Anzeige oder Wie ich entdeckte, daß ich immer noch das ahnungslose Dorfmädchen von damals bin....

"Amazonen mit und ohne Pferd gesucht, die die Christopher-Street-Day-Demo anführen. Eine lesbische Stute ist bereits vorhanden, bitte melden unter folgender Telefonnummer...". Die lesbische Stute ist mein gepunktetes Pferd Pippi aus Schottland, mit der ich nunmehr seit vierzehn Jahren glücklich zusammenlebe. Bis zur CSD-Demo habe ich sie vielleicht überredet, wie himmlisch es ist, lesbisch zu sein - so ganz scheine ich sie noch nicht überzeugt zu haben, tänzelt doch seit kurzem ein eleganter schwarzer Wallach auf ihrer Weide umher.

Jedenfalls stolzierte ich mit dieser Anzeige zum TIP, die mir rieten, die Anzeige unter w sucht w aufzugeben, da sie dort am ehesten von Lesben gelesen würde.

In der darauffolgenden Nacht riß mich ein schrilles Telefonläuten aus meinem Tiefschlaf. Keine depressive Freundin drohte sich mit Schlaftabletten umzubringen oder ähnliches, sondern ein Typ keuchte und stöhnte mit erstickender Stimme seinen Abgang ins Telefon hinein: Im ersten Moment totaler Schlaftrunkenheit dachte ich, daß da jemand umgebracht wird.

Ich nannte ihn ein blödes Arschloch und legte auf, sofort rief er wieder an. Außer mir vor Wut, schrie ich ihm die schlimmsten Verwünschungen in sein Ohr hinein und drohte ihm seine Eier auf Hochglanz zu polieren, sollte er nochmal anrufen. Er fühlte sich wohl so angemacht, daß er gleich wieder anrief. Ich war fassungslos über so viel Frechheit und zog stumm den Stecker aus der Wand.

Kaum graute der andere Morgen, folgte die nächste Reaktion auf die Anzeige, diesmal eine Frau. "Guten Tag", sagte sie höflich, "Ich habe ihre Anzeige im TIP gelesen und möchte gerne wissen, was sie darunter verstehen": Etwas verwundert konstatiere ich ihr Siezen und kapiere nicht, daß sie meine Anzeige nicht kapiert hat. Etwas ausholend erkläre ich ihr Sinn und Zweck des Amazonenheeres und gerade, als ich beginne, ihr von der Idee zu erzählen, möglichst viele Pferde an der Spitze der Demo mitlaufen zu lassen, legt sie mitten in meinem Satz wortlos den Hörer auf. Ich verstehe gar nichts mehr.

Zehn Minuten später meldet sich wieder eine Frau. "Wat verstehste denn unter Deiner TIP-Anzeige?" bellt sie ins Telefon. Ich erzähle dasselbe wie vorher. "Hab ick garnich gewußt, daß es sowat och gibt, klingt ja interessant, wa, muß ja echt geil aussehen, wenn die Weiber in Leder den Zug anführen!" Mit keinem Wort hatte ich etwas von Lederverkleidung erwähnt. "Ne Frage, biste sonst so an Kontakten interessiert?" fragt sie weiter. Nicht ganz befriedigt über meine allgemeine Antwort, bohrt sie weiter: "Welche Kleidergröße haste denn?" Ich: "Na ja, zwischen vierzig und zweiundvierzig". "Och gut, bist ja dann gar nicht so stämmig, wie Du Dich geschildert hast, bist also normal bei 168cm Körpergröße, ist mir lieber als eine kleine Dicke mit großem Busen". Ich fühle mich geschmeichelt. "Lesbisch biste doch hoffentlich och?" "Ich hoffe doch", gebe ich zur Antwort. Kurze Pause, dann: "Haste besondere Vorlieben?" Ich, gedehnt: "Ach nö, eigentlich nicht so richtig." Sie fragte nochmal nach, da im Hintergrund irgendein Vogel sehr laut zwitscherte. "Hansi, nun mach nich so einen Krach", fuhr sie ihn an, "Hansi ist nämlich mein Kanarienvogel, der gerade sprechen lernt", erklärt sie mir. Plötzlich: "Bei Dir kann ich es mir gut vorstellen, daß Du es auf französisch magst." Ich verschlucke mich fast vor Schreck: "Sag mal, woher willste das denn wissen?" "Hab ick mir eben so gedacht." Es ging weiter: "Haste es schon mal mit einem Pärchen versucht?" "Wie, mit was für einem Pärchen?" "Na ja, mit nem Mann und ner Frau." "Ich denke du bist lesbisch", frage ich zurück, "was willste denn da mit einem Mann?" "Na und" bellt sie mich barsch an, "das macht doch nischt! Ich fänd's geil, wenn ein Mann

Susan Steward

dabei zugucken würde!" Ich werde erbost: "Verdammt, ich habe aber keinen Bock darauf, daß ein Typ zuguckt!" Beleidigt knallt sie den Hörer so laut auf die Gabel, daß mir bald das Trommelfell platzt. Als ich meinem Pferd Pippi von den Telefonaten erzähle und wissen will, was sie eigentlich dazu meint, wiehert sie mich schadenfroh an: "Das fügt sich doch alles wunderbar zu einem flotten Dreier. Den keuchenden Mann hast Du ja schon, der guckt zu, wie Du es mit der Frau treibst und Hansi pfeift dazu im Hintergrund!" Sie macht sich also auch schon über mich lustig wie einige meiner Freundinnen, die mich geduldig aufklärten, was eigentlich in gewissen Kreisen unter einer lesbischen Stute zu verstehen ist.

Über die anderen Anrufe will ich lieber den Mantel des Schweigens decken. Ich will auf mein Dorf zurück: "Da herrschen wenigstens noch klare Verhältnisse, da ist eine Stute eben noch eine Stute, basta!"

Stephanie Kuhnen

Gerätepark

für Sophie, die Entdeckerin der gähnenden Möse, und alle anderen Überlebenden von Inkompetenz

Als ich vor 11 Jahren mein Coming-out hinlegte, warnte mich meine Mutter vor den sinistren und sexuell ausgehungerten Lesben, die nur auf so frisches Fleisch wie das meine warteten, um mir Drogen in die Cola zu mischen und mich direkt auf einem Billardtisch flachzulegen.
Alles leere Versprechungen, Mama. Die Kneipen waren voll mit zärtlichen Freundinnen, die ein pathologisches Interesse an meiner Kindheit hatten, und Cola trinken war sowieso politisch indiskutabel.
Nach den trockenen Jahren des stundenlangen Aurapettings, der "Vaginale-Penetration-ist-schlecht-für-den-aufrechten-Gang-einer-Feministin"s und der "Orgasmus-ist-mir-nicht-so-wichtig"s

Sandra Maravolo

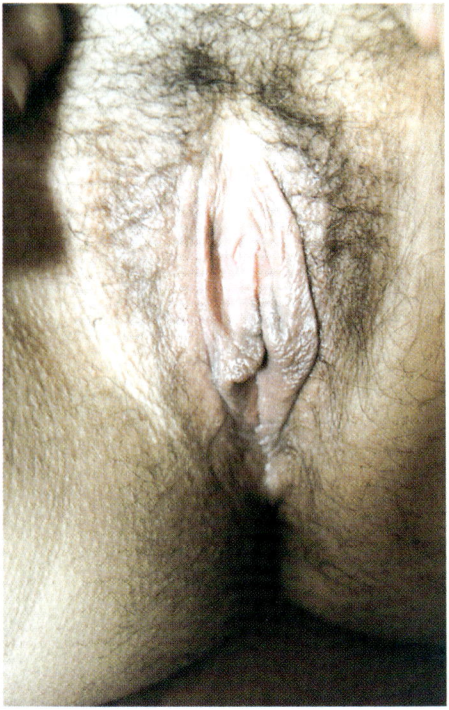

hatte ich mich bereits damit abgefunden in einem Land zu leben, in dem die Mösen nicht nur um halb zehn nach einer kleinen Mahlzeit gähnen.
Plötzlich, kurz vor Ende des Jahrtausends,

taucht eine Subspezies der Gattung Lesbe auf, die lautstark rumposaunt "Wir haben ständig Sex, Sex, Sex, wir ficken, ficken, ficken wie die Hasen und kommen, kommen, kommen wie eine Legion!". Sie sind überall; auf den Parties, in den Kneipen, in deiner eigenen WG. Man kann sie sogar morgens mit der neuen Siegessäule an der Haltestelle stehen sehen.
Die Schwestern der perpetuellen Adoleszenz sind meistens jüngere Twentysomethings mit Klamotten und Frisuren, die sie einer männlichen Jugendkultur nach Wahl abgekupfert haben und strahlen damit so viel streetcredibility aus wie ein fünfzehnjähriges weißes Mittelschichtsbübchen in Markenjeans mit Hängearsch. Sie sind waaahnsinnig gut drauf, treten nur an Wochenenden in Erscheinung und halten Kundalini für einen angesagten Club. Gerne staffieren sie sich mit eindeutig sexuell besetzten Symbolen einer erotischen Subkultur aus, mit deren Inhalt sie mit Sicherheit nichts zu tun haben wollen, weil sie das eigentlich schon ein bißchen pervers finden. Natürlich präsentieren sie sich als die einzig wahren Rebellinnen der Lesbenwelt, verfolgt von einer ganzen Armee böser Feministinnen, die ihnen hinter jeder dunklen Ecke auflauert, um ihnen ihre kleinen Spielzeuge wegzunehmen noch bevor sie herausgefunden haben, was man damit machen kann. Nur daß diese Sorte Feministinnen vollauf mit ihren eigenen Paranoiaproblemen beschäftigt ist und eher friedlich an WG-Tischen weltfremdelt, weil das Leben nicht so lieb ist wie die Kundschaft im Bioladenkollektiv und die neuste Separatistinnenbibel aus den Staaten doch eigentlich sie als die wahren Ketzerinnen auserwählt hat. Nun ist es für die juvenilen Fashionvictims schon ein revolutionärer Akt, ein unglaublich inhaltsschweres "Ficken" in den Raum zu brüllen und darauf zu warten, daß eine der gefürchteten Gemüselesben sich räuspert, um sich dann theatralisch auf den Boden zu werfen und "Foul! Foul! Ich reiche hiermit meinen Asylantrag bei den Schwulen ein!" zu brüllen.
Nach ausgiebigen anti-pc-Attitüden schließt sich die Themenliste mit den eigenen sexuellen Erfolgen. Denn sie alle haben selbstverständlich bereits das ganze Kamasutra mit und ohne Hilfsmittel hoch und runter geturnt, literweise ejakuliert, sind vaginal gekommen und haben mindestens hundert Frauen orgasmiert - vor Erreichen des fünfundzwanzigsten Lebensjahres.
Natürlich praktizieren alle safen Sex. An den Kneipentresen stehen reihenweise Lesben quasi im Ganzkörperlatexanzug und schlaumeiern ganz verantwortungsvoll über Handschuhe, Dental Dams und aufgeschnittene Kondome.

Mahide Lein

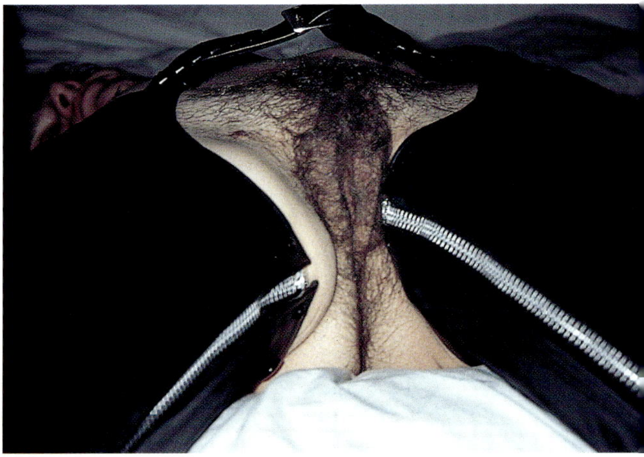

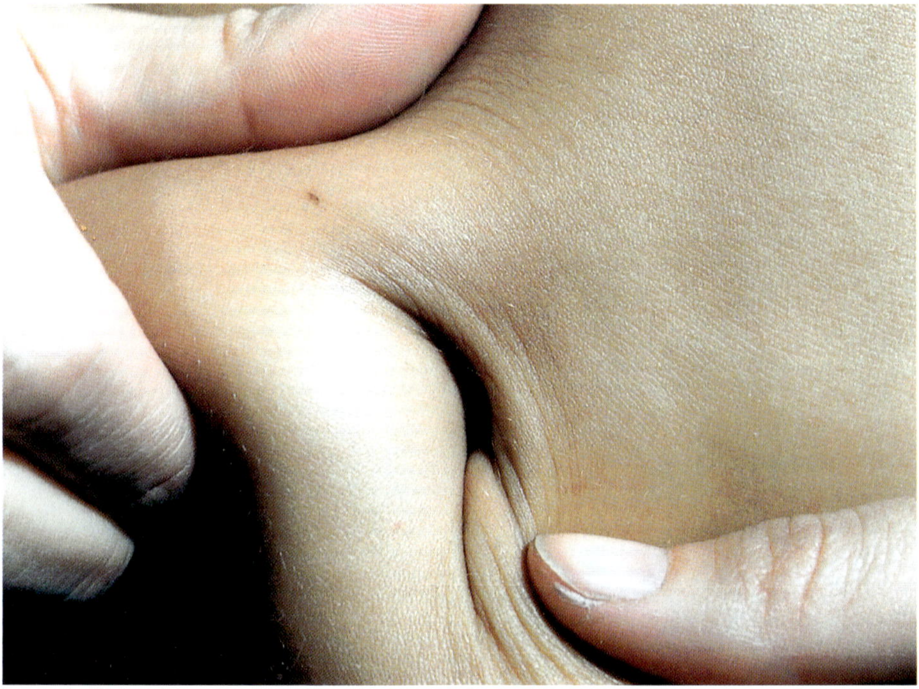

Julia Kordina

Zur Imagepflege gehört neben dem VIVA-tauglichen Outfit selbstredend im häuslichen Bereich auch das Auftakeln des kleinsten Ikearuderbootbettes mit Haken, Seilen, Ketten und Karabinern zum hochseetauglichen Viermaster. Unter bundesdeutschen Lesbenbetten entstanden so in den letzten zwei Jahren ganze Geräteparks mit allerlei Hilfsmitteln, Dildos, Harnessen, Handschellen, Fußfesseln und Skalpellen - das ganze Programm eben. Nur der Verbandskasten liegt aus Sicherheitsgründen im Auto.

Es ist schon ein bißchen zynisch, daß in allen Städten die Frauenbuchläden schließen müssen, weil die Lesben in Zeiten wie diesen angeblich kein Geld haben. Natürlich kostet allein schon die Geräteparkerstausstattung und jedes Tattoo mehr als ein Meter Pat Califia, zwei Ausgaben der Kolumnen von Susie Bright oder der Kinsey-Report. Nach vier Becks ist auch der Etat für das S/M-Sicherheitshandbuch überzogen. Ein im Zimmer auffällig exponiertes Buch bietet sicherlich auch keinen so großen Nachrichtenwert für das soziale Umfeld der modernen Sexbesessenen wie eine scheinbar zufällig liegengelassene Lube-Flasche oder ein lässig am Bett drapierter Dildo. Ein großes Bücherregal wirkt da eher unsozial als sexy.

Zu Ruhm kommt die Potenzlesbe eben nicht mit dem Sammeln von Fachliteratur, sondern nur durch das Anlegen eigener Inhaltsverzeichnissse wie "Ich war im Bett mit..."

Die Kapitel jedoch können nur mündlich weitergetratscht werden. Und das aus gutem Grund. Wer würde sich schon in einem Buch mit dem Titel "Pleiten, Pech und Pannen. Was wirklich geschah" wiederfinden wollen. Denn so manches eben auf der Party noch stramm erigierte Ego erschlafft blitzartig noch vor Erreichen der Bettkante. Wahre Abgründe nicht nur in anatomischen Grundkenntnissen tun sich auf. Plötzlich lamentieren kleine Sensibelchen mit wilden Tattoos und schweren Piercings über Schüchternheitsprobleme, wollen dir ihre Lieblingsplatten vorspielen oder fummeln im schlimmsten Fall tapsig an deinen Brüsten rum. Sollte die Beute dann noch hoffnungsfroh sein und es geht nach ein paar zappeligen Zungenküssen zur Sache, finden sie Haut auf einmal viel schöner oder haben schneller als du "aber du sagtest doch safe..." piepsen kannst eine letale Allergie gegen Latex entwickelt. Wahlweise wurde selbstverständlich kurz vorher noch ein HIV-Test gemacht, der völlig okay war. Die etwas Mutigeren machen in Panik einfach irgend etwas, was sich auch genau so anfühlt; einfach mal auf die Klitoris zielen, da kann man ja angeblich nicht viel falsch machen. Das Opfer kann von Glück sagen, wenn ihr nicht die linke Labie geknetet wird und dann ein Wochenende später in Kneipengesprächen "die mit der Monsterklit" genannt wird. Die ganz Dummen dagegen hauen dir erstmal ein paar Finger in die Möse, und jeder Schmerzensschrei pumpt die Schwellkörper des Egos erneut auf. Denn Frauen schreien ja beim Sex nur deswegen, weil sie es bekanntlich besonders hart brauchen. Diejenigen, die überhaupt nicht wissen, wie sie beim Ficken ihre ungelenken Patschefingerchen halten sollen, schnallen sich einfach lässig ihren Dildo um und bleiben so auf sicherer Distanz. Dildos sind nicht nur total cool, sondern entbinden Stümperinnen auch aus der Pflicht, sich in einer Möse auszukennen. Tragisch ist neben der zumindest theoretisch gegebenen Chance auf einen netten Fick, daß eine ganze Reihe von Sexpertinnen sich den Mund fusselig redet, um Lesben den Dildo als ein Stück Silikon näherzubringen, das in der Phantasie erst die gewünschte Gestalt annimmt. Und dann kommen diese Dumpfbacken daher und akzeptieren ihren Dildo letztendlich doch als Schwanz, weil sie schon von der Anatomie ihrer eigenen Genitalien intellektuell überfordert sind.

Ein dummer Mensch muß mal geprahlt haben, daß dumm gut fickt, aber alle, die sich jemals für Bücher oder Sex jenseits des Egos interessiert haben, wissen, daß intelligent nun mal besser fickt. Intelligente Menschen kommen zum Beispiel nicht auf so erbärmliche Theorien, daß die Möglichkeit eine Frau zu fisten, denn nur dann hat man sich den Titel Supercool verdient, von ihrer Gesamtkörpergröße abhängig ist, weil große Frauen große Mösen haben und kleine Frauen kleine Kinder gebären.

Das wirklich gute an den jetzt so verpönten Achtzigern und frühen Neunzigern waren die unzähligen Diavorträge über die Klitoris und Selbstuntersuchungsworkshops in den Frauengesundheitszentren. Die sind jetzt natürlich vor allen denjenigen peinlich, die sie nie miterlebt haben, weil sie damals noch in irgendeinem gottvergessenen Kleinstädtchen den Namen ihrer Klassenlehrerin auf ihr Mäppchen gekritzelt haben. Die meisten von ihnen würden heute schreiend wegrennen, wenn sie in einem dunklen Raum die Diaprojektion einer leinwandgozillagroßen Möse vor sich hätten, noch bevor sie ein anatomisches Aha-Erlebnis mit ihrem "da unten" gehabt hätten.

Seit ein paar tausend Jahren fragt uns das Patriarchat "Sagt mal, Mädels, was macht ihr eigentlich so im Bett?" Nun gibt es zum Millenium immer noch herzlich

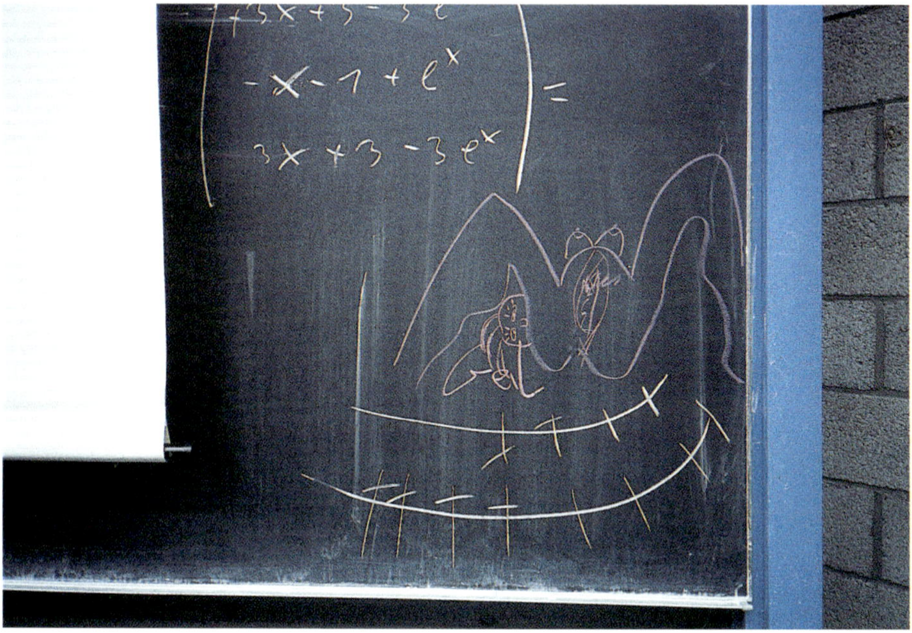

Roswitha Baumeister

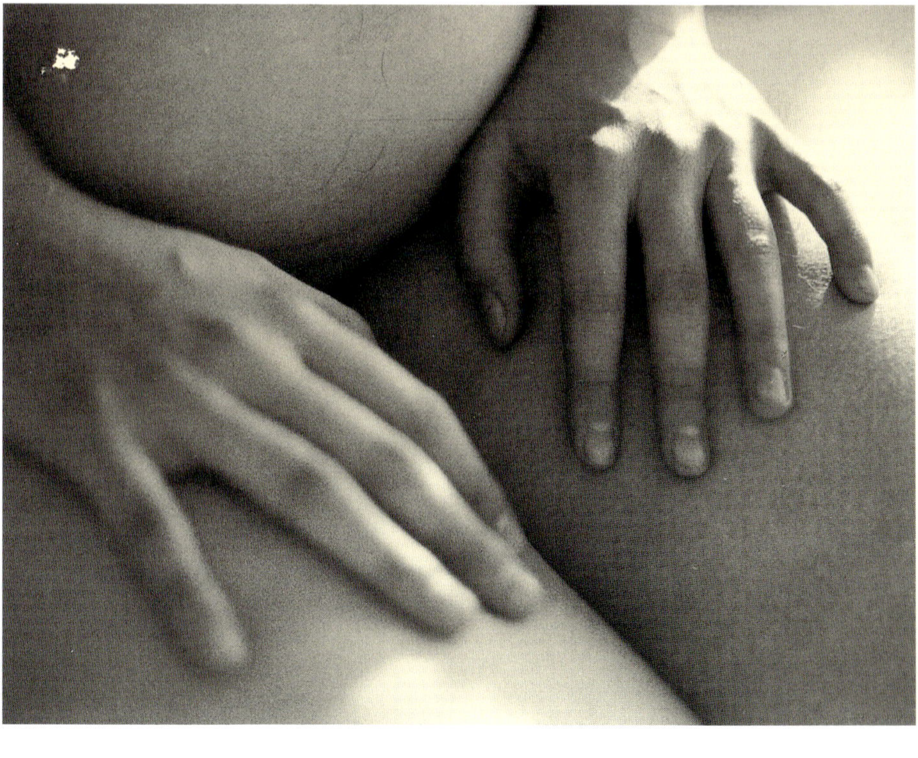
Andrea Troll

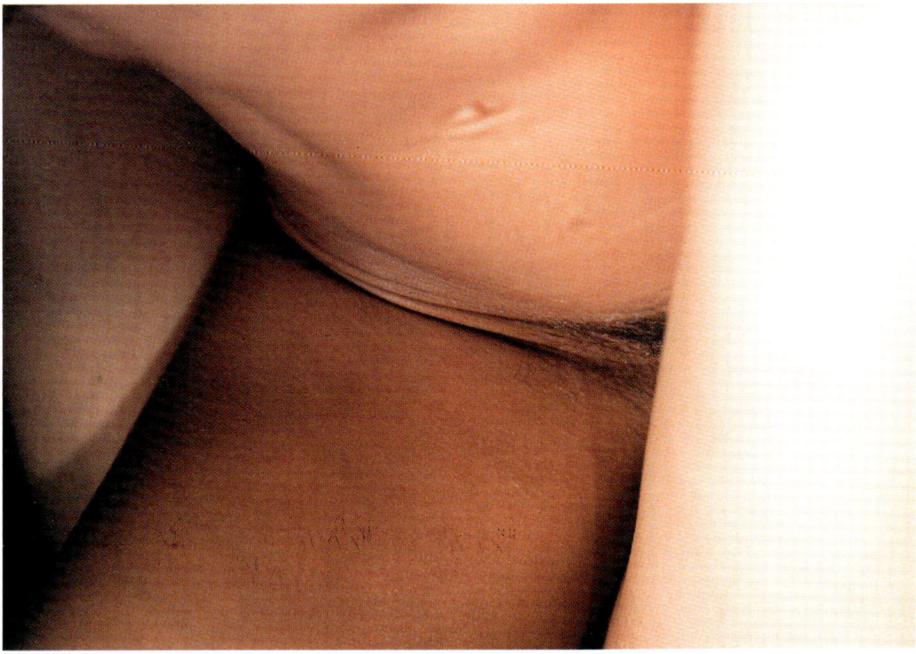

Julia Kordina

wenig Antworten darauf und es ist zu befürchten, daß "Herr, vergib ihnen, denn sie wissen nicht, was sie tun!" vor langer, langer Zeit der falsch verstandene verzweifelte Stoßseufzer einer Möse war, die, tödlich gelangweilt, zielloses Herumgestochere ertragen mußte, weil die Partnerin ihrer Besitzerin nicht für fünf Peseten Grips in ihren Fingern hatte. Nun sind Mösen an sich gutmütig und ausgesprochen geduldig, wie sonst ist es möglich, daß noch keiner wirklich Zähne gewachsen sind?
Wenn schon Tabubrechen ein neuer In-Sport der Lesben geworden ist, dann muß auch dieses endlich mal auf den Tisch: Es gibt nicht nur gute Mädchen, die in den Postpatriarchatshimmel kommen und böse Mädchen, die pausenlos überall kommen, nein, es gibt auch ausgesprochen dumme Mädchen, die nicht mal auf die Arche Noah gekommen wären, weil sie trotz abendvernichtender Sabbergeschichten einfach zu doof zum Ficken sind.

Bibliographie

Susie Bright
Susie Sexperts Sexwelt für Lesben
Krug & Schadenberg, 3. Aufl. 1995, 28,00 DM

Cathy Winks / Anne Semans
Good Vibrations. Sex fun and safe
Goldmann 1996, 17,90 DM

Frauenkörper - neu gesehen (Orlanda)

Boston Women's Health Collective
Unser Körper - unser Leben Teil I & II
Rowohlt

Pat Califa (Hrsg.)
Das S/M-Sicherheitshandbuch

Verführungen. Lesbische erotische Geschichten.
Krug & Schadenberg 1998, 34,00 DM

Peter Owen
Das kleine Knotenbuch
Delius Klasing Verlag 1997.

Karin Rick

Die Zurückweisung

Das luxuriöse Ambiente, der Barpianist, die feinen Speisen und schönen Gläser und ihr Bedürfnis, mir alles Gute zukommen zu lassen. Sie bestellt einen Bellini nach dem anderen für mich.
Sie sitzt mir gegenüber, nonchalant, vollkommenes Bild der galanten, sehr männlichen Frau, Inbegriff eines Dandys mit ihren Seidentüchern und den schlanken Fingern, die sich bewegen wie Blütenblätter im Wind, die die Zigarette halten, als wäre dies ein altes religiöses Ritual. All dies macht mich milde und sehnsüchtig, und gleichzeitig muß ich eine Grenze setzen, denn diese Frau, die ich so begehre, sagt mir kühl und selbstsicher, daß sie eine andere liebt. Sie wirkt damit in sich fest gefügt und verschlossen und überlegen, wie der Magnetstein in "Tausend und eine Nacht" im Meer, ein kostbares Mineral und schön, aber todbringend.
Ich versuche, die folgenden Minuten lachend und scherzend zu überbrücken, ich würde am liebsten zu weinen anfangen und mich an sie klammern, aber ich habe so viel Selbstdisziplin, daß ich aufstehe und auf die Toilette gehe, nur um diesen unheilvollen Bann zu brechen, um sie in meiner Niederlage nicht trotzdem fasziniert anzuschauen, in ihre klaren, präzise geschnittenen, blauen Augen, in denen ich eine Art unerbittliches Streben nach Dingen, die ihnen fremd und verschlossen sind, zu lesen glaube.
Als wir uns draußen verabschieden, bin ich förmlich und sie auch, wir sind beide eingefroren, erschüttert über die Härte der jeweils anderen.

Die Weigerung

Ich schaue dem Schneegestöber zu, die Wolken ziehen schnell dahin, und warte, und um vier Uhr läutet es an der Tür. So lange habe ich sie nicht gesehen. Sie erscheint mir noch schmaler, noch zarter, biegsamer, noch geschniegelter, als ich sie in Erinnerung habe, wie sie da lachend im Eingang steht.
Sie reicht mir einen Karton mit Mehlspeisen aus der "Aida", wie immer hat sie dreimal soviel gekauft, als sie sollte. Obwohl ich schon Tassen und Teller hergerichtet habe, laufe ich nun doch ziellos in der Küche herum, weil ich nicht weiß, wie ich die Torten (sie hat alles genommen, was auch nur im entferntesten mit Yoghurt zu tun hatte, weil ich dies geordert habe, Aprikosenyoghurt-, Erdbeer-Maroni- Topfenyoghurttorte, ich könnte sie schon deswegen abküssen, weil sie schlicht nicht auf das Geld schaut) auf einen Teller bringe, ohne daß sie auseinander fallen. Da faßt sie einfach mit der Hand in den Karton und hebt die Kuchenstücke heraus, und ich bin platt vor Bewunderung bei dem Anblick der schlanken Hand, der langen, feinen Finger, einer davon siegelberingt, des zierlichen Handgelenks, das aus der Hemdmanschette herausragt und sich nun grazil durchbeugt, als sie die Torten anfaßt. Wieso kann ein Handgelenk eine solche erotische Wirkung haben, wie kann eine Hand sich so anmutig bewegen, wenn sie ein Stück Kuchen auf den Teller legt?

Dann setzt sie sich auf das Fensterbrett und schaut mich an. Sie sitzt da, in ihrem

hellblauen Hemd. Ihre Ordentlichkeit, das Hemd glatt, ja faltenlos geplättet, die Haare ultrascharf messerschnittig kurz, sogar über den Ohren werden sie täglich nachrasiert, nur eine silberblonde Strähne hängt wie unabsichtlich in die Stirn. Also normal und konform, die adrette Tochter ihrer Mutter, die Vorzugsschülerin, doch als Kontrast dazu ihre heimliche Neigung für Frauen, die diese Angepaßtheit über den Haufen wirft. Das Gesicht verrät ein Wesen, das sich manchmal spleenig in selbstgesuchter Tragik und Leid verzehrt. Resignierter Blick eines Asphaltcowboys, der in seinen eigenen Blues verliebt ist und mich heute mit wachsendem Interesse betrachtet.
Ich lasse diesen Blick nicht zu, sie soll sich doch bitte zum Tisch setzen. Sie sagt nein, sie könne nichts essen, sie würde keinen Bissen hinunterbringen.

Es dauert so nicht lange und ich gehe zu ihr und lege die Arme um ihre Schultern, und dann bricht es wie eine Flutwelle über mir zusammen. Sie umarmt mich leidenschaftlich und küßt mich, was heißt "küßt", ihr Mund ist nichts mehr anderes als eine nasse, warme, große Vagina, die sich an mich anlegt mit ihrer undifferenzierten Feuchtigkeit, ihren mollusken Weichteilen und ihrem Schlund, die mein Gesicht aufsaugt und dann wieder wegweicht und dann wieder kommt. Ihr Mund ist schwebende, leicht dahergleitende, verderbliche Gier, ihre Hände streichen wie automatisch sofort über meine Brüste, als ob sie austesten müßten, ob sie dürfen, ob nichts ihnen im Weg steht. Natürlich steht ihnen nichts im Weg, kein Widerstand meinerseits. Und dann drängt sie mich zu dem Schreibtisch und ist schon über mir, ich trage ein Kleid heute und ich schiebe die Schenkel an ihrem Bein hin-

auf, als sie an mich stößt und mich küßt, und ihre Lippen heiß zu meinem Hals gleiten. Es ist ein ungeheurer Aufruhr, ich fahre so ab auf sie, daß ich richtig rot werde vor Scham.
Und auf einmal hört sie auf. Sie weicht zurück, und ich richte mich auf und ich halte mich an ihr an, ich verstehe es nicht, ich bekomme es nicht einmal noch richtig mit, ich lehne an ihr und ich keuche leise, und mein ganzer Körper bebt an ihrem vor Verlangen, ihre Hände halten meine heißen Ohren, meinen Hals, meine Wangen, umschließen sie ganz und mein Körper ist völlig außer sich geraten.
Aber sie will nicht mehr, ich darf ihr

Hemd nicht aufknöpfen, ich küsse ihre Brüste durch drei Schichten - Hemd und zwei T-Shirts - hindurch, aber sie hat sich wieder im Griff. Sie könne nicht, es geht nicht, sie könne sich nicht hingeben.

Lust

Sie rückt im Schlaf an mich. Auf dem Bauch liegend winkelt sie ihr Bein an und schiebt es imperativisch über meinen Hintern, oder sie drängt sich so an mich, daß ich in die Kissen gedrückt werde, und meine Schenkel von ihr auseinander geschoben. Ich stöhne auf vor Willfährigkeit, und diese Bewegung allein macht mich heiß, dieses Anlehnen, Andrücken von ihr, dieses Mich-öffnen mit der Bewegung ihres Schenkels im Tiefschlaf. Und am Morgen nehme ich sie in den Arm, ich streichle sie und sie schläft noch und ich taste mich zwischen ihre Schenkel. Ich weiß nicht, ob es mir gestattet ist, aber sie reagiert auf mich. Ihre schleimige Nässe schäumt mir entgegen, ja ich glaube zu spüren, daß sie mir die Finger hinaufkriecht, in die Zwischenräume, den Handrücken hinauf bis zum Handgelenk. Nur eine Phantasie von mir, aber keine Phantasie ist, daß sie fast sofort kommt. Es ist unabdingbar, unaufhaltbar, ihre nasse, rutschige, über und über alles benetzende Öffnung und die Enge, in die meine Finger eintauchen und das wilde Auf-und-nieder-walzen ihres Körpers, wie heiße, harte Wellen. Und das Noch-enger-werden um meine Finger herum. Und ihr Aufstöhnen und ihr An-mich-anstoßen und das Loszucken der Muskeln, die meine Hand jetzt umschließen, und all dies in ihrem Schlaf, also in einem Zustand, in dem sie über sich nichts weiß.

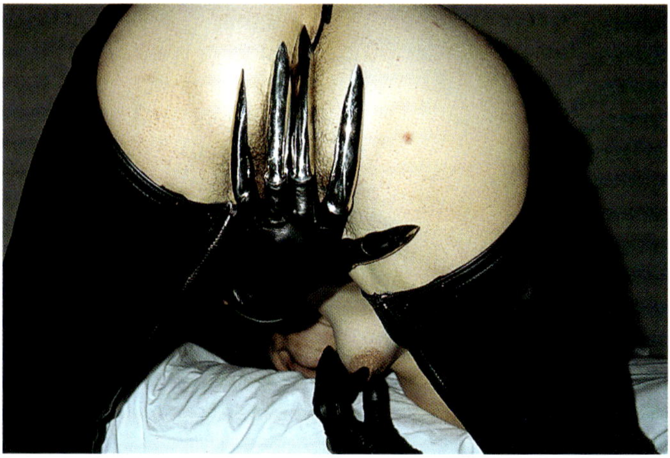

Mahide Lein

Laura Méritt

Mein lieber Eulenberg

Es war ihr 30. Geburtstag und sie wußte, es würde passieren. Was genau, konnte sie nicht sagen, aber sie hatte es im Gespür. Seit Wochen baute sich diese Spannung auf. Sie hatte sich schon unzählige Situationen ausgemalt, in denen sie einer Unbekannten ausgeliefert sein wollte: in einer Kutsche, im Beichtstuhl, auf einem Baugerüst, einem Parkplatz, in einer Gondel, einem Iglu, auf dem Fernsehturm, im Flugzeug, im Hörsaal, im Kino, in Madurodam oder Legoland. Reizvoll wäre es auch mit sieben Zwergen, dem kleinen Hobbit, Gandalf, Lieutenant Uhura, mit Lara Croft oder L7. Multiple Choice für ihr nächstes Jahrzehnt, die angeblich besten Jahre einer Frau.

Durch die Fensterscheibe der Redaktion sah sie einen Mercedes vorfahren. Der Fahrer klopfte kurz danach an ihrer Tür, eine hübsche Uniform öffnete ihren roten Mund: "Fräulein Kaiser, ich soll Sie abholen. Die Geschäftsführung weiß Bescheid, daß Sie früher gehen." Sie half ihr in das Jackett und in den Wagen, setzte ihre Mütze wieder auf und los ging's. Der Wagen rollte unter den Linden entlang zum Hintereingang der Staatsoper, wo sie wieder die Tür aufhielt und in das Reich der Maske führte. Drei Damen stürzten sich mit herzlichen Willkommensgrüßen freudig auf das auserwählte Opfer und entledigten sie ihrer Alltags- und Berufskleider. "Na, da werden Sie aber staunen, was wir aus Ihnen machen, meine Liebe!" lachte die eine, während die andere ihr eine Rüschen-Fledermausbluse überzog und die dritte die Beine in eine Strumpfhose samt kurzer roter Pluderhose steckte und mit knielangen Stiefeln schmückte. Ein rotes Bolerojäckchen mit viel Goldverzierung und ein grünes Berret mit einer langen Feder, den Säbel umgeschnallt, fertig war der Prinz von Theben. Entzückt entfernten die Damen die einzigen Barthärchen und puderten die Nase, um das jungenhafte Antlitz herauszustreichen. "Von Ihnen würd ich mich auch zum Schäferstündchen hinreißen lassen!" machte die Älteste zufrieden Komplimente und die anderen wünschten einen schönen Abend. Die schlanke Fahrerin mit dem breiten Kreuz nickte ebenfalls anerkennend und kam wieder ihrer Pflicht nach. Der Wagen verließ Berlin Richtung Oranienburg. Kurzfristig wurde ihr ein bißchen mulmig, als sie die Schilder zur Gedenkstätte des ehemaligen Konzentrationslagers sah und vor ihrem inneren Auge die gefürchtete KZ-Else auftrat. Sie beruhigte sich damit, daß sie nicht im Sträflings- oder Streifenlook zugerichtet wurde. Aber es wäre ja ein leichtes, die anstehende Szene so zu konstruieren, daß sie als entartete Künstlerin oder Oppositionelle von der Bühne des Theaters abgeführt worden wäre.

"Kennen Sie das Geschlecht der Oranienburger, Fräulein Kaiser?" unterbrach die Chauffeuse ihre Bedenken. "Geschlecht?" - "Ja, die anmutige Dame wird in der Serie Frauenköpfe abgestempelt. Sie können Sie auch lecken, für eine Mark, als Briefmarke. Louise Henriette war nicht nur blond, sondern auch eine sehr clevere Ökonomin. Sie belieferte Berlin mit Milch und Milchprodukten." Sie überlegte kurz, welches Jahrhundert das wohl gewesen sein mußte und ob sie vielleicht den angetrauten Kurfürsten abgeben sollte. Der war aber ein robuster Krieger.

Sie hatten Oranienburg rechts liegen las-

sen, bogen in eine Waldeinfahrt ein. Die Allee führte zu einem Schloß und Gutshaus namens Liebenberg. Auch hier wurde sie erwartet und endlich zu der Person geführt, die das alles initiiert hatte. Sie wartete im Teehaus im Garten. Genauer genommen war es ein Er. Er wurde vorgestellt: "Kaiser Friedrich Wilhelm II". Unter diesen Worten verfiel sie sofort in die verlangte Rolle, deren nähere Charakterisierung noch herauszufinden war. Fortan er, zog er das Berret vom Kopf, verbeugte sich zutiefst und schwenkte die Kopfbedeckung gekonnt nach hinten. "Majestät, ich freue mich sehr, Sie hier anzutreffen. Sie wissen, ich bin einer Ihrer großen Bewunderer. Was verschafft mir die außerordentliche Ehre?" - "Nun, mein lieber Eulenburg, ich habe gewisse Gerüchte vernehmen müssen, die nur durch Sie in Umlauf gebracht werden konnten. Können Sie sich vorstellen, um was es geht?" - "Majestät, ich habe nicht die geringste Ahnung von Tunten, geschweige vom Blasen!" kam es sehr überzeugend aus des Mannes Mund. - "Nein, tatsächlich nicht? Dann wollen wir doch dem Philipp ein bißchen beim Denken nachhelfen!", sagte der Kaiser höhnisch und winkte der Leibwache, in deren Uniform sich oben wie unten prächtige Wölbungen abzeichneten. Diese legte ihm an beiden Handgelenken Fesseln an und kettete ihn an das Gitter des Teehauses.
Der Säbel wurde ihm abgenommen und dem Herrscher überreicht. "Legen Sie seine Gedanken frei!" befahl er. Die Garde zog ihm mit langen Fingern ganz langsam das Jäckchen und das Hemd aus, strich über seine haarlose Brust, um dann in einem Ruck auch das Pluderhöschen runterzureißen. "Wo haben wir denn des Knaben Stengel?" näherte sich der Kaiser amüsiert. "Ah, das Wunderwerkzeug ist wohl mehr eine Kopfgeburt!" Er riß ihm die Feder vom Käppi und fuchtelte ihm

Christiane Pausch

damit im Gesicht herum. "Mit dieser Feder haben Sie diese Geschichten geschrieben und in die Zeitung gesetzt, daß alle Welt davon erfährt! Mit dieser Feder werde ich auch Sie malträtieren, geliebter Graf Eulenburg!" Er begann, ihn an den Brustbeinen, - warzen, unter den Achseln zu kitzeln, arbeitete sich an den Seiten zum Bauch vor. "Oh, das Gemäch", reagierte der Kaiser auf das verstärkte Lachen des Ausgelieferten, ließ ihm Schuhe und Strumpfhose ausziehen und kitzelte auch die Füße. "Eine recht lustige Angelegenheit, nicht wahr. Das Volk hat sich vor Lachen auf dem Boden getrollt ob der Tafel- und anderer Freuden, die Sie uns beiden angedichtet haben. und auf unserm letzten Jagdtreiben soll ich von Ihnen verlangt haben, mir einen mittelalterlichen dichtenden Prinzen zu spielen. Dann wollen wir mal hören, was er so verlautet, denn er weiß ja auch, daß im Mittelalter gar schröcklich bestraft wurde, nicht wahr?" Er gab der Leibwache wieder ein Zeichen, die verschiedene Peitschen, Zangen und Brenneisen bereit legte. Der Dichter mußte sich erst vom vielen Gelächter und den Seitenstichen zusammennehmen, bevor er den ersten Stakkato-Reim loslassen konnte: "Oh, geliebter Friedrich und Wilhelm mein..."
Der erste Peitschenhieb knallte auf ihn nieder. "Wer hat ihm denn erlaubt, mich bei allen meinen Vornamen zu nennen, ohne Titel, hm?" Weitere zwei harte Schläge trafen ihn auf der Brust. "Oh geliebter Kaiser Friedrich Wilhelm mein." Wieder gab es zwei Schläge: "Und zwei dazu! Also vier!" - "Oh geliebter Kaiser Friedrich Wilhelm der Zweite mein!" - "Na also" Zur Belohnung ein dreifacher: linke Brust, rechte Brust, Gemäch!" Die

Wache führte den Befehl willig aus, der Dichter hielt tapfer stand und fuhr, immer noch Lachen im Gesicht, fort: " gern schließ' ich ihn in mich ein." - "Wie bitte?" schrie der Kaiser. "Hab' ich richtig gehört? Wiederhole!" - "Gern schließ' ich ihn in mich ein!" sagte er den Vers noch einmal und etwas lauter. Es hagelte Hiebe. "Was ist denn das für eine Metrik! Die Silbenzahl stimmt hinten und vorne nicht. Wie viele Silben hat der Vers?" Das brachte den Dichter in Bedrängnis. "Wird's bald?" Er zuckte zusammen. Er mußte nachzählen, aber konnte sich nicht so schnell konzentrieren, wie die nächsten Peitschenhiebe mit unabsehbarer Härte eintrafen. "Sechs?" sagte er fragend. "Sex!" lachte der Kaiser. "Sonst fällt dem Versreiter wohl nichts ein!" und schlug ihm empört ins Gesicht. Die Hand ließ er auf der Backe liegen, so daß sie mit dem Gesicht zur Seite fiel. "Dann wollen wir mal zusammen zählen, los!" Der Aufgeforderte nahm wieder Kopfhaltung an und fing langsam an, die ersten Silben zu numerieren: "gern - 1, schließ' - 2, ich - 3." Er hatte erwartet, daß es für jede Silbe eine Belohnung gab. Die Augen hatte er geschlossen, um sich von der Stelle überraschen zu lassen und sie aufzunehmen. "in - 5, mich -6, ein - 7, sieben. Entschuldigung, es sind sieben Silben, nicht sechs, und der erste Vers hat mehr als sieben Silben, oh geliebter Kaiser Friedrich Wilhelm der Zweite mein!" - "Sehr gut erkannt, du numerus clausus! Also?" - "Also muß ich noch welche ergänzen", mußte er über die Zulassungsbeschränkung lachen. Ihm schwante allerdings schon, was da noch kommen sollte. Der Kaiser nickte: "Sozusagen Halbzeit der Silbenzahl, da muß der Reimer und das Blatt gewendet werden." Die Wache führte den Befehl sofort aus und knöpfte

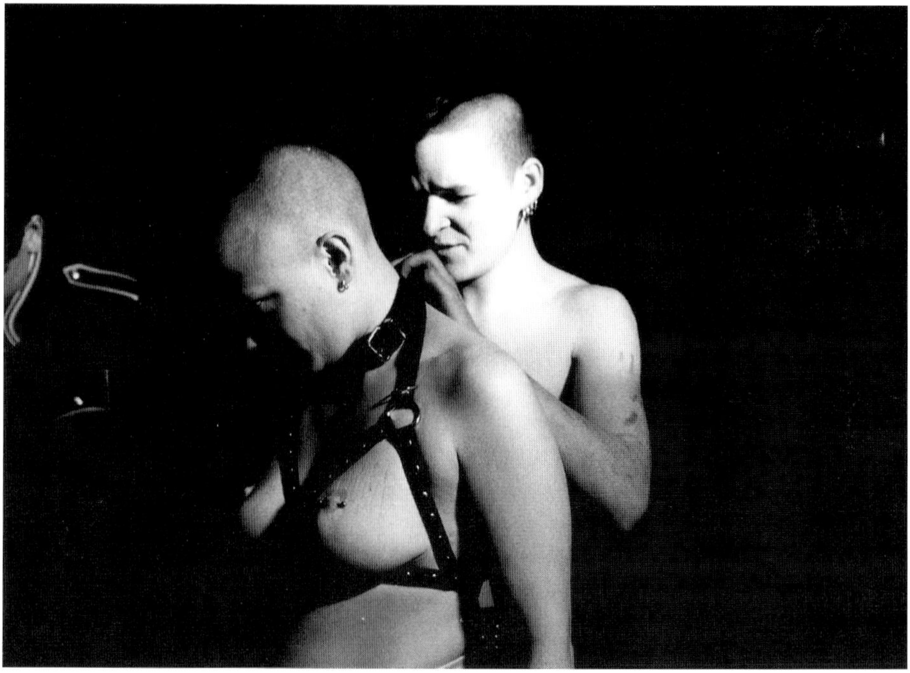

Christiane Pausch

sich die Hosen auf, was der Kaiser gleichermaßen tat. ER wartete allerdings darauf, daß der Reimer seinen Kopf zur Seite drehte und blinzelte. Gemächlich fummelte er in seiner Hose und rieb seinen Schwanz, bis er das herrschaftliche Glied herauszog. "Goldig!" rutschte dem Dichter diese Anerkennung raus, was er bitter bereuen sollte, denn von den Maßen her war er alles andere als goldig, natürlich. In diesem Moment wurde er auch schon von etwas durchdrungen, das sich nicht ganz so natürlich anfühlte, ihn erschauern ließ. Es war kalt und schwer, er tippte auf Edelstahl und stellte sich als Steigerung Silber und dann Gold vor. Bespickte Hände legten sich auf seine Schulter und streichelten ihm sanft über den Rücken, während die Kälte in ihm drin schnell einer aufkommenden Hitze wich. Die Bewegung verlagerte sich auf eine Stoßrichtung von der linken Seite her, die schneller wurde. Er hörte das Quatschen von Gleitgel, das Aufreißen von Gummis, Schnarren von Latex. Das vormals kalte Etwas war jetzt so heiß und er so weit, daß mühelos ein Wechsel zu einem anderen Material vollzogen wurde, von dem er noch nicht wußte, was es war. Er spürte auf jeden Fall mehrere Körper hinter sich, Fleisch rieb sich an seinem, Laute wurden ihm ins Ohr gesagt: " gern - schließ' - ich - ihn - in - mich - ein." Sein Auffassungsvermögen war nicht mehr unter seiner Kontrolle. Er spürte eine Hand an seinem Ausgang, während mindestens schon einer der kaiserlichen Gefolgschaften Hof erwies. Die unsichtbare Hand hatte sich nun eingenistet, kam ihm aber größer vor, als das, was er gemeinhin gewöhnt war. In der geballten Faust mußte sich noch ein Juwel befinden, das sich wohlig breit machte. Das konnte nur der Kaiser himself sein, der sich nun auch herunterließ, um seinen Namen zu sagen: "Friedrich Wilhelm" stieß er zu, und als ob dieser selbst von hinten zusätzlichen Druck empfangen würde, stieß auch dessen hoheitlicher Mund ihm die Worte "der Zweite" ins Ohr. Freiwillig wiederholte der Reimer unter dieser Beweislast den ganzen Vers: "Oh geliebter Friedrich Kaiser der Zweite Wilhelm mein", und es kam ihm, als ob bei jedem Wort, bei jeder Silbe, nicht nur ein erneuter Stoß in ihm bebte, sondern auch ein neuer Domino-Stein auf ihn fiel. Die Handlung verließ ihn, ergriff ihn jedoch noch einmal von vorne, um ihm dort den zweiten Vers zu entlocken. Der Hintergrund blieb weiter bestehen. Es wurde zu seiner eigenen Überraschung ein Schüttelvers, der sogar mit der Silbenzahl des ersten Verses mithalten konnte. "Mit Wollüsten schließe ich beide gern in mich ein!" Eine Stimme ergänzte: "Oh Wilhelm, geliebter Friedrich, der Zweite, mein" Die Leibwache war wohl in jeder Hinsicht geschult. Man ließ von ihm ab und gab ihm Raum, sich zu sammeln, als er unvermittelt laut aufschrie. Seine rechte Hinterbacke brannte und es roch nach versengtem Fleisch.
"Der Kaiser hat noch seinen Friedrich Wilhelm druntergesetzt", stellte die Garde fest.
Sie befreite den Erstreimer nun auch von den Fesseln, gab ihm freies Geleit in ein Schloßgemach. "Der Kaiser erwartet Sie später zum Golden Shower", verabschiedeten sie sich verheißungsvoll. Durch aufkeimendem Schlummer hindurch hörte er die sich entfernende Wache auf dem Gang den Endreim aufsagen: "Sein schönes Antlitz wird in Erinnerung bleiben und die Sehnsucht den Kaiser wieder zu ihm treiben!"Mit einem langen Seufzer und den Schmerz in der Backe verabschiedete sie sich von ihren Zwanzigern.

Schöneberger Mafia

Susan Proctor

Susan Steward

Zeitreiselektionen

Ginger Primrose stand neben einem gleißenden Lichterstrom, blickte kurz zu ihrer Geliebten und stieg in die Kabine. Sie fühlte, wie das Licht des Lasers über ihren Körper streifte. Sekunden später war nur noch das Haar auf ihrem Kopf übrig. Ginger trat aus der Kabine und wurde sofort von einem dünnen, schwarzen Stoff eingehüllt. Er legte sich wie Farbe an ihre Haut. Mehrere Sekunden verstrichen, bevor der Stoff, der ein Eigenleben zu besitzen schien, von ihrem Gesicht abblätterte und ihr langes blondes Haar wieder freigab.
"Kommen Sie nach vorne", sagte eine Computerstimme.
Ginger ging zu der Plattform, die in rotes Licht getaucht war.
Ihre Geliebte stand einige Meter entfernt, ein schmerzlicher Ausdruck im Gesicht verriet ihre inneren Gefühle.
"Mir geht es gut, Wendy", sagte Ginger.
Wendy lächelte gezwungen und nickte zurück.
Zwei Männer, mit dem gleichen schwarzen Stoff bekleidet, näherten sich Ginger.
"Sind Sie sicher, daß Sie weitermachen möchten?" fragten sie einstimmig.
"Ja."
"Und ist Ihnen das Risiko bewußt?"
"Ja."
"Nun gut", sagten sie. "Sie haben insgesamt drei Tage um jede der drei von Ihnen ausgewählten geschichtlichen Epochen zu erforschen. Sie dürfen mit den Menschen, auf die Sie treffen, interagieren, so wie es Ihnen beliebt. Sobald Sie haben, was Sie brauchen, werden Sie in das nächste Zeitalter befördert und jegliche Veränderungen, die Sie eventuell verursacht haben, werden wieder rückgängig gemacht.
"Ich verstehe", sagte Ginger.
"Wenn Sie in einer dieser Epochen Ihr Leben verlieren, werden Sie sofort zu uns zurückgebracht.
Aber es gibt keine Garantie dafür, daß wir Ihren Körper wiederbeleben können. Verstehen Sie das?"
"Ja", erwiderte Ginger. Sie wurde es leid, wieder und wieder das Gleiche gefragt zu werden. Sie kannte das Risiko und es war akzeptabel. Wendy war sich nicht so sicher. Sie wußte um die rationalen Gründe, warum Ginger diese Mission unternahm, aber das machte es kein bißchen einfacher. Für Wendy würde Ginger nur einen Sekundenbruchteil fort sein, aber in diesem Herzschlag könnte ihr gemeinsames Leben ein Ende finden.
"Wir können anfangen", sagten die Männer in schwarz. Wie Spiegelbilder gingen sie an ihre zugewiesenen Aufgaben.

Susan Steward

Das rote Licht hörte auf zu blinken und die Plattform fuhr langsam nach oben, mitten in eine verwirrende Ansammlung von elektrischen Geräten.

"Zeitverschiebung läuft", verkündete der Computer. "Die Sicherung ist abgeschaltet. Die Sequenz hat begonnen. Verschiebung läuft: 3...2...1..."

Ginger fühlte, wie sich die Wucht des weißen Lichts durch sie hindurch fraß. In Gedanken konnte sie Bilder sehen...wellige Hügel überzogen von weiten grünen Grasfeldern. Zerschlagene und verletzte Wolken, die damit drohten, ihren Inhalt auszuleeren. Ein sanfter Wind strich über sie und erst dann wußte Ginger, daß sie an ihrem ersten Zielort angekommen war...Frankreich 1429.
Ihr Körper begann zu prickeln, als ihr hautenger Anzug die Form veränderte. Er nahm das Aussehen der Kleidung dieser Epoche an. Ein einfaches Unterkleid, von einem grauen Wollhemd bedeckt und Hosen aus demselben Material.
Gingers Ankunft war nicht unbemerkt geblieben. Aus den zerbrochenen Scheiben eines fleckigen Glasfensters im Kirchturm einer ausgebrannten Kirche blickte sie eine junge Frau schweigend an. Die Tatsache, daß eine Person aus dem Nichts erschienen war, beunruhigte sie offenbar nicht.
Ginger lief zu der Kirche. Es war das einzige Gebäude war und breit. Dahinter krochen schwarze Rauchkringel hinauf zum Himmel. Der Boden um die Kirche herum war bedeckt von den Zeichen des Krieges. Die Erde war aufgewühlt durch das Vorbeiziehen vieler Pferde und stellenweise war das Gras rot gefleckt.
Ginger fühlte ihr Herz in der Brust klopfen, als sie sich dem dunklen Eingang der Kirche näherte.
Vielleicht war dies doch keine so gute Idee gewesen, dachte sie. Sie legte ihre Hand auf die kalten Steine und lugte hinein.
Auf der gegenüberliegenden Seite des Gebäudes kniete eine junge Frau zwischen den Ruinen. Sie war der Tür zugewandt, hatte die Hände im Gebet verschränkt und sprach leise. Als Ginger zu ihr ging, konnte sie die Rüstung sehen, die ihre Brust bedeckte. Zu ihrer Rechten lag ein Schwert, zu ihrer linken ein Schild, verziert mit Abbildungen von kleinen geflügelten Frauen, die die Fahne Frankreichs in der Hand hielten. Ihr Haar war kurz und dunkel. Ihre Augen himmelblau. Sie war klein, aber nicht zerbrechlich.
Ginger wußte sofort, wer sie war. "Jeanne d'Arc", dachte sie laut.
Die Augen der jungen Frau weiteten sich, als ihr Name ausgesprochen wurde. "Ich habe darum gebetet, daß Ihr kommt", sagte sie.
Ginger lächelte. Der Mikroprozessor in ihrem Gehirn übersetzte jedes Wort genau, und wenn sie redete, würde er sogar ihre Sprache steuern.
"Seid Ihr die Heilige Katharina?" fragte Jeanne mit ruhiger und sicherer Stimme.
"Nein", antwortete Ginger lächelnd.
"Dann vielleicht die Heilige Margret?"
"Ich bin keine Heilige", sagte Ginger.
Verwirrt stand Jeanne auf. "Ich kenne Euch nicht."
Ginger war nur wenig größer als Jeanne und ähnlich gebaut.
Jeanne fuhr fort: "Ich reise nach Dauphin, um mich dort meinem Heer anzuschließen.., Ich habe mich verirrt und hielt an dieser Kirche, um nach göttlicher Hilfe zu beten, die mir den Weg zeigt..."
"Ich kann dir helfen", sagte Ginger, "aber du mußt mir auch helfen."
Jeannes blaue Augen blickten suchend in Gingers. "Wie kann ich Euch helfen?"
Wie soll ich das erklären, dachte Ginger. "Ich komme von einem anderen Ort, einem Ort, wo viele Freuden des Lebens verlorengegangen sind. Meine Aufgabe ist es, Menschen zu finden, die mir helfen, ...die mich unterweisen."
Jeanne stellte sich vor ihrem geistigen Auge vor, was es hieß, einen Engel zu un-

terrichten, denn ein Engel, das war diese Frau gewiß.
"Was könnte ich einem Engel überhaupt beibringen?" fragte sie.
Ginger lächelte. "Bitte, ich bin kein Engel. Und was du mir beibringen kannst? Ich würde dich gerne auf deiner Reise begleiten. Ich hoffe, daß es schon ausreicht, mit dir zu gehen, um die Erkenntnis zu finden, die ich suche."
Jeanne zog ein verwundertes Gesicht.
"Ich verstehe nicht ganz, was du tust, Engel."
"Bitte, ich heiße Ginger."
"Die Heilige Ginger?"
"Nein", sagte Ginger. "Komm, laß uns an einen fröhlicheren Ort gehen."
Ginger legte ihren Arm um die kleinere Frau und sie verließen die Kirche. Sie kamen zu einem kleinen Fluß, wo Jeanne ihr Gesicht und ihre Hände von dem Schmutz wusch, der sie bedeckte.

Susan Steward

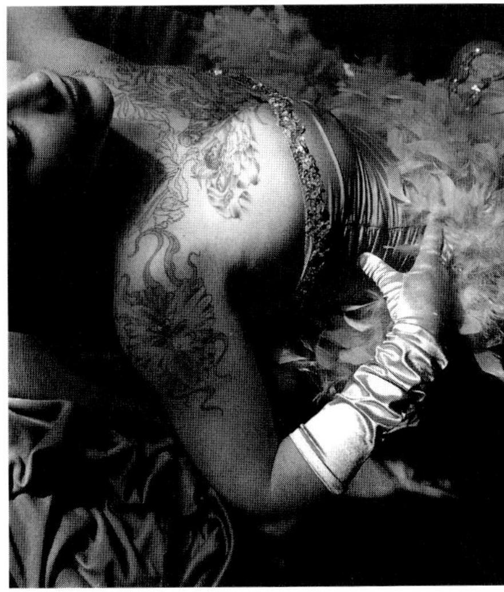

Susan Steward

Dann zog sie sich aus und stieg in das Wasser. Ginger bewunderte die zierlichen Umrisse Jeannes. Ihre Brüste waren fest und rund und trotzten der Schwerkraft. Sie schien ihre Blöße zu genießen und es war offensichtlich, daß das frische Wasser mehr als nur ihren Geist belebte.
"Komm rein zu mir", winkte sie.
Ginger schlüpfte aus den etwas ungewohnten Kleidungsstücken. Sie registrierte jedes Stück in ihrem Gedächtnis, damit sie später wußte, in welcher Reihenfolge sie sie wieder anziehen mußte. In ihrer eigenen Zeit trug sie nur einteilige Körperanzüge. Ginger streckte einen Fuß in das Wasser. "Oh", sagte sie überrascht.
"Es ist kalt."
Jeanne lachte: "Es ist wundervoll."
Ginger konnte sich nicht überwinden, in das kalte Wasser zu steigen. So etwas hatte sie noch nie erlebt. Jeanne bemerkte ihr Zögern und schwamm zu ihr. Sie nahm Ginger bei der Hand und führte sie in das Wasser. Ginger hielt den Atem an und hatte sofort überall Gänsehaut. Oh, es ist kalt, oh, ist das kalt, sagte ihr Gehirn immer wieder, aber irgendwie schaffte sie es so weit hinein, bis das Wasser ihr bis zum Hals ging.
Jeanne lachte über ihre neue Freundin, die sich wand und Grimassen schnitt. "Ist es nicht erfrischend, Ginger?"
"Ich habe so etwas noch nie gemacht", sagte Ginger mit klappernden Zähnen.
Jeanne quiekte. "Wie ist es möglich, daß jemand, der so weiß ist, noch nie gebadet hat?" Sie strich mit der Hand über Gingers Arm. Noch nie hatte sie so eine weiche und glatte Haut gefühlt.
Die Wärme von Jeannes Berührung ließ Ginger lächeln. Sie legten die Arme um einander und drückten ihre Körper zusammen. Ginger schloß die Augen. Der scharfe Kontrast zwischen dem kühlen Wasser, das um sie herum wirbelte, und der Hitze ihrer Haut war verzaubernd. Jeannes warmer Atem küßte Gingers Nacken.
Für eine junge Frau hast du sehr viel Lebensfreude, dachte Ginger.
Gemeinsam schwammen sie zum Ufer zurück. Jeanne griff nach ihrem wollenen Hemd und trocknete Gingers Körper. Sie strich mit dem Kleidungsstück leicht über Gingers Brüste. Die Wollfasern scheuer-

ten leicht über ihre Brustwarzen und erregten sie. Geschickt fuhr sie über Gingers Bauch, dann zu ihrem Rücken und nach unten zu ihrem Po. Sie kniete sich vor Ginger und streichelte weiter über ihre Hüften und Schenkel. Als sie sich wieder aufrichtete, umarmte Ginger sie und gab ihr einen leichten Kuß auf den Mund. Jeanne lächelte und gab ihr das Hemd. Ginger trocknete Jeannes Körper auf ähnliche Weise, dabei ließ sie sich Zeit und bewunderte wieder ihre Schönheit. Sie streifte über Jeannes Brüste, wodurch diese hart wurden. Zwei weiche rosa Erdbeeren auf kleinen schneebedeckten Bergen.

Susan Steward

Jeanne genoß die Aufmerksamkeit, die ihren Blüten geschenkt wurde, sie umfaßte Gingers Gesicht und küßte sie sanft. Ginger erwiderte den Kuß, indem sie ihren Mund öffnete und zuließ, daß ihre Zungen sich erforschten.

Ginger schob ihren Arm um Jeannes Taille und zog sie zu sich, dann fuhr sie mit ihren Händen nach unten und liebkoste Jeannes Po.

Ginger stöhnte leise, als Jeanne ihre warmen Hände auf ihre Brüste legte.

Oh, das fühlt sich so gut an, dachte sie. Sie fühlte, wie Jeannes Küsse immer leidenschaftlicher wurden. Wie Hunger, der unbedingt gestillt werden mußte. Dieses Gefühl brannte sich in sie. Ihre eine Hand lag immer noch auf Jeannes Hintern, die andere führte sie langsam an ihrem Bein entlang hinauf zu den weichen Schamhaaren, die ihre Lippen bedeckten. Ginger schob ihre Finger zwischen die feuchten Falten. Jetzt war es Jeanne, die in Gingers Mund keuchte. Auch sie suchte mit ihren Händen nach Gingers weichem Hintern und ihrer feuchten Scheide. Zusammen streichelten sie sich sanft. Ginger strich über die Klitoris ihrer Geliebten und sandte damit kleine Erschütterungen durch Jeannes Körper. Sie drückte ihr Becken nach vorne, so daß sich ihre Hände berühren konnten. Als beide jetzt das seidene Tal der anderen hoch und hinunter streichelten, konnten Ginger und Jeanne das leise Zittern fühlen, das ihre Berührung verursachte. Bald wurde es übermächtig und beide wurden durch einen gewaltigen Orgasmus erlöst. Eng aneinandergeschmiegt standen sie da, küßten sich zärtlich und hielten sich noch einige Minuten lang umschlungen. Dann trocknete Ginger ihre junge Freundin ab und sie zogen sich wieder an. Hand in Hand liefen sie gemeinsam durch die Landschaft.

Jeanne erzählte Ginger von ihrem Land und von den Engländern, die versucht hatten, es ihnen wegzunehmen. Ihre Stimme, die so weich und verletzlich gewesen war, als sie im Fluß gebadet hatten, bekam nun einen zornigen Unterton. Ihre Leidenschaft ließ Ginger das Herz aufgehen. In diesem Moment traf es sie wie ein Blitz. Jeanne d'Arc hatte ihr die Leidenschaft gezeigt. Leidenschaft, etwas Neues auszuprobieren, für das eigene Land und das eigene Volk...und für das Leben. In nur einem halben Tag hatte die Frau, die damit fortfahren würde, ihr Volk aufzuwiegeln, damit es die Engländer hinauswarf und die als Joan of Arc einen Platz in der Geschichte erhalten würde, ihre Leidenschaft an Ginger Primrose weitergegeben.

Am Horizont kamen ein Dutzend Männer auf sie zugeritten. Sie jubelten und riefen Jeannes Namen. Ihre Leute hatten sie gefunden.

Ginger wandte sich an ihre junge Freundin. "Ich muß jetzt gehen", sagte sie. "Du hast mich gut unterrichtet, ich weiß nun, was Leidenschaft ist und auf welch verschiedenen Wegen sie erreicht werden kann. Danke. Vielen Dank und viel Glück auf deiner Reise."

Jeanne lächelte in das Gesicht, das für sie das Antlitz eines Engels war. Sie gab Gingers Hand frei, nahm ihr Gesicht in beide Hände und küßte sie auf den Mund.

Ginger schloß die Augen und genoß die Wärme dieser Frau, die so viel geben konnte. Sekunden später füllte ein helles weißes Licht ihren Kopf und sie war weg. Das einzige, was sie aus dieser Zeit mitnehmen konnte, war eine einzelne Träne, die auf ihre Wange getropft war.

Übersetzt von
Anja Hansen-Schmidt

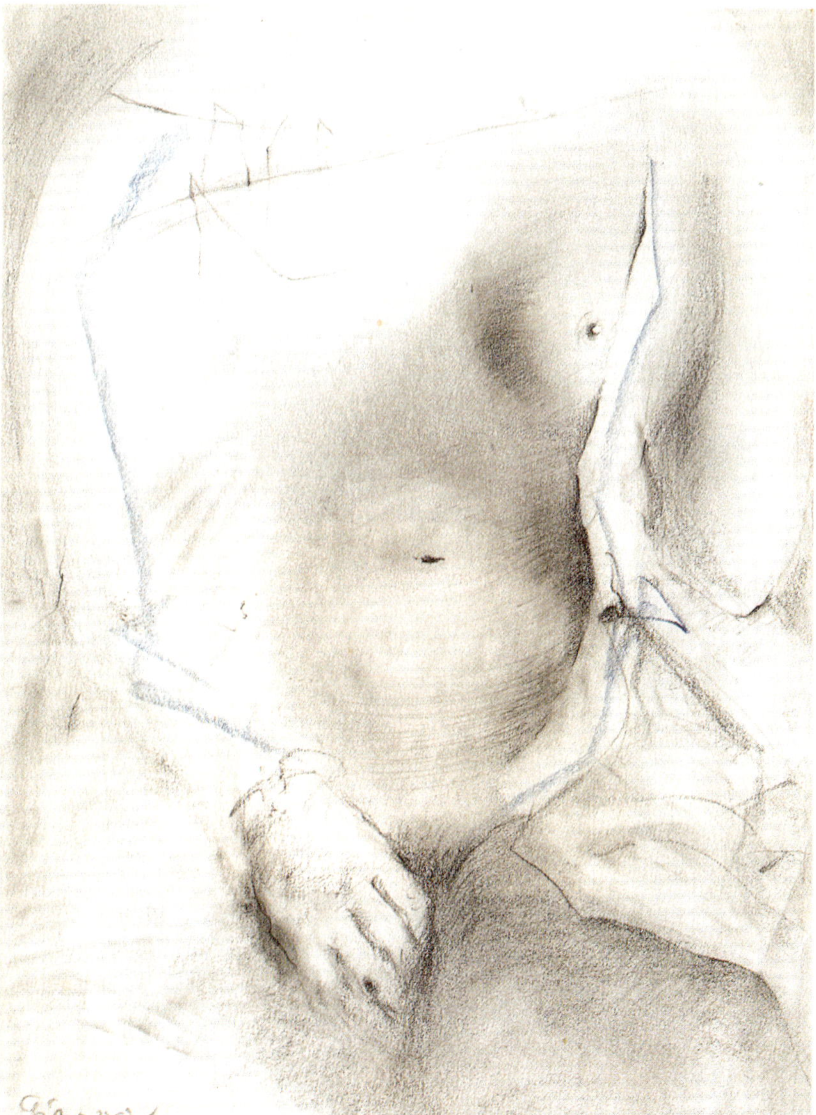

Helga Ginevra

Barbara Richter

Gloria

Gloria ritt durch die Prairie und polierte sich die Fingernägel. Ihr war heiß, heiß und langweilig.
Mißmutig sah sie an sich herunter.
Zu große Hose, zu großes Hemd, das Fingernägelpolieren war völlig unsinnig in dieser Wildnis, sie sah aus wie eine Vogelscheuche. An besseren Tagen fand sie sich malerisch.
Gloria ritt jetzt schon seit neun Tagen durch die Prairie, und hatte in dieser Zeit niemanden gesehen. Ihr war so langweilig, die Gegend ödete sie an. Natürlich wußte sie, daß es sehr gefährlich für sie werden konnte, wenn sie jemanden traf. Natürlich hoffte sie, jemanden zu treffen und daß es gefährlich würde.

Gloria wollte nämlich Westläuferin werden, und zwar eine berühmte, so berühmt, daß an allen Lagerfeuern von ihren Abenteuern erzählt würde, daß allein bei der Nennung ihres Namens die Schurken erzitterten und die Guten jubelten, daß Dariah Mae vor Ehrfucht erzittern würde.

Seufzend stieg sie vom Pferd, zog die Stiefel aus und wickelte die Fußlappen ab - eigentlich könnte Dariah Mae ihr ja ein Paar Socken stricken. Sie setzte sich mitten in die Prairie und sah sich um. Noch einen Tag nach Osten, und sie wäre wieder bei Dariah Mae. Sie war sich nicht ganz sicher, ob sie wieder dahin wollte, nicht nachdem sie so behandelt wurde. Dabei hatte sie doch gar nichts getan!
Gloria hatte ihr von ihrem Abenteuer als Treckführerin erzählt, und Dariah Mae hatte sie gefragt, ob sie "Zwanzig goldene Regeln für Treckführer" gelesen hätte.
"Nein, wieso sollte ich? Findest du nicht, daß ich das auch ohne Anleitung ziemlich gut gemacht habe?"
"Doch, schon, aber in den 'Zwanzig goldene Regeln für Treckführer' steht, daß man sich niemals mit den Ehefrauen oder Töchtern der Siedler einlassen sollte."
Das wurde Gloria zu brenzlig; schließlich hatte sie nur von der durchgegangenen Büffelherde, dem Prairiefeuer und dem reißenden Fluß erzählt. Sie beschloß, lieber etwas abzulenken.
"Verstehe schon", Gloria versuchte, so abfällig wie nur möglich zu klingen, "für dich ist ja nur wahr und wichtig, was irgend jemand aufgeschrieben hat. Daß ich schon oft fast gestorben wäre, ist ja nicht passiert, ich habe ja kein Buch darüber geschrieben. Würde dir auch mal ganz gut tun, selbst etwas zu erleben." Volltreffer, dachte Gloria befriedigt, das Thema Siedlerinnen war jetzt bestimmt nicht mehr aktuell.
Dariah Mae war sehr stolz darauf, als eine der ersten Frauen Medizin studiert zu haben und praktizierende Ärztin tief im Wilden Westen zu sein.
"Ach so siehst du das? Ist dir mal aufgefallen, daß ich hier jeden Tag Leben rette? Nein, wie sollte es auch, du knallst ja vorsichtshalber jeden erst einmal ab; die Wahrscheinlichkeit, daß es sich um ein Schwein handelt, ist ja groß genug."
Dariah Mae war jetzt aufgebracht.
Das war aber gemein; Gloria hatte noch nie jemanden erschossen, höchstens angeschossen und keine Zeit gehabt, sich darum zu kümmern oder gefesselt in der Prairie liegen lassen, aber bestimmt nicht erschossen.

Susan Steward

"Wenn du nur einmal einen einzigen Schritt aus diesem miesen Kaff machen würdest, dann würde es dir vielleicht aufgehen, daß man sich einfach wehren muß, kapierst du, man muß einfach!"
Dariah Mae giftete zurück: "Es dürfte dir nicht entgangen sein, daß ich für meinen Lebensunterhalt arbeiten, schwer arbeiten muß. Es kann ja nicht jede Spazierritte durch die Prairie machen, nur weil sie nichts zu tun hat."
Gloria verstand zwar nicht, wie Dariah Mae jetzt darauf kam, aber egal, das ließ sie sich nicht gefallen.
"Mir ist es allerdings nicht entgangen, daß du jeden Nachmittag mit den hiesigen Hausfrauen pichelst und Monatsbinden dabei häkelst - paß gut auf, daß du nicht tot umfällst vor lauter Arbeit."
Gloria wußte, daß das unfair war. Dariah Mae häkelte auch ihre Monatsbinden, und außerdem pichelte Gloria selbst sehr gern.
"Ah ja?" Dariah Maes Stimme dröhnte jetzt vor Wut, "es kann halt nicht jede mit

ihrem Arsch auf einer Goldader sitzen und anderen vorwerfen, daß sie keine haben!"
"Heißt das, daß du neidisch bist, nur wegen der Ader? Nur, weil du keine hast? Ich habe dir schließlich was davon geben wollen, kann ich was dafür, daß du nicht wolltest?" Gloria kläffte empört.
"Und jetzt weiß ich auch warum."
Dariah Mae, die schon einige Zeit durch das Zimmer tigerte, stellte sich triumphierend vor Gloria, "von einer Frau, die sich von jeder anderen ficken läßt, will ich gar kein Gold!"
Gloria warf ein Glas an die Wand, so fest sie konnte. "Aber wenn ich mich von dir ficken lasse, und monatelang auf deine Kosten hier wohne, das ist richtig, ja?"

"Liebes, bitte, laß uns jetzt aufhören, was tun wir denn", Dariah Mae weinte plötzlich, ihre Hände hoben sich flehend.
Sie tat Gloria so leid, und irgendwie hatte sie ja auch recht.
"Schau doch, Gloria, Schatz, du bist jetzt so wütend, du kannst das im Moment nicht verstehen, du bist zu trotzig."
Dariah säuselte, und Gloria glaubte, sie hätte sich verhört. Trotzig?
"Meine Güte, wie edel von dir", höhnte Gloria, jetzt nur nicht nachgeben, "so viel Verständnis für mich, die unterbelichtete Westläuferin", Gloria wurde eiskalt, "ist dir eigentlich klar, daß das alles sehr wichtig für mich ist? Du bringst nicht das geringste Interesse für mich auf." - Gloria stolperte fast über ihre eigene Unlogik, aber warum sollte immer nur sie vernünftig sein? - "Ist schon gut, ich werde dich nicht mehr belästigen. Ich dachte nur, du würdest etwas von mir erfahren wollen, du würdest mich kennenlernen wollen, aber es ist schon gut."
"Gloria...", Dariah Maes Stimme klang

Laurence Jaugey-Pared

brüchig, fing sich aber sehr schnell, wuterfüllt machte sie weiter: "Nicht schon wieder diese Tour. Ich weiß schon, daß du das unverstandenste Wesen auf der ganzen Welt bist. Soll ich dir mal etwas sagen? Du bist doch nur glücklich, wenn wir über dich reden und ich alles ganz toll

finde, was du tust. Na gut, wenn du dann beruhigt bist: Bravo Gloria, ich finde es einfach sonderklasse, daß du nie ohne Schminkkoffer losreitest, und dann noch so viel Mut, und wie toll du schleichen und Spuren lesen kannst", Dariah Mae klatschte dazu in die Hände, "und wie tapfer du immer diese unglaublich gefährlichen Abenteuer meisterst..."
Gloria wurde es zu viel, zu anstrengend, und eigentlich wollte sie sowieso schon seit ein paar Tagen wieder los. Sie stand auf und ging zur Tür.
"Wohin gehst du? Bleib gefälligst da, wenn ich mit dir rede", Dariah Maes Stimme überschlug sich vor Empörung.
"Ich glaube, es ist besser, wenn ich ein bißchen losreite", Gloria versuchte, ohne Betonung zu sprechen, um nicht einen erneuten Ausbruch zu provozieren und sich den Abgang zu vermiesen.
Dariah Mae war aber nicht mehr zu bremsen, "Ein bißchen? Meinst du Wochen, oder Monate oder diesmal vielleicht Jahre? Macht es dir Spaß, immer nur wegzugehen? Du machst es dir wirklich einfach, bleib gefälligst da!"
Gloria öffnete die Tür.
"Verdammt, Gloria, sieh bloß zu, daß du wegkommst!"

Gloria sah zu und befand, daß sie sich durchaus gut aus der Affaire gezogen hatte. Sie besuchte zunächst ihre Freundin Ellen. Ellen lebte als Lehrerin in einem kleinen Nest und war sogar schon einmal verheiratet. Es hatte ihr sogar gefallen, sie sagte, daß ihr Mann ein wirklich guter Kamerad gewesen sei und brachte Blumen an sein Grab. Ellen wartete darauf, daß ihre Geliebte zurückkam und beide dann zusammen fortgehen würden. Gloria stellte sich diese Geliebte als eine große, tabakkauende Frau vor, die mit bloßen Händen einen Bären erwürgen konnte.
Wenn Gloria Ellen besuchte, tratschten sie über Dariah Mae und die Geliebte. Gloria wollte Ellen ihre große Befürchtung anvertrauen, daß Dariah Mae sie in ihren Tagebüchern als jungen Mann mit langen Haaren führen könnte; aber bevor sie das genauer erklären konnte, kam Ellens Geliebte zurück.
Sie kam einfach herein, ohne anzuklopfen. Und sie sah wirklich so aus, als könne sie einen Bären erwürgen. Und sie sah auch so aus, als würde sie einen Bären nicht von Gloria unterscheiden können. Jedenfalls blieb keine Zeit für Erklärungen. Z.B. darüber, daß Gloria und Ellen immer im Bett ihre Probleme ausdiskutierten, und daß es nur Zufall war, daß keine von ihnen jemals Nachthemden trug. So jedenfalls die Version für Dariah Mae. Gloria sah, wie diese riesigen Hände sich hoben und langsam zusammenkrümmten. Vorsichtshalber ergriff sie die erstbesten Kleider, die sie sah. "Schatz, laß uns vernünftig reden", stotterte Ellen. Die Antwort hörte Gloria, als sie aus dem Fenster stürzte: "Vernünftig rede ich mit meinem Pferd." Viel zu spät entdeckte sie, daß sie wohl ein altes Hemd und eine Hose ihrer Verfolgerin erwischt hatte.

"Es ist aber auch zum Heulen", dachte Gloria, "wenn ich jetzt ein tolles Abenteuer bestehe, wird mich niemand erkennen in dieser Kleidung." Wie jede gute Westläuferin - und wohl auch jeder gute Westläufer - bemühte Gloria sich, ihre Kleidung zu ihrem Erkennungszeichen zu machen. Und weil es wirklich zum Heulen war, saß Gloria in der Prairie und heulte.
Schließlich beschloß sie, wieder zu Dariah Mae zu reiten, bei der sie ihre Ersatzausstattung deponiert hatte.
Plötzlich sah sie im Norden und im Osten

je einen Reiter am Horizont auftauchen. Sofort gab sie ihrem Pferd den Befehl, sich hinzulegen; vielleicht hatte man sie noch nicht entdeckt. Die Reiter ritten im spitzen Winkel aufeinander zu; es würde noch dauern, bis sie sich sehen konnten, die Dämmerung setzte ein.
"Vielleicht ja doch noch ein Abenteuer." Gloria wurde wieder munter, vergaß ihr Unglück, zog die Stiefel an und machte sich auf den Weg.

Sie erkannte bald, daß die fernen Gestalten aus verschiedenen Richtungen auf ein kleines Wäldchen zustrebten. Da es ziemlich schnell dunkel wurde, brauchte Gloria nicht aufzupassen und würde wenige Minuten nach ihnen auch dort sein. Sie ließ ihr Pferd außer Hörweite stehen und schlich sich vorsichtig an. Selbstverständlich gegen den Wind, damit die Pferde der Fremden sie nicht wittern würden. In dem Wäldchen befand sich eine kleine Lichtung, die auf einer Seite von Felsen umgeben war. Geräuschlos und vorsichtig kletterte sie hinauf und spähte hinunter.
Ein Weißer und ein Indianer saßen sich an einem kleinen Lagerfeuer gegenüber. Der Weiße trug einen dunkelblonden Vollbart und war ganz in Leder gekleidet, eine Friedenspfeife hing an seinem Hals. Neben ihm lagen zwei Gewehre. Der Indianer hatte seine langen blauschwarzen Haare zu einem helmartigen Schopf geordnet, auch er trug eine Friedenspfeife und eine Kette aus Bärenkrallen um den Hals. Nicht weit weideten zwei wundervolle Rappen.
Gloria hielt die Luft an. Das konnte doch nicht sein! Sollten das SIE sein, von denen sie schon soviel gehört hatte? Aber es muß doch unmöglich sein, daß sie sich

Laurence Jaugey-Pared

Cornelia Gürtler

einfach so beschleichen lassen? Sie schaute genauer hin. "Naja, so tief, wie die beiden sich in die Augen schauen, wundert es mich eigentlich nicht."
Jetzt sprach der Weiße.
"Mein Bruder." Seine Aussprache klang ein wenig komisch, fand Gloria.
"Mein Bruder", erhielt er zur Antwort.
Langes Schweigen.
Dann setzte der Indianer an: "Ist die Wunde meines Bruders verheilt, die ich ihm bei unserer ersten Begegnung zufügte?"
Gloria war irritiert. Wenn SIE es waren, und da war sie sicher, dann mußte das doch schon Jahre her sein.
Der Weiße nahm die Friedenspfeife von seinem Hals und öffnete die oberen Schnüre seines Lederhemdes. Sein Gegenüber sah auf den Hals, das freigelegte Schlüsselbein und nickte befriedigt.
"Ist die Wunde meines Bruders verheilt, die Häuptling Blutige Krähe ihm im Zweikampf zufügte, bevor mein Bruder ihn in die ewigen Jagdgründe schickte?" fragte jetzt der Weiße.
Der Indianer riß sein Lederhemd auf und zog es von den Schultern herunter. Wohlgefällig betrachtete der Weiße die Schultern, den Brustkorb und fügte hinzu "Auch die Wunde, die der räudige Hund in Saint Louis meinem Bruder von hinten zufügte?" Und durfte dafür einen Blick auf den wohlgeformten Rücken des Indianers werfen.
"Hoppla", dachte Gloria, sie war nicht sicher, ob sie bleiben sollte oder nicht.
Nach kurzem Nachdenken befand sie, daß die beiden ja hätten aufpassen können, und außerdem war es viel zu spannend, um wegzugehen.
Die Männer standen auf und traten sich gegenüber. Langsam zog der Weiße dem Indianer das Lederhemd aus. Er trat noch einen Schritt näher, faßte dem Indianer in der Schopf und zog ihn an sich. Ein langer, hingebungsvoller Kuß folgte.

"Die Berührung meines weißen Bruders ist mir willkommen wie der Wind dem Blatt, der Sturm dem Prairiegras, wenn er über es hinwegfegt und es sich beugt und zittert." Der Weiße zog den Indianer auf den Boden, wo sie eng umschlungen lagen und sich weiter küßten.
"Der Geschmack meines weißen Bruders ist mir willkommen wie der Honigtau der Biene."
"Komisch", dachte Gloria, "es wird doch immer erzählt, der große Häuptling sei kein Freund vieler Worte."
Doch jetzt bekam er eine Antwort.
"Der Geschmack meines roten Bruders ist mir willkommen wie das Salz den Büffeln, die es gierig vom Stein ablecken", und der Weiße begann gierig, den Oberkörper seines Gegenübers abzulecken, arbeitete sich langsam vom Hals zu den Schultern und letztendlich zum Bauchnabel vor, wo er hingebungsvoll verweilte. Gleichzeitig strichen seine Hände über den ganzen Körper seines Geliebten.
Der setzte sich auf und zog den Weißen hoch. "Mein weißer Bruder erinnert sich an den Kampf mit dem Grizzlybären? Wenn einem Mann der Bär gegenübersteht, so darf er nicht zögern."
Mit erstaunlicher Geschwindigkeit zog der Häuptling zuerst den Weißen, dann sich ganz aus und drehte den Weißen auf den Bauch. "Ich erwarte meinen roten Bruder wie der ausgedorrte Fluß den Regen", stöhnte dieser.
"Ich werde meinen weißen Bruder füllen wie der reißende Regen das ausgedörrte Flußbett", erhielt er zur Anwort.

"Uff, Uff!" dachte Gloria, als der Westläufer losbrüllte. Mit schwachen Knien krabbelte sie den Felsen herunter und zog sich zurück. Sie erreichte gerade den Rand des Wäldchens, da hörte sie einen zweiten Aufschrei.
"Na, die müssen ja wirklich heiß aufeinander gewesen sein." Als sie bei ihrem Pferd angelangt war, stieg sie auf und galoppierte los. "Ich fasse es einfach nicht. Mitten in der Prairie. Rotarsch fickt Weißarsch." Vielleicht sollte sie zurück reiten, sich offiziell vorstellen und mal schauen, was sich machen ließe? Oder vielleicht sollte sie doch sofort zurück zu Dariah Mae? Abgesehen von den Streitereien konnten sie sehr vergnüglichen Sex miteinander haben.
Gleichzeitig begann sie, sich zu ärgern. Da sie sich nicht zurücktraute und es zu Dariah Mae noch ziemlich weit war, ärgerte sie sich noch mehr.
"Mein Gott! Welch himmelschreiende Ungerechtigkeit!" dachte sie. Dann sagte sie es laut. "Ich habe schon immer gewußt, daß man nicht einfach aus Tapferkeit weißer Häuptling wird. Ist das ungerecht!" Sie beschloß, doch noch ein Nachtlager aufzuschlagen. "Vögelt sich einfach zum Häuptling hoch!"
Gloria begann "Gloria, Gloria, in excelsis deo" zu summen und rupfte dabei Grashalme aus. Sie überlegte, ob sie sich vielleicht um ihre Fingernägel kümmern sollte. "Das muß in der Familie liegen", dachte sie. "Anders ist es ja kaum zu erklären." Fast hätte sie den großen Häuptling nämlich einmal kennengelernt, als sie aufgrund einer kleinen Unachtsamkeit von seinem Stamm gefangengenommen wurde. Sie war nicht besonders lange gefangen gewesen, und eigentlich wußte man auch nichts mit ihr anzufangen. Der Häuptling war leider gerade nicht anwesend, aber seine Schwester war da.

Wohlig streckte Gloria sich aus. Das Flußufer, das Blubbern und der Schlamm,

Laurence Jaugey-Pared

die unter ihrem Rücken hervorquollen, unter und neben ihr Matsche, auf ihr die rote Schwester mit dem nassen, zuckenden Indianerinnenschenkel. Gloria grinste dreckig, wenn sie an die Verwüstungen dachte, die die Indianerin angerichtet hatte - hatte vielleicht auch sie schon Bären mit bloßen Händen erwürgt? Schlanke, aber ungemein starke Hände an der Kehle einer wütenden Bärin, die brüllt, der Sabber aus dem Maul tropft, die sich mit ihren mächtigen Klauen und gefährlichen Zähnen zu wehren versucht... Wie auch immer, die Häuptlingsschwester hatte ihr zuvor gegebenes Versprechen mehr als gehalten: "Ich werde über meine weiße Schwester kommen wie die wilde Büffelherde, die auf der Flucht vor der Feuersbrunst durch den entspringenden Bach donnert."

"Ach ja, und das Ganze endete so tragisch", erinnerte Gloria sich, "ich hätte so gerne Blutsschwesternschaft geschlossen und wäre dann auch Häuptling geworden, aber nein, eines Tages stellt sie mir mein gesatteltes Pferd hin und schickt mich weg." Gloria überlegte kurz, ob sie etwas zu ihrem Pferd sagen sollte, legte sich dann aber schlafen. Morgen würde sie zu Dariah Mae reiten und versuchen, es mit ihr im Schlamm zu treiben.

Gloria zügelte ihr Pferd, sobald Dariah Maes Praxis in Sichtweite lag. Dariah Mae sollte nicht glauben, daß Gloria es eilig hatte, zu ihr zu kommen.
"Ich sehe aus wie eine Vogelscheuche! Dariah Mae haßt Vogelscheuchen, das hat sie selbst gesagt." Gloria konnte die Schmach, die sie durch die Bärenwürgerin erlitten hatte, nicht verwinden.
Jetzt war Gloria vor der Praxis. Sie rutschte vom Pferd und band es sorgfältig fest. Dann fiel ihr nichts mehr ein, womit sie es herauszögern konnte. Eigentlich hatte sie ja auch nichts getan. Sie trat ein. Dariah Mae stand an einem Tisch und putzte Skalpelle. Sie schaute nur kurz auf, als Gloria sich vor sie stellte.
"Hallo, Dariah Mae", Glorias Stimme war

zittrig. "Verflucht", dachte sie "ich habe doch eigentlich wirklich nichts Schlimmes gemacht."
"Hallo, Gloria."
Gloria zuckte, so kalt und böse klang das. Gloria schaute auf ihre Füße, auf die Maserung der Bodendielen, schließlich zu Dariah Mae. Sie holte Luft.
"Ja, was?", Dariah Mae legte die Skalpelle beiseite.
"Nichts", Gloria wußte nicht, wie sie anfangen sollte.
"Dann entschuldige mich bitte."
"Dariah!" Dariah Mae, die sich schon abgewandt hatte, drehte sich blitzschnell wieder um.
"Ich, ich...", Gloria holte noch einmal tief Luft, "wenn du mich nicht haben willst, gehe ich und lasse mich erwürgen."
"Ach, Gloria, ich hoffe, du hast auf deinem Spazierritt etwas nachgedacht und bist vernünftig geworden."
"Oh, ja, äh, ja, klar. - Du, Dariah? Was ist eigentlich aus diesem riesigen blauen Flecken geworden, weißt du, als das Muli dich getreten hat?"

Ilka Burosse

Heddas Wandlung

Meine haarsträubende Geschichte beginnt in meiner Einraumwohnung mit einer Flachgruppe: Tisch und Einzelbett. Sie liegt idyllisch in der Hauptstadt Nordrhein-Westphalens, nämlich in Kassel. Ups, vielleicht habe ich das jetzt nicht ganz richtig geschrieben, Geographie war nicht mein Fach. Meine Eltern sind Gutsbesitzer, 750 pralle Hektar. Eigentlich waren es Bauern, aber sie wollten nie so genannt werden. Ich auch nicht, deshalb griff ich nach einem sozialmedizinischen Beruf - Zahntechnikerin. Bingo. Als aber nun die Zeit des Altwer-

dens meiner Mischpoke kam und sie ins Altenteil abzurutschen drohte, mußte ich schnell handeln.
Die Zeit des Cowgirls war da. Ich studierte Landwirtschaft, und die Schule spuckte mich auch als Landwirtin wieder aus. Zuerst war dann natürlich auch ein neues Outfit fällig. Ich erwarb drei Paar Latzhosen, Cowboystiefel - wegen der langen Spitze zwei Nummern größer, drei Schweißtücher - rot, links und rechts tragend, und jede Menge Muskelshirts. Meinen Bizeps und meinen Musculus labiales trug ich mit Würde. Nun ging es darum, mir das Landleben so angenehm wie möglich zu gestalten. Der Umzug von Kassel nach Fickmühlen wurde vollzogen. Die Nachmieter beneideten mich um meine Enrichtung, hatten aber nach ihren Angaben eigene Möbel. Ich wollte mich aber auch nicht von diesen "Schandflecken" trennen und nahm sie also mit. Ich sah mich schon in meiner Kuschelecke im Zuchtbereich meiner Rinder: Wie monströs ist die Erscheinung des Zuchtbullen August, wenn er die Berte stößt. Also Rinderzucht und jede Menge Kartoffelfelder. Ich mußte Geld verdienen, auch um mir später als Patriarchin eine kleine graue Maus an meiner Seite leisten zu können. Ich nannte mich Fedder, das klingt kerniger, erdiger, männlicher als Hedda. Meine Annonce, die ich dann in der hiesigen schwullesbischen Zeitschrift "Who is fucking the Earth" unter WW aufgab, lautete:
" Alte Böckin sucht starke Rebe zwecks Teilung eines Bettes und des Tisches. Nach genauem Hinsehen und One-nightstand auch mehr. Keine Blagen. Katzen zwecks Mäusevertilgung evtl., kleines Katzenbett vorhanden."
Das schlug ein. Mein Briefkasten reichte nicht aus. Ich montierte einen zweiten.

Susanne Jakubec

Der Anfang war gemacht, nun mußte ich nur noch eine Mannfrau werden. Ich telefonierte, faxte und e-mailte Fellows Kornflocken in Bremen an, um meine Kartoffeln zu Chips werden zu lassen. Es funktionierte, weil ich meine Abnehmer davon überzeugen konnte, daß auch schmale Lesbenmünder in ein kleines Würstchen beißen können, aber natürlich nur safe. Ich hatte guten Oralsex, und es ließ sich rechnen. Ich versprach ihm eine Wiederholung vor jeder Ernte. Da so mein Einkommen gesichert war, konnte ich die Puppen antanzen lassen. Meiner Gummipuppe, mit der ich immer im Heuschober Standart geschoben hatte, ließ ich die Luft raus und legte sie vorsichtig liebevoll in ihren Koffer zurück. Ein wenig traurig war ich schon, wo sie mich doch

immer wieder über die depressiven Phasen meines Lebens hinweggeschaukelt hatte, aber ich mußte auch mal an mich denken. Ich nahm den 250 l Wäschekorb mit meinen Zuschriften aus dem Umland, baute mir eine Briefmischmaschine und zog immer 6 aus 39. Als ich schon fast am Ende mit meiner Augenkraft war, vor mir ein Berg voller Nieten brannte - ich hatte sie angezündet, um meine alten Knochen zu wärmen, sah ich sie. Bei ihrem Anblick wurde ich schon geil. Lauter Pinups, Strapse, Dessous, pralle Backen, dralle Brüste, puffiges Ambiente. Bilder über Bilder waren draufgeklebt, mit echten Lippenstiftmündern gepflastert. Ich nahm sie mit ins Bett, kaute die Kante ab und klebte an der Schrift.
"Hier schreibt dir Edda, Fedder! Ich möchte dich keilen, mein Vieh, deine ausdruckslosen Kuhaugen kauen mir die Sinne zusammen, meine Euter beben den deinen entgegen. Laß uns die Zitzen zusammenbeißen und das Lager teilen, bis die Matratze eins mit uns geworden ist und unsere gewichtigen Körper in einer Mulde zusammenfallen. Laß unsere Körper so lange miteinander kuhitieren, bis unser letztes Schamhaar grau geworden ist. Fick mich Fedder! Edda."
Das war sie! Am nächsten Tag traf ich mich mit ihr im Bett und sie kam wie eine überlaufende Regentonne. Ich ritt auf ihr, bis die Satellitenschüssel durch unsere Vibrationen von der Balkonbrüstung fiel. Fortan brauchte ich mir kein Wet-gel mehr in die Haare zu schmieren. Ich war gestylt, gestärkt, geschmiert. Dank Edda konnte ich weiterhin Mannfrau sein. Ich tauschte mein rotes Schweißtuch gegen einen baumwollenen getragenen Schlüpfer von Edda. Edda sei Dank.

Sabine Küster

Die schwarze Acht

Du machst dich gut am Billardtisch, bist in Deinem Element;
lehnst Dich weit vornüber, fast wie eine Starterin vor dem Hechtsprung ins Wasser.
Es ist das dritte Spiel.
Eine Runde, drei Spiele.
So ist es abgesprochen.
Es steht 1:1.

Deine Gegnerin kann ich nicht einschätzen.
Ich kenne sie nicht.
Du wählst immer fremde Frauen aus.
Du weißt im vorhinein, welche sich auf ein solches Spiel einläßt.
Die Fremde taxiert mich immer wieder von der Seite.
Keine Regung in ihrem Gesicht, welche mich ihr Denken erkennen lassen könnte.

Ich bin der Preis, die Trophäe.
Du spielst um mich.

So Du gewinnst, war es ein Abend mit reizvollen neuen Phantasien.
So Du verlierst, gehöre ich der Fremden für die heutige Nacht.

Du spielst ruhig und sicher.
Lange taxierst du Kugel für Kugel, bevor Du dich entscheidest und mit langsamem Stoß einen Punkt machst.
Ihr Spiel ist anders.
Sie ist schnell, entschieden; jeder Stoß hart und kurz.

Liebt sie auch so?

Meine Phantasie lockt mich weg vom Tisch.
Ich gehe mit ihr, der Fremden.
Sie sagt nichts.
Dem Taxifahrer nennt sie eine Adresse, die ich nicht kenne.
Abbruchhaus, Luxusappartement, Loft; ich weiß es nicht, es spielt auch keine Rolle.
Ich bin nervös; lüstern-nervös, nicht ängstlich.
Bilder von nackter Haut, von schnellem Sex blitzen auf;
feuriges Rot, stählernes Blau.
Sie wird über mir sein, meine Nippel kneten, meinen Bauch lecken, meine Möse weiten,
stoßen, beißen, hinhalten und wieder von neuem...
es wird ohne Worte passieren; wild, heiß, unberechenbarer Rhythmus;
vielleicht verächtlich.

Ein Klacken bringt mich zurück an den Billardtisch.

Es liegen nur noch drei Kugeln auf dem Tisch.
Du hast die vollen; Du bist am Zug.
Die Kugeln liegen so, daß es für Dich nicht schwer ist, das Spiel jetzt zum Ende zu bringen.

Du läßt Dir Zeit; bist auf der Suche nach der besten Position.
Dann läßt Du die erste Kugel langsam in ein Mittelloch rollen; die zweite folgt kurz darauf.
Die schwarze Acht liegt günstig; für eine gute Spielerin wie dich kein Problem.
Ich kann mein Gefühl nicht orten. Erleichterung oder Enttäuschung.

Ein ruhiger Stoß.
Du richtest dich auf.
Dein Lächeln ein Siegerinnenlächeln.
Mein Gefühl jetzt Verwirrung pur.
Du nickst der Fremden zu.

Du hast die schwarze Acht absichtlich im falschen Loch versenkt.

Petra Gall

Sandra Rappsilber

Swimming

Wir haben uns ganz nah berührt. Die ganze Zeit schon wollte ich sie bei mir. In meinem Arm.

SO 36, Hungry Hearts:

"Zu der Musik kann ich nicht tanzen", habe ich ihr auf der Tanzfläche zugerufen. Bin gegangen. Wackelige Beine. Herzklopfen. dann stand ich am Rand.

Sie tanzt. Ich gucke.

Irgendwann kommt sie. Steht tanzend vor mir und steht dann nur noch da. Ihr Blick weicht mir aus. Will sie mich überhaupt? ... aber dann ziehe ich sie doch an mich. Langsam und vorsichtig. Sie lehnt ihren Kopf an meine Schulter. Ihre Hände umfassen meine. Keine sagt etwas.

Wir berühren uns; Berührungen, die ich lange nicht zulassen konnte. Bin zu sehr verletzt worden. Ich hatte Angst vor Nähe. Aber sie macht mir keine Angst. Sie ist einfach nur schön. Wir umarmen uns, ertasten unsere Körper. Sanft gleiten meine Hände an ihrem Rücken hoch, ihre liegen in meinem Nacken.

Wir geben ein schönes Paar ab. Sie - lange, dunkle Haare, ich - kurzrasierte helle. Feminin und maskulin. Wir passen zusammen. Das sieht man.

Aber wir sehen im Moment niemanden. Die Welt um uns herum dreht sich wie in Zeitlupe. Und die Lautstärke der Musik, die tanzende Meute, alles rückt in die Ferne und ist doch so nah.

Die Frau neben mir, neben uns, guckt und ich weiß, sie kriegt Sehnsucht nach der Sehnsucht, als sie uns sieht, beim Streicheln. Frauen können so sanft sein.

Ich küsse sie nicht, wie ich es bei jeder anderen schon getan hätte. Sie ist nicht irgendeine. Sie geht mir nah. Sie braucht Zeit, Zeit, Vertrauen zu finden. Sie war lang allein. Sie und ich - wir beide haben Probleme mit Nähe.

Und wenn wir uns zärtlich an den Händen halten, uns verlegen in die Augen sehen, nicht sehr lange, noch nicht tief, dann hat alles in uns Zeit. Wir haben Zeit, alle Zeit der Welt. In diesen Momenten weiß ich, sie ist es, und sie soll es bleiben.

für Anja

Ingrid Rafael

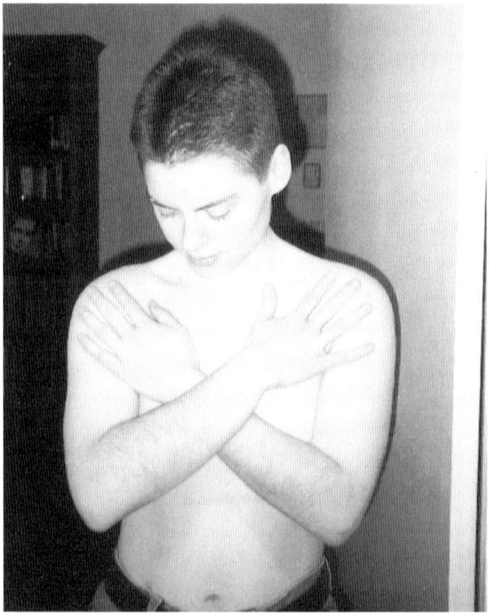

Fotografin Anja Borchers, Deep

Fotografin Sandra Rappsilber, Strong

A.K. Ash

Hinter Mauern

Susanne gewidmet

Das schwere graue Eisentor, das die Strafvollzugsanstalt für Frauen von der Außenwelt trennte, fiel mit einem Geräusch in sein elektronisches Schloß, das von Endgültigkeit sprach. Hinter ihm lag ein langer, fensterloser Gang, Betonwände, am Ende eine weitere, kleinere Tür. Dazwischen warteten zwei Gefängniswärterinnen und ihre Gefangene. Mit dem Klicken, das so gar nicht zum Eisen paßte, wurde ihr klar, zum ersten Mal glasklar, daß sich dieses Tor für sie erst in fünf Jahren, genauer gesagt in achtundfünfzig Monaten und siebzehn Tagen wieder öffnen würde.

Sie hätte nicht beschreiben können, was ihr in diesem Moment und in den langen Monaten davor durch den Kopf ging. Was denkt eine dreiundzwanzigjährige Lehramtsstudentin im Laufe eines Prozesses wegen Totschlags? Was bewegt sie, während die Verteidigung auf Notwehr plädiert und abgewiegelt wird? Was fühlt sie im Augenblick der Urteilsverkündung? Fragen, die die Medien bewegten, und die von den Boulevardblättern ebensowenig beantwortet werden konnten wie von der Verurteilten.

Die beiden Frauen in ihren unkleidsamen Uniformen schubsten sie ein wenig, nachdem das Tor zugefallen war, und sie fiel gehorsam in ihren Tritt. Immerhin hatten die Wärterinnen Waffen und Tränengas, sie hingegen hatte nur Handschellen, was blieb ihr also übrig? Durch die kleinere Tür betraten sie einen Hof, mit Kies auf dem Boden, festgeschraubten, stählernen Tischen und Bänken, einigen Kübeln mit erbärmlichen Pflanzen, und wieder warten, bis eine Eisentür sich öffnet, ohne Schlüssel, sich schließt. Dann mußte sie sich ausziehen, das kannte sie aus der Untersuchungshaft. Ein gummibehandschuhter Finger, der nacheinander alle Körperöffnungen untersuchte, drang vernichtend tief in ihr Selbstwertgefühl ein - oder was davon noch übrig war. Die Gefängniskleidung bestand aus grober Baumwolle, Hose und Hemd, Drillich. Noch eine Tür, ein Gefängnisblock, ein zentraler Raum über drei Etagen, Eisengänge an beiden Wänden, Oberlichter in unerreichbarer Ferne. Von den Gängen gingen Zellen ab, kleine Räume mit zwei hoch angebrachten Liegen, je einem Tisch mit Stuhl darunter, zwei schmalen Metallschränken, einer Kloschüssel und einem Waschbecken hinter einer Pappwand. Die Türen standen offen, immerhin konnte sie Fenster sehen, vergittert und mit dicken Scheiben, aber richtige Fenster zum Öffnen. Ihre erste Zelle, Nummer VC3/308, ganz oben. Ihres war das linke Bett. An der Tür stand ihre Mitbewohnerin, neugierig, ein bißchen bedrohlich, aber nicht sehr. Ihr wurde klar, daß alle Frauen in ihrem Block, an die fünfhundert, wußten, daß sie kam, wer sie war, warum sie hier war, sie anstarrten, mehr oder weniger auffällig.

Die Wärterinnen nickten kurz, schlossen ihre Hände frei, warfen ihre Reisetasche auf den Boden. Mit einem Blick, der ihr riet, sich zu benehmen, verließen sie die Zelle, den Trakt, den Knast. Sie stand in der Gegend herum und versuchte erneut

D.K. Denz, Foto: Cornelia Schaback

zu begreifen, wo sie gelandet war. Es gelang ihr nicht. Statt dessen nahm sie ihre Tasche und legte sie vorsichtig auf ihre Liege, als wenn das schwere Metallgestell unter den wenigen Habseligkeiten zusammenbrechen könnte.
"Also", sagte die Frau an der Tür. "Mach dich nicht breit und halt's Maul, dann geht's dir besser." Sie deutete das Nicken der Neuen und fügte noch hinzu: "Man nennt mich Mars." Das war alles. Sie sollte irgendwann noch erfahren, daß jene ihren Namen nicht dem römischen Kriegsgott, sondern ihrer abartigen Vorliebe für Schokoladenriegel verdankte. Es war ihr erster Kontakt mit einem Gesetz hinter Mauern - wirkliche Namen kennen nur sehr, sehr wenige. "Dich nennen sie hier jetzt schon Pauker." Der Neuen hatte die Taktik, das Maul zu halten und sich nicht breit zu machen, gute Dienste geleistet, aber in manchen Situationen nichts genutzt. Einiges an ihr hatte geholfen, in der ersten Zeit im Gefängnis nicht allzusehr aufzufallen: ihre raspelkurzen Haare, die tätowierte Katze auf ihrem Brustbein; anderes erwies sich als absolut katastrophal, zum Beispiel ihre Schulbildung, ihre Sprache, ihre Leserei. An der Uni war es irgendwie immer umgedreht... Aber darüber hatte sie damals nicht soviel nachgedacht. Der Name Pauker klebte an ihr, und er war nicht als Kompliment gemeint. Es schien so viel erbaulicher, im Rahmen der täglichen Routine alle Arbeiten, die an ihr hängenblieben, mit "Pauker, mach-" einzuleiten. Der Arbeitsdienst wurde von privilegierten Häftlingen eingeteilt, von der Gefängnisleitung hochtrabend Supervisoren, von der breiten Masse schlicht Treiber genannt. Die Treiber hatten dafür zu sorgen, daß alle um sieben aufstanden, gesittet zum Essen (Frühstück um acht, Mittag um eins, Abendessen um sechs, vierzehn Stunden Hunger) marschierten, am Appell teilnahmen, den Arbeitsdienst kommentarlos leisteten und nicht aufmüpfig wurden - gegen die Treiber, die sich dafür so hervorragend geeignet hätten. Treiber wurde man vor allem durch Gemeinheiten nach unten und Anbiederei nach oben, und Neue waren unten. Ganz unten. Neue hatten die Klos zu putzen, die Mülleimer zu leeren, die Krankenzimmer zu wischen, den Kies zu harken, das Gemüsefeld (eine brillante Idee der Gefängnisleitung) umzugraben. Neue wurden geschubst, ihnen wurden Beine gestellt, das Essen, Zigaretten, Geld geklaut. Neue werden beschimpft und beleidigt, provoziert und gereizt. Sie werden beim Essen von einem Treiber wegen eines Flecks in der Dusche zusammengestaucht, während eine andere ihren Nachtisch über dem Platz verteilt, damit sie den Dreck unter ermunternden Zurufen wieder beseitigen kann. Neuen wird Seife in die Dusche geschmiert, Sand in die Zahnpasta gefüllt, der Phantasie sind keine Grenzen gesetzt. Sie hatte das Maul gehalten und sich nicht breit gemacht. Neben den Treibern gab es Chefs, Fußvolk und Nieten. Neue waren natürlich Nieten. Chefs waren diejenigen, die sich gegen die Treiber durchgesetzt hatten, mit denen sich selbst Treiber nicht anlegten, die aber auch nichts mit Treibern zu tun haben wollten, und der Rest war Fußvolk, relativ harmlos, relativ in Ruhe gelassen. Es gab wenige Ausnahmen. In ihrem Trakt waren sechs Ausnahmefrauen, die in keine der Kategorien paßten. Oma, die Jägerin, die Nonne, der Clown, Brille und Alien. Sie alle verdienen einige Worte. Oma war eine Frau von Anfang fünfzig, nicht einmal eine der ältesten, ein Muttertier, gütig und freundlich, die jede unter ihre Fittiche nahm, be-

Cornelia Schaback, D.K. Denz

sonders Neue; die Nonne war eine religiöse Spinnerin, mit Christus verheiratet, extrem anstrengend, aber respektvoll gemieden; der Clown erfüllte alle Funktionen einer Klassenulknudel und wurde dementsprechend leicht herablassend behandelt, aber unbehelligt; die Brille zeichnete sich durch erlesene Bildung und abgehobenen Geschmack aus, sie war bei den Wärterinnen beliebt und verbrachte alle Tage in der Anstaltsbibliothek. Die gleiche Zeit wendete Alien auf körperliche Ertüchtigung auf, womit sie keineswegs ein Einzelfall war, aber ihr Bodybuilding hatte absonderliche Formen angenommen; die Jägerin schließlich... Sie war in erster Linie schweigsam, und der Gehorsam, der ihr entgegengebracht wurde, konnte den Eindruck vermitteln, sie wäre ein Chef, aber da sie ihn so gut wie nie einforderte und sich auch nicht mit der entsprechenden Menge bewundernden Fußvolkes umgab, paßte der Titel nicht. Sie bewegte sich wie ein Raubtier, zielsicher, elegant und völlig geräuschlos, daher ihr Name. Oma hatte die Neue, wie alle anderen Neuen, sofort in ihren Schutz befohlen; viel konnte sie gegen die Treiber nicht ausrichten, denn die Ausnahmen, abgesehen von der Jägerin, hatten keine Autorität, aber sie tröstete die junge Frau und erklärte ihr die Regeln, weihte sie in die Kategorien ein. Als Kontrastprogramm zur täglichen Schikane fand Pauker sie ausgesprochen erholsam und aufbauend, und abgesehen von ihrer Zellenkollegin war sie in den ersten Wochen ihr einziger freundlicher Kontakt.

Mars hatte sich sehr schnell an sie gewöhnt, und nach elf, wenn die Türen sich schlossen und das Licht ausging, redete sie viel und erlaubte auch der anderen manchmal, etwas zu sagen. Am Tage jedoch mied Mars sie wie die Pest, und ihr

größter Freundschaftsdienst war, den Treibern nicht gegen sie die Stiefel zu lecken. Sie nahm ihren eigenen Rat sehr ernst.
Sie wußte nicht, wie viele Menschen schon in Gefängnissen wahnsinnig geworden sind, sie wußte nur, daß sie ihnen diesen Schritt nicht verübeln konnte. Selbst die ständigen Pöbeleien seitens ihrer Mithäftlinge waren der unendlichen Langeweile vorzuziehen. Jeder Tag wurde ein Kampf gegen klebrige Stunden des Nichtstuns, der Monotonie. Sie begann, ihr Gemüsefeld zu lieben und es eifersüchtig gegen andere zu verteidigen, denn ein Tag dort war erschöpfend genug, um den nächsten Tag erträglich zu machen. Mehr als einmal die Woche aber war ihr das nicht vergönnt, und so verbrachte sie Stunden auf ihrem Bett, starrte an die Decke und versuchte, nicht verrückt zu werden. Ausgeschlossen von allen Aktivitäten, die eine Gruppe erforderten, wie Kartenspielen, Basketball draußen oder Tischtennis im Innenhof, ohne den privilegierten Zugang zur Bibliothek, ohne Kontakte, eingesperrt in schmutzig-grauen Zellen hinter schmutzig-weißen Mauern. Sie wagte nicht einmal, in den Trainingsraum zu gehen, auch wenn an manchen Sonntagen die Wände so eng wurden, daß sie ihr die Rippen zu zerquetschen drohten, und die Luft so dick wurde, daß sie sie nicht mehr atmen konnte. Dann hatte sie Stunde um Stunde in ihrer Zelle mit Liegestützen, Sit-ups und Klimmzügen an den Betten, bis die Muskeln zitterten und das Gehirn aussetzte, um den Abgrund zwischen Normalität und Wahn sich nicht schließen zu lassen. Das Leben wurde zum Warten auf Besuchstage, an denen sie ihre Eltern, ihrem Bruder vorspielen mußte, wie hervorragend es ihr ging, an denen sie zusehen durfte, wie sich ihre Freundin von ihr entfernte, sie vergaß. Sie wußte nicht, wie lange sie das durchhalten würde.
Dann kam der Frühling, mit Macht und Hitze, mit drückenden Winden und aggressiven Stimmungen.
"Hey, Pauker!" Im Vorbeigehen sah sie sich eines solchen Tages plötzlich von Treibern umgeben. Sie gehörten zum Bomber, einer Frau von gewaltigem Körperumfang, die heimlich, sehr heimlich Bombe genannt wurde. Bombe befahl die größte Gang von Treibern, acht Frauen von begrenzter Intelligenz und unbegrenzter Boshaftigkeit. Der Umgang mit Treibern hatte sie gelehrt, ihre Augen auf den Boden dicht vor deren Schuhen zu halten, und so stand sie mit gesenktem Kopf und versuchte, die ausgespuckten Beleidigungen zu überhören. Normalerweise ist sklavische Unterwürfigkeit die beste Überlebenstechnik gegen Treiber, aber das Wetter schien Bombe kampflustig zu machen.
"Sieh mich gefälligst an, wenn ich mit dir spreche", fauchte sie und stieß die Neue mit beiden Händen gegen die Schultern. Das Wetter hatte auch bei ihr seine Wirkung. Kein Treiber hatte sie je berührt, und bei ihr fiel eine kleine Sicherung aus. Sie hob langsam den Kopf und starrte ihre Kontrahentin an. "Laß deine Finger von mir."
"Hehehe. Wer soll mir das verbieten?" Sie stand von dem Tisch, an dem sie gelehnt hatte, auf; im stehenden Vergleich war sie gut zehn, zwölf Zentimeter länger und dreißig Kilo schwerer. Sie hob die Arme, um die andere noch mal zu stoßen, und fand ihre Handgelenke in einem lockeren Griff gefangen.
"Faß mich nicht an", wiederholte die Neue, nicht laut. Es muß die Bombe ein wenig überrascht haben, daß dieser kleine

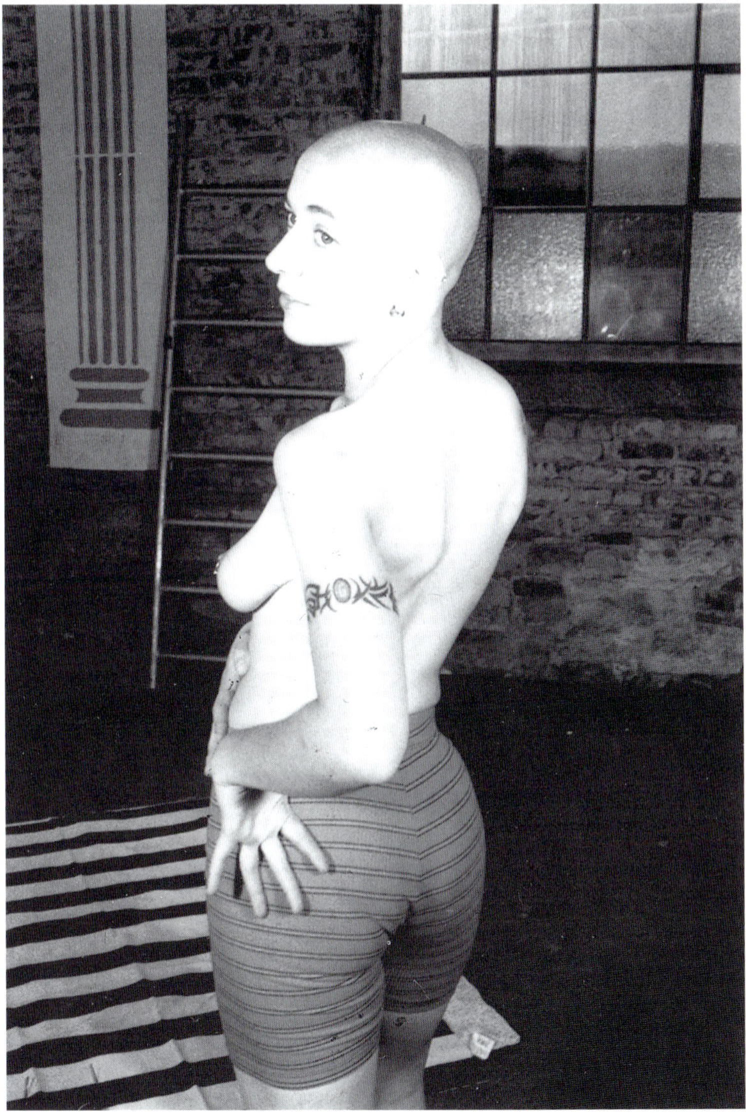

Cornelia Schaback, D.K. Denz

Wurm überhaupt die Frechheit hatte, sich zu wehren, aber noch mehr überraschte sie vermutlich, daß der Druck auf ihre Arme plötzlich schmerzhaft wurde und sie sich nicht befreien konnte. Ihre Gang, die hinter dem kleinen Wurm näher kam, durfte das aber nicht merken, also zischte sie:
"Willst du das jetzt abhandeln?"
Ein Wort von ihr, und ihre Helferinnen hätten die Neue hospitalisiert. Sie fragte sich, warum ihr das nicht früher eingefallen war.
"Nicht hier." Wie üblich hatte niemand die Jägerin kommen hören. Eine Gasse bildete sich wortlos, und sie stand neben dem Tisch. "Im Kraftraum. Frau gegen Frau. Dann haben alle was davon."
Die Bombe lachte und schaute auf die Neue herab. "Gute Idee."
"Um sieben? Ich mache den Schiedsrichter."
Die andere zuckte mit den Schultern. Die Jägerin hatte ihr gerade das Leben gerettet. Sie ließ die Bombe los, und die verschwand mit ihrer Gang. Es war klar, daß ihr keine in den nächsten Stunden etwas tun würde. Selbst die Treiber legten sich nicht mit der Jägerin an. Sie drehte sich zu ihrer Retterin um:
"Danke. Das war knapp."
"Nicht für dich."
Ein Schulterzucken, eine ausgestreckte Hand. "Ariadne."
Die Jägerin beäugte die Finger, sagte "Pech" und verschwand ohne ein weiteres Wort.

Als die Neue namens Ariadne um kurz vor sieben ihre Zelle verließ, waren die Gänge schon leer. Das Spektakel im Kraftraum versprach eine der seltenen Abwechslungen in der Monotonie, keine würde sich das entgehen lassen. Vermutlich würden auch die Wärterinnen an ihren Videomonitoren kleben, und nicht nur, um Unruhen zu vermeiden.
Das Volksfest im großen Trainingsraum war schon voll im Schwung. Wetten wurden abgeschlossen, illegaler Alkohol ausgetauscht.
"Himmel!" Das war das erste Wort aus der Menge, das an ihr Ohr drang, nachdem sie die Tür geschlossen hatte. Wochenlang hatte sie nichts anderes getragen als die weiten

Susan Steward

Hosen und die blau-weiß gestreiften Drillichhemden, die das Gefängnis ausgab. Für den Kampf der Kämpfe erschien sie nun in ärmellosem T-Shirt und Shorts, Hände und Füße mit Kreppband umwickelt, das sie irgendwo aufgetrieben hatte. "Die sieht ja aus wie Alien!"
Das stimmte nicht ganz, aber trotzdem änderten sich plötzlich die Wettquoten. Die Jägerin hatte mit Kreide ein Rechteck auf den Boden gezeichnet, das sollte der Ring sein. In jeder Ecke stand eine Frau mit dem Ende zweier Laken in den Händen, statt Seilen. Sie selbst stand in der Mitte und genoß das Ganze aus vollen Zügen. "Okay. Diese Ecke für den Bomber, diese für den Pauker. Der Kampf geht, bis eine der beiden Kontrahenten auf dem Boden landet und dort bleibt. Keine Regeln, aber ich würde euch empfehlen, euch nicht umzubringen. Das macht nur Ärger. Die Siegerin... Naja, sagen wir so. Sollte Pauker gewinnen, ist sie von da an tabu für euch. Wenn sie verliert, muß sie halt sehen, wo sie bleibt. Verstanden? Dann mal los."
Bevor sie den Ring freigegeben hatte, flogen schon die Anfeuerungsrufe durch den Raum - für die Bombe, natürlich. Die musterte ihre kleinere Gegnerin gelassen, dann trat sie einen Schritt auf sie zu. Die andere wich zurück. Verlagerte ihr Gewicht auf die Zehenspitzen. Wartete auf ihren ersten Schlag. Der erfolgte, langsam, aber nicht so langsam, wie sie erwartet hatte. Er traf in die Leere, in der sich eben noch ihr Kopf befand. Die Bombe verlor ein wenig das Gleichgewicht, kam aber sofort hinterher, schob noch einige erfolglose Schläge hinterher. Die Neue machte sich zum beweglichen Ziel, sprang vor ihr her, an ihrer Ecke vorbei, in der eine treulose Seele "Oh-oh, die sieht so aus, als könnte sie das" flüsterte. Ihre wuchtige Gegnerin zielte mit Vorliebe auf den Kopf, und hinter ihren Fäusten steckte genug Kraft, daß sie als Zierlichere gut daran tat, ihnen weiterhin auszuweichen. Während sie noch damit beschäftigt war, die Bombe einzuschätzen, startete die plötzlich durch, kam wie eine Baumaschine auf die Neue zu, umfaßte sie und drückte sie in eine Ecke. Dort hagelte sie auf ihren Kopf, traf aber nur die hochgenommenen Unterarme. Zwischen den Händen hindurch sah die Neue noch im letzten Moment eine rechte Faust nach unten haken. Sie hatte gerade noch Zeit, ihre Muskeln anzuspannen, trotzdem drückte es ihr fast das Essen aus dem Gesicht. Vorläufig hatte sie genug. Ihre linke Gerade war nicht berühmt, aber sie reichte, um ihr die nötige Luft zu verschaffen, aus der Ecke zu kommen. Leider hatte die Bombe jetzt etwas Blut im Auge, ihre Angriffe glichen denen eines gereizten Nashorns, und die Neue hatte Mühe, ihr auszuweichen. Sie boxte nicht besonders gut, aber gut genug, um das Fliegengewicht der anderen mit einem gezielten Schlag zu strecken. Es gelang ihr zwar ein zweites Mal, sie in die Ecke zu quetschen und ihr mit dem gleichen Manöver den Magen auszuhebeln, aber diesmal landete die Antwort in Gestalt einer linken Hand auf ihrer Nase, verursachte dort einen kleinen Knick. Die Bombe torkelte zurück, fing sich wieder und nutzte die Zeit, in der sich ihre Gegnerin überlegte, ob sie es verdiente, zu Brei geprügelt zu werden. Sie legte ihr ganzes Gewicht in einen Schlag, der wie ein Preßlufthammer auf der gegnerischen Brust explodierte. Das nahm der Neuen wenigstens die Entscheidung ab. Ihr stand zwar das Wasser in den Augen, und einen Arme brauchte sie, um das brennende Gewebe vor weiteren Erschütterungen zu schützen, aber es reichte

noch zu ein paar Drehungen, bei denen sie ihre Ferse durch das volle Gesicht ihrer Feindin zog. Zwei rechte Haken an ihr Kinn und ein kurzer, harter Tritt in die Kniekehle, dann konnte sie sich in den vorläufigen Ruhestand schicken. Die Neue stand noch, zusammengeklappt und leise jammernd zwar, aber auf beiden Füßen. Die Jägerin zählte bis zehn und erklärte sie zur Siegerin. Die Gasse, die sich dann bildete, während einige ihrer Leute die Bombe wegtrugen, weitete sich noch ein wenig, als die Siegerin hinterherhumpelte. Betroffenes Schweigen wich respektvoller Stille. Selbst in angeschlagenem Zustand wollte sich anscheinend keine mit ihr anlegen. Erst im Innenhof, während sie ihr Klebeband löste und sich die Tränen, die gegen ihren Willen übers Gesicht strömten, in ihr verschwitztes T-Shirt wischte, erreichten sie die ersten Glückwünsche. Eine junge Frau, fast noch ein Kind, die wegen Totschlags an ihrem Freund saß, fragte ehrfürchtig:
"Wie hast du das geschafft?"
"Sie war nationale Amateurmeisterin im Kickboxen letztes Jahr." Es war wirklich erschreckend, die Art dieser Frau, aus dem Nichts aufzutauchen. Sie saß einfach neben der Neuen, und die war erst mal sprachlos.
"Das hast du gewußt?" fragte sie schließlich. "Kleine, es gibt nichts, was ich von dir nicht weiß. Dein Alter, deinen Namen, deine Krankengeschichte, deine Zensuren. Du sitzt fünf Jahre, weil du einem Typen den Nacken gebrochen hast. Totschlag, sagt der Richter, Notwehr, sage ich, aber natürlich ist es undenkbar, daß ein angesehener Professor versucht haben könnte, dich in der Bibliothek zu vergewaltigen."
"Lichthof."
"Was auch immer. Hab' ich was ausgelassen?"
Kopfschütteln.
Sie streckte die Hand aus.
"Ich heiße Viktoria."
Die Neue beäugte die Finger, sagte "Pech." Sie konnte es sich nicht verkneifen. Erstens nahm sie es der Jägerin übel, daß diese sich auf ihre Kosten so hervorragend amüsiert hatte und vermutlich ein Vermögen beim Wetten gewonnen hatte, andererseits raste immer noch ein brennender Derwisch durch ihren Busen; sie war nicht besonders kommunikativ. Also ließ sie die andere sitzen, damit sie in aller Ruhe an ihrer eigenen Replik ersticken konnte.
In der dritten Etage holte sie die Neue ein und hielt sie am Arm fest. "Hey, tut mir leid." Sie klemmte ihren Blick ein, bis die junge Frau ihre Augen senkte.
"Hauptsache, du hattest deinen Spaß. Kriege ich was vom Wettgewinn?"
"Jetzt aber mal halblang. Ich habe dir die hervorragende Möglichkeit gegeben, dir die Treiber vom Hals zu schaffen, oder? Wenn ich dabei ein paar Stangen und einige Lappen gewonnen habe, kann dir das doch egal sein." Die Neue lehnte sich an die Wand und betrachtete ihre Segeltuchschuhe. "Du kannst eine Stange abhaben."
"Ich rauche nicht."
"Noch nicht."
Offensichtlich fand sie ihre Schnürsenkel besonders interessant.
"Verdammt noch mal, meinetwegen bist du schnell und schmerzlos kein Fußabtreter mehr. Ich finde eigentlich, daß nicht ich mich entschuldigen, sondern du dich bedanken solltest!" Erst jetzt bemerkte sie das Grinsen auf den Lippen der Neuen und entspannte sich. "Miststück."
"Also gut. Du hast dich entschuldigt, also bedanke ich mich. Nur - schmerzlos?"
"Hm." Die Jägerin stützte sich mit der Hand neben dem Kopf der anderen Frau

ab und betrachtete aufmerksam ihre Fingernägel. "Ich würde dir ja anbieten, mir den Schaden mal anzusehen..."
"Ansehen."
"Naja, du weißt schon, fühlen, ob was gebrochen ist, aber..." "Aber?"
"Ist mein Ruf mir etwa nicht vorausgeeilt?"
"Mit mir spricht doch keiner."
Sie hob den Kopf und traf ihren Blick auf halber Höhe; den Rest des Weges legten sie gemeinsam zurück. "Frauen", sagte sie schließlich, "sind für mich nicht nur Männerersatz im Knast."
"A-hm", machte die andere. Sie wandte sich wieder ihren Nägeln zu, fuhr aber nicht fort. Die Neue suchte den Gang in beide Richtungen ab, zog ihre Augen dann wieder auf sich. Mit leichtem Magenflattern mußte sie feststellen, daß sie dunkelbraun und abgrundtief waren. "Das kann ich gut verstehen."
Ihre Augen weiteten sich unmerklich. Langsam, sehr vorsichtig, hob sie ihre Hand und ließ ihre Fingerspitzen über ihre Brust gleiten. Die federleichte Berührung fuhr der Neuen gleichzeitig in mehrere Körperstellen, namentlich den Hals, die

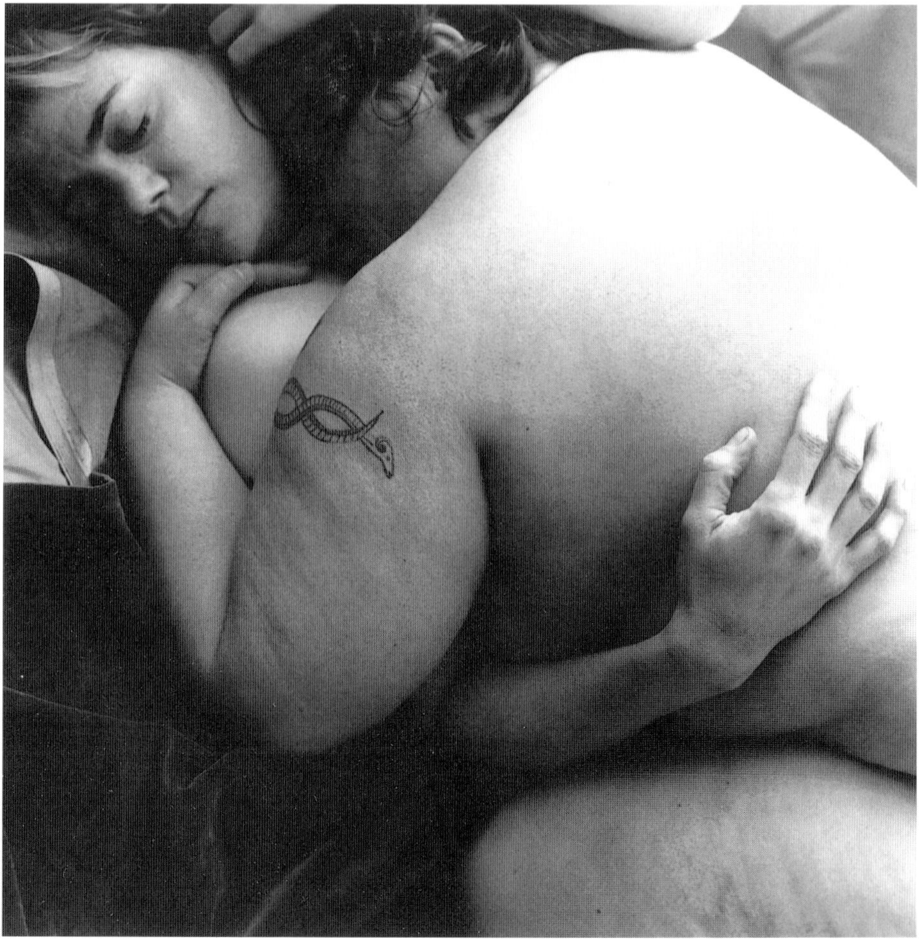

Susan Steward

Knie und direkt zwischen die Beine. Sie mußte die Augen schließen.
“Schade”, sagte die andere, während ihre Finger sanft kreisten.
Sie riß die Augen wieder auf. “Was?”
“Du hast so schöne Augen.” Abwaschwasserblau, dachte die Neue. “Wie ein Winterhimmel.”
“Hmmmmm,” kam die Antwort. Ihr Daumenballen hatte mittlerweile genau ins Schwarze getroffen. “Viktoria?”
“Nenn mich bloß nicht so.” Ihre Hand lag still.
“Sondern? Ich kann doch nicht Jägerin sagen.”
“Denk dir was aus.” Damit kam wieder Bewegung in ihre Finger. “Aber du wolltest was sagen?”
“Ja. Es ist nur... Bevor mir die Beine völlig wegsacken, wollte ich doch noch angemerkt haben, daß die Bombe mir die andere Seite geplättet hat.”
Die Jägerin ließ die Hand fallen und legte den Kopf auf Paukers Schulter. Es dauerte eine Weile, bevor diese so weit aus ihrem Wachtraum aufgewacht war, daß sie merkte, daß ihr Rücken unter ihrem eigenen Lachen so zuckte. Schließlich strahlte sie: “Du bist ja wirklich wahnsinnig romantisch.”
Die Neue sah sich den dreckigen Beton und den grauen Stahl an und grinste zurück. “Romantisch? Hier?”
“Also gut. Zur Sache - zu mir oder zu dir?”
“Bei mir wacht bestimmt Mars. Du hast dein Heim für dich.”
Sie nahm ihre Hand und lief vor ihr her zu Zelle VC3/416, warf die Tür hinter ihnen zu und sog die Zweifel, die Pauker auf dem Weg bezüglich der Örtlichkeiten gekommen waren, in ihren Mund. Alle Bedenken, daß eine Zellentür bedauerlicherweise nur von außen abzuschließen war, verschwanden zwischen ihren weichen Lippen, schmolzen an ihrer Zunge. Ariadne wollte sich gerade auf eine längere Expedition begeben, als sie Hände am Gummizug ihrer Shorts spürte. Sie fing die Handgelenke auf. Die Jägerin trat einen Schritt zurück und starrte sie verständnislos an. “Was ist denn jetzt?”
“Hast du heute noch einen Termin? Dann würde ich mir gerne etwas mehr Zeit nehmen.”
Sie verzog spöttisch den Mund. “Doch romantisch, wie? Ich dachte, du wolltest ficken.”
“Ich wollte, und ich will immer noch. Aber ficken ist nicht schneller, höher, weiter. Das überlaß ich den Männern.”
Sie hatte die Arme vor der Brust verschränkt und wirkte abweisender als das ganze Gefängnis. Sie legte ihr sanft die Hände auf die Schultern. “Nein. Ich will dich, aber ich will dich langsam. Mit Genuß. Wenn ich eins hier habe, dann Zeit.”
Sie senkte die Arme und nickte kaum wahrnehmbar. Ariadne ließ ihre Hände zum Bauch, dann um ihre Taille gleiten und nahm ihre Expedition wieder auf. Sie konnte spüren, wie die andere sich Zentimeter um Zentimeter wieder entspannte. Dann schloß sie ihre Arme um die Neue, erwiderte ihren Kuß erst zögernd, dann mit steigender Intensität. Als Ariadne aber gerade angefangen hatte, ihren Händen das Denken überlassen, versteifte sich die Jägerin wieder und stieß die andere brutal weg. Diesmal war es an der Neuen, zu fragen, was denn jetzt los war.
“Was hattest du denn vor?”
Ariadne mußte einen Augenblick überlegen, womit sie gerade beschäftigt gewesen war. “Äh, ich wollte dein Hemd ausziehen.”
“Du glaubst doch nicht ernsthaft, daß ich

Cornelia Schabach, D.K. Denz

mich von dir ausziehen lasse!"
"Wie war das? Warum denn nicht?"
"Mädel, das ist hier ein Knast, nicht Hollywood. Ich sitze jetzt seit zwei Jahren, vier habe ich noch vor mir, und du hast schon Glück, mehr als fünf Minuten im Klo zu kriegen. Das Hemd bleibt zu."
"Hör zu. Ich weiß nicht, wie dein Sex bisher ausgesehen hat, aber meine Vorstellung von Sex sind nun mal unbekleidete Menschen und viel Spaß, und wenn du darauf keine Lust hast, kannst du's dir gerne alleine machen." Ihr Blick war ziemlich giftig, und ihre Arme waren wieder schützend vor der Brust verschlungen. In einem seltenen Lichtblick schoß der jungen Frau durch den Kopf, wie die letzten beiden Jahre der Jägerin ausgesehen haben mußten - die Kälte der Frauen, die sie an sich herangelassen hatten, nicht aus Lust oder gar Zuneigung, sondern als Ersatz. Verstohlene Finger in einer Ecke, vielleicht befriedigend für andere, bestimmt nicht für sie. Sex als Ware, als verschwiegenes Bedürfnis. Daß Homosexualität in diesem Trakt keine gewählte Lebensform, sondern ein unwillig zugegebener, vorübergehender Zustand war, hatte sogar die Neue schon gemerkt. Einige der Langzeitinsassen hatten Pärchen gebildet, aber die meisten versuchten, ihre Verbindung zur heterosexuellen Außenwelt nicht abbrechen zu lassen; Sex mit Frauen wurde verschwiegen geduldet. Die Wertungen waren auch nicht vor den Mauern geblieben.
Viktoria, die Siegerin, die Jägerin, die Überlebenskünstlerin stand immer noch mit verschränkten Armen vor ihrer Zellentür und schickte Ariadne mit ihren Blicken zur Hölle. Kurzerhand entschied sie sich, die andere einfach zu ignorieren, zog sich das T-Shirt über den Kopf, ließ Shorts und Unterhosen fallen und feuerte alles zusammen in eine Ecke.
Sie nahm die beiden Matratzen von den Stahlbetten und legte sie auf den Boden, stellte einen Stuhl vor die Tür und drückte die andere auf das Notlager herunter, bevor sie ihre Entgeisterung überwunden hatte. Sie hielt ihr den Mund zu, als sie protestieren wollte; ihr war nicht entgangen, daß der Anblick ihrer nackten Haut ein überzeugendes Argument in ihrem Anliegen sein konnte. Ariadne kniete sich aufrecht hin, so unverhüllt, wie sie war, auch wenn ihr das nicht leicht fiel; Verteidigungsmechanismen werden schnell zur Gewohnheit. Wartete auf die Antwort. Statt einer solchen streckte die Jägerin einen Finger aus und strich der tätowierten Katze unter dem Schlüsselbein über den Rücken, verfolgte ihren Schwanz bis über die Schulter. Und lächelte.
Ariadne holte tief Luft; sie mußte sich jetzt doch beeilen, nein, vielmehr mußte sie die andere ständig beschäftigen, ablenken. Ihre Lippen waren in ständiger Bewegung; während sie zunächst die Schuhe und Strümpfe auszog, redete sie, beschrieb, was sie tat, sprach beruhigenden Blödsinn. Als sie zum Gesicht zurückkehrte und mit langsamen Bewegungen den ersten Knopf an ihrem Hals öffnete, begann die andere zu zittern. Sie küßte sie auf die Nase, die Augen, den Mund und fragte sich die ganze Zeit, wann sie sie in eine Zimmerecke schleudern würde.
Zunächst aber, bis zum letzten Hemdknopf, sagte die Jägerin nichts, hielt ihre Hände im Schoß verschränkt, zog die Beine in den Schneidersitz.
Wie einem Kind half Ariadne ihr aus den Ärmeln. Darunter war sie ebenso nackt wie sie; sie mußte sich erst mal auf die Fersen hocken und den Anblick ihres Körpers auskosten. Ihre Schönheit hing wie ein Heiligenschein um ihre

milchkaffeebraunen Schultern.
"Du leuchtest ja richtig", sagte Ariadne, und da mußte die andere lächeln. Sie nahm sie in die Arme und genoß das Gefühl von Haut auf weicher Haut, streichelte ihren Rücken, ihren Nacken, ihre Schultern. Als ihre Hände schließlich über ihren flachen Bauch wanderten und die kurzen Bändchen, die ihre Hose hielten, ertasteten, legte sie sich auf den Rücken, streckte sich ganz aus.
Ariadne konnte sich nicht erinnern, jemals vorher oder nachher so vorsichtig mit einer Frau geschlafen zu haben. Sie mußte sich ständig zusammennehmen, um sich nicht von ihrem steigenden Behagen, ihrer Ekstase mitreißen zu lassen. Die Jägerin ließ sich bedingungslos in ihre Finger, ihren Mund fallen, glitt auf ihren Händen über die Mauern aus dem Gefängnis hinaus. Ariadnes Körper wäre ihr gerne gefolgt, aber sie fürchtete, eine kleine Unaufmerksamkeit ihrerseits würde sie zu hart, zu schnell, zu kurz vor der Vollendung ihres Flugs auf den Betonboden der Zelle zurückholen.
Ihre Landung war zum Glück sanft und sicher; sie lag ausgestreckt auf Ariadnes Bauch, und die Schauer, die jetzt durch ihren Körper liefen, hatten nichts mit dem ersten Zittern zu tun. Ein kleines Lächeln spielte in ihren Mundwinkeln, während sie ihre Finger durch Ariadnes blonde Bürste gleiten ließ und sich verträumt in ihren Augen spiegelte. Schließlich rutschte sie in ihre Armbeuge, und Ariadne träumte von einer Sommerwiese, von Wind im Gras und einem Flußufer. Sie glaubte schon fast, das Geräusch von plätscherndem Wasser hören zu können, als der Knall einer zufallenden Zellentür, gefolgt von wütenden Stimmen und anschließender Prügelei, sie gnadenlos in die betonierte Wirklichkeit zurückholten. Leider war der Lärm nicht nur ihr aufgefallen; auf ihrer Schulter hatte sich Wasser gesammelt. Stetig strömten die Tränen auf ihre Haut und ein Fluch in ihre Ohren.

Sonja Julier

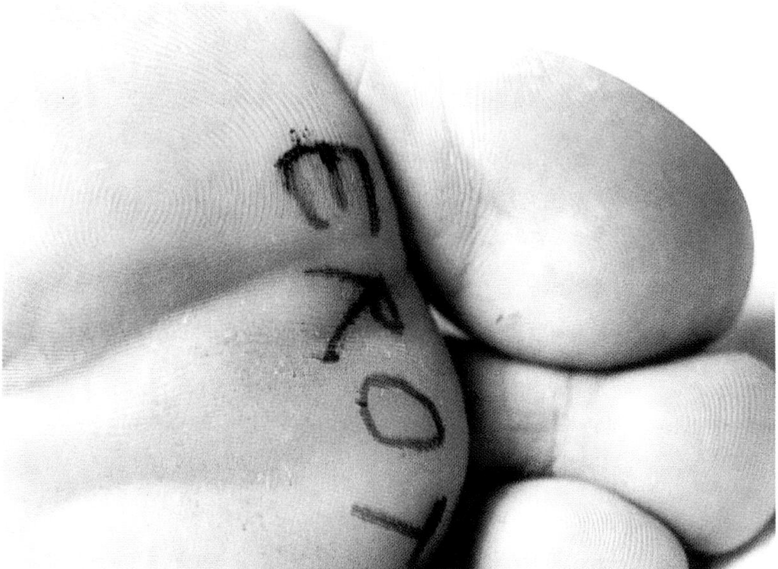

"Scheiße, Scheiße, Scheiße", flüsterte ihre Gefährtin. Immer wieder. Mit jedem Wort landete ihre Hand auf Ariadnes Brustbein, zunächst offen, dann als Faust geballt, zunächst sacht, dann immer härter, bis sie den Arm festhielt. Sie schoß hoch, riß sich los, trommelte gezielter, gewaltsamer, bedeckte die Neue mit Beschimpfungen. Ihre Schläge taten weh, aber nichts war so schmerzhaft wie der verbale Dreck, den sie über ihr entlud. Ariadne schob sich rückwärts, auf Händen und Füßen, von ihr weg, unfähig, sich zu wehren. Sie folgte. Immer wieder stieß sie zu, jedes Wort bohrte sich wie ein Messer in Ariadnes Körper, drehte sich einige Male, zerriß Gewebe, hinterließ offene, blutende Wunden. Schließlich kauerte sie in der Ecke neben dem Klo, Arme über dem Kopf verschränkt, Knie ans Kinn gezogen, und immer noch hagelten die Schläge, die Flüche auf sie ein. Ihr Kopf war leer, sie konnte nichts sagen, nichts tun, es reichte gerade zu den Tränen, die unaufhaltsam über ihr Gesicht und auf ihren Bauch strömten. Irgendwann merkte sie, daß die andere sie nicht mehr punktuell und hart berührte, sondern mit ihrem halben Oberkörper auf der zusammengerollten Figur in der Ecke lag und heulte wie ein Schloßhund. Vorsichtig entfaltete Ariadne sich, und die andere rutschte näher. Sie wollte sie wegstoßen, aber konnte nicht. Ebensowenig konnte sie ihre Arme um die vibrierenden Schultern legen, auch wenn sie es noch so sehr forderte. Sie war zu sehr damit beschäftigt, die Attacke zu verdauen, um mehr als oberflächliches Verständnis aufzubringen. So hockten sie eine mittlere Ewigkeit neben dem Klo, bis ein Laut, der sich vage wie Sprache anhörte, durch den Nebel in Ariadnes Kopf drang. Zwischen dem gewürgten Weinen quälten sich Halbsätze hervor:
"Tut mir leid. Wollte ich nicht. Verdammt, aber. Wie soll ich jemals? Was hast du? Verdammtes Miststück. Nein. Tut mir leid." Dann folgte der erste vollständige Satz. "Scheiße, ich kann doch da nie wieder raus. Die machen mich doch platt." Sie löste sich und setzte sich mit angezogenen Beinen auf einen Stuhl.
"War's das wert?" Ariadne stand auf, zog sich langsam an, während sie redete.
"Hey, ich sprech mit dir! War's das wert?"
"Du sprichst mit mir?" fauchte sie zurück. "Wäre mir nach dem Fäusteregen fast gar nicht aufgefallen. Ich dachte, ich bin dir nur noch ein paar Kraftausdrücke wert. Du hast 'ne Menge auf Lager, und alle erste Sahne, alle Achtung." Aber die Jägerin hatte nicht mehr die Energie, sich zu wehren, und so riß sie sich am Riemen. In ihrer Welt hatte sie sie entblößt, und nach den wenigen Wochen war sie noch nicht abgebrüht genug, die andere einfach kalt abzufertigen. Statt dessen sammelte sie die Klamotten der anderen ein, hockte sich vor sie hin und begann, sie ihr wieder anzuziehen. Socken. "Hör auf." Unterhose. "Natürlich war's das wert." Hose. "Wenn du's ihnen nicht erzählst, können sie von mir aus immer denken, wir hätten nur ein bißchen Fingerficken hier und da." Klang das nur in ihren Ohren so, oder steckte in diesem Satz eine Zukunft? Hilfe. Schuhe. "Ich werd's jedenfalls nicht verbreiten." Sie hatte das Hemd in der Hand, und erst jetzt hob die Jägerin ihren Kopf und sah die andere an. Ariadne mußte lächeln. "Gleich bist du wieder so sicher wie Fort Knox." Sie lächelte zurück, wischte sich mit dem Hemdsärmeln das Wasser vom Gesicht, streckte ihr ihre Arme entgegen.
"Guter Name, das."

Katrin Kremmler

Cornelia Gürtler

Trübes Licht aus den Abteilen fiel in den Gang auf die Gestalten der Reisenden, die am Bahnhof Zoo eingestiegen waren. Der Liegewagenschaffner schickte sie gleich zum nächsten Waggon. Seiner war voll. Mit Pärchen, Rucksack-Jungs, Punks und seltsamen Herren mittleren Alters. Im Gedränge suchte die Frau mit dem abweisenden Gesichtsausdruck von Reisenden, die alles andere als Kontakt suchen, den nächsten Schaffner. „Ich brauche eine Liege in einem Frauen-Abteil." „Haben Se schlechte Erfahrungen jemacht?" „Ja, in Italien." Vielleicht denkt sie an eine durchwachte stickige Nacht Florenz-Köln mit riechenden, wild von Big Mamma träumenden Nebenschläfern. Oder an den Graus, sich im überheizten Abteil nicht ausziehen zu können. Der Schaffner versteht und schleimt. „Meine Dome, mer wärn was für Se machn könn, wa." Er weckt jemand, der von innen entriegelt.

Sie ist allein mit einer Kostümbesitzerin. Das graumeliert lange Haar unter der Decke rührt sich nicht, keine Regung folgt auf ihre Begrüßung. Die Schlafende besitzt einen Alukoffer und modernes Schuhwerk. Die Interregio-Monotonie entspannt sie, der kaltweiße Mond scheint mitzufahren, immer geradeaus. Sie läßt ihn nicht aus den Augen. Vielleicht würde sie mit dem Kostüm ein Viertel Roten trinken wollen. Oder lieber im luxuriösen Schlafwagenabteil mit Messingbeschlägen und Waschbecken alleine sein, um in aller Ruhe ein kleines Latexobjekt in sich reinzuschieben, wer weiß. Jedenfalls trägt sie nur schwarz Unterwäsche in der Wärme des Abteils. Und wacht irgendwann auf. Man merkt es daran, daß sie wieder den Mond anstarrt und es in ruhigem Rhythmus schmatzt unter ihrem gelben Laken. „Leg Dein Kissen auf Dein Gesicht." Erstarrung folgt auf die leise, tiefe Stimme. Irgendwas in den Fünfzigern, klingt obercool. Nach dreißig Sekunden liegt das Kissen da, wo es sein soll. „Stell die Beine auf den Boden." Eine unendliche Zeit ist es vollkommen still, bis auf das klopfende Rauschen des Zugs. Die Dame scheint alle Zeit der Welt zu haben, sie gibt den Befehl kein zweites Mal. Die mit dem Kissen dreht sich der Dame zu, fleischige Schenkel öffnen sich, die Fußspitzen vibrieren auf dem Boden. Bei 200 Stundenkilometern.

Eine Hand mit goldenen Ringen zieht das Laken von dem üppigen Körper im kalten Licht. Aber sehr, sehr langsam. In der schwarzen Unterhose schmatzt es dafür immer schneller. „Du tust Deine Arbeit in Zeitlupe für mich." Dieser Befehl wird in Sekundenschnelle befolgt. In dem Dunkel der Nische betätigt die Dame einen Reißverschluß. Es muß ein Kulturbeutel sein, denn die Hand durchtrennt die schwarze Unterhose minutiös vorsichtig mit einer Nagelschere. Gurgelnd stöhnt es unter dem fahlgelblichen Kissen hervor. „Schenkel spreizen, so weit, wie Du kannst. Und Du kommst nicht." Bräunlich glänzend werden ihr die Lippen wohl gefallen, denn schemenhaft erkennt man ein Lächeln im Dunkel. Die unterm Kissen zieht eine fette Klitoris mit der Linken in die Höhe, der Zeigefinger kreist sehr nervös, aber langsam.
„Du drückst jetzt Deine Brustwarzen zwi-

schen zwei Fingern, aber fest." Das Wesen unter dem Kissen reißt sein Hemd hoch. Zwei riesige Brüste entringen der Dame ein „Ohlala". Sie werden von den Händen zusammengerafft, so daß die Brustwarzen nebeneinander im kalten Licht erscheinen wie zwei Weinkorken. Weiche Weinkorken, denn jetzt werden sie platt gedrückt. Vielleicht vor, vielleicht hinter Magdeburg, irgendwo, irgendwann zwischen Berlin und Amsterdam.

„Fester." Das Becken beginnt zu zucken, es keucht rhythmisch unter dem Kissen. „Ich höre nicht, daß es schmerzt, Schätzchen, wird das noch was?" Unter dem Kissen schreit es gedämpft." Jetzt drückst Du sie gegen Deine Schenkel, nimm die Beine hoch." Mühsam werden die Beine nach hinten geklappt. Jedoch scheint diese Haltung der unter dem Kissen vertraut zu sein. Die Weinkorken werden gehorsam gegen die Beine gequetscht. Wie ein geteilter Mond strahlt der Hintern. Kundig zerteilt die beringte Hand die glitzernden Läppchen. Ein reizender Anblick.

Die graugelockte Dame setzt sich auf die Kante ihrer Nische. Sie hat keinen Sinn für Romantik. Fünfmal stößt sie und tief. Während des darauffolgenden Gebrülls wirft sie das Laken über die zuckende Augenweide, wischt sich die Hand ab und verschwindet unter ihrer Decke. Fertig mit der Welt wirkt die andere, als sie sich endlich wieder strecken darf. Rhythmische Ruhe tritt augenblicklich ein. Gegen vier verläßt das Kostüm mit dem Alukoffer wortlos das Damenabteil. In Hannover. Die unter dem Kissen wird nicht einmal wach.

Nadja Schefzig

Friendship in times of globalization

Ich fahre oft mit dem Zug. Von Wien nach Brüssel. Von Wien nach Berlin. Von Amsterdam nach Wien. Von Wien nach Paris. und von Paris nach Berlin. Es sind keine Geschäftsreisen, obwohl ich gerne so tüchtig wäre. Früher waren es voyages d'amour, da hatte ich immer einen oder eine Liebhaberin, um der Kultur mächtig zu werden, ungefähr so wie andere Geschichtebücher lesen oder Museen und Monumente besuchen, so wanderte ich durch die Betten meiner internationalen Affären. Ich lernte dabei die Sprachen, die Sitten und Wohnverhältnisse kennen.
Die Sehnsucht nach der weiten Welt übertrug sich auf die Liebesverhältnisse. Als die Liebhaber noch Männer und ich noch jünger war, überlegte ich sogar, mich ins Ausland zu verheiraten. Aber die Zeit verging und ich habe nur einen ernstzunehmenden Heiratsantrag bekommen, da war ich 18 und er ein Korse, und Korsika stellte ich mir im Winter trostlos vor. Meine erste Liebe war Paris, die erste Wixvorlage das "Delta der Venus", Seite 75, wo sich die drei Frauen gegenseitig in die schimmernden Falten ihres weichen Fleisches bissen. A rose is a rose und den Finger in ihrem Schoß. Au revoir, Messieurs, je suis désoleé.
Nachdem ich mit der Zeit die Frauensexshops aller europäischen Städte miteinander vergleichen konnte, wurden langsam aus meinen Staatsaffairen Freundschaften. Gelegentlich kostet "ein Kaffee mit einer Freundin" ein kleines Vermögen für Ticket and Stay. Denn das ist der Preis für Freundschaften in Zeiten der Globalisation.

Ich fahre gerne mit dem Zug. Es ist billiger und ich schlafe gut. Und es ist spannend. Denn ich bin auf der Jagd nach alten Frauen. Früher - ganz früher - hatte ich immer ein Liegewagenbett reserviert. Aber es stellte sich heraus, daß es besser ist, im letzten Augenblick zu kommen. Es ist ein kleiner Sport, den Schaffner dazu zu bringen, mir ein Abteil allein oder noch besser mit "Jemand Nettem" zu überlassen. Und dann habe ich eine: Eine alte Dame. Ich liebe es. Da war die Frau aus Dresden. Ein Japaner und ich teilten das Abteil mit ihr. Er verließ uns um halb drei in Prag, und so konnten wir erst am Morgen reden. Die meisten alten Damen haben ein Leben, "wie es nicht im Buche steht". Dafür ist es meistens zu "normal", aber irgendwie bin ich süchtig nach diesen wirklichen Geschichten. Diese zum Beispiel hatte zwei Söhne und eine Schwester, die in Linz lebt und die sie besucht hat. Der Schwager hat sich gerade umgebracht. Als die Söhne ganz klein waren, hat sie sich von ihrem Mann scheiden lassen. Die alten Frauen berichten Fakten, nicht Gefühle. sie sagen nicht, da war is so deprimiert, sondern 1940 hat er mich dann verlassen. Ich lasse mir alles genau erzählen. Spätestens, wenn ich die Photos der Enkelkinder bewundere, vergeben sie mir meine Lederhose und die schmutzigen Boots. Ich bin halt ein "nettes Mädl" und trage auch gerne den Koffer bis auf Plateau. Meine Freundin findet das uninteressant. Aber sie malt auch gerne Landschaften und ich Portraits. Und sie hat ja recht, denn manchmal schlägt mein Interesse in Menschen in reine Kritiksucht um, und ich sage zum Beispiel:

"die Uniformen der Britischen Stewardessen sind unmöglich". Aber - ehrlich gesagt - ist es nicht so?
Im Zug von Berlin nach Wien bin ich stolz auf mich. Ich hatte keine Liebesaffäre und trotzdem war der Aufenthalt so "intensiv". Eine Frau, die schön wie eine Gottesanbeterin ist, hat mir geraten, "loszulassen". Klammere dich an nichts Geringeres als an die Unendlichkeit.
Ich stehe die halbe Fahrt im Gang und sehe den Nachthimmel an. Auf der Suche nach der Unendlichkeit. Ich bin glücklich. Kein Wunder, ich will nicht mehr anderswo sein. Ich bin gerade in Wien, das ist vielleicht nicht das Gelbe vom Ei, aber viele beneiden mich auch - nur nicht die Wienerinnen. Die jammern die ganze Zeit über die Szene. Dann war ich im Lesbenmekka San Franzisko. Und dort haben sie auch gejammert. Das war sehr heilsam und ich hatte meinen ersten One-night-Stand, der nicht zu einer 6000-miles-relationship wurde. Wonach ich mich sehne, das muß immer noch zu Fleisch und Blut werden. Ich sehne mich danach alt zu werden, zumindest älter als jetzt. Meine Freundin ist manchmal verzweifelt mit mir, weil ich offensichtlich keine Pläne habe. Sie hat Pläne, Strategien und Methoden.

Wenn sie mich nach meinen Plänen fragt, sage ich, ich will eine "Alte Frau" werden. Aber wie? Ich weiß nicht einmal, wie ich dieses Jahr überlebe.
Ich bin im Zug nach Brüssel. Ich öffne die Abteiltür, und da sitzt eine Dame, Anfang-Mitte 70, weißes Haar. Die "Presse" auf dem Schoß. Sie liest einen Artikel über den Papst. Ich denke sofort, die hat was mit Kirche zu tun. Vielleicht hätte ich besser nicht die Lederhose angezogen oder wenigstens die Schuhe geputzt. Sie schaut mich mißbilligend an. Ich packe auch meine Reiselektüre aus, die "Philosophische Therese" schiebe ich unter die anderen Skripte, denn das "galante" Cover soll sie besser nicht sehen. Bald tauschen wir ein paar Höflichkeiten aus. Es gibt zwei Tricks. Sie stellen immer die Frage: "Schlafen Sie oben oder unten", darauf ist zu antworten: "Bitte suchen Sie sich doch aus, wo Sie schlafen wollen. Ich nehme gerne das andere Bett". Und dann muß ich ihr noch zu verstehen geben, daß ich mich niederlege, wann SIE möchte. Das hilft im allgemeinen über dreckige Schuhe hinweg. Bald ist sie zutraulich und erzählt von ihrer Familie. Ich habe mich verschätzt. Ich hätte gedacht, sie ist allein. Aber tatsächlich hat sie vier Kinder und ist unterwegs zu einem frisch geborenen Enkel. Aber ganz daneben bin ich nicht. Ihr Mann ist vor zehn Jahren plötzlich gestorben. Vielleicht sieht sie deshalb so asexuell aus. Sie scheint nicht mehr an Begehren gewöhnt zu sein. Schade. Sie erzählt viel von ihm. Ich könnte ihr den Saum ihres Wolltweedrockes dafür küssen, daß sie nicht sagt: "Ich möchte das und das. Oder ich werde dies oder jenes." Sie hat schon viel getan, und wie sie da sitzt, gelassen und schön, ist sie sehr anziehend. Neben Fleisch und Blut, suche ich nach einer Geschichte. Und sie erzählt fleißig. Wir bestellen beide ein Flascherl Rotwein, weil das hat die älteste Tochter, Oberärztin, als das beste Schlafmittel empfohlen. Mitten im besten Gespräch, das heißt, ich höre eigentlich nur zu, wird es stockdunkel, und um 10 Uhr will sie schlafen. Ich schlafe oben, sie unten, weil das Klettern ist nicht ihres. Um halb vier macht der Zug eine heftige Bremsung, und ich falle aus meinem Bett geradewegs in ihres hinein. Ich habe sie im wahrsten Sinn k.o. geschlagen. Zuerst bin ich ziemlich geschockt in dem Tumult, aber eines der wenigen Male im Leben geistesgegenwärtig. Mir ist nichts passiert, aber sie ist ein bisserl ohnmächtig. Ich will den Schaffner holen. Aber was soll der schon tun, was ich nicht auch könnte. Vielleicht braucht sie etwas Ruhe. Oder Erste Hilfe. Oder Luft. Ich knöpfe ihr die Bluse auf und den BH. Ich kann meinen Mut fast nicht fassen. Ihre Brüste sind schön und schlaff, wie ich es besonders mag. Ich mag alle Brüste, aber dies ist eine Köstlichkeit, wie ich sie schon lange nicht mehr hatte. Mindestens seit meiner Großmutter, die mich, als ich klein war, ab und zu in ihre Bluse greifen ließ. Ihre Zitzen reagieren sofort, und ich weiß nicht, ist sie aufgewacht oder stellt sie sich schlafend. Keine Ohrfeige, nichts, auch nicht, als ich zu saugen beginne wie eine junge Welpin. Sie hält still und läßt mich machen. Sie bewegt sich nicht, verrät sich nicht durch die kleinste Bewegung, durch nichts als durch ihre steifen Brustwarzen. Sie ist ganz ruhig, und ich werde halb bewußtlos davon. Von der Intimität der Situation und auch von der Vorstellung, wie lange sie wahrscheinlich so nicht angegriffen und ausgegriffen worden ist. Ich lecke an den großen Vorhöfen. Ihre Haut ist dünn wie Seidenpapier und das Fleisch weich und nachgiebig.

Michaela Göltl

Es rinnt meine Schenkel hinunter, aber ich wage nicht, mich an ihr zu reiben, oder noch weniger, nach ihrer Klit zu langen. Ich bin neugierig, ob sie auch naß ist. Leider verläßt mich der Mut. Ihre Passivität ist mir unheimlich, und so begnüge ich mich für dieses Mal mit den wundervollen Brüsten.
Am nächsten Morgen hüpft sie fröhlich aus dem Bett. Wir trinken Kaffee mit Kipferl. Am Kai wartet der Sohn, Jurist, und sie stellt mich lächelnd vor:
"Das ist die junge Dame, mit der ich die Nacht verbracht habe"
Der Sohn findet nichts besonderes daran, und ich lächle ihn mit meinem harmlosesten Lächeln an.
Zum Abschied sagt sie mir ihren Namen und die Straße. Alte Damen geben mir nie ihre Telefonnummer, wahrscheinlich gehört es zur alten Schule, daß man sich ein bißchen Mühe geben muß, um die rauszufinden.

Susanne Kaiser

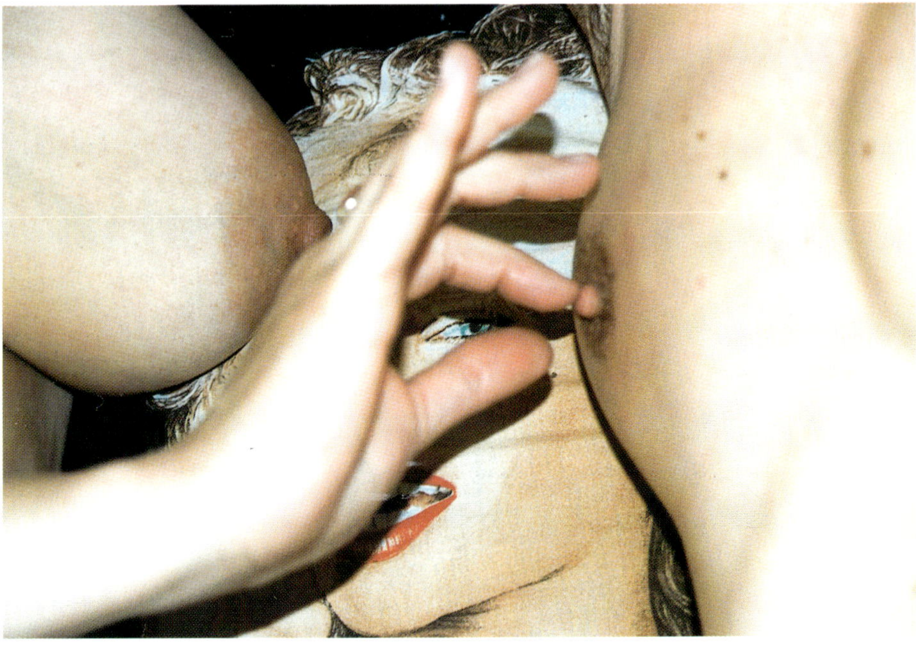

Hilla Stute

eine jede hat einen erdbeermund

eine jede hat einen erdbeermund
wenn im juni das gras
bis zum halse geht
mit aufgesprungenen lippen wenn
im juni die liebe am höchsten steht
herzkirschen sind deine nippel dann
wenn im juni die liebe
am schnellsten schlägt

und ein kirschroter kern
hat im fruchtigen fleisch sein fest
wenn im juni
ein kirschroter mond
hängt beschwipst im geäst.

Sybill Volks

Zariamma

Indien

In Indien existiert eine sensuelle Tradition, die von den Frauen über Generationen weitergegeben wird. Die Tempeltänzerinnen haben nicht nur gesundheitliches Wissen z.B. zur Verhütung vermittelt und Kräuterkunde gelehrt, sondern auch die jüngeren Frauen in Bewegungen und Körperempfinden ausgebildet. Dazu gehört das Mutra, diese speziellen Handbewegungen der Tänzerinnen, die sexuelle Andeutungen darstellen. Die Frauen sollten lernen, ihre eigene Lust zu finden und mit ihr umzugehen, verschiedene Situationen selbstbewußt und lustvoll zur eigenen Zufriedenstellung zu meistern. Aus jeder Begegnung kann auch erotisch etwas Positives für eine selbst herausgeholt werden. Das ist vergleichbar mit dem Wissen, das den Schülerinnen der Sappho auf Lesbos vermittelt wurde, oder den Kenntnissen, die in der Sexarbeit heute noch erworben werden können. Die Tempeltänzerinnen waren ja nichts anderes als ehrbare Huren. Ich bin damals von einer sehr schönen älteren Dame eingeführt worden. Es war auf einer Bahnfahrt und ich war sehr amerikanisch gekleidet, in Jeans. Sie saß mir voll geschminkt und in ein Zari gehüllt im Ladies compartment gegenüber. Sie sagte, sie würde mich vor bösen Männern beschützen und ich habe ihren schönen Bauch geleckt und ihren Bauchnabel liebkost. Sie hat es so genossen, daß sie meinen Zopf in den Mund nahm, um nicht laut zu schreien. Das war ein schönes Erlebnis. Heute würde diese Geschichte unter anonymer Sex verbucht. Und wahrscheinlich würden die jungen Mädchen vor solchen Abenteuern gewarnt werden. Die ganze westliche Debatte um Mißbrauch geht ja auch in diese Richtung. Es gibt zu viele negative Bilder von Sexualität, die Mädchen und Jungen bekommen Angst vermittelt. Wenn aber keine (sexuelle) Erfahrungen gemacht werden können, wie kann eine dann herausfinden, was sie will? In der indischen Kultur ging es darum, den jungen Frauen Selbstbewußtsein in allen Lebenslagen zu vermitteln. Ich wußte ganz genau, was ich tat und daß ich diese Erfahrung und noch andere sammeln wollte. Ich hatte Neugier auf andere Personen und Offenheit für Fremdes gelernt. Weiblichkeit bedeutet für mich Stärke. Eine vollkommene Person kann aber nur so weiblich sein, wie sie ihre Männlichkeit und anderes in sich erkennt. In Indien geht man von mehr als fünf Geschlechtern aus und alle Personen, die schon biologisch mindestens zwei Geschlechter in sich tragen, können sich im Laufe ihres Lebens für das eine oder andere entscheiden, wenn sie das möchten. Im Westen ist vieles sehr vergeistigt. Der Geist wird als Gegenstück zur Körperlichkeit gesehen und je spiritueller, desto gefühlloser. Die Sexualität ist wie vom Kopf getrennt. Man könnte ihnen auch die Hand abschneiden. Das ist aber nicht richtig, die Kräfte vereinen sich nur in einem Zyklus vollkommen. Die Kreativität muß mehr gefördert werden, um den Leuten Lust zum Experimentieren zu machen. Lust, herauszufinden, was für ein sexuelles Ich sie haben. Manche haben Lust auf alles, manche nicht. Da sollte für alle Platz sein, ohne Verstümmelungen.
Leider geht in Indien auch eine Verwestlichung vonstatten. Die indische Lesbenszene richtet sich z.B. nach dem amerikanischen deutschen Prinzip des Androgynen, ohne Sexualität miteinzubeziehen. Viele

Lesben wurden zwar von älteren Frauen eingeführt und wollen jetzt mit Frauen zusammen leben, aber eigentlich hat das nichts mehr mit ihnen zu tun.
Ich frage mich dann genauso, wie ich bei deutschen Lesben frage, warum sie von sich sagen, sie seien lesbisch. Sie lieben keine Frauen, sie vermeiden Männer. Das ist ein Unterschied. Da sind zwar immer noch Reste einer Kultur, in der Leute sich anfassen, sich bewundern, sich gegenseitig massieren, sich ins Gesicht gucken, viel reden. Es existieren 850 Dialekte, von denen du mehrere beherrschen mußt, wenn du kommunizieren willst. Sie können immer noch mit Ölen umgehen und Gewürze einsetzen, sind sehr kreativ in Sachen Sexualität. Sie schnitzen Holz-, Stein-, Ton-Dildos, spielen mit Stoffen und ihren Haaren.
Aber sie legen mehr Wert auf Äußerlichkeiten, wollen wie die Lesben in Amerika institutionell akzeptiert sein, eine Ehe miteinander schließen, ihre Erotik nur noch nach innen zeigen, hinter den Hauswänden. Da gehen Traditionen und Taktilitäten verloren.
Diese Frauen sind zunehmend beklemmt, wie in einem Korsett gefangen. Sie sehen aus wie in der Werbung und übernehmen

auch dieses coole Verhalten. Das beste Beispiel ist diese West-Reklame, in der nichtssagende Frauen im Schlamm nicht einmal einen Blickkontakt suchen. The taste of now. Fassade, Medienerotik. Fast food sex.
Auf der anderen Seite herrscht das Ausschlußprinzip. Women of Colour reden nicht mit Whitebread, den farblosen westlichen Frauen, oder mit denjenigen, die Farben in ihrer Familie hatten, aber selbst keine mehr haben. Untereinander herrschen so viele Stereotype, daß die Kommunikation abbricht. Jede Kultur sieht sich als etwas Einheitliches, aber genauso wie die Deutschen in Amerika in einer Kolonie deutscher sind als die Deutschen hier und alle ihr Deutschland im Kopf leben, ist es auch mit den anderen Kulturen. Das bringt Stillstand, auch sexuellen. Aber Kulturen bewegen sich. Identität bedeutet Beziehung, ein komplexes fortlaufendes Verhandeln und nicht ein in sich abgeschlossenes Ding. Es ist doch so schön, wenn du Latinas beobachtest, wie sie miteinander umgehen und andere Frauen anmachen. Wenn du ihnen sagen würdest, das ist lesbisch, würden sie antworten: nein, das ist in meiner Kultur, nett zu sein.

Kate Bornstein

We'bis'ndu

"Wer bist denn du", fragt mich nun die dritte blauwellige Dame und schielt mich durch die dicken Gläser ihrer Straßenraubtierbrille an. Das hört sich an, als sei's nur ein Wort wie "we'bis'ndu?" Ich bin ganz in schwarz, das sind wir alle. Es ist ja auch das Begräbnis meiner Mutter, und die alten Schachteln wollen eine Bestandsaufnahme der Trauergemeinde machen. Ich selbst mache eine Bestandsaufnahme meiner Identitäten, sobald mich jemand fragt, wer ich bin. Welche Antwort daraufhin aus meinem Mund strauchelt, ist sowieso fast nie vorhersagbar. Aber heute ist das Begräbnis meiner Mutter und es haut mich um, und der Erinnerung an Mama zu Ehren, erzähle ich jeder Einzelnen von einem jeweiligen Ich, von dem ich glaube, daß sie es ertragen können.

"Ich bin Kate Borstein", sage ich ihr in meiner ruhig-ruhig Stimme, "Mildreds Tochter."

"Tochter?!" Sie glaubt ihren Ohren nicht und knallt mir die Widerfrage entgegen, genau wie alle anderen es vor ihr taten, denn alle wissen, meine Mutter hat zwei Söhne gehabt. Das war es, was ihre Größe in diesem Kreis ausgemacht hat. In der Familie meiner Mutter gab's nix vonwegen Töchterchen, oh nein, mein Lieber. Zwei Söhne. Sie, als Frau, hatte das geleistet.

"Mildred hat aber nie gesagt, daß sie auch eine Tochter hatte." Ihre Augen, hinter der Brille, nehmen mein Gesicht auseinander, suchen nach Familienzügen. Als Knabe sah ich genau so aus wie mein Vater. Das sagten alle. Und später, als ich mich umwandelte, sagten die gleichen Leute: "Weißte, du bist das Ebenbild deiner Mutter." Nur, daß ich groß bin.

Meine an die zwei Meter sind jetzt in Trauer wegen des Hinscheidens meiner Mutter, und ich stehe dieser Brigade von Matronen gegenüber, deren Aufgabe darin zu bestehen scheint, an diesem Morgen meine Mutter während ihrer Gedenkfeier an der Küste von Jersey vor unerwünschten Gästen zu schützen.

"Du bist also ihre Tochter? Und wer ist denn dein Vater? Doch nicht Paul, oder?"

Das wäre natürlich ein feiner Klatsch, an dem diese Frauen herumknabbern könnten, beim nächsten Mahjong-Spiel. "Mildred hatte noch ein Kind", würden sie zwischen zwei Zügen sagen, "und dazu ein Mädel! Und Paul, Gott habe seine Seele, hat's nie gewußt."

Meine Mutter hatte nur einigen Eingeweihten von meiner Geschlechtsumwandlung erzählt. Sie wußte genau, daß eine weitere Verbreitung nur dazu führen würde, daß die langen rosa Fingernägel der Hüterinnen der guten Sitten in der Kleinstadt, in der sie lebte, sie in Stücke reißen würden. Sie wuchs in einer fast-orthodoxen Familie auf, meine Mama. Als junges Mädchen wachte sie jeden Morgen immer rechtzeitig genug auf, um dann die Männer und Knaben aufwachen und den Satz sagen zu hören: "Gottseidank, daß ich nicht als Frau geboren bin." In dem Leben, das sie führte, hing ihr Selbstwert von der Anwesenheit von Männern ab. Ihr Ehemann, ein erfolgreicher Geschäftsmann, war ein Jahr tot, als ich ihr erzählte, daß einer ihrer beiden Söhne dabei war, ein 'dyke' zu werden. Sie selbst bevorzugte das Wort "Lesbe". "Mein Sohn, die Lesbe", sagte sie zu ihren engeren Freundinnen, mit einem tiefen Seufzer und einem Lächeln auf den Lippen.

Meine Mutter war dabei, als eines Abends der Rabbi fragte, wer ich sei. Ich hatte gerade mein Studium angefangen, war ein echter Hippie: mit Bart, Halskettchen und weichen, kniehohen Stiefeln, von denen die Fransen herunterhingen. Ich war zuhause, wegen irgendwelcher Feiertage, und meine Eltern wollten gerne, daß ich mit ihnen in die Synagoge käme. Sie wollten ihren Sohn, der aufs Brown-College ging, stolz herumzeigen. Ich mochte die Freitagabendfeier immer schon gerne. Das Singen hatte etwas Heimselig-Vertrautes, die alten Melodien waren so wohltuend, das Hebräisch verstand ich zwar nicht, doch ahmte ich die Klänge nach.

Aber als der Rabbi seine Predigt hielt, wurde ich wütend. Bis heute kann ich mich nicht genau daran erinnern, was mich so aufregte, denn meine Wut wurde von den darauffolgenden Ereignissen umkreist. Ich sprang auf, mitten in der Predigt des Rabbis, und fing an, über soziale Gerechtigkeit zu debattieren.

Mein Vater grinste nur. Er hat nie seine Bar-mitzvah gemacht, da er dem Rabbi seinerzeit, gleich am ersten Tag des Hebräisch-Unterrichts, in die Waden trat. Meine Mutter hielt sich den Mund, um ihr Lachen zurückzuhalten. Sie war nie sehr begeistert gewesen von unserem Rabbi, das heißt, seit dem Abend, als er sich geweigert hatte, zu uns zu kommen, um meinen Vater nach dem Tode meines Großvaters zu trösten. Das war also die Szene: der Rabbi und der Hippie, in heißer Diskussion über die rabbinischen Gesetze und soziale Verantwortung. Uns beiden war klar, daß das nirgendwohin führen konnte. Er wies mich mit einem Kopfnicken ab. Ich wies ihn mit einem

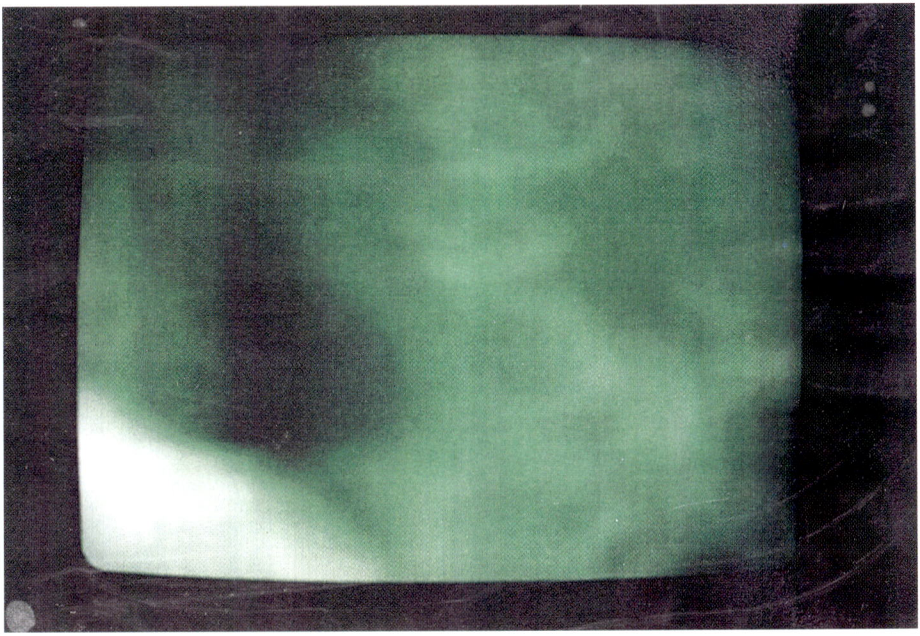

Hilla Stute

Kichern ab, und die Sabbatfeier wurde fortgesetzt. Auf dem Weg aus der Synagoge heraus mußten wir alle am Rabbi vorbei, der dort allen die Hand schüttelte. "Albert", sagte er zu mir und guckte mich durch eine Brille, die später John-Lennon-Brille genannt werden sollte, an. "Werbis'ndu? Den Bart hast du, bist du nun Jesus Christus?"
Meinen Beitrag zum Evangelistentum hab ich mittlerweile längst geliefert. Zwölf Jahre war ich bei den Scientologen, und dann, nachdem ich Hubbards (Ron Hubbard: Gründer der 'Church of Scientology' -Anm.d.Übers.) Trabanten entkommen war, noch vier oder fünf Jahre als eine etwas widerwillige Sprecherin für die keimende 'Transgender'-Weltbewegung tätig. Aber irgendwo zwischen Scientology und dem postmodernen Polit-Aktivismus, fand ich noch die Zeit, um Telefonsex zu betreiben. Davon hat meine Mutter nie etwas gewußt. Das war eins meiner "Werbinich's", von dem ich wußte, daß ihr das zuviel gewesen wäre. Also hab' ich ihr auch nie von dem Tag erzählt, als ich irgendwo in West Philadelphia in einem Tante-Emma-Lädchen Schlange stand. Hinter mir eine tiefe, männliche Stimme , die sagte: "Tschuldigemal, wer sind Sie?" Und als ich mich umdrehte, sah ich einen Juppie mittleren Alters, der mich durch seine Hornränderbrille anstarrte.
"Margo?" frage er mich. Margo war der Name, den ich mir für das rauchstimmige Phonesexgirl zugelegt hatte, das nebenbei erotic dancing machte und eine Tätowierung am Oberschenkel hatte. "Bleib noch'n bißchen dran, Süßer," raunte ich in den Hörer, "dann geb ich's dir."
Da stand er also, der Junge Urbane Professionelle Typ, und sah dabei aus, als sei er gerade gestorben und sähe nun die Jungfrau Maria. Ich versuchte noch, mich zu erinnern, welche seiner Phantasien wir

mal durchgespielt hatten. Aber ich hatte Angst. Echt Angst. Wenn das rauskäme, daß Margo'ne Transe war, dann würde ich den Job verlieren, aber sofort. Mit einem eisigen Blick, den ich von meiner Mutter gelernt hatte, fixierte ich ihn, dann schlich er auch schon rüber, um sich die Brezels mal genauer anzusehen.
Meine Mutter starb noch, bevor sie hätte zuhören können, wie diese Blauhaar-Ladies eine große-große Frau, der die Wimperntusche die Backen runterrutscht, fragten: "Werbis'ndu?" Sie hat nie gehört, wie die Produzentin der Riki-Lake-Show eine Stimme aus der Muschel, die sie an ihr Ohr geklemmt hatte, fragte: "Wer bist du denn?" Und ich ihr sagte, ich sei weder Mann noch Frau. Meine Mutter hat nie die elegante Philadelphia-Dame die gleiche Frage stellen hören, als ich ihrer privaten AA-Gruppe für 'Ladies only' beitreten wollte.
Meine Mutter fragte mich nur einmal, "Wer bist du?" Das war eine Woche, bevor sie starb. "Werbis'dunu', Albert", frage sie angespannt: da mischte sie schon alle Namen und Artikel in ihre hohe Dosis Morphine hinein. "Wer-bist-du?"
Ich sagte ihr die Wahrheit: daß ich ihr Baby sei und für immer wäre. Ich sagte ihr, ich sei ihr kleiner Junge, und die Tochter, die sie nie hatte. Ich sagte ihr, wie sehr ich sie liebte.
"Ah!" rief sie dann, ganz zufrieden mit meinem Angebot von Wer-bin-ich's, "Das ist gut. Ich wollte niemand von euch verlieren."

Übersetzt von Mai Leffers.

Petra Rissmann

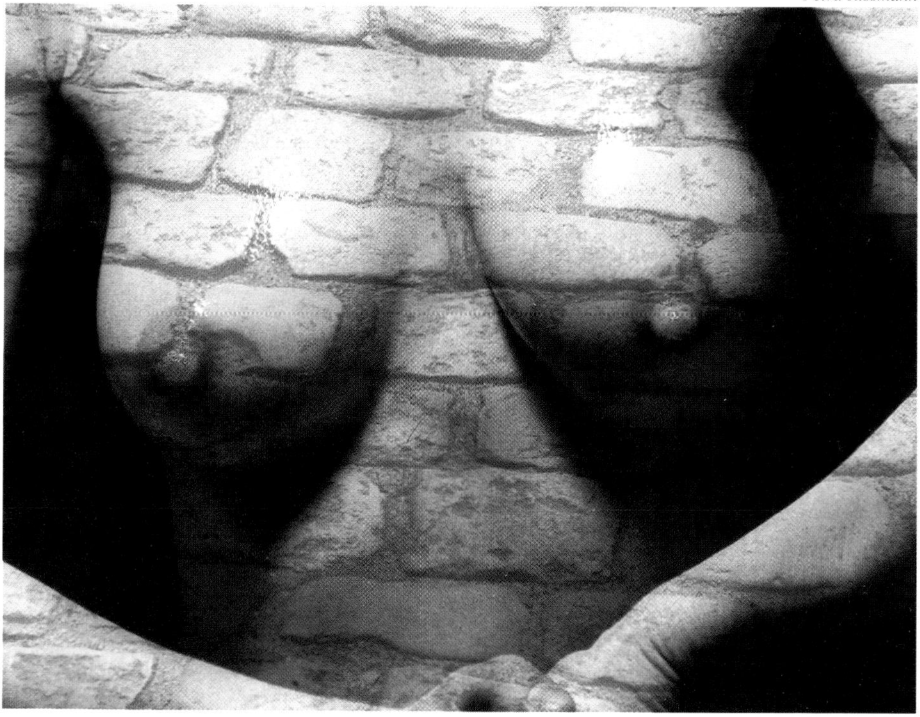

Frauke Kober

Bloody Maries

Es waren einmal zwei wagemutige Trapezkünstlerinnen...

?Inwiefern schwingt erotik beim trapez mit, hat das überhaupt eine erotik, welchen bezug habt ihr zur trapezstange?
A: Ich glaube, das thema vampire, beißen usw. ist sowieso erotisch, schwingt sowieso mit. Für mich ist das erstmal arbeit, das ist 'n job. Das ist natürlich auch viel spielen, aber vor allem festhalten und konzentriertsein. Auch die freiheit, das schauspielerisch zu spielen. Aber erotisch ist das eher für die da unten als für uns da oben.
?sex als arbeit, hast du da mal ne verbindung gesehen? Sex kann ja auch arbeit sein, festhalten, loslassen. Du hast ein repertoire drauf, du weißt, was du machen mußt, das ist technik?
A: ja aber ich hab' die nummer nie so mit sex verbunden, das ist eine zusammenarbeit, eine partnerschaft.
C: also der unterschied ist, daß wir nicht miteinander ins bett gehen, obwohl wir am trapez auch eine erotische beziehung haben. Das ist manchmal sehr schwierig, aber manchmal auch ein glück. Wenn du dich in einer beziehung streitest, ist das wunderschön, wenn du dich wieder versöhnst und dann miteinander ins bett gehen kannst. Was machen wir? wenn wir uns gestritten, versöhnt und dann einen auftritt haben, ist der applaus wie ein orgasmus und verschmelzung und dann ist alles wieder gut. Wir sind halt so aufeinander angewiesen, beider leben hängt davon ab. Das ist eine intensität, eine starke nähe, die ist beim auftritt am größten. Wenn da noch andere zugucken, muß alles rund sein und es klappt so gut wie immer.
?und nach einem streit ist nie mal die gefahr, daß die eine die andere so andeutungsweise losläßt?
A: ne, ne, das ist tabu. Sobald wir auf der bühne sind, ist alles weg.
?vielleicht auch besser, ihr habt ja keine sicherheit, kein netz bzw. die andere kann nicht fallen und kommt dann wieder hoch wie ein gummiball..
A: na das haben wir grade ausprobiert, aber aus versehen.
C: Zum erstenmal haben wir uns beim auftritt nicht gekriegt. Zum glück ist nichts passiert. Sie ist auf die füße gefallen. Das war ein neuer trick, eine neue abfolge. Das ist so'n psycho. Wenn da das timing zwischen uns nicht 100% stimmt, dann kann man nichts mehr retten. Dann ist sie einfach unten. Das haben wir dann nicht mehr gemacht, das ist zu gefährlich, das ist es nicht wert. Wir haben immer ein bißchen darunter gelitten, daß die leute gesagt haben, naja spannendes schauspiel, aber trapeztechnik könnte'n bißchen mehr sein, also ich hab' da drunter gelitten.
A: stimmte aber damals trotzdem. Das wird heute nicht mehr so gesagt. Das hat mit der flüssigkeit der bewegung zu tun.
C: ja man wächst schon zusammen wie in einer beziehung. Wir haben jetzt wirklich so ein katz-und-maus-spiel, nicht nur da, wo schauspiel ist, ist wenig trapez, sondern das trapez läuft synchron mit der inneren handlung, also die körperarbeit unterstützt das schauspiel und umgekehrt, das läuft parallel. Ich hab mich selbst gewundert, daß das so gut funktioniert.
A: dann ist totenstille im saal, du hörst jede stecknadel, ausrufe im publikum: ooah, direkt neben deinen ohren.
Du kriegst die atmosphäre, die im saal ist, total wieder.

C: du hast die leute einfach, und das merkst du, wenn du sie hast. Unsere nummer sticht da auch schauspielerisch raus. ich glaube, daß sie beeindruckender ist als der etwas plattere humor im variété.
?reaktionen auf eure erotische ausstrahlung bei männern und frauen verschieden?
C: absolut! Ein schwuler typ meinte, das wär überhaupt nicht erotisch. der kommt aber auch von ner ostschule und hat ne andere, klassischere, straighte ausbildung. Und ihre schwester, die lesbe ist, fand das unglaublich erotisch. Soll ich alles erzählen?
A: erzähl alles!
C: es war so lustig und auch ziemlich interessant. Sie meinte also, daß sie das erotisch fand und das fand ich auch und dann hab ich das am selben abend zu dir gesagt und du warst ganz entsetzt: nein, ich mach doch keinen porno! Irgendwie fandest du das negativ, oder?
A: naja, für mich war die nummer nicht erotisch ausgedacht, was mach' ich und was zeig' ich jetzt, sondern grusel sollte vorkommen. Die erotik war keine absicht, hab' ich lange nicht so gesehen, also nicht so wie sie das sieht, als erotische liebesbeziehung zwischen 2 frauen.
?aber erotik muß nicht gleich liebesbeziehung sein. Oder glaubst du daß das publikum euch gleich als liebespaar sieht?
A: nein, nicht privat, aber die beziehung zwischen vampir und opfer ist doch klassisch so, daß der vampir sich in das opfer verguckt oder verliebt.
C: umgekehrt, ich würde sagen umgekehrt! das opfer verliebt sich in den vampir und gibt sich deshalb hin.
A: stimmt, und der vampir will ja eh nur blut. Aber würdest du jede nehmen?
C: ne, sie muß schon einen kabollus können, so'n trick am trapez, und ein zartes orangenes nachthemd anhaben und in zukunft auch noch strapse.

Petra Gall

A: ja, mittlerweile find ich das richtig gut. ich hatte es einfach vorher nicht drauf angelegt. Ich fand's eher dramatisch. Vampir und grusel, dann der biß. ich versuche jedesmal herzustellen, daß ich diesen vampir faszinierend finde und mich angezogen fühle. es ist spannend, den unterschied zu spüren, wenn ich das spiele und nicht fühle, dann kommt es auch nicht so an. dann bin ich's nicht wirklich. die geschichte ist so, daß sie am trapez ist und ich mit der kerze rauskomme und sie suche, aber auch angst habe, hin- und hergezogen bin. sie entdeckt mich dann, weil ich mich vergesse und ihre weichen bewegungen nachmache. es ist klar, daß ich sie ganz toll finde, auch wenn ich angst habe.
C: es ist mein allnächtliches ritual. ich fühle mich unbeobachtet, hänge auf dem seil. das ist wie eine lauer, spannung erzeugen. dann versuch' ich den leuten ins gesicht zu schauen, entdecke sie und gehe

zielgerichtet auf mein opfer los. ich bin die bestimmende.
?beeinflussen diese rollen euer privatleben?
C: am trapez herrschen andere gesetze als auf dem boden. ich glaube, daß ich privat eher ein bedürfnis nach der rolle meiner partnerin entwickelt habe, also nicht das opfer, sondern die hingebungsvolle rolle. seit ich da oben diese machtposition habe, finde ich die andere nicht mehr so bedrohlich. eigentlich ist es für beides förderlich, sowohl für die aktive als auch die passive rolle.
A: das selbstbewußtsein, das du auf der bühne kriegst, spielt sicher auch ins private rein. dieses ja sagen, ja ich bin toll, sonst brauchst du gar nicht anzufangen. ich such' mir auch immer mehr menschen, die das auch sagen.
?kommen euch eure alltagsrollen oder beziehungen manchmal inszeniert vor? oder denkt ihr manchmal, oh das war so ein ähnliches spiel wie am trapez?
A: ja, daß das manchmal hinterher bewußt wird, nicht daß rollen vorher abgesprochen werden.
C: ich habe gelernt, eine aktive dominante rolle zu füllen, das auch bewußt zu machen. interessanterweise haben wir am anfang die rollen andersrum gespielt, und das paßte einfach nicht. heute kann ich mir's schon eher vorstellen, daß sie ein vampir ist.
A: ich hab ne andere nummer mit ner anderen frau, da bin ich die dominantere, die powerfrau, aber sie ist auch zierlicher. das ist für mich das ausschlaggebende, die proportionen usw.

?jetzt ist das trapez, die schaukel unabhängig von den vampirinnen ja sehr symbolisch für das liebesspiel, diese bewegung, dieses hin und her schwingen. schwule haben den sling. jeder kuschelroman eine liebesschaukel, und frauen im spiel miteinander wurden schon immer gern betrachtet, von männern traditionellerweise und von lesben mit dem heimlichen auge, beide mit dem begehrenden blick. sehr anschaulich im kultfilm „When night is falling..“ mit samtigen stoffen und schönem sex.
A: für mich ist das trapez der ort der vampirinnen. und je öfter ich auf der bühne stehe, kann ich die leute unsicher machen. früher haben die mich unsicher gemacht. ich als opfer hab ja auch ne machtrolle, einfach nur weil ich da oben stehe. die leute müssen den kopf in den nacken legen, man kann den leuten in die augen kucken. und wir schreien z.b. jetzt auch, wenn der biß erfolgt. das rüttelt die leute, das geht in alle ecken.
C: grusel und erotik, das geht für mich zusammen, privat und auf der bühne.
A: wir hatten noch eine andere version am trapez à la charlie chaplin, die war netter.
C: oh die war auch böse, wenn ich dich erinnern darf, mit auf die hände treten und ich falle runter. und am ende war ich tot und du hast mich weggetragen. das war superdramatisch.
?dann hat euch also nicht nur der zeitgeist gebissen?
C: niemand hat uns aufgegriffen.

A: Aber ist denn erotik des gleiche wie ästhetik?
C: unter umständen schon.
A: aber ich finde schon, daß wir eine andere erotik haben, vom spiel und von der story her, als irgendeine trapeznummer, die halt total ästhetisch und schön anzusehen ist.
?ihr habt auch aggressive momente drin. den elfen z.b. kannst du stundenlang zugucken, das ist sehr harmonisch. Aber ihr habt eine geschichte, da ist auch mal

schluß. Das ist gut, weil das sonst zuviel würde, weil da aggression mitspielt und aufhebung. Da ist auch eine ganz andere aufregung beim publikum, als nur die schönen schwingungen aufzunehmen. Ihr habt beide auch aktive und passive momente und nicht so viel synchrones.
A: es gibt auch comedy am trapez, das ist auch nicht so harmonisch. aber wir sind dramatisch.

C: wenn kommentare kommen, dann meist bewundernde von frauen: ooch deine bauchmuskeln. das kommt nie von männern.
?die haben vielleicht angst, daß du sie gleich auf den arm nimmst oder vor den bauch bindest!

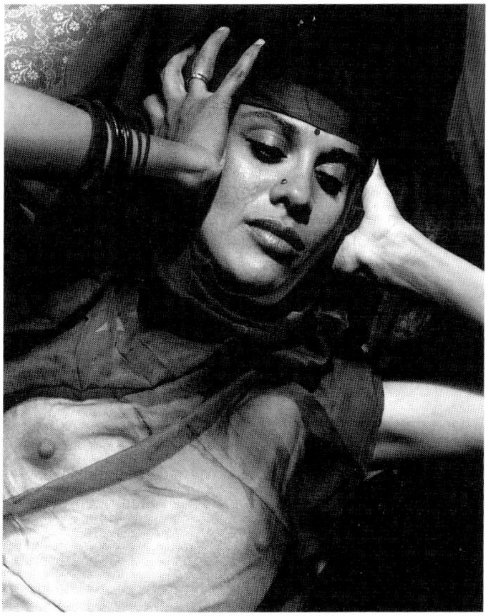

Susan Steward

C: bühne hat ja auch immer etwas exhibitionistisches , aber ich komm' mir in der erotik überhaupt nicht so vor. privat ist das noch mal anders, intime situationen in der öffentlichkeit mag ich manchmal, manchmal nicht. im training spielen wir erotik nicht, das ist alles technik. die erotik ist nur für die bühne. diese neue bißsequenz z.b. auf der bühne ist jetzt sehr erotisch. dieser moment, wenn ich da sitze, wir uns in die augen gucken und ich sie hochlocke, das ist noch stärker geworden. das ist eine klare erotische situation, dieses locken, diese macht. aber da ist nichts entblößendes, obwohl das mein persönliches gefühl ist. die leute können mir nichts weggucken. wenn ich nicht richtig in der rolle bin, dann fühl' ich mich komisch oder unsicher oder denke, das ist privat. aber das ist hier nie.
A: es gab auch zeiten, da hab' ich mich überhaupt nicht von dir angelockt gefühlt, da war das aufgesetzt. das hat nicht immer gestimmt, diese spannung, aber wir sind auch erst seit kurzem mit der ausbildung fertig und da guckt kein lehrer mehr. jetzt ist es unsere sache geworden. wir trainieren viel und man spielt sich ja auch immer mehr aufeinander ein.
C: wir wollten ja auch beide akrobatik und theater zusammenbringen. es war gleich ne stimmung da, wir haben gleich improvisiert.
A: ich weiß nicht, ob das von anfang an da war oder ob sich das entwickelt hat. wir haben uns eher auf der theaterebene getroffen. aber wenn man artistik macht, ist man so körperlich. man faßt sich ständig überall an, experimentiert. es gibt schwerpunktstellen am körper, da muß man sich anfassen, das ist völlig normal, da gibt's kein tabu mehr.
C: z.b. der hüftgriff, wo die lesben immer aufkreischen.
A: das hat für mich aber nichts mit erotik zu tun. man muß halt da anfassen, damit es hält.

?wie sieht das mit der täglichen lustver-

fassung aus? beeinflußt das euer auftreten?
A: das ist auf der bühne sekundär.
C: nicht immer, da spielen auch noch andere sachen mit, lust sich zu zeigen oder sich zu bewegen. manchmal hast du ja auch keine lust und willst lieber im bett bleiben.
A: aber spätestens wenn du im scheinwerferlicht stehst und 300 augenpaare dich ankucken, dann mußt du einfach.
C: am trapez kannst du auch keine 95%, da muß es immer 100% sein. beim theater kannst du z.b. auch mal schlecht spielen, das ist nicht lebensgefährlich, das ist nicht so beweisbar. deswegen find ich trapez so einfach, also relativ einfach. du bist gezwungen, voll dazusein, alles zu geben.
A: da gibt's auch unterschiede. es gibt tage, da geht's einfacher als sonst.
?ich meinte eigentlich eure sexuelle lust, wird die aufgeschoben bis nach dem auftritt, wirkt das förderlich oder eher hinderlich? was macht ihr damit?
C: also ich hab' das problem, daß ich solche aufgepumpte oberarme hab' und ich unheimlich angespannt bin nach der nummer. ich trag' ja die verantwortung für uns beide, das ist ein enormer druck.
?wäre das nicht gerade gut, diesen druck dann abzulassen?
C: schöne idee, aber ich brauch' zeit, um langsam runterzukommen. das geht nicht von jetzt auf gleich. eigentlich ist es besser, mit viel spannung hinzukommen als die schon vorher abzulassen. für die präsenz, das trapez, das nach außen gehen, ist es besser.
A: sex gibt ja auch eine gewisse art von energie, auch nachher. ich kann mir aber beides vorstellen, vorher und nachher. nur während nicht, da ist arbeit angesagt. da macht man's für die andern, zum anschauen. das ist nicht meine eigene. ich hab' nicht dieses exhibitionistische im privaten. was ich auch noch einen wichtigen punkt finde beim trapez, ist der masochismus, weil es einfach schweine wehtut. alle trapezfrauen und männer müssen masochistisch veranlagt sein. sonst würden sie's nicht tun.
C: zumindest am anfang, aber man gewöhnt sich dran.
A: ja man gewöhnt sich dran, aber man hat's trotzdem immer noch. ich hab' grad wieder die ganze hüfte offen.
C: echt? bei mir sind's eher die schulterverspannungen.
A: und dieser kratzer?
C: welcher?
A: ja welcher, merkste nicht mehr, siehste!
C: na der war nicht von dir.

Susan Steward

A: aha, ich hab' alles voller blauer flecken. du gewöhnst dich dran, da wächst eine schutzhaut an den stellen, du hast nicht mehr alles offen. und dann wachsen lange dichte schwarze haare zum schutz.
C: ist das dann noch erotisch? eigentlich toll, daß das funktioniert, diese pelzgeschichte.

?wie wählt ihr die kostüme aus?

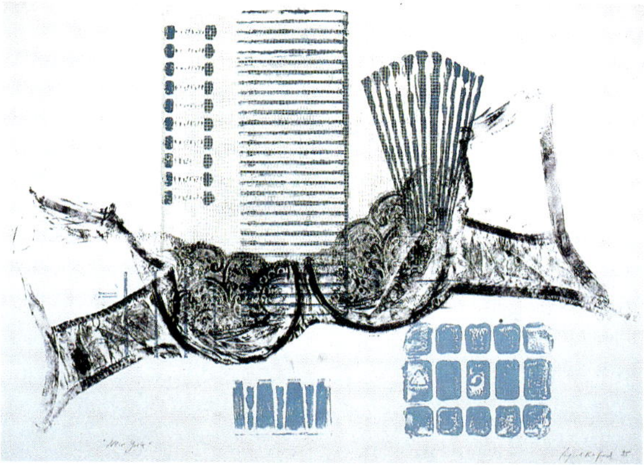

C: rote kurze hose und freier bauch. für mich ist es, möglichst viel abzudecken und so wenig wie möglich anzuhaben. du mußt was enges und leichtes anhaben, du darfst nicht hängen bleiben. jetzt gibt's was durchgängiges mit transparentem netzstoff dort, wo früher freistellen waren.
?also ein bißchen netz muß schon sein, wenn schon keins drunter hängt?
C: es hält auch besser, er rutscht nicht.
A: meins wird jetzt schon sehr sexy werden. jetzt doch. ich hab ja auch erst mein kleidchen an und nachher unterwäsche.
?war das nicht auch schon durchsichtig?
A: nein, aber das regt sicherlich die phantasie an, das stimmt.
?und du spielst ja auch die unschuld mit dem kreuz und wirst von der sünde gebissen.
C: das reizt mich ja auch, weil die distanz so groß ist.
?im richtigen leben auch?
C: das kann ich bei mir schon behaupten.
C: fallen lassen und hingabe, vertrauen lernen. ich hab erst mal gelitten, daß ich nur halte und sie mich nicht hält. mittlerweile sping ich an sie, wenn sie in der fußschwinge hängt, und geh' an ihr hoch, aber ich muß mich jedes mal überwinden: ja, sie hält dich.
A: wir können uns keine disharmonie leisten. wenn wir vor der bühne stehen, spucken wir 3x über jede schulter, dann ist alles vergessen, dann sind wir eins.
?ist das eine idealvorstellung für die alltagsbühne?
C: das ist wunderbar, das ritual, das wäre schön.
A: vielleicht, aber ich such's nicht. es ist schön, wenn es sich ergibt. ich mach' das auf der bühne nicht, weil ich es mir im leben wünsche. der zwang ist allgemeingültiger auf der bühne, da gibt es einen punkt x, jetzt geht die musik an und es geht los.
A: na, diese regeln könnt man sich ja schaffen.
C: wenn man spielerisch miteinander umgeht, kann das sich entwickeln. wenn du z.b. streitest und irgendwann schaust du dich an und merkst wie bescheuert das ist und fängst an zu lachen. wenn man länger zusammen ist, kann man sachen entwickeln wie so einen schlüssel. das kann ja auch manchmal sex sein.
A: wenn ich den anspruch hätte, ich will diese beziehung, dann würde ich regeln akzeptieren, aber ich will keine beziehung. ich will bedingungslos auf die bühne und da kann ich nicht anders.

Virginia M. Raimundi

incognita

die *jungfrau königin der welt* trägt einen schweren ledermantel und hut.
natürlich hat leder auch einen erotischen aspekt. leder ist ein naturprodukt und hat gewicht. nicht so leicht wie seide, nicht so unkonkret. leder ist warm. leder ist nur für den winter, im sommer würde sie nie leder tragen, sondern eine sonnenbrille.
sie lebt regelmäßig, aber nicht gewöhnlich. erotik, humor und politik kommen bei ihr einzeln, manchmal auch zusammen vor.
den nazimantel hat ihre freundin ihr geschenkt, natürlich hat er einen militärischen touch. ein panzer und schutz gegen die umwelt. sie ist gegen macht oder gewalt, die über sex ausgeübt wird. das ist sexualfaschismus.
den nazimantel hat sie personalisiert, bohèmisiert. sie gibt ihre falten, formen und bewegungen hinein. sie rüstet ihn ab. soziale umrüstung der kleidung. niemand ist mit kleidern geboren.
sie wirkt streng. aber nicht autoritär. sie ist streng, aber auch ein zärtlicher mensch. und eifersüchtig. das ist ihr fehler, andere haben andere. aber sie steht dazu.
sie steht auch hinter ihrem mantel. sie will, daß leute dahinterschauen. nicht oberflächlich sind. individuell definieren. auf der straße ist sie noch nie angemacht worden, wegen ihrer "montur" wird sie nicht verkannt.

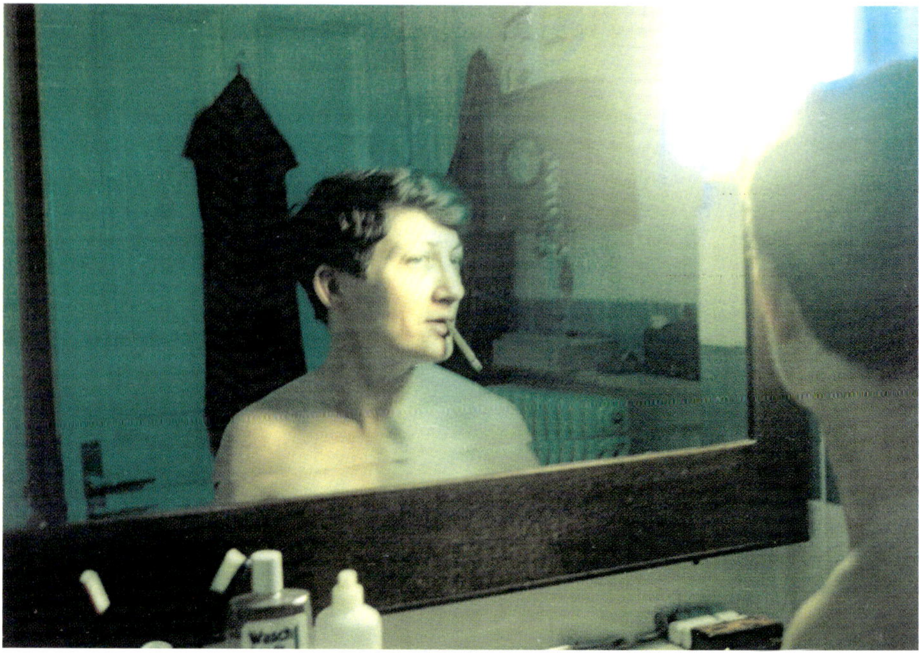

sie erhält positive reaktionen, von frauen und von weiblichen männern. das berührt sie nicht. sie hat keine unguten erfahrungen mit männern. das ist rein platonisch. nur frauen wirken erotisch auf sie, sehr wenige. sie ist sehr duchgeistigt. und frauen sind zunehmend neurotisch. sie lehnt clichés ab. das ist eine gesellschaftliche rückentwicklung.
männerkleidung ist praktischer. und eine feminine frau in männerkleidung wirkt umso erotischer.
sie möchte eine frau sein, die eine ergänzung zu einer anderen ist. eine ist klitoral, die andere vaginal, bitte. sie ist nicht geil animalisch. die frau muß auch keine rote fahne im bett schwingen. sie geht auf alle wünsche ihrer partnerin ein, bedient. alles, was sie wollen. auch wenn es nicht von ihr kommt oder sie das bedürfnis hat. erfüllung eines verlangens.
sie liebt es handfest. einfühlsam, ohne hart zu sein. streicheleien und zungeleien machen sie nervös: mundspülungen. sie ist extrem romantisch und leidenschaftlich, aber nicht kitschig und nicht hardcore.

Virginia Murcia Raimundi

Waltraud Schwab

ENIGMA

Nein, sie wird auf keinen Fall mitkommen! Noch sprachlos starrten sich die beiden Frauen an. Der letzte Zug hatte gerade Charing Cross verlassen.
"Warum wolltest du nicht zu mir?" fragte Moira.
"Zu spät", sagte ihre Freundin, und beide wußten, daß das nicht die Antwort war, die sie eigentlich hatte geben wollen.
"Was willst du denn?"
"Liebe", antwortete sie, "was sonst?"
Eine Antwort darauf hatten sie nicht mehr. Sie gingen auf die andere Seite des Bahnhofs und stellten sich beim Imbiß an. Der Mann vor ihnen hatte seinen Arm auf die Schultern der kleinen Frau gelegt, die neben ihm stand. Er war riesig und nur weil seine Arme so lang waren, hatte man den Eindruck, es ginge bei den beiden um Zärtlichkeit. In Wirklichkeit aber stützte er sich auf ihr ab.
"Ich hasse Männer", sagte sie. Der Mann drehte sich um und wurde rot. Das machte ihn jünger.
"Ich hasse Männer", wiederholte sie.
"Was ist los mit dir?" Mit ihren Pommes setzten sie sich an einen Tisch. Sie hatten gerade den letzten Zug nach Brockley verpaßt.
"Küß mich", sagte sie.
"Jetzt nicht." Moira ließ ihren Kopf auf die Rückenlehne des Stuhles fallen.
"Ich hasse London. Ich hasse London und ich hasse dich. Du bist wie der Zug, den du gerade verpaßt hast. Du pfeifst. Du sprichst im Schlaf", sagte sie.
"Dein Übermaß an Sprache macht mich verrückt. - Was sollen wir jetzt tun?" fragte Moira.
"Ich bleibe in der Stadt", sagte die Freundin, während sie mit ihren Haaren spielte. Weil sie sich zu oft mit den Fingern durch das trockene Gel gefahren war, mit dem sie ihre unordentliche Frisur in die Luft stellte, war alles zusammengefallen. Sie schaute ihre Freundin an und sagte, und diesmal sagte sie es nicht so laut und nicht so hart wie vorher: "Wenn ich mich doch nur noch einmal in dich verlieben könnte, dann würde es mir nichts ausmachen, hier mit dir sitzen zu bleiben, bis McDonald zumacht, mit dir den Rest der Nacht durch London zu wandern, halbschlafend im St. James Park zu zweit auf einer Bank zu liegen und darauf zu warten, bis die Enten uns morgens fast angreifen, weil sie etwas zu fressen haben wollen. Tatsächlich würden wir in irgend einer unserer Taschen eine halbe Tafel Schokolade finden und mit ihr die Enten füttern."
"Ich möchte nach Hause gehen", sagte Moira. "Ich möchte mit dir zusammen nach Hause gehen."
"Wir würden nicht verstehen, daß Enten auch Schokolade fressen, und eine Stunde später würden die ersten Jogger im Park auftauchen und den See entlangrennen."
"Hör auf", unterbrach Moira. "ich übernachte nicht im Park. Mir ist kalt."
"Es ist mir egal, was du sagst."
"Bist du zufrieden, wenn wir zurück in die Stadt gehen? Bist du zufrieden, wenn wir in dieser Nacht nie aufhören, wach zu sein?" Moira hatte Angst vor dem nächsten Morgen.
"Ich will nicht", antwortete sie. "Ich möchte dich lieben, aber ich kann nicht."
Moira sagte nichts. Sie fuhr sich selbst mit ihren von den Pommes fett gewordenen Fingern durch das Haar. Sie wußte auch nicht mehr, was eigentlich passiert war; sie wußte auch nicht mehr, worum es zwischen ihnen ging.

Roswitha Baumeister

Wenn eine Begegnung zu schwierig wurde, begann Moira abzuschweifen. Sie betrachtete ihre Umgebung und merkte plötzlich, daß sie nachts in der Bahnhofshalle unter einem Sonnenschirm saßen. Obwohl sie die Lächerlichkeit des Sonnenschirms an dieser Stelle begriff, war sie doch gleichzeitig dankbar dafür, daß er sie scheinbar wie ein Dach unter einem Dach vor einem noch größeren Angriff schützte. Sie würde nie mehr am Meer unter einem Sonnenschirm sitzen können, ohne sich gleichzeitig daran zu erinnern, daß Sonnenschirme in Wirklichkeit für Bahnhofshallen gemacht sind. Wie um sich abzulenken, fragte sie sich, ob es noch lange dauern würde, bis auch das Meer eine Attraktion für Innenräume ist; eine, die möglicherweise sogar andere Gravitationsgesetze hatte. Man stelle sich einen Satzanfang vor wie: "Das Meer über mir...." "Du bist ein Enigma für mich", sagte Moira zu ihrer Freundin, als hätte der Gedanke an das Meer etwas mit ihr zu tun. "Ich werde dich von jetzt an so nennen. Enigma."

"So ist es also und ich muß dich durch die Nacht tragen", sagte der große Mann, der vorher rot geworden war, zu der kleinen Frau, die am Tisch nebenan saßen, "das kann nur tragisch enden."
"So ist das also und ich muß dich durch die Nacht tragen", sagte Moira zu Enigma, "das kann nur tragisch enden." Sie wiederholte, was der Mann gesagt hatte, ohne ihn nachzumachen. Sie verstand, was er sagen wollte. Sie wußte mittlerweile, daß Liebe nur Wiederholung war, egal, wen es traf.

Sie blieben im McDonald sitzen, bis es schloß. Der große Mann und die kleine Frau blieben auch, aber außer einem Satz und einer Geschichte gab es keine Gemeinsamkeiten zwischen ihnen.

Der einsame British Rail Arbeiter kehrte langsam den Boden der Bahnhofshalle. Er mußte noch eine Stunde warten, bis der allerletzte Zug abfuhr. Danach wird er auch das letzte rote Tor zum Bahnsteig verschließen. McDonald schloß früher. Sie mußten den Imbiß verlassen. Die Sonnenschirme blieben offen stehen. Ein verlassener Strand am Rande der Metropole.

Unschlüssig standen sie vor dem Bahnhof. Sie waren nicht die einzigen. Vereinzelt kamen und gingen noch Leute. Alle steuerten einem Ort zu. Um diese Uhrzeit brauchte man ein Ziel. In einer Stunde würde die Gegend um den Bahnhof den Obdachlosen gehören.
"Als ich den gotischen Turm vor dem Bahnhof zum ersten Mal sah, dachte ich, es wäre ein versunkene Kirche, " sagte Moira.
"Wahrscheinlich stimmt's", erwiderte Enigma.
Ein Lieferwagen fuhr die Villiers Street herunter. Sofort kamen von überallher Leute. Menschen, die vorher halb versteckt in Ecken und Nischen gelegen hatten, krochen aus dem Dunkel hervor. Einige standen auf und folgten dem Lieferwagen, der bis ans Ende der Straße zum Ufer der Themse gefahren war. Der Lieferwagen hatte keine spezielle Aufschrift. Er gehörte zu keiner der bekannten Hilfsorganisationen, aber da die Obdachlosen, die die Nächte unter den Charing Cross Brücken, der Hungerford Brücke oder in den Nischen der Bahnhofsbaustelle verbrachten, ihm folgten, mußte er sie mit etwas versorgen, was sie brauchten. Enigma und Moira gingen die Treppen zur Villiers Street hinunter und

beobachteten, wie Männer und Frauen sich um den Lieferwagen drängten. Enigma berührte Moiras Hand. "Kennst du die Pennerin, die auf dem "Strand", ganz hier in der Nähe, lebt? Einmal wollte ich ihr Geld geben, aber sie hat es nicht genommen."

"Ja."

"Ich erzähle dir das gerade so, als ob ich dich noch liebe."

"Ich weiß", erwiderte Moira, "du liebst und liebst nicht, wie es dir gefällt. Dafür werde ich dich am Ende verlassen. Jetzt nicht. Jetzt noch nicht. Ich glaube dir noch nicht."

"Du brauchst nicht." Enigma berührte Moiras Hand noch einmal. "Du bettelst nicht um Liebe, wie sie nicht um Geld betteln."

"Einige schon."

"Eines Tages möchte ich, daß du um meine Liebe bettelst. Ich möchte, daß du auf Knien rutschst vor mir. Dein Mund ist auf der gleichen Höhe wie meine Klitoris und du wirst mir auf Knien entgegenrutschen, aber du wirst nie nahe genug kommen, weil ich rückwärtsgehen werde. Deine Zunge wird schweißig, dein Mund wird trocken, du wirst feucht zwischen den Beinen, wirst wie ein Meer fließen, aber ich werde rückwärtsgehen. Deine Lust wird aus mir keine Wohlfahrtsorganisation machen, du wirst meine Seele nicht retten."

"Du quälst mich, weil du es bist, die versagt", sagte Moira.

"Du bist gut", sie drehte sich um und drückte Moira in die dunkle Ecke zwischen Treppe und einem alten Blumenverkaufsstand und küßte sie auf den Mund und küßte sie heftiger und härter, aber es war ein grausamer Kuß, einer, bei dem Leidenschaft den Körper aufreißt und doch nur leer zurückläßt.

"Ich hasse Leute, die sich auf der Straße küssen", sagte Enigma, aber jetzt küßte Moira Enigma, und dieses Mal wußte Enigma, daß sie dabei war, etwas sehr Wertvolles zu zerstören und daß es keine Worte mehr für sie gab, weil alles, was sie bisher gesagt hatte, schon viel zu viel gewesen war, und daß es am Ende sie sein würde, die leiden würde, da Moira viel mehr Erfahrung im Leiden hatte.

Simone Beckmann

"Laß uns auf die Brücke gehen", schlug Enigma vor. Sie meinte den Fußgängerweg neben den Eisenbahngleisen zwischen Charing Cross und Waterloo. Dort oben nämlich hatten sie ihre Liebe zueinander erfunden. Ja, erfunden. Es war nichts, was natürlich gekommen war. Der Blick den Fluß hinunter würde ihnen eine Distanz zur Stadt, die Enigma so sehr haßte, geben.
"Wie kannst du die Stadt so sehr hassen und doch hier leben?" hatte Moira sie schon früher oft gefragt.
"Es gibt keine andere Antwort auf deine Frage", hatte sie immer geantwortet, "als die, die du selbst kennst."
Es gab keine Alternative zu London für sie. Sie wäre gerne eine andere Person gewesen, aber sie war es nicht. "Hier zumindest", sagte sie, "hat man das Gefühl, daß etwas eine Bedeutung hat, selbst wenn es nicht stimmt. Man glaubt, an der Quelle zu wohnen, und erst später merkt man, daß sie trocken ist". Darüber sprachen sie damals auf der Brücke und dabei waren sie ein Liebespaar geworden.

"Die Tore am Embankment sind jetzt zu", sagte Moira, "und ich gehe nicht unter der Hungerford Brücke durch, wo die Obdachlosen liegen. Ich kann das Elend nicht ertragen".
"Kann Liebe eigentlich eine andere Geschichte außer der Zeit haben?" fragte Enigma.
"Wir müssen zum Trafalgar Square und von dort zur Themse und dann bis zur Brücke zurückgehen."
"Aber was für eine Geschichte werden wir auf der Brücke noch haben können", insistierte Enigma.
Sie gingen den Strand hinunter bis zum Trafalgar Square. Sie begannen, sich gegenseitig Fragen zu stellen, Fragen, die sie sich schon früher gestellt hatten wie: "Verstehst du, warum Nelson auf seiner Säule von vier Löwen bewacht wird? Warum von Löwen?" Noch in der Nacht werden sie eine Antwort auf diese Frage finden. Moira konnte nicht wissen, daß sie außerdem eine noch viel wichtigere Antwort auf die Frage, wer Enigma war, finden würde. Sie wußte nicht, daß sie für diese Antwort erst noch einmal in das Herz Londons würde zurückgehen müssen.

Am Trafalgar Square ist ein Kommen und Gehen. Alle Nachtbusse fahren hier ab. Die meisten Leute, die noch unterwegs waren, waren angetrunken und hatten Zeit. Moira und Enigma merkten, daß es jetzt nicht mehr so wichtig war, ob man ein Ziel hatte oder nicht. Enigma änderte ihre Pläne plötzlich und sagte, sie wolle zum Hippodrome, um zu tanzen. Moira wollte nicht. Sie sah, daß Enigma sich gleichzeitig auf mehr als eine Art von ihr abwandte. Sie versuchte, eine Fremde zu werden. "Warum versuchst du eine Fremde zu werden?" fragte Moira.
"Ich kann es dir nicht erklären."

Sie gingen die Charing Cross Road hoch. Hier war für Moira das Zentrum Londons. Aber es war nicht das Zentrum, das sie sich vorgestellt hatte. Es gab nichts außer Straßen, die in das Herz einer Stadt führten, das schon seit längerem arhythmisch schlug. Nein anders: Sie konnte sich nicht mehr auf das, was sie umgab, verlassen. Aber dann wußte sie doch auch, daß die Kommunikation zwischen den Leuten genauso ziellos war, wie der hilflose Versuch, ein Straßensystem um Leicester Square, Trafalgar Square und Piccadilly zu finden, das sich auf die großartige Suche nach dem Herzen der Stadt machte, aber immer nur wieder daran vorbeiführte, weil es das Herz einer Eidechse im Körper eines Pferdes war.

Sie warteten vor dem "Hippodrome", als ob Tanzen sie herausführen sollte aus der Geschichte. Moira konnte das, was in ihr vorging, nicht mehr in Worte fassen. "Ich bin nur noch in der Ichform", dachte sie. Was blieb, war eine Kopie der Person, die sie war, bevor sie Enigma geliebt hatte. Es war gleichgültig, ob sie tanzten oder ob sie draußen warteten. Moira betrachtete Enigma und merkte, daß der schlanke und fast männliche Körper Enigmas ihr stärker vorkam, als sie gedacht hatte.

Nachdem sie hineingegangen waren, ging Enigma direkt zur Bar und bestellte sich einen Whisky. Sie leerte das Glas in einem Zug und bestellte ein zweites. Moira spürte, wie ihre Verzweiflung größer wurde. Ihr wurde schlecht. Sie ging zur Toilette, lehnte sich erschöpft gegen die Wand. Zum ersten Mal, seit sie in Enigma verliebt war, konnte sie sagen, und sie sagte es wirklich laut: "Ich weiß nicht, wer Enigma ist."
"Ich würde es auch nicht wissen", sagte die blonde Frau, die sich die Hände wusch und zugehört hatte.
"Sie heißt so", erklärte Moira.
"In diesem Fall tust du dir einen Gefallen, wenn du dich selber liebst."
"Die Zeit für Liebe ist kurz", sagte Moira. "Was erwartest du?"

Moira hoffte, nicht um alles in ihrem Leben kämpfen zu müssen. In London braucht man Menschen, die einen lieben. Sie hatte immer gewußt, daß es die Stadt selbst war, die sie zwang, sich in einer anderen Person zu verdoppeln. Nie würde sie es alleine in dieser Stadt aushalten. Unvermittelt dachte sie an die alten Leute, die sie neulich auf dem Bricklane Market gesehen hatte. Wäre sie nicht mit Enigma dort gewesen, um sich in der Leichtigkeit einer Romanze zu sonnen, sie hätte wahrscheinlich angefangen zu weinen angesichts einer solchen Armut. Sie verstand, daß es nichts Romantisches an der Armut gab. "Die Verantwortung zu überleben", dachte sie, "wer um alles in der Welt hat uns mit dieser Verantwortung geschlagen?" Deshalb konnte sie nicht ohne Liebe sein. "Denke nicht daran", sagte sie sich, "Vergiß es." Sie ließ sich Wasser über den Kopf laufen. Sie brauchte das Wasser, um die Gedanken wegzuwaschen. Wahrscheinlich würde sie die Verliererin sein, wenn es ein Spiel war, das zwischen ihr und Enigma gespielt wurde. Sie hoffte immer noch, daß sie das, was passieren würde, kontrollieren konnte.

Enigma tanzte und wirkte dabei doch wie ein Straßenjunge, der an eine Wand gelehnt, Stunden damit verbringt, darauf zu warten, daß etwas passierte. Sein verführerischer Gang zum Ort des Geschehens ist der Höhepunkt. Sie konnte sich nicht vorstellen, was passieren könnte. Ihr Gefühl dafür, was wichtig und was unwichtig ist, hatte ein persönliches Maß angenommen.
Moira fand einen freien Stuhl. Enigma kam zu hier herübergeschlendert. Sie hatte immer sehr kurze Haare. Das gedämpfte Licht betonte ihre markanten Gesichtszüge.
"Warum sind wir nicht auf die Brücke gegangen?" fragte Moira. Schwäche hatte sie vorher daran gehindert, darauf zu bestehen, daß sie gingen. Es war die gleiche Schwäche, die dazu geführt hatte, daß man Nelson auf seiner Säule vier Löwen dazugab. Erst dadurch wurde er stark.

Wären sie auf die Brücke gegangen, wären es ihnen vielleicht gelungen, sich soweit zu verstehen, daß sie ihr Leben nicht würden ändern müssen. Moira und Enigma schauten sich an. Beide kannten plötzlich das Geheimnis der anderen.

"Ich werde aus London weggehen." Moira mußte in Enigmas Ohr schreien, um überhaupt verstanden zu werden. "Ich weiß." Dieses Mal war es Enigma, die sich gegen die Wand lehnte. "Es ist nicht meinetwegen", sagte Enigma. "Man muß das Extreme akzeptieren", antwortete Moira, "andernfalls kann man nicht überleben." Sie hatte es gewußt, bevor sie es gesagt hatte. Moira spürte die Leere in sich. Sie hatte Angst vor jeder Art von Anfang. Sie wußte, daß Enigma am Ende dieser Nacht einen Namen bekommen würde, aber es war nicht der Name, den Moira für sie ausgesucht hatte. Sie hatte Angst davor, und um es etwas hinauszuzögern, ging sie auf die Tanzfläche und tanzte. Sie versuchte, sich in der Bewegung zu vergessen, aber es gelang ihr nur für einen kurzen Augenblick.

Enigma berührte sie sanft. Ihre Haare waren feucht und sie hatte die Ohrringe abgenommen. "Sie sind zu weiblich", sagte sie. Moira umarmte sie und sie bewegten sich langsam zusammen auf viel zu schnelle Musik.
"Ich werde ein Mann", sagte Enigma.
"Ich weiß", antwortete Moira.
"Von heute an", sagte sie.
"Ja."
Sie tanzten zusammen bis in den Morgen. Sie ließen nicht los. Erst als die Lichter angingen, die Stühle auf die Tische gestellt wurden, trennten sie sich.

Fraya Valeska Frömming

Verführung, denkt Maurive und betrachtet das Profil der Taxifahrerin, sollte sich ereignen. Hier und jetzt, wo sie niemand kennt. Eingehüllt vom sandfarbenen Taxi. Ins Polster sinken, ins Ausatmen. - Sie haben interessante Ohren, sagt sie zur Taxifahrerin. Und Ihr Profil ist wie von einer griechischen Statue. Mit hohen Wangenknochen als Zeichen des Heraustretens aus der Süße. Das brauchen Sie zum Fahren in der Nacht. - Sind Sie Kunstwissenschaftlerin, fragt die Taxifahrerin. -Nein, Archäologin. Maurive rutscht in die Mitte des Rücksitzes. Von hier aus kann sie schon den rechten Oberarm der Frau berühren, den ein schwarzer Hemdärmel umhüllt. - Ah, dann graben sie alte Vasen aus und kleben sie wieder zusammen? - Mich interessieren vor allem Statuen, Abbilder von menschlicher Schönheit. Einer Schönheit, die in Wirklichkeit nie existiert, oder nur sehr selten. Und immer ist sie vergänglich, außer in der Kunst. Maurive gefällt die Rolle der Archäologin. Doch es stellt sich die Frage: Wie verführt eine Archäologin eine Taxifahrerin? - Darf ich bitte Ihren Arm anfassen, fragt Maurive. - Wie Sie wollen, flüstert die Taxifahrerin. Ich fahre und Sie fassen meinen Arm an, damit Sie sehen, ob er zum Kopf der Statue paßt? Maurive greift aufs Marmorfeld, streicht Staub mit den Fingern, daß ihre Kuppen weiß werden. Der Marmor ist ungeschliffen. Die dunkle Linienführung, die Adern des Gesteins zeichen sich dennoch ab. Der Arm ist

leicht angewinkelt und ausgestreckt, als ob er gleichzeitig nimmt und gibt. Die Taxifahrerin ist an den Straßenrand gefahren. - Hier wären wir. Wollen Sie mich einladen? fragt sie. - Ich zeige Ihnen meine Steine, kommen Sie. Maurive öffnet der Taxifahrerin die Tür. Öffnet ihre Haustür und ihre Wohnungstür. Im Dämmerlicht des Flurs, der gestrichen ist wie eine Orangenplantage, küßt Maurive den Hals der Taxifahrerin. Südseezimbeln. Ein Baldachin der Lurche. Wie sie ineinanderdrängen, am Fuße des Steinbruchs glibbern in den Algen Feuersalamander. Maurive küßt das Statuenohr. Gleitet über den Fels, Sandstein wird Backstein. Eine Milchreiterin, mit Eimern aus Glas, galoppiert an der Wand. Ein Poster von mongolischen Sätteln und Lichterketten am Boden weisen den Weg. Dielen frischgezogen, mit Bienenwachs getränkt. Maurive will die Taxifahrerin trinken.
Die will Campari auf Eis. Maurive liegt auf der Taxifahrerin, die sagt: Ich bin Jane, und rollt sich auf Maurive, beinahe ohne ihr schwarzes Hemd, das vorne weiß ist. Genaugenommen ist das Hemd nur an den Ärmeln schwarz und ansonsten weiß. - Ich habe noch nie zuvor so ein Hemd gesehen, sagt Maurive zur Taxifahrerin und knöpft weiter. Futon knarrt, dazu Didgeridoo und Trommelmusik. Maurive weiß, daß sie die beste Verführerin der Stadt ist: Auf der Bühne der Theater und der Betten. Wenn sie nur will, verwandelt sie alles unter ihren Händen in einen Flußlauf der Alpen. Die Taxifahrerin Jane will jetzt auch geben und nicht nur nehmen und dringt mit ihrem rechten Mittelfinger tief, und weiter küßt es irgendwo am Arm, ein Knisterzeichen vom Bauch, vom Zwerchfell ein Stöhnen. Es ist müheloser als gedacht, die Nacht zu vertreiben und mit ihr den Morgen zu stürzen. Fegefeuerlos werden, mitten im Entbrennen verwächst der Nabel mit der Schere.
Die Taxifahrerin ist nicht weich, dafür stößt sie ohne Klagen, ohne Fragen den indonesischen Rundholzkalender, ein Ausgrabungsstück, wie Maurive sie belügt, in den Kratersee des Eldorados. Eine Echsenfalle, immer höher treiben die Tiere mit dem Strom, dem Strudel der Gezeiten auf Stalagmiten zu. Jane hat Maurive jetzt fest in der Hand und küßt in langen Wellen...

Maica Evers

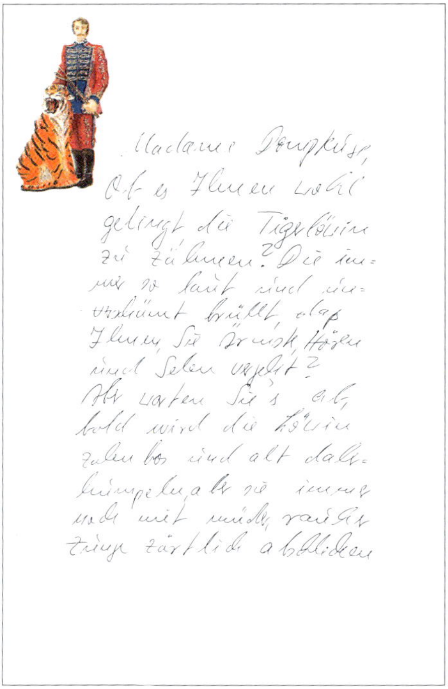

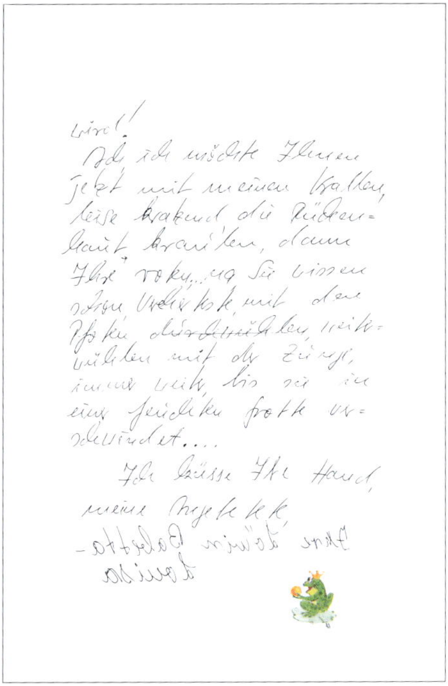

Madame Dompteuse,

ob es Ihnen wohl gelingt, die Tigerlöwin zu zähmen? Die immer so laut und unverschämt brüllt, daß Ihnen Hören und Sehen vergeht? Aber warten Sie's ab, bald wird die Löwin zahnlos und alt daherhumpeln, abcr sie immer noch mit müder, rauher Zunge zärtlich abschlecken wird.

Ach ich möchte Ihnen jetzt mit meinen Krallen, leise kratzend, die Rückenhaut kraulen, dann Ihre roten... na Sie wissen schon, Verehrteste, mit den Pfoten durchwühlen mit der Zunge, immer weiter, bis sie in einer feuchten Grotte verschwindet...

Ich küsse Ihre Hand,
meine Angebetete

Ihre Löwin Babetta-Lonisa

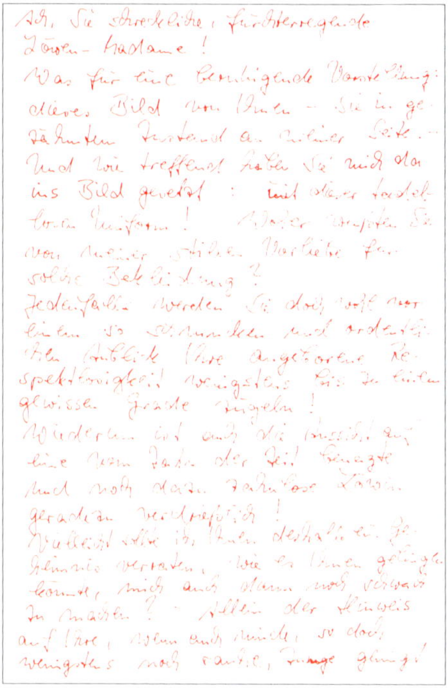

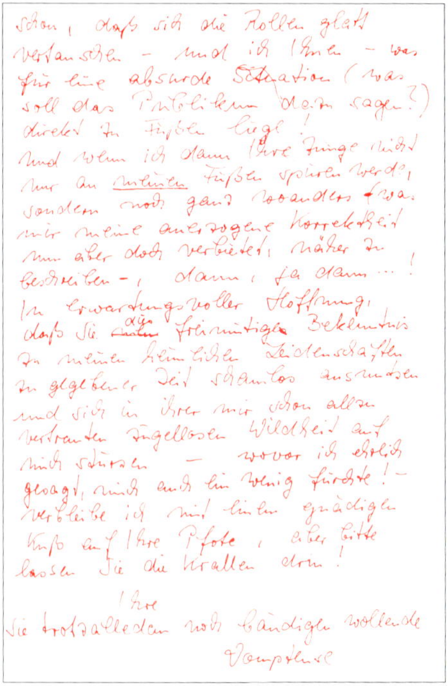

Ach, Sie schreckliche, furchterregende Löwen-Madame!

Was für eine beruhigende Vorstellung: dieses Bild von Ihnen - Sie im gezähmten Zustand an meiner Seite.- Und wie treffend haben Sie mich da ins Bild gesetzt: in dieser tadellosen Uniform! Woher wußten Sie von meiner stillen Vorliebe für solche Bekleidungen? Jedenfalls werden Sie doch wohl vor einem so schlimmen und ordentlichen Anblick Ihre angebotene Respektlosigkeit wenigstens bis zu einem gewissen Grade zügeln! Wiederum ist auch sie Aussicht auf eine vom Zahn der Zeit bewegte und noch dazu zahnlose Löwin geradezu verdrießlich! Vielleicht sollte ich Ihnen deshalb ein Geheimnis verraten, wie es Ihnen gelingen könnte, mich auch dann noch schwach zu machen? - Allein der Hinweis auf Ihre, wenn auch müde, so doch wenigstens noch rauhe Zunge genügt schon, daß sich die Rollen glatt vertauschen - und ich Ihnen - was für eine absurde Situation (was soll das Publikum dazu sagen?) direkt zu Füßen liege! Und wenn ich dann Ihre Zunge nicht nur an meinen Füßen spüren werde, sondern noch ganz woanders - was mir meine anerzogene Korrektheit nun aber doch verbietet, näher zu beschreiben -, dann,ja dann...!

In erwartungsvoller Hoffnung, daß Sie das freimütige Bekenntnis zu meinen heimlichen Leidenschaften zu gegebener Zeit schamlos ausnutzen und sich in Ihrer mir schon allzu vertrauten zügellosen Wildheit auf mich stürzen - wovor ich ehrlich gesagt, mich auch ein wenig fürchte! - verbleibe ich mit einem gnädigen Kuß auf Ihre Pfote, aber bitte lassen Sie die Krallen drin!

Ihre Sie trotzdem noch bändigen wollende

Dompteuse

Roll on ...

*mit einer rollstuhlfahrerin eine beziehung zu haben, ist eine herausforderung. ich sehe meine freundin täglich, ich muß sie anfassen, sie kleiden. sie kann sich z.b. nicht die hose anziehen, dann klappen ihr die beine auseinander, was schon schrecklich ist. sie muß auch dreimal nachts gewendet werden oder sie kann z.b. nicht den kopf halten, ab einer bestimmten neigung fällt er. das sind dann alles technische probleme, die es zu bewältigen gilt. wenn sie zb sich selbst befriedigen will, muß sie eine pflegerin rufen, die sie auf den rücken legt und die beine auseinandermacht. dann hat sie auch nicht viel kraft, auch in den fingern nicht. und wenn ich kurz vor dem höhepunkt steh', kann sie nicht mehr. da müßt' ich dann sofort mit einem vibrator weitermachen, aber das kann ich nicht. das bricht mir den fluß. oder sie will mich drücken und umarmen und hat einfach keine kraft. da leidet sie natürlich sehr drunter. sie sagt immer, sie will mich unter ihren händen beben sehen. sie hat überhaupt eine unglaubliche sprache. sie ist sehr direkt, aber nie daneben. oder auch extrem romantisch, sehr altmodisch. sie schreibt sehr schöne liebesbriefe, solche hab' ich noch nie gekriegt. und ich schreibe auch so gern briefe, das ist sehr schön, dieser austausch. jetzt hat sie gesagt, wir hätten schon so lang nicht mehr miteinander geschlafen. ich hab' ihr als auflage gegeben, mir einen brief mit einer liebesszene zu schreiben. damit erpresse ich sie aus lauter freude. am anfang war ich ganz verlegen, hab' das aber nicht zu zeigen versucht. ich bin ungeheuer schüchtern, sie nicht. einmal war ich mit meinem neuen dildo zugange und das telefon klingelt und ich denk', wer ruft mich denn grade jetzt an? ich bin trotzdem dran gegangen und da war sie es. ich sagte: rate mal, wobei du mich grade überrascht hast? und sie sagte: toll, mach weiter. erzähl's mir. das hab' ich auch noch nie gemacht. da bin ich teilweise viel verschämter als sie oder werde sogar mal rot. auch wenn sie mir so dinge sagt.
wenn sie zb am lift nach vorn übergebeugt hängt und ganz locker ist, dann befriedige ich sie. aber umgekehrt, wenn sie dann will, daß ich mich an den lift hänge, mit diesen ketten und sie dann mit dem rollstuhl vor mir steht und mich befriedigen will, so ganz in kleidern, das will ich nicht. der lift gehört zu ihrem leben, aber nicht zu meinem. für mich ist das technik. ich bin reine natur. alles andere macht mich absolut nicht an. tanga, leder und all der kram, nee. vielleicht ist das auch noch so ein 68er ding, ganz direkt muß es sein.
°:ich kann dich nur verbal versuchen anzuregen. das ist das, wo ich mich ausdrücken kann. körperlich kann ich nicht soviel machen.
es scheitert manchmal auch daran, die richtige stellung einzunehmen. die äußeren dinge sind doch sehr belastend. dann kommen mir solche gedanken mit dem lift, da könnt' ich die beine reinhängen und man könnte mich hochziehen, dann müßte es doch gehen. aber sie schaut mich dann an, als ob ich wunder wie pervers wäre.
*: oh nein, aber ideal ist es auch nicht.
°: es ist nicht der gedanke an den lift, der

mich anmacht. ich geh da pragmatisch ran: wie kann ich meine beine in die stellung bringen, daß sie es bequem hat, ohne daß sie sich abquälen muß. da klammer ich die romantik erst mal aus und bin ganz entzückt, wenn ich eine neue stellung mir ausgedacht habe.
*: kuck dir doch dieses ding an, mit ketten.
°. das ist ein hilfsmittel, so eine art kran.
*: ja, ein kran! oh!
°: da werd' ich dann reingehängt, aus dem bett gehoben und dann hochgepumpt, das ist schon ein bißchen umständlich, aber mit geschick und übung kann man das schon auch schnell und elegant machen. in dieser hängeposition kann man mir die hosen runterziehen und dann, nich!
*: ja und dann? - also ich hab' bei mir folgendes entdeckt: normalerweise habe ich oft sexuelle phantasien der totalen hingabe, schon immer gehabt. ich habe es auch einmal gemacht, ganz harmlos. ich will mich ausliefern, einfach dasein und jemand küßt mich wach oder liebt mich wach so wie schneewittchen. und bei ihr ist es umgekehrt. ich muß die aktive sein und ihr ausliefern rührt mich unendlich, eine endlose zärtlichkeit kommt über mich. wenn du im bett liegst, ich mach' dich wach und du bist so ausgeliefert, du kannst mich nicht umarmen oder ins bett ziehen, dann kann ich so sehr zärtlich sein, weil mich niemand daran hindert. du gibst mir die chance, so erotisch und sexuell zu sein, die ich bei einer nicht behinderten nicht hätte.
°: ich muß erst lernen damit umzugehen, und das kann ich nur, wenn wir es möglichst oft machen. ich muß da hineinwachsen.
*: fühlst du dich denn ausgeliefert? ist das negativ?
°: nee. bisher war es so in meinem leben, daß ich solche intensiven und intimen

Babette

berührungen und begegnungen doch sehr selten hatte. jetzt ist es mit ihr so losgegangen, daß ich es immer noch nicht fassen kann. bislang hab' ich immer nur davon geträumt.
*: das ist ja manchmal schlimm, wenn eine sehnsucht wirklichkeit wird.
°:das ist manchmal unheimlich. wenn sie kommt und das macht, was ich immer schon wollte, dann kann ich nicht auf erfahrungen zurückgreifen. ich weiß nicht wie ich mich benehmen soll, damit ich nichts im keime töte. wenn sie mich umarmt und ich kann das nicht erwidern, hab' ich erst mit worten geantwortet. aber das will sie gar nicht, hab' ich gemerkt.
*: schon, aber wenn ich mit dir sexuell zusammen bin und du sagst ständig, ich hab dich lieb, uah. das ist zuviel. das ist zuviel des schmelzes, ich schmelz' eh schon dahin.
°: ich rede jetzt vom anfang, das ist für mich schon quälend gewesen. ich bin eigentlich ein aktiver mensch. jetzt hab' ich mich innerlich drauf eingestellt, es total geschehen zu lassen, mich vollkommen hinzugeben, nicht die regung zu haben, es erwidern zu wollen, es nur zu genießen. das ist jetzt ziemlich neu. ich werde dann so ganz ruhig und friedlich.
*: das ist mir auch aufgefallen. das kann quälend sein, immer wieder diese überlegungen, was wird sie jetzt denken?
°: mir ist auch ein rätsel, wie ich dich mal glücklich machen kann.
*: was mir schwerfällt, denn ich gebe mich auch sehr gern hin, ist folgendes: wenn sie mich zu befriedigen versucht, bin ich doch mit mir zugange. in dem moment bin ich wieder aktiv mit mir, anstatt die andere einfach zu lassen. ich muß ja immer mitdenken.
das ist die herausforderung. das tun im nicht tun. jetzt sind wir wieder im buddhismus. handle, indem du nicht handelst.
°: wir brauchten viel mehr zeit und bessere bedingungen.
*: das bett ist zu klein, da fall' ich runter, auf mein hochbett kann ich sie nicht schleppen. wir müßten gar nicht dran denken müssen, sondern einfach drei tage miteinander verbringen, es müßte warm sein, wir müßten nichts anhaben brauchen. und wenn sie dann nach dem moment der trennung beim sex, irgendwo ist man ja doch egoistisch in der erreichung des höhepunktes, zu mir sagt: "komm, leg deine wange an meine, damit ich dich wieder spüre", das ist schön. diese zärtlichkeit, das ist unsere basis.

Petra Rissmann

D. K. Denz

Safer Sex

... die Beine gespreizt, weit offen für Dich, sitze ich auf dem Küchenstuhl. Nackt. Leise zitternd vor Kälte, doch noch mehr vor Begehren. Gebannt von Deinem Blick, wage ich nicht, nach Dir zu greifen, erhebe statt dessen ein wenig mein Becken, um Deine Berührung zu erschleichen.
Du beugst Dich über mich. die Enden Deiner Schürze streifen hart über meine empfindlichen Nippel. Du lachst leise in mein Ohr und streichst beruhigend über mein Haar, um dann blitzartig Deine Zunge in meinen Mund zu stoßen. Noch ehe ich, zu sehr überrascht, den Kuß genießen kann, brichst Du ihn schon wieder ab.
Du wendest Dich ab und gehst zur Schublade, wo die Latexhandschuhe verstaut sind.
Während Du mir den Rücken zukehrst, grinse ich erleichtert. Endlich bekomme ich, was ich erhoffe. Seit einer Stunde quälst Du mich mit flüchtigen Berührungen, dann wieder intensiven Reizen. Narrst meine Sinne, um mein Verlangen zu steigern. Ich will Dich endlich in mir spüren. Deine Finger, Deine Hand, Deine langen kräftigen Stöße.
Du drehst Dich wieder zu mir um und

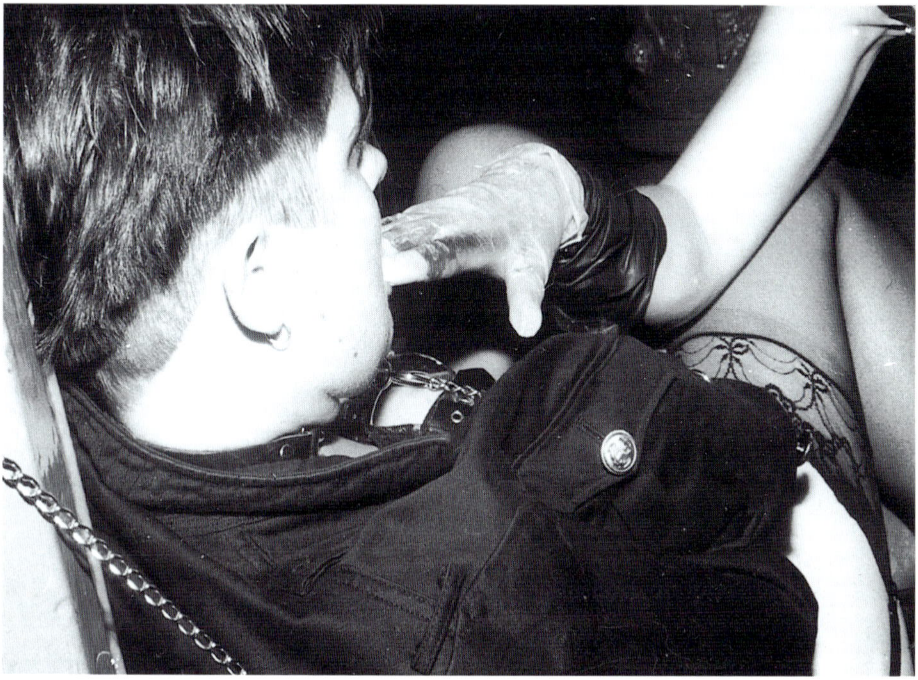

Cornelia Gürtler

herab. Ich seufze erleichtert, als Du ihn endlich über Dein Handgelenk schnalzen läßt. Auch der zweite Handschuh erfordert seine Zeit. Ich bebe vor Verlangen. Endlich kommst du näher. Du tauchst einen Finger in das warme Naß, dann blitzschnell Deine ganze Hand. Jetzt greift auch noch die zweite zu, um langsam, unendlich langsam, den Teller aus dem Spülwasser zu ziehen.
Du schaust mich an, wirfst den Kopf in den Nacken und lachst. Und lachst.

Laura Méritt

Tod in den Kissen - Lesbian Bed Death (LBD)

Läufiger Meinung zufolge gibt es nur zwei Dinge über lesbische Beziehungen zu sagen. Das erste ist, daß Lesben zu etwas neigen, was lesbischer Tod in den Kissen genannt wird, eine Art sapphisches BSE. Da zweite ist, daß Lesben in einer Beziehung zu einer dritten Entität zusammenschmelzen. Anders als bei unsern schwulen Brüdern oder Hetero-Schwestern ist diese Liebe klebrig, hartnäckig, hoffnungslos heimisch und widerwärtig süß. Lesbische Pärchen tragen die Kleider der anderen, machen alles gemeinsam, sprechen mit der gleichen Stimme, und fallen schließlich kuschelnd in die Kissen, statt übereinander her. Sie verlieren jeglichen Sinn für Unabhängigkeit und wachsen untrennbar zusammen wie sapphisch siamesische Zwillinge. Lesbische Leidenschaften haben sich nach dem Motto „Gegensätze ziehen sich an“ zu entfachen. Deswegen wären heterosexuelle Beziehungen so erfolgreich.

Der lesbische Tod in den Betten begleitet uns jetzt schon eine Weile und über die Ursachen dieses Syndroms wird allerorten viel spekuliert.

Eine Annahme ist, daß Lesben größeren, also Mehr-Wert auf ihre emotionalen und spirituellen als auf ihre sexuellen Bedürfnisse legen. Vielleicht greift hier die Sammlerinnen und Jägerinnen-Theorie: zwei Sammlerinnen bleiben demnach beide zu Hause und sammeln, was Lesben so sammeln.

Natürlich ist da auch der Neid auf die Schwulen, die sowohl ihren festen Freund als auch Gelegenheitssex haben. Wichtigstes Thema ist auf alle Fälle, wie oft wir Sex haben und nicht wie. In den versauten 90ern wird Lesbischsein nicht mehr daran gemessen, wer du bist und was du machst, sondern wie oft du es (dir?ihr?euch?) besorgst. Muß Sex an erster Stelle stehen? Basiert eine lebenswertes Leben auf einmal wöchentlich, monatlich oder jährlich?

Woher weiß frau überhaupt von solchen Symptomen wie Symbiose oder LBD, Ein gewisser Grad an Verschmelzung ist doch in jedem Verhältnis gegeben, ob schwul, lesbisch oder hetero.

Verschiedene Liebhaberinnen bringen verschiedene Aspekte unserer Persönlichkeit hervor, verändern das Wertesystem und die Prioritäten.

Warum werden also neue lesbische Krankheiten kreiert, um sogenannte Probleme zu erklären? Warum attackieren (wieder mal) Krankheitsbilder unsere Beziehungen? Enthüllt das Bedürfnis der Paarbildung bei Lesben zuviel von uns? Besteht die Gefahr, daß wir eine konventionelle Parodie auf die heterosexuelle verheiratete Norm darstellen? Paßt ein gegenseitiges Verständnis und emotionale Unterstützung in einer Partnerschaft nicht in das Bild der 90er Lesbe?

Ute Windrath

Sie kam auf mich zu und fragte, ob ich Geld wechseln könnte für Zigaretten. Erstaunt sah ich sie an und dachte noch: *Warum geht sie nicht in den nächsten Laden,* bis ich ihre funkelnden Augen sah. Sie grinste breit, hielt mir den Zehnmarkschein entgegen und schien mir zu sagen: *Entscheide selbst, wen oder was du nimmst.*
In der einen Hand die Zigarette, im Magen das vertraute flaue Gefühl, grub ich in meiner Hosentasche nach dem Kleingeld und ärgerte mich, daß kein Ton über meine Lippen kam. Das Kleingeld reichte, ich verbrannte mir die Finger, und sie drehte sich einfach um und ging. Ihr wahnsinniger Hintern steckte in schwarzen Lederhosen, die schweren Stiefel gaben den Takt, über ihre Schulter hing lässig das Sakko, und ich sah ihren Nacken lang und weiß mit dem stolzen Kopf darauf.
Als wäre sie ein Magnet, lief ich ihr hinterher, bewunderte den Gang, die Beine, den Rücken und am meisten - ihren Hintern.
Wir kamen am Zigarettenautomaten an, und immer noch wortlos stellte ich mich so hin, daß ich sie von vorne sehen konnte. Blond, blauäugig - mit dunklen Wimpern - und einem Mund, der mich schier in Verzückung versetzte. *Vielleicht reicht es, ganz stark zu denken, was ich alles mit ihr tun will - das muß sie doch hören können, oder?* Sie nahm das Päckchen aus dem Automaten, versenkte ihren Blick in meine Augen und fing an, sich auszuziehen. Träumte ich? Aber noch standen wir mitten in der Öffentlichkeit, und ganz schnell mußte mir jetzt was einfallen - bevor sie sich wieder umdrehte. Nicht daß mir ihr Rücken nicht gefallen hätte.
Ich besann mich auf meine Dreistigkeit - immer gut, meine Schüchternheit zu überlisten, und meine Wortlosigkeit könnte ja auch pure Masche sein. Meine rechte Hand wanderte wie von selbst nach oben, schmiegte sich an ihr Gesicht, glitt wie ein eigenständiges Wesen zu ihren kurzen Nackenhaaren und zog ihren Kopf langsam zu mir. Unsere Blicke hatten sich mittlerweile ineinander verkrallt, und in meinem Kopf wallten die Phantasien von nackten Körpern, feuchten Mösen und neugierigen Händen - und von Küssen; langen, feuchten, zärtlich beißenden Küssen. Ungläubig registrierte ein Teil von mir, daß sie nachgab, ihren Kopf ein wenig senkte, um mich zu küssen. Raketen gingen hoch, Dynamit explodierte; meine Möse gluckerte wie ein lachendes Weib, meine Brüste brannten und wollten berührt sein von ihren. Die harte Wand in meinem Rücken schien notwendiger Gegensatz zu meinen weichen Knien und den Lavaströmen durch Kopf und Bauch und ...
Sie kam einen Schritt näher; ich spürte ihre Wärme und versuchte, ihren Geruch einzuordnen, der mich völlig überwältigte. Ihre rechte Hand kam näher, schien sich nicht entscheiden zu können, und legte sich auf meine Schulter. Ihr Daumen grub sich in die Kuhle unter dem Gelenk, drückte sacht zu, und mir quoll das erste Stöhnen aus der Kehle. Ein merkwürdiger Kuß - sanft und scheu und gleichzeitig ein Frage-Antwort-Spiel - *wenn ich dich hier lecke und da in die Unterlippe beiße, was passiert dann wohl?*
Mein Rückenmark zog sich zusammen, mein Körper straffte sich, um von der Wand weg näher zu ihr hinzukommen, als sie sich einfach vorlehnte und mich der Länge nach an die Wand drückte. Mittlerweile hatte sie wohl endlich die Zigaretten verstaut, denn ich spürte eine zweite Hand an mir, auf meiner Brust mit dem knall-

Cornelia Gürtler

harten Nippel, den sie auch schnell fand und genüßlich mit ihren Fingern knetete. Meine Hände auf ihren Hüften waren ganz berauscht, und zogen sie näher, bis ich ihr ganzes Gewicht spüren konnte - und während wir uns oben nahezu unschuldig küßten, fingen wir an uns zu vögeln. Unsere Becken preßten sich aneinander, oder rotierten sachte mit kleinen, kurzen Stößen und langen Pausen. Die Zungen wurden mutiger; heftiger stießen sie zu, und länger leckten sie über die Lippen. Langsam zog ich ihr T-Shirt aus der Hose, wollte ihre Haut berühren, ihre Brüste in den Händen spüren, ihre Form, ihre Art erspüren und meine Fingernägel in ihnen versenken.

Ich merkte, wie sie wegging, mir wortlos mitteilte, daß Ausziehen mitten im Einkaufsparadies nicht angesagt war; sie ließ ihre rechte Hand über meine Brust nach unten gleiten, legte mir ihren Arm um die Hüften und zog mich von der Wand weg neben sich. Sie war, so genau betrachtet, mindestens einen halben Kopf größer als ich, und in meinem Kopf fielen alle Gedanken sinnlos rum - mir kam einfach nichts, was ich sagen konnte.
Vielleicht mal nach ihrem Namen fragen - oder nach einer Zigarette. Oder eher nach einem kleinen Nachmittagsfick.
Ich schüttelte den Kopf, kämpfte mit meiner Hochspannung und meiner Körperbefrauschung, legte ihr den Arm um die Hüften und fragte ganz vorsichtig mit einem tiefen Blick: *Hast du Zeit?*
Statt einer Antwort bekam ich einen Kuß, kurz und innig; ihr Arm löste sich, und in ihre Augen trat Bedauern.
Meine Pause ist gleich zu Ende, sagte sie, gab mir noch einen von diesen häßlich unpersönlichen Tschüßküßchen und ließ mich stehen - tropfnaß, mit dem Gefühl, einer Traumfrau begegnet zu sein, und schrecklich verloren.

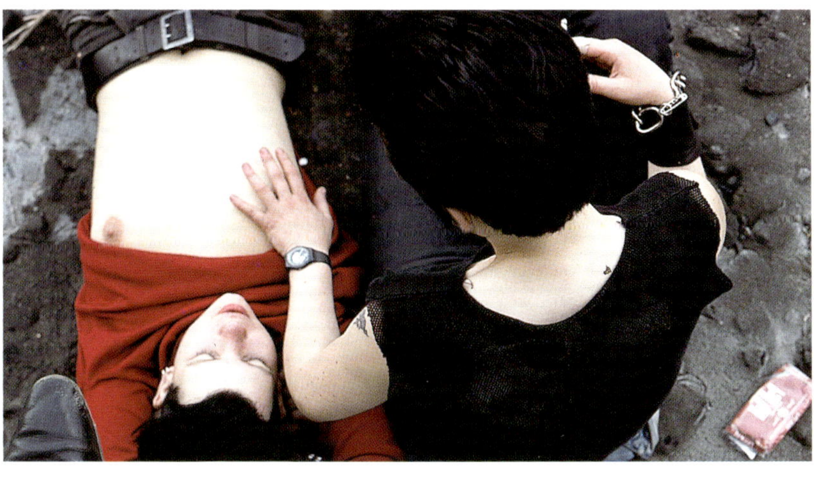
Cornelia Gürtler

L. M.

ich bin eine absolute tunte und hab ne menge schwule freunde, die mich u.a. dafür lieben. ich kann nicht auf eine drag king party als king gehn, weil ich das nicht bin. ich gehe als queen und alle gucken mich an und halten mich für'n mann in frauenklamotten. das find' ich geil.

? bezeichnest du dich als lesbe?
!das wort find' ich schrecklich. wo kommt das eigentlich her? lesbos, ist das alles? schwul, ich bin schwul oder gay, queer geht auch noch.
?gay, gaîté, heißt auf französisch fröhlich. "gay boys" waren in den zwanzigern die transvestiten, die auf der bühne frauenrollen spielten. vorher wurden mit "gay girls" huren bezeichnet, die immer auffallend bunt angezogen waren. das war eine arbeitskleidung, die vorgeschrieben war, aber auch zur stigmatisierung diente.
?lesbisch? es gibt keine etymologische bedeutung für das l-wort. stell dir lippen, labien vor oder spiel mit dem wort läläläläsbisch, lalalalabial.
die charakterisierung lesbianerin oder nationalität lesbisch ist doch auch immer wieder lustig. französisch ausgesprochen hat lesbisch die klang-assoziation les biches.und in biche ist die läufige hündin drin. andere denken mehr an die "französische praxis": les lècheuses, die leckerinnen. lecken wird ja vorrangig lesben zugeschrieben, aber wer "bläst" denn von den anderen?

Carolyn Gammon

Eine definitive Stellungnahme zum Thema Dildos

Aufgewachsen in einer Kleinstadt im Osten Kanadas, fand mein erster Kontakt mit Dildos im Umfeld einer unheimlichen heterosexuellen Pornowelt statt. Dort muß ich diese weißlichen, sogenannt fleischfarbenen Gummi-Penisnachbauten irgendwann einmal gesehen haben. Später muß ich aufgeschnappt haben, daß Dildos mit Lesben in Verbindung gebracht werden und Lesben mit Gefängnissen, psychiatrischen Abteilungen und Selbstmord, so daß ich alles andere als einen guten Eindruck davon hatte.
1982, Toronto. Ich stecke in meiner ersten lesbischen Beziehung und bin mit einigen anderen Lesben befreundet, kann mich aber nicht erinnern, daß Dildos jemals ein Thema waren.
1983. Ich erinnere mich an eine lesbische Konferenz, wo über einige Teilnehmerinnen hergezogen wird, die dann bei den Diskussionsrunden auch ausgegrenzt werden. Ich weiß heute, daß das Frauen waren, die sich als SM-Lesben bezeichneten.
1986. Ich bin gerade nach Montreal gezogen und nehme dort an einem lesbischen Wochenende teil. Ein Workshop über Sexualität konzentriert sich darauf, ob es für Lesben o.k. ist, beim Liebesspiel mit den Fingern ineinander einzudringen. Mein Französisch ist nicht besonders gut, deswegen sage ich nichts. Innerlich jedoch bin ich bestürzt. Ich habe niemals daran gedacht, die Finger nicht zu benutzen. Ich weiß nichts über die Geschichte dieses Themas, das seit den Siebzigern ein Streitpunkt radikaler Lesben ist. Einige Teilnehmer des Workshops beharren unnachgiebig darauf, daß es sich dabei um eine repressive und männlich-penetrative Praktik handelt. Viele sind anderer Meinung. Ich verlasse den Workshop mit einem neuen Gedanken.
1987-1991. Nach fünf Jahren mit lesbischem Sex, der mich unsicher machte, demoralisierte und mich glauben ließ, daß ich "es" nicht wirklich kann, beginne ich eine aufregende Beziehung voller sexueller Erkundungen. Ich fange an, mich mit meinen Kenntnissen beim Sex wohlzufühlen und viele neue und verschiedene erogene Zonen zu entdecken. Wir zwei probieren viel aus, reden darüber, ich schreibe darüber. Ich lehne immer noch alles ab, was über den Gebrauch der eigenen Körperteile hinausgeht, aber ich fange an, bei Gruppentreffen den Frauen zuzuhören, die oftmals von den anderen zum Schweigen gebracht werden. Warum werden diese Lesben geächtet, von denen sich einige als SM-Lesben bezeichnen, andere nicht und die darüber reden, daß sie Dildos benutzen?
Dildos werden zum theoretischen Thema in unserer Beziehung. Ich möchte sie ausprobieren, sie nicht. Nachdem wir uns fast getrennt hätten, bietet sie mir ein Versöhnungsgeschenk an, eine Zucchini mit Kondom. Wir haben das erste Mal Sex mit einem Zucchini-Dildo.
Von Abneigung und Furcht wechsle ich über zu Akzeptanz und allmählich zu einer positiven Bewertung. Ich lese die Sachen von radikalen Sexbefürworterinnen aus den Staaten und beginne damit, meinen Pro-Dildo-Standpunkt auch theoretisch zu untermauern. Ich lese über die Verwendung von Dildos in Kulturen überall auf der Welt, finde Bilder von Frauen, die Dildos vor Tausenden von Jahren beim Liebesspiel benutzt haben.

Ein Beispiel, das mich sehr beeindruckt, stammt aus China, wo unabhängige Frauen in der Seidenindustrie in reinen Frauenkommunen lebten, sich ein Leben lang Treue schworen und Dildos verwendeten, die aus gemahlenen Bohnenkernen in Seidensäckchen bestanden. Die Bezeichnung für diese Frauen wird übersetzt mit "Frauen, die Bohnenkerne mahlen". Eines Tages sehe ich in einem Apartment in Montreal eine hölzerne Statue, die die Besitzerin auf ihren Reisen in Afrika gekauft hat. Sie ist fein geschnitzt und mit eingravierten Abbildungen von Menschen, Tieren und Mustern verziert. Ich schaue sie eine Weile an, bevor ich erkenne, daß sie so perfekt geformt ist wie ein Dildo, der den G-Punkt erreichen soll. Ihr Äußeres fühlt sich wunderbar glatt an. Die heterosexuelle Frau, der das Apartment gehört, ist nicht da, und ich finde nichts weiter über dieses Kunstwerk heraus. Ich frage mich, ob meine Interpretation der Statue wirklich wahr sein könnte oder ob sie nur meiner Phantasie entspringt. Ich spreche mit einer älteren Butch aus Chile, die mir erzählt, daß ihre femme-Geliebten es als selbstverständlich ansahen, daß sie einen Dildo trug und die dann beim Sex sagten: "Steck ihn rein!". Ich frage mich, wie Dildos in anderen Ländern gesehen werden, ob es dort auch eine hitzige Debatte über ihren Gebrauch gibt. Kann die Verwendung von Dildos überall auf der Welt und seit Jahrtausenden darauf reduziert werden, daß sich Lesben oder Frauen damit selbst unterdrücken durch die wörtliche Einverleibung von phallischen Objekten, oder hängt mehr damit zusammen ... vielleicht Lust? Aber das Wissen, das ich mit der Zeit bekomme, ist dennoch eher lückenhaft und vom Zufall bestimmt.
Da ich nun selber Dildos verwende und genieße, bekommt meine Suche nach Informationen über Dildogebrauch einen persönlichen Hintergrund. In Reaktion auf eine starke Anti-Dildo-Haltung werde ich selbst Pro-Dildo. Ich leugne, daß sie etwas mit Phalli zu tun haben, und behaupte, daß Dildos lange vor den Männern existiert haben. (Indem ich die Annahme, daß das Y-Chromosom nichts als eine genetische Mutation ist, die These von der Frau als dem ursprünglichen bio-

Andrea Knoll-Quiotek

logischen Menschen zu ihrer logischen Schlußfolgerung bringe.) Ich argumentiere, daß ein Abdruck vom Inneren einer Vagina eine ähnlich Form hat wie ein Dildo. Nenne diese Form den Abdruck des innersten Weiblichen, vermeide das Wort Dildo gänzlich, wenn notwendig. Meine eigene Begeisterung spiegelt sich in einem kreativen Ausbruch in der lesbischen Dildo-Industrie. Wale erscheinen auf den Markt, Delphine, Finger, sich drehende Puppen, alles aus weichem, biegsamen Silikon. Ich fange an, sie zu sammeln, kaufe einen Finger in zartem Lila, einen schwarzen Wal und einen rosafarbenen wellenförmigen Doppeldildo, der als Stalaktit oder Seeanemone interpretiert werden kann. Ich stelle mir vor, wie ich auf dem Weg zurück von dem lesbischen Sex-Shop in New York nach Kanada den Grenzkontrolleuren erzähle, daß es sich bei meinen Einkäufen um Badespielzeuge handelt. Aber meine Waren sind sicher verborgen in wunderbaren Baumwolleinkaufstaschen, für jeden Dildo eine eigene - ich nenne sie Schlafsäcke.

Carolyn Gammon

Trotz all meiner Bemühungen bei der Pro-Dildo-Propaganda, darunter auch Vorführungen meiner Sammlung bei praktisch jedem Treffen in meinem Haus, ist fast jede in meinem Freundinnenkreis gegen Dildos. Ich bewege mich nicht in der lesbischen "radical sex"-Szene. Ich trage keine Klamotten aus Leder oder mit Nieten und auch nichts tief ausgeschnittenes Weibliches. Mein langes rotes Haar und die Pustebäckchen helfen mir auch nicht dabei, in Montreals cooler Bar-Dyke Szene einen Platz zu bekommen. Als ich zu einem Vortrag von Susie Sexpert in Montreal gehe, begreife ich, daß die wahren "sex radicals" es vor Jahren schon aufgegeben haben, Dildos gegenüber "Ungläubigen" zu rechtfertigen. Meine Versuche aber, sie anderen schmackhaft zu machen, gehen weiter und gipfeln an einem Halloweenabend. Ich gehe als Anne von Green Gables (eine kanadische Figur ähnlich unserer Heidi von der Alm) verkleidet aus, aber in meinem Köfferchen (mit einem Aufkleber: "Avalon to San Francisco or bust!") habe ich meine Dildo-Sammlung. Während eines Kostümwettbewerbs stelle ich sie in regelmäßigen Abständen zur Schau. Am Ende bekomme ich den zweiten Platz hinter einer Frau, die als Tampon verkleidet ist. Einige meiner Freundinnen sind beeindruckt und können nun so weit einlenken,

mir zu sagen, daß sie Dildos durch ihre Freundschaft mit mir neu überdacht haben.
Dennoch hat meine Befürwortung von Dildos auch negative Nachwirkungen. Eine Freundin ruft mich an, um mich zu warnen, daß einige Leute sagen, ich wäre SM-identifiziert, weil ich Dildos bei einer Lyriklesung erwähnt habe. Ich beginne, mir den Begriff SM anzuschauen, und warum meine sexuellen Praktiken in diesem Licht gesehen werden könnten. Schnell begreife ich, daß viele Lesben ganz eindeutig den Gebrauch von Dildos mit SM gleichsetzen. Nach Lesungen höre ich, wie Dildos als unterdrückerische, gewalttätige Ersatzschwänze bezeichnet werde. Ich schlage Zucchinis, Maiskolben und Gurken vor. Ich frage, warum diese wunderbar geformten Dinge oder Gemüse Mißtrauen erregende Phalli sein sollen. Wird damit nicht dem Penis eine lächerliche Macht zugeschrieben? Am Ende finde ich heraus, daß nicht das tatsächliche Silikonprodukt das Problem ist. Das Hauptargument lautet vielmehr: Wenn es nicht ein Finger ist, dann ist es per se repressiv für Frauen. Ich denke an den Workshop, wo darüber diskutiert wurde, ob Finger in Ordnung wären, und sehe eine Fortsetzung des Tabus.
Meine Freundin während dieser Zeit hat eine interessante Einstellung. Sie ist bereit, meinen Dildoenthusiasmus mit Humor zu nehmen, sie benutzt Dildos, um mich zum Lachen zu bringen, aber weigert sich, sie ernst zu nehmen. Ich bin scharf auf Rollenspiele. Ich glaube, ich hätte gerne, daß sie einen Dildo in der Hose tragend hereinkommt, mit Jeans, einem Muskel-T-Shirt und einem John-Wayne-Hüftschwung. Als sie mich endlich "bepackt" überrascht, trägt sie ein wunderschönes blaues Kleid und wir brechen beide in schallendes Gelächter aus. Und wenn ich in eine ernsthaft sexuelle Dildostimmung komme, hat sie die verwirrende Angewohnheit, den Dildo hoch und runter schnellen zu lassen, wie eine lange Gumminase, die jemand aus Jux trägt.
1992. Ich wechsle Kontinente und Bewußseinsebenen. In einem turbulenten ersten Jahr einer neuen Beziehung entdecke ich, daß ich eine Überlebende sexuellen Mißbrauchs bin. Während ich den Schamhügel meiner Geliebten streichle, fühle ich plötzlich einen Schwanz unter meiner Hand. Als sie die Klospülung betätigt, weiß ich, daß mein Vergewaltiger wieder zurück ins Zimmer kommt. Durch eine Reihe von Körpererinnerungen, Alpträumen und seltsamen halluzinationsähnlichen Wachträumen, beginne ich der Gewißheit ins Auge zu sehen, daß meine Sexualität niemals wirklich von mir gestaltet wurde. Jemand anders hat sie sich widerrechtlich angeeignet, als ich klein war, und alle meine Versuche, sie später in meinem Leben zu steuern, sind von dem Mißbrauch beeinflußt worden. Ich überdenke meine Sex-um-jeden-Preis-Haltung. Meine Geliebte hilft mir dabei. Als ich das erste Mal einen Dildo mit ins Bett bringe, wirft ihn meine Überlebensgefährtin durch das Zimmer. Monate später gestattet sie den Wal im Bett und mit uns beim Sex - weil er süß ist, sagt sie. Wir diskutieren aber darüber, was dies bedeutet, wie wir uns beide fühlen, wenn wir ihn benutzen. Wir sind sehr kritisch. Monatelang verwenden wir ihn nicht wieder. Wir bemerken das Gefühl der Macht, das er mir zu geben scheint, wenn ich ansonsten beim Sex blockiert bin. Wir versuchen herauszufinden, ob ich öfter schluchzend zusammenbreche, wenn ich den Dildo benutze, oder wenn nicht. Du

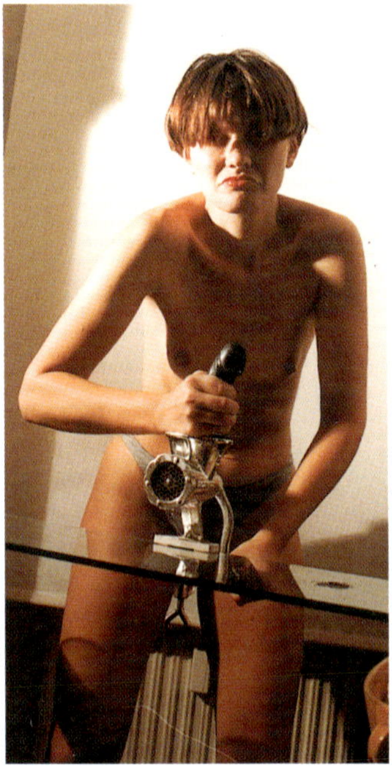

Nadja Schefzig

könntest sagen, wir verwenden den Wal für therapeutische Zwecke.

1994. Ich schreibe ein Gedicht, in dem ich zugebe: "Ein Dildo könnte sich wie ein Schwanz anfühlen." Ich schnipple meine Zucchinis in Salate. Ich beginne damit, meine Dildos an neugierige Lesben auszuleihen, die sie mal ausprobieren möchten. Nur den Wal behalte ich selber. Einmal auf einer Party kommt eine Lesbe zu mir - eine andere als die, der ich die Dildos ausgeliehen habe, und entschuldigt sich dafür, daß sie einen kleinen Riß in einem von ihnen verursacht hat. So weiß ich, daß sie viel herumkommen. Eine Freundschaft geht in die Brüche und ironischerweise behält sie die Dildos, die ich ihr geliehen habe. Hat sie dabei gedacht, daß sie das Beste von mir behält? Damit sind auch meine Möglichkeiten für Dildopräsentationen verschwunden, aber das beunruhigt mich nicht so sehr, die wichtigste Phase meiner Pro-Dildo Propaganda ist vorüber. Ich erkenne, daß es auf weit mehr als nur auf ein Dafür oder Dagegen hinausläuft.

Viele Lesben und Frauen benutzen Dildos und genießen Sex mit Dildos. Wie feministische Schriften erzählen, ist sexueller Genuß angesichts der patriarchalen heterosexistischen Welt für viele von uns nicht einfach und Sex mit einem Dildo schon gar nicht. Alleine in meiner Wohnung ziehe ich enge Jeansshorts an, packe einen Dildo ein und betrachte mich selbst im Spiegel. Die Erhebung unter meiner Shorts erregt mich, sie zu reiben sogar noch mehr. Nun gibt es Verwirrung. Ich versuche, mir meine radikalen Sextage und -praktiken in die Erinnerung zurückzurufen. Ein Teil von mir glaubt immer noch daran. In meinem Kopf findet eine heftige Debatte statt, wie eine Plenarsitzung aus der Hölle am Ende einer stressigen lesbischen Woche. Einige sagen, daß ich professionelle Hilfe benötige, mich einer guten lesbischen Psychologin anvertrauen sollte. Einige finden das Rollenspiel in Ordnung. Andere bejubeln es sogar und wedeln mit den neuesten Dildokreationen in der Luft herum. Wieder andere kreischen auf und rennen aus dem Zimmer. Ich stehe alleine auf der Bühne, mit oder ohne Dildo, nackt oder nicht. Kein Kommentar kann mich beruhigen. Meine Freundin nimmt mich bei der Hand und führt mich liebevoll von der Bühne.

P.S.
Ich lese in der Öffentlichkeit immer noch aus meinen Sexgedichten, dabei versuche ich aber, eine komplexere Geschichte zu erzählen. Im Publikum sind Lesben, die nicht wissen, was ein Dildo ist. Es gibt welche, die mir dafür danken, daß ich das Thema angeschnitten habe. Andere fragen, warum alle meine Gedichte sich um Dildos drehen. Ich weise darauf hin, daß von den zehn, die ich lese, nur in zweien tatsächlich welche erwähnt werden.
Ich werde beschuldigt, Stereotypen von Lesben zu fördern. Ich werde umjubelt, weil ich das Stigma von einer Praktik nehme, die zum Liebesleben vieler Lesben gehört und über die sie doch nicht sprechen, aus Angst verurteilt zu werden.

Dies ist also die definitive Stellungnahme zum Dildo-Thema, oder *eine* definitive Stellungnahme oder meine definitive Stellungnahme, nun, zumindest für jetzt.

Übersetzt von
Katharina Oguntoye &
Anja HansenSchmidt

Laura Méritt

Sexy Sadie - Magic Masie

Auch SM hat in den 90ern eine zunehmende Sichtbarkeit zu verzeichnen, sowohl als Modewelle als auch als Sexpraktik. In jeder Talkshow ist mindestens eine "M" oder ein "Top" zu sehen und die Werbung setzt peitschende Dominas zur Konsumfolter für jedes beliebige Produkt ein. Madonna hat das ihrige dazu getan, daß alle einmal SM probieren wollen. Jedes Frauenmagazin empfiehlt ihren Leserinnen, zur Belebung der Beziehung den Partner ans Bett zu fesseln und mit der Kerze zu wachsen.
Eine besondere Subkultur mit spezifischen Assoziationen und einer ganz eigenen Bedeutung bilden Lesben und SM. Einst das alte homophobe Stereotyp der sadistischen Lesbe, das in den 60er Filmen anzutreffen war, feiert diese Radikallesbe neuerdings Auferstehung in der Seifenoper vom Frauenknast. In den 70ern wurde nicht darüber geredet, und in den 80ern waren SM-Dykes das rote Tuch bzw. Bandana in der Debatte um lesbischen Feminismus. Sie galten als anti-feministisch. Legendär der Sex-Kongreß Secret Minds 1985 in Köln, der von dem lesbischen SM-Pärchen der Boutique Secrets veranstaltet wurde. Hier duellierten sich stellvertretend Alice Schwarzer und Cleo Uebelmann, die mit ihrem Domina-Film "Mano Destra" die SM-Klassikerin schlechthin wurde. Gewonnen hat den Sex-Krieg eigentlich keine, alle waren irgendwann der internen Kämpfe müde, zurück blieb eine Spaltung.
Mit Unterstützung der Medien tauchte eine sex-positive Lobby auf und allmäh-

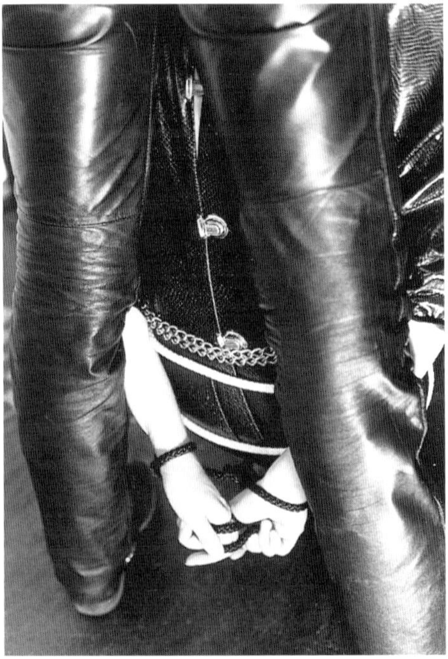

Petra Gall

lich wurden Leder, Dildos und nicht zuletzt Nippelklemmen (Tittilizer) salonfähig. SM-Utensilien füllten nach und nach die Lücken, die die weggeräumten Bücher von Dworkin & Co. hinterließen. Der Staub der Sexkriege hat sich gelegt, der Zeitgeist kleidet sich SMart.

Manche sagen, die ganze Lesben-SM-Szene hätte sich verändert. SM ist ein Lifestyle neben anderen lesbischen geworden. Heute kann jede Lederhosen tragen, sich den Kopf kahl rasieren, die Lippen piercen und sich den Körper tätowieren lassen, fertig ist der Rebellinnen-Chic. Frau kann hip, cool und pervers durch die Straßen gehen und niemand weiß, daß das Einzige, was diese Person mit SM gemeinsam hat, das Label SM in ihrem Unterhöschen ist. Was ist hinter dem Outfit? Auch die Sexpraxis ist mehr und mehr in der lesbischen Community akzeptiert. Frau braucht nicht mehr die ach so wilden Bondagephantasien geheimzuhalten, sondern kann sie frank und frei äußern. Wenn eine sich wirklich für SM interessiert, kann sie einen Workshop besuchen und lernen, Knoten zu machen, zu fisten und richtig zu peitschen. Pat Califia und Susie Bright haben die Freuden der Domination verbreitet, und all die neuen Sexanleitungsbücher beinhalten ganze Kapitel über lustvolle Bestrafung. Praktiken wie Fisten oder der Gebrauch von Dildos in Gürteln, die ehemals eindeutig dem SM-Lesbenrepertoire zugeordnet wurden, sind jetzt nicht mehr zwingend an eine Gruppe gebunden. Dildos gibt's mittlerweile in jedem Frauen-Sexshop, und die neuesten Untersuchungen bestätigen eine wachsende Vielfältigkeit im Sex-Verhalten. Nebenbei hat sich ein höheres SM- Bewußtsein sowohl für die Mode als auch für die Praxis entwickelt. Frauen wissen, daß der SM-Chic in den 80ern entstanden ist und in den 90ern hinterm Fetisch-Outfit geprüft werden muß, was die Oberfläche versprach. Lesben sind heute um einiges

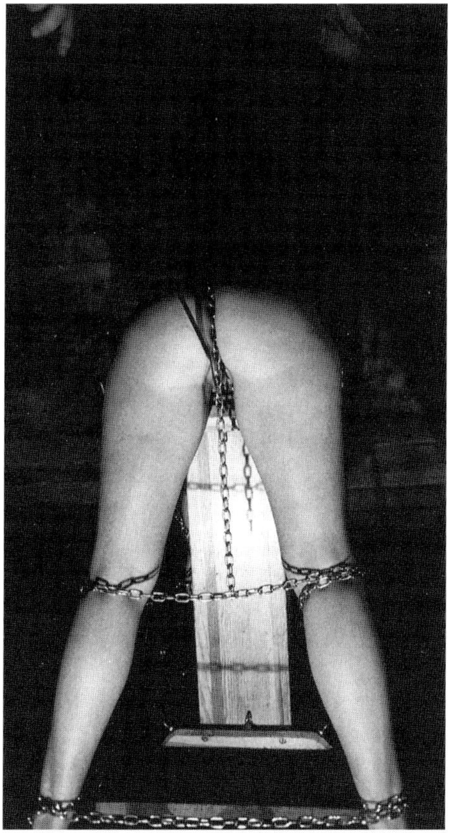

Mimi Barett

Mimi Barett

blasierter, was ihre öffentlich dargebotenen sexuellen Vorlieben angeht. Frau schmückt sich mit diversen Insignien, die auf eine besondere sexuelle Praktik hinweisen. Daraus folgt aber auch, daß zur Abgrenzung der eigenen "Sex-Fraktion" eine sog. "Anti-Sex-Fraktion" groß ans Kreuz genagelt wird und Feministinnen plötzlich alle zu Liebestöterinnen mutieren. Sexuelles Außenseiterinnentum wurde zum zur Schau gestellten Lesben-Prädikat. Was die reelle Praxis allerdings betrifft, klagen viele Veteraninnen der Szene, daß die Sicherheitsregeln, die früher selbstverständlich gewesen seien, nicht mehr eingehalten werden. Jeder Zweifel oder auch die kleinste Kritik wird sofort als Anti-SM abgetan. Es hat sich eine "Alles ist erlaubt"-Mentalität breit gemacht, was sehr gefährlich wäre und jede Diskussion darüber, was SM für die Einzelne oder für die Gemeinschaft bedeutet, unterdrückt. Hinter dieser Mentalität können sich auch Personen verstecken, die das unabdingbare Vertrauen und die Basisregeln, die nicht nur für eine SM-Beziehung gelten, aktiv brechen wollen. Letztendlich führt das zu Mißbrauch und nicht zur theatralen Inszenierung im Einverständnis aller Beteiligten.

Petra Gall

Mimi Barett

Szini

Budapester story, 1985

Emma trat eines Abends in einer unserer Stammkneipen auf die Bildfläche, als Freundin eines der Jungen. Sie übte sofort eine große Wirkung auf mich aus, sie war eine riesige Frau, mit riesigen Brüsten, nicht dick, nur riesig, mit schweren Knochen und schwerem Haar. Sie ging reiten, arbeitete im Pferdestall und roch ständig nach Pferd. Sie war wohl um die 15 und sah viel älter aus, solange sie nicht den Mund aufmachte. Ich fing sofort an, ihr den Hof zu machen, denn ihr Geruch und ihr Stallgequatsche beeindruckten mich, na und natürlich ihre Masse. Damals bestand mein Hofieren darin, daß ich versuchte, zu zeigen, was für eine harte Frau ich bin, und außerdem versuchte ich, die Gruppe zum Lachen zu bringen, was im allgemeinen auch funktionierte. Bei Emma funktionierte es nicht, sie hatte keinen Tropfen Humor, oder vielleicht unterschied er sich von meinem, denn sie lachte schon, man konnte nur nie wissen worüber.

Schließlich stand der Rest der Gruppe am Montagmorgen nach der Sperrstunde auf der Straße. Dort stand auch der Junge, dessen Freundin Emma war, aber ich fragte sie, ob sie nicht lieber mit mir mitkommen wolle. Wir hatten uns vorher so gut amüsiert, daß sie ja sagte, und damit kam das nächste Problem auf, wohin wir gehen konnten, denn damals wohnte ich in einem winzigen Hochbett in einer Küche, und das Mädchen, das im Nebenzimmer wohnte, hatte das Vögeln auf dem Hochbett verboten, weil die Bretter knarrten und sie nicht schlafen konnte. Mark das Rind und seine Frau waren da, er bot uns an, mit zu ihnen zu gehen. Unterwegs im Nachtbus sagte ich Emma, daß ich eine Schwuchtel bin, und was sie dazu sagen würde, denn sie gefiele mir sehr. Ich erinnere mich nicht mehr, was sie sagte, aber an der Bushaltestelle knutschten wir schon heftig und hatten auch eine schöne Menge Gaffer, und der dumme Mark wollte ständig tauschen, er dachte, er sei Teilnehmer einer Sexparty. Er war sehr aufdringlich und ging mir sehr auf die Nerven, aber wir konnten sonst nirgendwo hin. Als wir ankamen, kochten wir Spaghetti und knutschten weiter. Mark versuchte es weiterhin, wie es wäre, wenn wir tauschen würden, er mit Emma, ich mit seiner Frau, oder eventuell zu viert. Alle hatten schon den Kanal voll von ihm. An seine Frau erinnere ich mich kaum, sie zog sich irgendwie aus der Affäre, dabei ging es auch um sie. Was hätte sie wohl gesagt, wenn wir uns über den Tausch geeinigt hätten? Die Frage läßt mir heute noch keine Ruhe.

Es gab ein großes Bett, so daß wir uns auf der linken Seite hinlegten, auf der rechten Seite das Ehepaar. Emma und ich knutschten wie wild, dann bedeckten die wunderschönen riesigen Brüste mein Gesicht, und dann erschien Marks Gesicht mit einem erneuten Tauschangebot, aber da war meine Geduld zu Ende. Ich fing an zu brüllen, daß er sich verpissen solle oder ich bringe ihn um, aber von der Aufregung sank meine Lust auf Null, so daß ich zu Emma sagte, daß ich jetzt in den Nachtladen gehe, Wein kaufen, ob sie mitkäme? Sie kam. Es gelang uns, Mark mit irgendeinem Versprechen zu Hause zu lassen, so daß ich endlich nach dem Einkauf auf dem Rückweg im dunklen Treppenhaus an die Wand gelehnt die Brustwarzen der Göttin in den Mund neh-

Karin Windt

men konnte, ihr Stöhnen hören und meine Finger in das feuchte heiße Tor tauchen konnte, bis ganz hinein in die Tiefe ihrer Scheide. Das Ganze war viel besser als es im Bett angefangen hatte, das Höschen war reiner Honig, das Treppenhaus reines Keuchen, die Luft reiner Sex und Erregung. Es war ein Fick erster Klasse. Ich leckte mir den Honig von den Fingern. Wieder in der Wohnung war Mark schon sehr geil, was jetzt käme, so daß ich ihm sagte, was jetzt käme, jetzt würden wir trinken. Das blöde Rindvieh konnte sich kaum beruhigen, daß er jetzt und hier keine Frauen begrapschen und vögeln würde, für mich war es aber eine Prestigefrage, ihm gute Manieren beizubringen, deshalb waren wir zu ihm zurückgegangen. Wir soffen ordentlich und schrien herum, und am frühen Vormittag, als Aufbruch war, stieß ich Mark aus Rache meine Hand unter die Nase, auf der er noch den Geruch der heißen Hölle spüren konnte, und dann hauten wir schnell ab.

Weil Emma so anders war, fand ich sie sehr anstrengend, so daß wir das Thema Sex nach ein paar Tagen fallenließen, aber in der Clique war sie schon drin. Sie versuchte immer, etwas Neues anzubringen, sich aufzuspielen, sie dachte, daß das die Bedingung sei, um in der Clique bleiben zu können. Am Anfang waren wir in ihrer Gegenwart vorsichtig mit dem Thema Drogen, aber dann bemerkten wir, daß sie damit Erfahrung hatte, sie kannte nur ganz andere Sachen als wir, und sie war kamikazemäßig drauf. Das machte uns ein wenig Sorgen. Wir bereiteten uns immer darauf vor, wenn wir etwas nahmen, besonders wenn wir es noch nicht kannten. Das war natürlich nicht mehr so, als wir auf Opium waren, aber das kam erst später. Emma dagegen wollte einfach nur umfallen.

Einmal kam sie an mit Ketamin, einem sehr harten Stoff, der bei Tierversuchen eingesetzt wurde, gespritzt war das ein Hammer. Einer der Jungs probierte es aus, weil er unbedingt etwas nehmen wollte. Emma schwor, daß sie wußte, wieviel man davon drücken mußte. Der Junge drückte es rein und fiel um wie ein Brett, kein Lebenszeichen, mit aufgerollten Augen, eines der Mädchen schluchzte und schrie, dann gelang es uns, einen minimalen Puls aus ihm herauszupressen, Mund-zu-Mund-Beatmung, Herzdruckmassage. Es gab eine große und aufgeregte Diskussion über den Notarzt, schließlich riefen wir ihn nicht. Wenn er am Leben blieb, war's das für ihn, kein Paß, kein ruhiges Leben, er wird in den Polizeiakten auf ewig Drogensüchtiger sein. Nach ungefähr einer Stunde kam der Junge langsam wieder zu sich, er war total fertig und schrecklich wütend auf Emma, wollte sie ihn umbringen? Er hatte alles mitangehört, er war bei Bewußtsein, konnte sich nur nicht bewegen, keinen Muskel rühren, so scheiße hatte er sich noch nie gefühlt, am Rande des Todes. Er war froh, daß wir den Notarzt nicht gerufen hatten. Ein paar Tage lag er herum, dann ging es wieder, aber Emmas Laufbahn in der Clique war damit zu Ende.

Übersetzt von Katrin Kremmler

Lena Lauh

Andere Seiten

Am frühen Sonntagmorgen entdeckte ich plötzlich eine neue Seite an ihr. Ihre Möse hatte ich schon mit vielem erkundet, mit meinen Fingern, der Faust, einem großen und einem kleinen Dildo, einen nachfüllbaren aus Glas und allen möglichen Vibratoren. Auch so manches Gemüse war dabei gewesen. In den sieben Jahren unseres Zusammenseins war sowohl in sexueller Hinsicht wie auch in persönlicher schon so einiges geboten gewesen, auch Zeiten von Desinteresse und Abstinenz. Nun schien es, daß darin erstmal eine Pause eintreten würde. Wir wollten ohne Sex nicht miteinander alt werden und sind es doch ein Stück geworden. Schließlich kann Sex auch erotisch oder sogar befriedigend sein, behaupten zumindest andere. Aber das war nicht unser Abendgebet. Deshalb war für die Samstagsnacht mal Abwechslung angesagt und wir waren in einen Club gegangen, der in seiner Ausstattung über eine gepiercte und blondierte Türsteherin hinausging und einen reizend ausgestatteten Darkroom besaß. Es dauerte nicht lange und wir hatten im Dunklen, umgeben von Öffnungsgeräuschen von Hosen und Jacken, dem Umschnallen von Dildos, dem Aufreißen von Kondompackungen und einem allgemeinen lustvollen Stöhnen einen sehr erotischen Anfang gefunden. Ich zog sie aus und unter tiefen und wohlschmeckenden Küssen drang ich mit meiner Hand in ihre Möse ein, und nach und nach kamen noch Fäuste und Arme dazu. Ihre Hände nahmen meine Brustwarzen fest und grausam zwischen ihre Fingernägel, und mein lust-

Laurence Jaugey-Pared

voll schmerzhaftes Aufstöhnen vermischte sich mit ihrem und dem der anderen, die sich ihrerseits unten an mir mit ihrer Zunge Zugang zu meinen Öffnungen suchte und sehr geschickt dabei vorging. Das war für den Anfang mehr, als wir uns hatten träumen lassen, und so ließen wir all die Hände und Zungen und Dildos an und in uns, bis wir satt und müde waren, und gingen dann nach Hause.
Dachte ich nun, das war aber nett und überaus anregend gewesen und folgte ihr ins Badezimmer. Ich trug noch den Dildo unter der Hose. Und so stand ich plötzlich im Badezimmer so hinter ihr und schubste

sie aus Jux noch ein wenig mit dem Dildo. Da packte mich ganz plötzlich eine fast mörderische unbekannte Lust, oder vielleicht nicht unbekannt, nur unbenannt. Ich will dich in den Hintern ficken, stöhnte ich und beugte sie schon über das Waschbecken, nahm Gleitcreme und drang langsam in ihr Arschloch ein.
Ihr Stöhnen und mein Stoßen, ihr Betteln, niemals aufzuhören, und mein Gehorchen, mein Saft, der zwischen meine Beine tropfte, und auch der ihre lief runter auf die Erde und versammelte sich zu einer großen Pfütze. Und selten habe ich so tief empfunden wie in diesem Moment. In ihr und immer noch in ihr, begann ich mich schon danach zu sehnen, sie wieder dort zu fühlen und sie festzuhalten für viele weitere Jahre mit all der Lust, die sie mir geben kann und ich ihr auch.

Heidi

seit ich als alm-heidi in den bergen lebe, bin ich mehr bei mir als ich es früher in der stadthektik war. ich atme jedesmal auf, wenn ich nach hause komme. ich brauch' keinen urlaub mehr im sinne von ausruhen oder abhängen oder um meine lust wieder wachsen zu lassen. hier in der natur habe ich mein gleichgewicht. wenn ich verreise, mach' ich bildungsreisen oder weil mich irgendwas oder irgendwer interessiert. zu hause genieße ich die ruhe und die weite. morgens die schneebedeckten berge zu sehen, durch bemoosten wald zu spazieren, wasserfälle, vögel, und die luft natürlich ist einfach wunderbar.
was ich auch sehr genieße ist, daß du einfach so laut sein kannst, wie's kommt. die nachbarInnen laufen nicht gleich zusammen und hauen die tür ein, weil sie glauben, dir geschieht was schreckliches. man muß ja auch erst mal lernen, genau hinzuhören, um genau zu differenzieren, was das für schreie sind. wenn das von ganz unten kommt, dann ist das schon gewaltig. und die meiste zeit hältst du dich doch zurück, weil du dich genierst, daß die anderen das hören.
du müßtest also ein schildchen "!Achtung Sex! Keine Panik!" an die tür hängen, um einen auflauf zu vermeiden. und frau müßte ja auch erst mal lernen, verschiedene tonarten und lautstärken zuzulassen oder besser aufzulassen. oft hört sich das tatsächlich genauso wie ein schmerzschrei an und ist es vielleicht auch. da mußt du erst mal in dich reinhören und fühlen und dann auch damit experimentieren, z. B. im gedanken an eine freundin diese imitieren. das kann übrigens auch anregend sein. in miets- oder wohnhäusern ist das allerdings nicht so einfach. man wird so selten von anderen dazu ermuntert. und in deutschland ist ruhe (und geschlechter!ordnung) oberstes gebot. im sommer hörst du vielleicht mal fickgeräusche, dann stöhnen meistens die frauen.

Simone Zobel

das find ich in stundenhotels auch immer so lustig, da hörst du auch nur frauen iaahen. die mädels animieren sich fröhlich von zimmer zu zimmer, jajagutso-ohahhu, amüsieren sich köstlich, während von den stechern kein piepser rausdringt. dabei gibt's lustige übungen, um verschiedene töne hervorzulocken. du bestimmst vorher, was du spielen willst und gibst dann die entsprechenden geräusche von dir, wenn´s kommt. also z. B. das tuten einer lokomotive, das bellen eines hundes oder ein türklingeln.

Helga Trachsel

Ich brauche dich

damit du mich brauchst
Es hätte alles so schön sein können.
Ich hätte ein Leben wie Göttin in Frankreich haben können.
Verwöhnt - umsorgt - auf Händen getragen.
Wenn, ja wenn es mir möglich gewesen wäre, diese totale Vereinnahmung zu ertragen.
Als es anfing, habe ich es genossen.
Ich war beruflich sehr im Streß. Es gab private Probleme.
Wir konnten nur am Wochenende zusammensein.
Doch nach dem Warum habe ich erst viel später gefragt. Als die Daumenschrauben anzogen, fühlte ich nur Schmerz.
Also an den Wochenenden wurde ich bombardiert
- mit köstlichen lukullischen Leckereien.

Doch nur dreimal Loben reichte nicht.
Begeisterungsstürme waren Pflicht.

- mit unnachahmlicher Fürsorge wie Kissen im Rücken, Sekt in der Badewanne, Glotze am Bett.

Doch absolute Abschirmung nach außen. Freundinnen, die ich gern sehen wollte wurden mies gemacht.

- mit den tollsten Geschenken; fürs Auto, für meine Töchter, für die Wohnung; Schmuck, Parfum, Kleidung. Mit schlafwandlerischer Sicherheit fand sie immer genau das Richtige.

Doch - ich fühlte mich erschlagen. Es war mir absolut unmöglich, auch nur annähernd etwas dagegenzusetzen.

- mit der zärtlichsten Liebe, die frau sich vorstellen kann und Sex und Befriedigung in Perfektion.

Doch mit festgefügten, zementierten Rollen. Sie gab - ich hatte dankbar zu nehmen. Meine Ansätze blieben mir buchstäblich im Halse stecken.

- mit maßloser, krankhafter Eifersucht: "Wer nicht eifersüchtig ist, liebt auch nicht richtig."

Einmal hatte sie doch Lust, mich einigen guten alten Bekannten zu präsentieren. Sie "führte mich ein". Es war rührend anzusehen, wie ihr förmlich der Kamm schwoll vor Besitzerstolz, als sie merkte, daß ich "ankam". Doch als ich es wagte, sie alle meinerseits nett zu finden, reihum jede zum Tanzen aufforderte (ich, die sonst nur "geführt" wurde), als ich Geist und Witz versprühte und (ich hatte es ein bißchen darauf angelegt) zum Mittelpunkt der kleinen immer mehr in Stimmung geratenden Gesellschaft zu werden drohte, gab es Zoff, Wutausbrüche, Eifersuchtsszenen.

Und sie hatte doch so absolut keinen Grund!!!
Es dämmerte ihr: Ich bin auch wer!
So erlebte sie ihre Katastrophe!
Die Folge: Sie sperrte mich ein. Sie hielt mich unmündig. Sie machte mich sexuell abhängig. Die Verwöhnorgien wurden, soweit das überhaupt möglich war, noch üppiger. Ein Versuch, sie einmal mit meinen Kochkünsten zu überraschen, wurde praktisch als Kritik an ihren hausfraulichen Fähigkeiten aufgefaßt.
Mein Fehler war, daß ich glaubte, sie zu lieben. Ihre Zärtlichkeit, ihre weiche Haut, ihre lieben Augen, ihre Fürsorge hüllten mich ein. Ich begann, mir einzureden, daß ich mich wohlfühle

- in Watte gepackt -
- wohlig warm -
- abgeschirmt -
- eingelullt -

Sie genoß es, daß ich sie offensichtlich

brauchte. Ich gab ihr das Gefühl - wollte, daß sie glücklich ist.
Ich war ihr und mir gegenüber nicht ehrlich.
Ich kam mir undankbar vor.
Ich unterdrückte den Frust.
Ab und zu erzwang ich Ansätze zu Gesprächen. Doch sie waren ihr unbehaglich. Sie endeten immer in der Sackgasse ihrer absoluten Verständnislosigkeit und Uneinsichtigkeit.
Sie konnte es nicht verstehen.
Es ging zu lange.
Ich kriegte mit ihr. Ich kriegte mit mir.
Ich kriegte die Tür nach draußen nicht mehr auf. Ich wurde ungerecht - reagierte aggressiv. Ein paar Mücken wurden zu Elefantenherden ...
Dann - eines Nachts - beide etwas angetörnt - brutal von mir - und unsinnig - lag ich oben - ich wollte einmal in ihr sein - ich sein.
Für sie das Chaos.
Die Tränen strömten aus ihr heraus - und eine Flasche Korn in sie hinein - Giftschlangen krochen aus ihrem Mund und sengende Flammen.
Ich konnte nur noch laufen ... laufen ...

Liebste

* Liebste, hilf mir, ich bring's nicht zuwege, zu schreiben über Sexualität, schon gar nicht über meine eigene, wo's mir doch sowieso schon stinkt, daß wir Lesben immer primär über unsere Sexualität, identifiziert werden...
* Und es doch soviel mehr ist, was unser lesbisches (Selbst) Bewußtsein ausmacht. Das (Sexuelle) sollte frau nicht so überbewerten.
* Aber MIR ist's - verdammt nochmal - ein elementares, ein existentielle BEDÜRFNIS!
* (mit einem spitzmädligen Lächeln in den Mundwinkeln) Was genau ist dir daran so wichtig?
* Na was schon - Deinen Körper anzuschauen, Deine Wärme und Erregung zu spüren, dieses Wahnsinnsgefühl, unter Deinen fraulichen, riesigen, weichen Brüsten eingegraben mich zu entmaterialisieren, zerfließend zu vergehen, von Deinen zärtlichen bis fordernden Händen und Lippen total in lodernde Flammen geschürt zu werden und den orgiastischen, befreienden Schrei der Erlösung ungebremst rauslassen zu können. Und - auch Dich, mein gehemmtes Pummelchen, in Ekstase zu bringen.
* (verlegen errötend - um Sachlichkeit bemüht) Warum ist dir das so wichtig und - war das immer schon so?
* Warum, warum ... ja, weil's mir fehlt, weil's schon lange nicht mehr so ist zwischen uns. Je mehr mir der "Mangel" bewußt wird, desto mehr Bedeutung und zwanghafte Wichtigkeit erlangt das Ganze. Und um vor mir nicht dazustehen (oder zu liegen) wie ein sexbesessenes Häufchen Lesbe, muß ich mir halt einreden, die körperliche Liebe sei nicht alles - zumindest sei es ganz "normal", daß, je länger frau zusammenlebt, desto mehr die körperliche Magnetisma erlahmt.
* Ich meine ... gewissermaßen ... ist das doch auch so ...
* ... und findest dich damit ab?
* ja - ach nein - aber von dir kommt auch nicht mal eine Initiative! Im Gegenteil, oft genug werd' ich im Keim erstickt und kriege meine Hand weggeschoben.
* (kuschel mich etwas näher ran) Also, das kommt, weil du mir inzwischen zu routiniert auf meine "leider(?)" immer bereiten Lustknöpfchen zukommst, so daß ich das Gefühl habe, du willst es schnell hinter dich bringen. Das ist für mich so

entsetzlich desillusionierend und lusttötend, daß nichts mehr läuft bei mir.
* (beginnt ganz sacht, mit ihren Fingern meinen Arm entlangzuwandern) Ach - und wo soll ich dann bleiben mit meinen Bedürfnissen?
* Daß du überhaupt noch Bedürfnisse hast, beziehungsweise mich immer noch begehrenswert findest, kann ich gar nicht richtig glauben ...
* Das ist eine Frechheit!!
(und verschloß diesen offenbar so frechen Mund erstmal mit einem Beiß- und Aufpeitschkuß)
* Aua !! ... denn das Abwehren kam nämlich zuerst von dir, als dir irgendwann meine nicht zu bremsende Lust zum Streß zu werden schien.
* Das stimmt schon irgendwie - manchmal war mir deine unerschöpfliche Libido einfach unheimlich und ich glaubte, mich wappnen zu müssen, damit ich ICH bleibe.
* ... und ich habe eben einfach resigniert.
(vergrabe mein Gesicht zwischen ihre wunderbaren opulenten Venusberge)
* So liegen wir nun beide nebeneinander wie ein "altes" Ehepaar, täuschen Zufriedenheit vor und leiden doch beharrlich und stumm jede an ihrem Mangel. (Beine, die mich umschlingen, fordern - Finger, die vorsichtig auf meiner Wirbelsäule spazieren, bitten)
* Manchmal fantasiere ich, ich sollte vielleicht mal eine Nebenaffaire haben, um auf meine Kosten zu kommen - doch am Ende solcher Gedanken stehst immer noch DU! Am liebsten würde ich mich ganz frisch in dich verlieben...
Ihre Augen haben schon lange nicht mehr so geleuchtet wie jetzt. Wie ehedem, vor langer Zeit falle ich in sie hinein. Ganz zart werde ich auf den Rücken gedreht — und für heute ist das Problem vertagt....*mit wem sprichst du über Sex?*

Eva Bornemann

Mit Helga, natürlich, (lacht) logo, hier bei unsrer Redaktion kommt's hin und wieder vor, wie sich's grade ergibt, wenn wir drüber sprechen, red' ich mit ...
Und wie weit geht das, über was redest du, machst du Unterschiede oder redest du über alles mit allen?
Erfahrungsgemäß beweg' ich mich fast nur in Frauenkreisen und daher fällt's mir schwer, das richtig zu beantworten ...
Aber du könntest ja schon Unterschiede machen, also z.B. auf der Redaktionssitzung, da wird so was angesprochen - redest du dann ganz frei über eure sexuelle Beziehung, also z.B., daß ihr keine Spielzeuge einsetzt..?.
So wie du jetzt darüber sprichst würde ich das wahrscheinlich auch bei der Sitzung machen...
Und mit guten Freundinnen, also mit Busenfreundinnen...
Da hab' ich ja bloß die eine (lacht), da ist es also ganz, ganz klar.
Und wird auch mal vorher darüber geredet, wie war das in deiner Vergangenheit ...redest du schon mal vorher, fragst z.B. "was willst du tun?"
Was wir machen wollen?
...oder ergibt sich das?
Das ergibt sich...während der Geschichte, ja, da reden wir schon mal...und hinterher natürlich...und es gibt auch so'n paar spezielle Zeichnungen....
Gibt es denn für dich Wörter, die du nie benützen würdest?
Hm...ich weiß es im Moment nicht.....Helga sagte ja vorhin das Wort "ficken"...im Moment hab'ich so'n Ähh-Gefühl dabei, aber ich weiß, daß es früher, ähnlich wie das Wort "Weib", ein

Andrea Troll

ganz normaler Ausdruck war und deswegen versuche ich, diesen negativen Touch dabei los zu werden. Auch bei dem Begriff Lesbe ist es mir so gegangen. Ich habe das Wort früher überhaupt nicht gekannt, ich kannte zwar Lesbierin, aber Lesbe nicht. Ganz am Anfang, als ich's inzwischen geworden war, fiel es mir zunächst schwer, es auszusprechen, aber jetzt, du merkst ja, kommt es raus wie ganz normal...es ist normal, so!

Aber glaubst du denn eigentlich, daß wir genug Wörter haben, um schönen Sex zu beschreiben?

Angenehme Wörter – zu wenig, glaube ich .... Helga sagte "feucht und naß"... unter Frauen ist es vielleicht ein bißchen schwierig....

..schöne Worte für uns zu finden?

Ja.

...und da würdest du entweder neue erfinden wollen oder...

Also wollen, von wollen könnte ich eigentlich nicht sprechen...

...müssen?

Auch nicht. Sondern es kommt , wenn die Gelegenheit ist. Die Erfahrung habe ich gemacht, daß mir plötzlich Worte kommen, die ich sonst nicht sagen würde, auch keiner anderen Person gegenüber...die haben vielleicht 'ne landläufige Bedeutung, aber bei uns haben sie 'ne andere...

Das heißt sie sind situationsabhängig und bekommen dann einen ganz anderen Beigeschmack...

Ja, so...

Wie machst du denn einer Frau klar, wenn du Sex haben willst?

Ganz einfach (lacht)..sie hat's vorhin vorgemacht...(lacht)...

Ah ja, also eher nonverbal ....

Manchmal auch so Wörtchen, da sag' ich: du, wie is es denn mal mit uns, aber meistens nonverbal ...

Kommen wir zurück auf die Frauenbewegung. Hat die Frauenbewegung einen Einfluß gehabt auf dein Sexverhalten?

Hmmm...unmittelbar sicherlich nicht, sondern eher im Lauf der Jahre...durch Lektüre, ich war sehr lesebesessen. - Ich hab' mich schon während der Krankenpflegezeit immer in Frauenkreisen bewegt, ganz zwangsläufig, aber das war 'ne andere Ebene und da wurde in dem Sinne nicht über Sex gesprochen. Aber wir sind natürlich mit vielen Dingen in Berührung gekommen und ich hab' schon damals sehr viel und gern gelesen und auf diesem Wege hab' ich mich gebildet.

Hast du denn dadurch ein anderes Bewußtsein gekriegt?

Ja durchaus, das heißt also eigentlich erst in dem Moment in dem ich - auch durch Lesen dahinter gekommen bin, daß ich 'ne Lesbe bin.

Das heißt auch, daß du mit Männern über Sex anders geredet hast oder redest als mit Frauen?

Weißt du, in meiner Altersgruppe ist das eigentlich kaum mal ein Thema gewesen und die paar Erfahrungen, die ich mit Männern gemacht habe in meinen jungen Jahren, da ging das eigentlich fast nur nonverbal, also da wurde so gut wie nicht darüber gesprochen.

Und mit Frauen, gibt es da auch Unterschiede zwischen Heterofrauen und lesbischen Frauen?

Ich denke ja, den Heterofrauen kannst du manche Dinge nicht so - wie soll ich sagen - nicht so mit einfachen Worten klar machen wie 'ner Lesbe...und, wie Helga sagte, manche reden von hinten durch die Brust ins Auge...

Liegt das denn an dem besonderen Sprachgebrauch?

Würde ich sagen, mhm.

Jocelyne Dupouy

Und glaubst du auch, daß Lesben 'ne Vorreiterinnenfunktion haben, weil sie sich mehr damit auseinandersetzen?
Kann ich eigentlich nicht viel dazu sagen, denn ich könnte mir vorstellen, daß junge Hetero-frauen auch ganz schön darüber reden, untereinander wie auch mit ihren Partnern. - Ich weiß nicht, ob die Lesben da eine Vorreiterinnenrolle haben, das würd' ich eher der Frauen-bewegung insgesamt zuschreiben.
Ich komme jetzt noch mal auf deine Vergangenheit zu sprechen. Wie bist du aufgeklärt worden, woher hast du dein Wissen?
(Lacht)..aufgeklärt worden...?... das ist geradezu ein Witz, wenn du da überhaupt von Aufklärung sprechen kannst... ich sagte ja, ich hab mir den größten Teil meines Wissens angelesen. Die Aufklärung, die ich von meiner Mutter hatte, war die: bei meiner ersten Mens, da wußte ich sowieso noch nicht, was da kommt, da sagte sie: jetzt mußt du dich vor Jungs vorsehen...das war meine Aufklärung! (lacht) Damals zwischen den 30ern und 40ern wurde über Sexualität überhaupt nicht gesprochen, d. h. über Heterosexualität, geschweige denn über lesbisch sein oder schwul sein...
Wenn da mal was lief, dann ging das unter der Hand...ich weiß noch diesen Ausdruck, "Hast du och am 17. 5. Jeburtstag?" - Also der Paragraph 175.
Ich wußte diese Dinge, aber ich konnte sie damals natürlich nicht unmittelbar in Zusammenhang bringen. Genauso wie Kinder heute manchmal schreien, des is' 'ne Lesbe, und wissen gar nicht, was eine Lesbe ist.
Dann hast du die schönen 20er Jahre nicht mehr mitgekriegt.
Ne, die wilden 20er hab' ich nicht mitgekriegt, da war ich ja noch in den Windeln. (lacht)
Und später in der Schule, Biologie?
Kaum. Noch viel weniger wahrscheinlich als heute. Ich bin vor allem während des

Krieges zur Schule gegangen, das heißt die Grundschulzeit nicht, aber danach und da fielen sehr viele Unterrichtsstunden aus. Ich hab' eine schlechte Schulausbildung und da kannst du dir denken, daß es bei Biologie auch nicht viel gab.
Und wie war denn dann, mangels Aufklärung, das sogenannte erste Mal?
Mist!.. Das war also diese Romantik-Vorstellung, die du aus irgendwelchen gelesenen Geschichten hast und nix davon stimmt!
Also es wäre schon ganz schön, wenn die heutige Jugend besser aufgeklärt wäre und das erste Mal auch ganz schön werden könnte,...
...sicher, ja sicher...
... denn viele sagen ja heute immer noch, es ist so...
Kuck mal, wenn du dir die Sachen so anschaust, Pornofilme sind in diesem Zusammenhang nicht das wahre... Aber mit den Eltern sprechen die Jugendlichen, glaube ich, sowieso nicht so gerne und darüber sowieso nicht. Die versuchen diese Geschichten doch immer in ihrer Peergroup abzuklären. Die Jungs schneiden dann gerne auf und reden über Sachen, von denen sie sowieso nicht viel kennen ..entschuldigung!...Ich bin ziemlich sicher, daß es also auch heute in der Schule an so manchem mangelt.
Ich möchte gar nicht über Aufklärung reden, denn bei anderen Gebieten sprichst du auch nicht von Aufklärung, sondern einfach von einem normalen Unterricht darüber. Ich finde dieses Wort Aufklärung irgendwie schon ein bißchen ulkig, denn das deutet darauf hin, als wenn das etwas ganz besonderes wäre, worüber man gar nicht überall sprechen könne -so ähnlich, als wenn ich dich "politisch aufklären" wollte, verstehst du?... das ist doch Quatsch - entweder informierst du dich über die Politik oder du tust es nicht, beziehungsweise du kriegst es im Unterricht nahe gebracht, aber aufklären...?
Hmm, da hast du eigentlich recht!
Ja, nicht? - Aber auch da fehlen uns manchmal die passenden Ausdrücke...
Wenn du jetzt noch mal zurückblickst, kannst du da so 'ne Entwicklung sehen, die sich auch im Sprechen bemerkbar gemacht hat, also eine sexuelle Entwicklung.
Ja durchaus, also da kann ich zwei, drei Sätze dazu sagen...Fangen wir mal so an, als mir klar geworden war, daß ich lesbisch bin, da fielen bei mir Hüllen ab, ich will nicht sagen, es fielen Hüllen, sondern es fielen Hüllen ab, das ist ein Unterschied. Und da hab ich sehr schnell gelernt, freier zu sprechen. Redegewandt war ich schon immer, aber ich lernte, auf dem speziellen Gebiet des Lesbischseins, auch was Sex anbetrifft, freier zu sprechen...Denn das ist so ähnlich wie wenn du immer eine- ich will nicht sagen eine Zwangsjacke anhast, aber gezwungen bist, immer bestimmte Kleidung zu tragen - wie es eine Schwester tun muß beispielsweise...da fühlst du dich anders, als wenn du Privatperson bist. Und in der Zeit hab ich mich auch viel mehr mit meinem Beruf identifiziert, als mit dem, was ich als Privatperson bin - und ich weiß noch genau, daß ich immer was gesucht hab`. Und seitdem ich dahintergekommen war, da war das alles weg, und zwar so doll, daß ich heute manchmal Mühe hab' mir noch vorzustellen, wie ich noch früher war in manchen Dingen.
Glaubst du denn, daß die Frauenbewegung da in Richtung drüber reden auch was bewirkt hat?
Ja, durchaus. Wenn du "drüber reden" sagst, so möchte ich das Drüber-Schreiben mit einbeziehen. Denn gerade durch

die Frauenbewegung sind eine ganze Menge Bücher auf den Markt gekommen, die früher unmöglich gewesen wären. Und Frauen haben geglaubt , sie könnten gar nicht schreiben, das kommt noch dazu.

Dazu gehört dann auch, daß mal drüber geschrieben wurde, von wegen sogenannte ältere Frauen haben durchaus noch Lust. Du hast vorhin schon laut losgelacht!

Ja eben!! Das ist also auch sehr unterschiedlich, ich hab's an mir gemerkt, beziehungsweise an uns. Wenn wir unter Streß stehen, dann läuft nicht so viel, Zärtlichkeit ja, aber Sex ist dann geringer. Und ist ja klar, wenn die eine oder die andere stark beansprucht ist, in welcher Richtung auch immer, sei es beruflich oder durch Krankheit oder sonst irgend was, dann kann nicht so viel laufen, das ist klar.

Das ist aber altersunabhängig.

Würde ich auch sagen.

Ist von der sexuellen Revolution ein großer Ausläufer zu dir rübergekommen?

Ach, das hat sich bei mir allmählich ergeben – auch das durchs Lesen. Ich hab so viel gelesen!

Ich meine jetzt die 68er, hat sich das bei dir irgendwie so bemerkbar gemacht, die sexuelle Revolution ?

Nee, eigentlich damals noch nicht.

Hast du auch nicht so unmittelbar mitgekriegt?

Nein, nein. Da war ich auch nicht in Berlin, da war ich eher draußen. Und dann muß ich dazu sagen, durch meine Sehbehinderung - das hängt nicht unmittelbar mit dem zusammen, was du fragen möchtest, aber für mich spielt das immer 'ne Rolle - war ich immer stärker angestrengt, auch im Beruf. Ich wollte eigentlich ganz was anderes werden, aber es ging finanziell nicht, und ich hab` also viel mehr physisch Ruhe gebraucht und dadurch ist so manches an mir vorbeigegangen, was ich mir dann aber durchs Lesen angeeignet habe

Gut, vielleicht am Schluß, noch die eine Geschichte mit einer mehr oder weniger mißlungenen sexuellen Situation, falls du so was mitmachen mußtest... durftest...

Hm..............

Ach, und wenn nicht....

Ja, also das ist unheimlich schwer...absolut mißlungen...? ... Nee, fällt mir nichts ein.

Gut, und was Nettes, Schönes; etwas, was dir sehr gut gefällt?

Die Dauerhaftigkeit, bei uns. - Und, daß wir immer noch, also nicht nur im sexuellen Bereich, sondern auch sonst, die gute Möglichkeit haben, miteinander zu reden. Das läuft sehr schön mit uns.

Das Tier noch zum Schluß.

Das Tier?

Welches Tier, wenn du eins spielen würdest, würdest du wählen, oder würdest du sagen: nö.

Ich bin ich! - Auch da reicht meine Phantasie nicht aus...(lacht)

Na, wenn das kein Schlußwort war: ich bin ich! - Danke!

Traude Bührmann

Foie gras

5. Stock. Ohne Aufzug. Kai hat keine Puste mehr. Grund genug, das Klingeln hinauszuzögern. Am liebsten würde sie sofort wieder umkehren, die fünf Stockwerke hinunterstürzen. Ihr wird flau bei dem Gedanken, die Wohnung ohne Agnès anzutreffen. Kai drückt auf den Klingelknopf, direkt neben ihrem Namen.
Agnès' Freundin öffnet. Mit hoch erhobenem Kopf. Eine Idee zu hoch, denkt Kai bei ihrer wortlosen Umarmung. Nach mehr als einem Jahrzehnt plötzlich ohne Agnès, alleine zu sein, was heißt das für sie, für jede Faser ihres Lebens? Vor allem in den stillen Momenten, beim Einschlafen, im Dämmerlicht? Kai weiß es nicht. Sie weiß nur, daß die Feundin das Zwielicht schon immer bedrohlich fand, sie wäre dem crépuscule, dem Morgengrauen am liebsten entronnen. Doch sie gehört zu der Generation, die aufgewachsen ist mit Ermahnungen wie „laß dich nicht so hängen, „sitz grade“, „halt den Kopf hoch“. Also hält sie den Kopf hoch. Auch wenn Agnès fort ist. Unwiderruflich.
Die Wohnung ist winzig. Kai hat sich immer gewundert, wie die beiden diese Enge aushielten, ohne sich gegenseitig umzubringen. Das Schlafzimmer kaum größer als ihr französisches Bett, die Kochnische mit eingebauter Dusche gleich hinter dem Wohnungseingang, im Salon auf knapp zehn Quadratmetern: Bücherregale, Schreibtisch, Eßtisch, Stühle, Fernseher, Stereoanlage, Kamin, Sessel, Ausziehcouch, eine Bodenvase.
Eine Frage der Organisation, hatte Agnès erwidert, jeder Zentimeter einkalkuliert und auskalkuliert. Kein Palast könnte ihr den Ausblick in die Seine und in den Sonnenuntergang ersetzen. Die Aussicht, tief und weit, rosig und grau, sei magisch.
Wenn - die Fenster geschlossen sind. Diesen Bedingungssatz behielt Kai für sich. Agnès hatte die Gabe, das Rauschen des ununterbrochen fließenden Verkehrs in rauschende Meeresbrandung zu verwandeln, bei Tag und bei Nacht, bei Sonnenuntergängen und im Morgengrauen.
Kai steht mit dem Rücken zur Aussicht, blickt auf einen atlantischen Strand, Agnès Lieblingsbild an der Wand gegenüber. Verlassen liegt er da. Es klatschen keine Wellen auf den feuchten Sand. Wenn wenigstens Spinnweben in irgendeiner Zimmerecke wären, eine Kakerlake aus der Dusche kröche, die Katze auf der Ausziehcouch einen Laut von sich gäbe!
Auch die Wand hinter der Couch schweigt vor sich hin. Die Wand, die Kai sonst gerade wegen ihrer Nacktheit mochte. Jedesmal, wenn sie hier übernachtet hatte - es war immer Platz für sie da -, hielt die Wand Überraschungen für sie bereit: Lichtspiele aus getimetem Aufblinken phosphoreszierender Reklamezeichen, aus Flakscheinwerfern vorübergleitender Schiffe, die alle sehenswürdigen und nicht sehenswürdigen Gebäude ausleuchteten bis übers Dach hinaus. Schattenspiele aus Mondbewegungen und rasenden Wolken. Nichts bewegt sich heute auf der Wand, nicht der fadeste Schimmer.
Leere umgibt Kai. Und doch ist alles an Ort und Stelle wie zuvor: die Kartons auf den Regalen bis zur Decke gestapelt, auf dem Schreibtisch lose Blätter, alte Zeitungen, Briefe an Agnès adressiert, die Stühle um den Eßtisch verteilt, der Fernseher läuft, der Verkehr rauscht, die Katze beginnt sich zu räkeln, Eukalyptuszweige in der Bodenvase verbreiten Ferienduft von

Petra Rissmann

Mittelmeerinseln, es ist November. Die Freundin hantiert in der Kochnische nebenan. „Das hors d'oeuvre", kommt sie in den Salon zurück, hält in der Hand eine Dose. Ob Kai *foie gras* möge?
Sie hätte noch nie Stopfleber gegessen, nur davon gehört und gelesen. Sie kenne dieses kulinarische Kleinod nicht, kenne nur Schweineleber, die hätte es früher gegeben, wenn das Geld nicht für Gulasch oder Rouladen reichte. Also will Kai wissen, was dies für eine Köstlichkeit sei, die auf keiner Speisekarte erstklassiger Restaurants fehle. Woraus ist sie gemacht und wie?
„Gänse oder Enten werden genudelt, damit sie, vor allem aber ihre Leber, schnell wachsen und fett werden."
Kai sind polnische Flugenten ein Begriff, Mastenten und Weihnachtsgänse. Von genudelten Gänsen hatte sie vage gehört. Sie kamen in den Erinnerungen ihrer Großmutter vor: Die Gans zwischen die Beine geklemmt, wurde mit der einen Hand ihr Schnabel aufgesperrt, mit der anderen wurde sie vollgestopft.
„Zum Nudeln benutzt man einen Schlauch."
Worte, die in Kais Bilder von langen geschwollenen würgenden Hälsen rutschen. Zu Weihnachten sollten die Gänse fett sein. Die Leber jedoch wurde in diesen Erzählungen nie erwähnt.
Die Freundin holt den Dosenöffner.
„Schließlich werden die Gänse oder Enten wegen ihrer Leber geschlachtet. Würden sie nicht geschlachtet, stürben sie an Leberzirrhose."
Sie beginnt, die Dose zu öffnen. „Aus unserem Urlaub. Unserem letzten. Zusam-

men. Vor drei Monaten. Agnès hat sie gekauft. Sie liebte *foie gras* über alles."
Kai starrt die Dose an, das Etikett aus cremefarbenem handgeschöpftem Papier, die Buchstaben drehen sich. Zimmer 715, 7. Stock.
Leise klopfend öffnet sie die Tür, sieht den aufgeblähten Bauch, den Waschlappen in der Hand der Krankenschwester. „Moment bitte noch." Kai zieht die Tür hinter sich zu, wartet auf dem Flur. Fragt sich, was Agnès alles geschluckt haben mag, in sich hineingestopft, daß ihre Leber krank wurde, Zelle um Zelle wuchs, den Körper vergiftete statt ihn zu entgiften, und immer mehr der Lunge den Platz zum Atmen nimmt. Die Krankenschwester hat ihre Arbeit beendet, gibt Kai ein Zeichen, daß sie hereinkommen kann, in das Zimmer mit Blick in den Sonnenuntergang. Der Raum ist abgedunkelt, Gladiolenschatten bewegen das Rollo, frische Feigen auf dem Nachttisch, eine halbe hat Agnès gestern ausgesogen mit ihrem ausgetrockneten Mund. Ansonsten wird sie Tropfen für Tropfen mit Nahrung versorgt.
Gestern noch hat sie gelacht, hat von Känguruhs in den Pyrenäen erzählt, hat den Kopf geschüttelt über ihre Freundinnen, die nichts wußten von diesem alten Gebirge, in dem sie geboren ist, hat sich lustig gemacht über die Weitgereisten, die nicht die nächste Umgebung kannten, die über Fremdworte fachsimpelten, die Ausdrücke auseinandernahmen. Gestern noch ist sie bis zur Toilette gegangen. Die Pfanne hat sie verweigert, so lange sie bei Bewußtsein war, hat sich bemüht, dann abgemüht aufzustehen und zu gehen, auf den einen und anderen Arm gestützt, der Tropf rollte hinter ihr her. Ein Beweis, daß sie es konnte. Ein Beweis, daß ihre Kräfte sie nicht verließen. Ein Beweis, daß sie lebte.

Hilla Stute

Agnès hat ihre Hände fest zur Faust geballt. Kai streicht über sie, umfaßt sie leicht, entziffert purzelnde Buchstaben auf ihrer Pyjamajacke: „Ich werde den Mond herunterholen." Agnès strengt sich an. Sie will es schaffen. Sie röchelt. Beunruhige dich nicht, du schaffst es, flüstert Kai ihr zu, wischt die Schweißtropfen von ihrem Gesicht. Die Augen halb geöffnet, sieht Agnès nichts. Morphium tropft in ihre Venen. Ihre Brille liegt neben den frischen Feigen. Sieht sie wirklich nichts? Hört sie wirklich nichts? Auch nicht, als ihre Mutter betend von ihr Abschied nimmt. Hat sie es nicht wahrgenommen, gespürt? Eine Krankenschwester prüft den Tropf, mißt Fieber. Agnes stöhnt, reißt die Augen auf. Das Weiß ihrer Augäpfel ist gelb. Ihre Lider fallen wieder halb herab. Das Stöhnen nimmt zu, ihr Atem ist laut. Sie atmet durch geöffneten Mund, ein und aus. Ihr Ausatmen durchdringt Kais Haut. Kai meint die Krankheit einzuatmen, sie zwingt sich, nicht aus dem Zimmer zu stürzen, ist erleichtert, als andere Freundinnen kommen, und sie auf dem Flur Luft holen kann.

Röcheln erfaßt den ganzen Raum. Agnès ringt um ihr Leben. Man gibt ihr ein Beruhigungsmittel. Gegen ihre Ängste, ihre Agonie. Ihr Herz beruhigt sich. Es schlägt immer langsamer.

„Der Kopf in den Sternen." Die Worte auf ihrem Pyjamakragen verschwimmen vor Kais Augen.

Die fette Leber ist auf einen Teller gestülpt, in feine Scheiben geschnitten, mit Petersilie garniert. „Wenn du eine kaufst, mußt du darauf achten, daß es die ganze Leber ist und kein Paté, da wird alles Mögliche reingemischt."

Agnès' Augen strahlen unter dem Strohhutrand. Die Freundin zeigt Urlaubsphotos. Die letzten. Zusammen. Mit Agnès. Im August. Am Meer und auf dem Land. Zum Abschied schenkt sie Kai ein schwarzes Jackett. „Agnès hat es kaum getragen." Und ein Paar Mokssins,
„so gut wie neu".

In Agnès' Schuhen, in ihrem eleganten Jackett, läuft Kai am Ufer der Seine entlang. Wie so oft. Wie jedesmal, wenn sie in der Stadt war, und sie sich trafen. Vor allem trafen sie sich in ihrem Humor, lachten über dieselben Belanglosigkeiten, aßen mit Genuß die einfache Küche des Südwestens, der Gegend, wo Agnès aufgewachsen war. Nie wieder. Nie mehr, nie wieder mit ihr, Kai rennt... *elle est partie,* sie ist fort, für immer, endgültig, hat alle verlassen, jede... für sich zurückgelassen, mich. Nie wieder... nie mehr... mit Agnès. Kai hält sich an einem Pfosten fest und kotzt die fette Leber aus.

Im Wasserspiegel zwischen flackernden Lichtern sucht sie ein Gesicht in den Sternen.

Paris, Dezember1994

Hilla Stute

Nadja Schefzig

Liebe Laura!

Habe mich sehr über den blauen Brief gefreut, mich aber sehr verwundert, daß da keine Café-au-lait-braunen Knuspermäuse aus Bali oder Hawaii drauf sind. Ich hoffe, daß Du Dich diesen Winter nicht überanstrengst im strengen Norden, bei diesen Temperaturen und mit Übersiedlung und all dem. Also relax und mach's nicht wie ich, die natürlich auch wieder nicht auf Lanzarotte (oder L...ratte?) war, und jetzt lieg' ich da, mit Kopfweh und ganz aus dem Gleichgewicht. Wär' ich nur in die Sonne gefahren, so ist die Zeit jetzt auch dahin. Dafür statten mir schöne Damen Besuche ab. Aber bin ich voll unter Kontrolle, Sascha wohnt seit November "vorübergehend" bei mir und kontrolliert meinen Honig-,Schokolade- und Ahornsirupverbrauch (weil das ist schlecht für mein Hirn usw.), und reguliert auch ansonsten meine Adrenalin- und Hormonausschüttungen. Insgesamt ist das Zusammenleben wie Wellenreiten. Ich habe meine Diplomarbeit begonnen und werde vielleicht ab März oder April nicht mehr arbeiten, sondern mich ganz den Studien hingeben. Wunderbar. Ich weiß zwar noch nicht genau, wie sich das finanziert (vielleicht mit positiven Affirmationen à la Louise Hay: "Der nächste Tag sorgt ganz für sich selbst"). Ich würde mich sehr über hohen Besuch aus dem hohen Norden freuen. Vielleicht komme ich aber auch zu einem kleinen Entspannungsaufenthalt - oder vielleicht zu Forschungsreisen - ins Berliner Penthouse. Aber erst wenn's ein bisserl wärmer ist und wir ins Stadion schwimmen gehen können.

Im übrigen muß ich noch einmal sagen, daß das Weekend letzten Sommer in Berlin eine der "Perlen" von 1997 war. Ich denke da öfter dran, und ein Foto von uns im Ruderboot hängt neben unserem Mann aus Havanna in meiner Küche und erfreut mich ständig während der kalten Winternächte. Ich habe die Kunde vom blauen Brief auch hierzulande ein bisserl verbreitet. Am Heimweg von Brüssel habe ich im November im Zug eine Geschichte geschrieben. Ich wollte sie andauernd umschreiben, aber da ich's bis jetzt noch nicht getan habe, schicke ich dir das einmal so. Vielleicht kannst Du sie gebrauchen, wenn sie Dir nicht so gefällt, kann ich Deine Kritik sehr gut brauchen und würde mich darüber wirklich freuen. Fotos gibt's derzeit noch keine, aber ich habe Sabine (die süße Dandybutch, mit der wir einmal in der Villa waren - ist eine supertolle Fotografin) angezettelt. Und natürlich Andrea (die in Stuttgart mit war) schreibt auch an einer Dirty Old Women Geschichte und sie ist im übrigen ja auch Fotografin und wir planen Helga noch aufs Kreuz zu legen (die hat sich im September noch voll gegen das Old Woman Prädikat gewehrt und wär' uns vor keine Kamera gegangen. Aber der Bewußtseinsumbildungsprozeß hat schon eingesetzt und bald werden sich die Baby-Dykes Falten statt Bärte aufpicken). Ich verabschiede mich jetzt als Verlobte (wie meine dirty old Großmutter zu sagen pflegte). Anbei die Geschichte. Ich herze und drücke Euch und wünsche Euch nicht nur viel Sex'n Crime und Lach-Falten in diesem Jahr, sonder auch Euch zu sehen. Schmuse auch an die Suse und einen

Klaps am Straps für Babs (ich werde wie ihr seht schon ein bisserl altersblöd). Ciao Bellas Nadja

Ich, Sascha Huber, grüße Euch hiermit auch sehr herzlich. Prosit Neujahr. Ich bin deshalb so steif, weil ich die Nadja die ganze Zeit kontrollieren muß.

P.S. Ich bin natürlich deshalb so locker, weil Sascha mich die ganze Zeit kontrolliert. Eh klar!

Petra Kuczmarski

Es war ganz unverkennbar der Geruch von Sex, der sie einhüllte. Im Kopf Peitschenschläge mit der Zunge, die nur eine gequälte Seele lieben konnte. Beißen und Saugen, welches ein weniger starkes Opfer zerstört hätte. Sie dachte nicht daran, etwas von dieser Leidenschaft zu vergeuden. Der Rausch der letzten Züge aus dem Pfeifchen, das sie eben durchgezogen hatte, fing nun an hervorzukriechen. Sie genoß das langsame Beben, das zwischen ihre Beine kroch, sich um ihre Hüften wand und seinen Griff fest anzog. Morgen war ihr 33ster Geburtstag. Deswegen warf sie schließlich ihren bodenlangen Mantel über, schlug den Kragen hoch und tauchte ein in die tintenschwarze dunstige Nacht. *Mary*

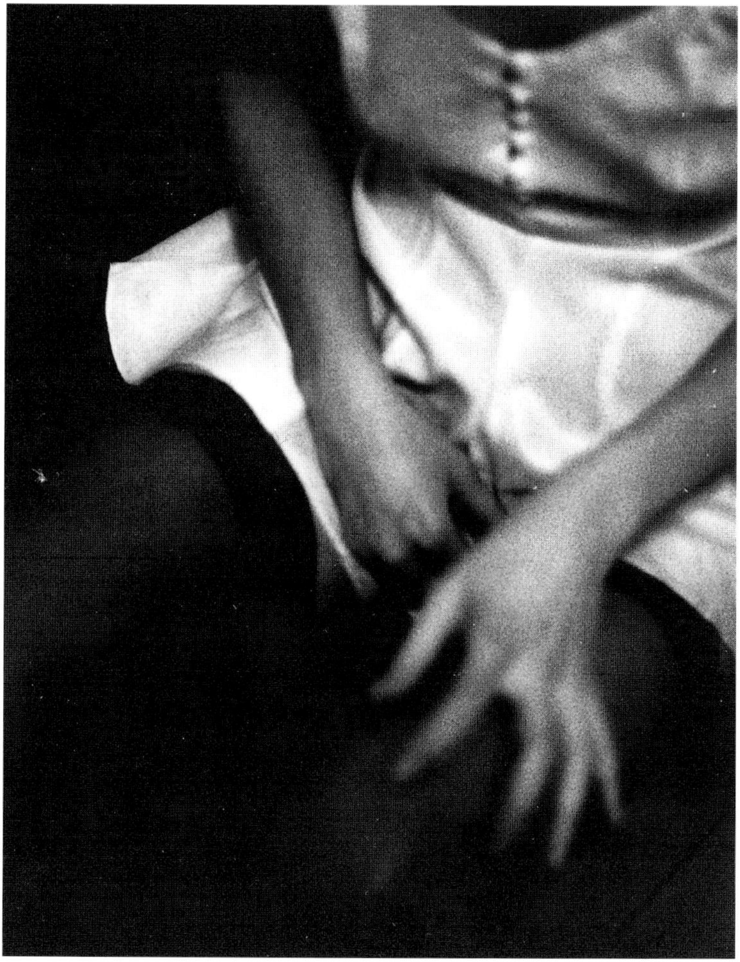

Petra Kuczmarski

Donna Gallagher

"Schau, Elena. Der Sex ist einfach nicht mehr genug. Ich bin deine Scheiße leid, Wir sollten damit Schluß machen." Janey Chiclets rollte hinüber auf ihre Seite und zog die Decke über ihren nackten Körper. "Das hast du dir selbst zuzuschreiben, Kindchen", sagte sie über die Schulter zu der Frau, die neben ihr lag. Die frühe Morgensonne strömte durch die Schlitze des geschlossenen Rollos und beleuchtete die zwei Figuren mit gestreiftem Sonnenlicht.
"Fick dich, Janey", sagte Elena, packte die andere Frau am Nacken und legte die andere Hand auf ihre Schulter. Dabei trieb sie ihre Fingernägel in ihre Haut und zog sie den Rücken hinab. Offensichtlich hatte sie darin Übung, denn das Ganze dauert keine drei Sekunden.
"Heiliger Himmel", japste Janey und sprang aus dem Bett. Sie faßte sich kurz an den Rücken und betrachtete dann die Hand vor sich. Ihr Finger waren voll von Blut. "Wenn ich du wäre, würde ich mich so schnell wie möglich verpissen, denn ich denke gerade ernsthaft über meinen Schwur nach, keine Frauen zu schlagen." Elena fuhr mit den Augen über den nackten Körper der anderen und stieg provozierend aus dem Bett. "Janey, dein Problem mit dem Leben ist, daß du Gutes tust, aber Böses denkst", sagte sie und klopfte sich an die Seite ihres geneigten Kopfes. "Aber die Wahrheit ist, daß du keine Beziehung möchtest, du möchtest Fügsamkeit."
"Und, ist das ein Problem?"
Elenas Augen verengten sich, sie haßte es abgrundtief, wenn man sich über sie lustig machte. Sie faßte das als offenes Leugnen ihrer Intelligenz auf. Angesichts ihres Mangels an formaler Bildung und ihres Vertrauens auf ihre physischen Attribute, war schon leichtes Spötteln ein rotes Warnlicht für ihre gepeinigte Psyche. Janey wußte dies natürlich ganz genau.
"Du bist diejenige mit einem Problem, Janey", sagte Elena. "Aber wie immer willst du das nicht sehen."
"So? Dann klär mich doch auf...Fräulein Neunmalklug."
"Deine Furcht", antwortete Elena so locker, als wäre sie als Teil einer Umfrage von jemandem mit einem Clipboard inmitten eines Einkaufszentrum gestellt worden.
"Bevor du nicht die Macht zerstörst, die deine Angst über dich hat, wirst du niemals das bekommen, was du wirklich willst. Mich eingeschlossen". Sie zuckte mit den Schultern und ging zu Janey, legte ihr die Hand leicht ins Kreuz und stellte sich auf die Zehenspitzen. Sie hob die Lippen so nah an Janeys Ohr, daß diese fühlte, wie sie unwillkürlich naß wurde. Elenas kleines Lächeln ließ bereits den Torpedo erahnen, den abzufeuern sie nun im Begriff war. "Du bist ein sexueller Feigling, du kannst mich doch auch nur richtig ficken, wenn du betrunken bist." Janey zuckte zusammen. Nicht so sehr wegen der Worte, als vielmehr der Tatsache wegen, daß sie überhaupt ausgesprochen worden waren. Sie ging zur anderen Seite des Betts und bückte sich, um den Kleiderhaufen auf dem Boden aufzusammeln. "Zieh dich an und verschwinde", sagte sie und warf der anderen die Klamotten zu. Elena hatte es keineswegs eilig, ihre Blöße zu bedecken. Das hatte sie nie. Sie hatte einen verlockenden Körper, der an genau den richtigen Stellen fest und an den schönsten Stellen weich war. Ein Körper, der niemals dabei ver-

sagte, ihr sexuelle Aufmerksamkeit zu verschaffen, wann und wo es ihr gefiel, egal ob sie gerade eine Beziehung hatte. Janey hatte gedacht, sie könnte mit einer offenen Beziehung umgehen, mußte aber schnell lernen, daß sie zwar keine andere außer Elena begehrte, ihre Freundin jedoch das längst nicht so eng sah. Ihre Beziehung war von Anfang an ein Fehler gewesen, aber es hatte sechs lange Monate gebraucht, um das zuzugeben.
Elena zuckte nicht zurück, als die Kleider sie trafen und auf den Boden fielen. Sie bückte sich, um sie aufzuheben und öffnete ihre Knie dabei ganz weit. Der Geruch von Elenas Geschlechts durchströmte Janey und sie haßte sich dafür, daß es so stark auf sie wirkte. Sie drehte den Kopf zur Seite, um es zu verbergen, aber vergeblich. Elena wußte es. Elena wußte es immer. Eine Frau, die sich ihrer sexuellen Ausstrahlung so gänzlich sicher war, konnte berauschend sein und einen gleichzeitig zur Weißglut bringen. Von letzterem hatte Janey endgültig genug.
"Ich gebe dir 48 Stunden", sagte Elena und zog ein schwarzes Sweatshirt über ihren geschmeidigen Körper. "Und dann gebe ich dir nichts mehr." Sie streifte ihre schwarze Guess-Jeans über und stellte sich vor Janey. "Du kannst mich nicht mal ansehen, so sehr begehrst du mich", spottete sie und fuhr mit der Zunge über ihre Lippen. "Setz dich doch. Ich hole dir ein Bier."
Janey drehte ihr den Rücken zu. Elena stürzte sich auf ihre Schulter und leckte das Blut auf.
"Du verfluchte Vampirin."
Elena lachte: "Armes Baby, das Spiel läuft nicht nach deinen Regeln, also nimmst du deinen Ball und rennst nach Hause. Echt Scheiße, Janey." Sie griff nach ihrem Schamhaar und zog fest daran.
"Au, das tut weh", Janey löste gewaltsam ihre Finger. "Was ist nur mit dir, daß du mir immer wehtun willst?"
"Ich habe als Kind nicht genug Milch bekommen."
"Was für eine tolle Erklärung..."
"Und? Willst du sie nicht glauben? Aber Janey, du bist doch sonst so für das Einfache..."
"Wie erklärst du dir sonst, daß ich auf dich hereingefallen bin?"
Elena tat so, als hätte sie die letzte Bemerkung nicht gehört. "Du willst also sechs Monate einfach so wegschmeißen?" Sie schnippte mit ihren Fingern.
"Elena, ich wollte schon letzten Monat Schluß machen, aber du hast gebettelt und geweint und versprochen, daß du aufhörst, in der Gegend herumzuficken. Ich habe dir geglaubt, und jetzt fühle ich mich verarscht. Ich habe vielleicht nicht eine so große Armee lauschender Dykes, die nach mir schauen, wie du, aber es gibt doch ein paar Frauen, die meinen Rücken bewachen. Ich weiß von dir und der Bedienung im Grrlz."
"Oh Gott, das waren zehn Minuten auf dem Klo, na und? Wer hat dir überhaupt davon erzählt?" Janey schüttelte den Kopf zum Zeichen, daß sie diese Information auf keinen Fall preisgeben würde. "Am Anfang, als wir zusammen waren, haben wir ausgemacht, daß wir jeweils die einzige Partnerin für die andere sind, aber daß wir keine Beziehung mit Treueschwur führen."
Janey zog ein Paar Jogginghosen und ein T-Shirt über. "Ich habe meine Meinung eben geändert. Schau!" Sie kam zu Elena und legte ihr sanft die Hände auf die Schultern. "Ich kann damit nicht mehr umgehen. Wir passen einfach nicht zusammen. Ich dachte, wir würden, aber ich habe mich geirrt. Es ist nicht so, daß ich

dich nicht liebe, das tue ich. Aber ich liebe auch mich selbst, und es fängt an, mich wirklich fertigzumachen. Das kommt vor, Elena. Außerdem liebst du nicht so sehr mich, sondern meine materiellen Verhältnisse. Obwohl das bei einer Frau wie dir wahrscheinlich das Beste ist, was man erwarten kann."

Elenas Schultern zitterten, als sie zu weinen begann. Janey wußte, daß die Tränen echt waren, da die andere sie nicht beobachtete, um zu sehen, ob und welche Wirkung das auf sie hatte.

Janey wurde weich, wie immer wenn es um Frauen ging. Frauen übten einfach einen Zauber auf sie aus, dem sie nicht widerstehen konnte. "Schau, Prinzessin", sie fing eine Träne in ihrer gewölbten Hand und leckte sie auf. "Ich schulde dir die Wahrheit und in diesem Fall sind meine Gefühle die Wahrheit. Es geht einfach um die simple Tatsache, daß dir der Körper wichtig ist und mir die Gefühle. Das soll nicht heißen, daß ich nicht auch eine Runde guten Sex genießen könnte, oder daß du dich nicht verlieben kannst. Es ist nur so, daß wir dem einen jeweils mehr Gewicht geben als dem anderen, das ist alles. Und ich habe das Gefühl, daß du, besonders nach dem, was neulich zwischen dir und der Bedienung passiert ist, mit mir zusammen bist, weil du älter wirst und weil auch du etwas Sicherheit möchtest. Zusätzlich zum Spaß, natürlich. Ich habe kein Problem damit, ein Geschäft abzuschließen. Aber ich habe ein Problem damit, wenn sich meine Geschäftspartnerin nicht an ihre Seite der Vereinbarung hält."

"Hier geht es nicht um Perserteppiche, Janey."

Janey verlor die Geduld. "Da siehst du, was ich damit meine. Du bist so verflucht abgestumpft. Ich freue mich immer noch darüber, wenn die Sonne an einem grauen Tag für zehn Minuten durch die Wolkendecke bricht. Aber du? Du hast die Haltung, daß alles schon einmal da war, warum also nach etwas anderem Aus-

Ingrid Rafael

schau halten. Du bist mit unzähligen Frauen ins Bett gegangen, aber nicht einer einzigen dabei emotional näher gekommen. Ich habe dir mein Herz gegeben, Elena, und alles was du mir dafür zurückgegeben hast, waren deine Möse und deine Titten. So will ich nicht länger weiterleben." Sie drehte ihr noch einmal den Rücken zu. "Bitte geh jetzt."
"In Ordnung, Janey", sagte Elena leise, "ich werde gehen. Aber ich bin nicht so ein Sexroboter, wie du glaubst. Ich sehe etwas, das ich will - ich hole es mir. So einfach ist das Leben für mich, Janey, und manchmal denke ich, daß du damit die meisten Probleme hast. Je komplizierter du das Leben nämlich machst, desto weniger bist du zum Handeln gezwungen." Sie setzte sich auf die Bettkante und zog ihre Schuhe an. "Ich komme später noch mal, um meine Sachen zu holen."

Übersetzt von Anja Hansen-Schmidt

Martina Witte

Sex mit Dax

Captain Kathryn Janeway hatte es in letzter Zeit nicht leicht gehabt. Seit ihrer spektakulären Rückkehr mit der Voyager nach Deep Space Nine waren die Dinge nicht so gelaufen, wie sie es sich vorgestellt hatte. Seit sechs Monaten war sie nun schon beurlaubt und hatte sich unzähligen Befragungen über den Delta-Quadranten stellen müssen, und sie war es ganz und gar nicht mehr gewohnt, sich einer höheren Autorität unterzuordnen. Jahrelang war sie seit dem Mißgeschick mit der Voyager auf sich allein gestellt gewesen, fernab von jedem Vorgesetzten. Sie hatte es genossen, die höchste Instanz auf der Voyager zu sein, und sie war gut. Schließlich hatte sie es geschafft, ihre Crew relativ unversehrt nach Hause zurückzubringen. Auch wenn ihre Stellung und die ganze vertrackte Situation im Delta-Quadranten sie durchaus hatte etwas einsam werden lassen. Aber so war es fast allen auf der Voyager ergangen. Sie hatte sich so auf ihre Rückkehr gefreut, auf ihre alte Liebe, auf ihre Freunde und auf Deep Space Nine. Aber alles hatte sich verändert. Ihr geliebter Hund war tot. Jim hatte nicht auf sie gewartet und lebte mit irgendjemand auf Bajor, ein Treffen mit ihm war eher eine peinliche Angelegenheit gewesen, ihre Freunde kamen ihr irgendwie fremd vor, und auch Deep Space Nine hatte sich verändert. So viele neue Leute, die sie nicht kannte. Aber auch mit ihrer alten Crew war es schwierig. Sie waren in alle Winde zerstreut außer Bellana Torres, die aus unerfindlichen Gründen noch auf Deep Space Nine weilte, unruhig umherschweifte und jeden Tag unwirscher wurde. Dabei hatte Kathryn gedacht, sie seien feste Freundinnen geworden, doch seit sie wieder auf der Station waren, wich Bellana ihr offensichtlich aus.

Mai Leff

Als sie so düster über ihre Zukunft nachsann und bei Quark noch einen klingonischen Blutwein bestellte, kam unvermittelt eine unverschämt gutaussehende junge Frau direkt auf ihren Tisch zu und sagte: "Sie müssen Captain Janeway sein, man sagte mir schon, daß sie etwas grüblerisch veranlagt seien." Kathryn zog eine Augenbraue hoch, setzte ihren distanziert-autoritären Gesichtsausdruck auf und musterte die Frau, die eine derart gelassene Ausstrahlung hatte - zum Verrücktwerden - eingehend. Ihr Blick blieb zunächst an den Seiten des Halses und des Kopfes der Frau hängen. Handelte es sich um Körperbemalung, Hautpigmente oder Tattoos? Als Kathryn ihr in die Augen blickte, sehr klare und offensichtlich sehr amüsierte Augen, stellte sich die Frau vor: "Lieutenant Commander Jedzia Dax. Ich gehöre der Spezies der Trill an." Trills, davon hatte Kathryn schon mal gehört. Sie durchliefen viele Leben mit jeweils neuen Symbionten. Es war sehr begehrt, mit einem Trill als Symbiont zu verschmelzen. Viele Frauen und Männer bewarben sich, aber nur wenige kamen in die engere Auswahl. Kathryn war schon immer neugierig gewesen, einer solchen Person zu begegnen, die schon viele Leben als Frau und Mann durchlebt hatte und immer wieder bereichert wurde durch neue Persönlichkeiten, ohne die Erinnerung an ihre vorherigen Leben zu verlieren.
"Nett, Sie kennenzulernen, wollen Sie sich setzen." "Danke, ja", sagte Dax einfach, blickte auf den klingonischen Blutwein und bestellte gleich eine ganze Karaffe, was Kathryn zu einem erneuten Stirnrunzeln veranlaßte. "Ich glaube, wir haben etwas zu feiern, ich erkläre es Ihnen gleich." Kathryn war wirklich irritiert von ihrer direkten, fröhlichen Art. "Wissen Sie", Dax sprach nun etwas förmlicher, "ich habe schon viel von Ihnen und Ihrer Reise im Delta-Quadranten gehört, und als Wissenschaftsoffizier bin ich natürlich sehr an Ihren Erfahrungen dort interessiert." Sie schaute Kathryn einen Moment forschend tief in die Augen - mit so einem tiefen Blick war sie schon lange nicht mehr angeschaut worden -, "und es ist so, daß ich gerade an dem Phänomen temporäre Subraumspalten mit konvergierender Tendenz arbeite, und soeben habe ich die Genehmigung zu einer kleinen Forschungsreise bekommen."
"Das ist sehr schön für Sie, aber worauf wollen Sie hinaus?" "Captain Janeway, ich bitte Sie, mich als leitender Offizier auf dieser Reise zu begleiten, Ihre Erfahrung wäre von unschätzbarem Wert, und es wäre mir eine Ehre, mit Ihnen zusammenzuarbeiten." Dax nahm einen unendlich langen Zug aus ihrem Becher und sah Kathryn mit blitzenden Augen auf diese ihr wohl eigene ironische Art an. Kathryn nahm ebenfalls einen tiefen Zug, um Zeit zu gewinnen. War das nicht der Ausweg aus all ihren momentanen Problemen? Das Nichtstun hatte sie sowieso schon deprimiert, und sicher wäre eine kleine Forschungsreise genau das Richtige. Und die Begleitung dieser hochintelligenten bezaubernden Person wäre doch auch nicht zu ihrem Schaden. "Ich neige nicht zu schnellen Entschlüssen", sagte Kathryn gedehnt, "aber ich muß zugeben, Ihr Angebot klingt sehr verführerisch, und da ich diese ewigen Befragungs-Konsultationen sowieso satt bin, wüßte ich nicht, was dagegen spricht, Ihnen zuzusagen." Dax lehnte sich zufrieden zurück, bedachte Kathryn mit einem umwerfenden Lächeln und bestellte noch eine weitere Karaffe Blutwein.
Als Kathryn ihr Quartier erreichte, merkte sie doch eine gehörige Wirkung des klin-

Anke Tesman

gonischen Blutweins. Dax hatte hingegen genauso nüchtern wie am Anfang ihrer Begegnung ausgesehen, fast ein bißchen unheimlich. Am liebsten hätte Kathryn sich von ihr zu ihrem Quartier tragen lassen. Ihr war etwas schwach zumute. Kaum als sie im Bett lag und die Begegnung mit Dax und die bevorstehende Reise durchdachte, klopfte es lautstark an die Tür. "Wer ist da?" fragte Kathryn leicht verärgert aus ihren Gedanken herausgerissen. "Bellana - es ist dringend." Es klopfte noch lauter. Die Tür öffnete sich, und Bellana rauschte herein. "Sie fahren morgen weg?" herrschte sie Kathryn an. Kathryn schaute sie ungläubig an. Bellana hatte sich völlig im Ton vergriffen. "Ohne mir etwas zu sagen", Bellana trat auf Kathryn zu und blickte sie wild an. Kathryn hatte schon Wutausbrüche von der halbklingonischen Bellana miterlebt, aber in diesem Moment wußte sie absolut nicht, worum es ging. Bellana kam noch näher und atmete schwer. "Bellana, beruhigen Sie sich, was ist denn los?" "Sie fahren auf eine Mission zu temporären Subraumspalten und haben nicht einen Gedanken daran verschwendet, mich mitzunehmen", dabei packte Bellana Kathryn bei den Schultern und schüttelte sie. "Ja, aber...", stammelte Kathryn, der Blutwein ließ sie keinen klaren Gedanken fassen, ihre Frisur war völlig derangiert, was, wie Bellana bemerkte, rührend aussah, und dann ließ Kathryn einfach ihren Kopf auf Bellanas Schulter fallen und flüsterte: "Bellana, mir geht es nicht so gut, bitte hören Sie auf." Bellana hielt eine Sekunde inne, dann schloß sie ihre Arme ganz fest um Kathryn, küßte ihr Haar und

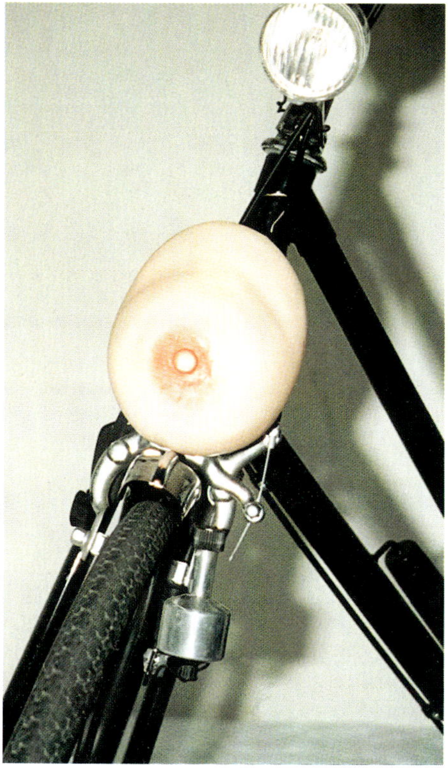

Nadja Schefzig

strich beruhigend über Kathryns Kopf. Kathryn war zunehmend verwirrt, genoß aber die Wärme von Bellanas Körper. Als sie jedoch aufschaute, funkelten Bellanas Augen furchteinflößend. Ehe es sich Kathryn erklären konnte, wurde sie auf das Bett geworfen. Bellana preßte ihren Mund auf Kathryns Schoß, stöhnte laut und zerriß Kathryns Kleidung. Ihre Hände waren überall, und ihr Mund biß sich in Kathryns Schulter fest. Kathryn war sehr heiß geworden, und ihr wurde klar, daß sie wünschte, Bellana möge nicht aufhören. Es wurde ihr beinahe schwindelig von Bellanas heftigen Zärtlichkeiten. Dennoch rief sie sich zur Ordnung. Sie war der Captain und konnte ein solches Verhalten nicht gutheißen. "Bellana, hören Sie auf, ich bitte Sie", doch Bellana ließ sich nicht einschüchtern und machte weiter, sie griff unter Kathryns Becken und hob es in die Nähe ihres leicht geöffneten Mundes. "Bellana!" rief Kathryn warnend. Das, was Bellana da vorzuhaben schien, konnte sie unmöglich zulassen, dann wäre es um sie geschehen, das wußte sie. Also wurde Kathryn handgreiflich. Bellana schrie auf und versuchte, sich aus Kathryns hartem Griff zu lösen. Es entbrannte ein verbissener Kampf zwischen den beiden kampfgeschulten Frauen, bis Kathryn Bellana ins Gesicht schlug. Bellana hielt inne, starrte Kathryn wutentbrannt an und schlug Kathryn ebenfalls. Dann erst schien sie zu bemerken, was sie getan hatte. Sie warf Kathryn einen verletzten und verzweifelten Blick zu und flüchtete ohne ein weiteres Wort Hals über Kopf aus Kathryns Quartier.
Lieutenant Commander Dax schritt gutgelaunt sehr zeitig am Morgen mit den Unterlagen über die Forschungsreise in Richtung Captain Janeways Quartier. Da Dax Klatsch und Tratsch liebte, hatte sie bei einem vertraulichen Gespräch mit Major Kira in Erfahrung gebracht, daß die exzellente technische Ingenieurin Bellana Torres sehr spät abends in äußerst derangiertem Zustand aus Captain Janeways Quartier gestürzt war. Dax freute sich schon auf das Bild, das Captain Janeway abgeben würde, denn Dax war eine Meisterin des Kombinierens und hatte gut 300 Jahre Spezieskenntnisse, deshalb ahnte sie schon, was vorgefallen war. Wie wohl die kühle Kathryn auftreten würde, die angeblich nie ihre Haltung verliert.
Dax meldete dem Computer ihre Ankunft, nach einer kleinen Weile öffnete sich die Tür. Captain Janeway sah wirklich erbarmungswürdig aus. Blessuren zeichneten ihr Gesicht, und nach ihrem schmerzhaften Zusammenzucken bei einer kleinen

Bewegung zu urteilen, schienen die im Gesicht nicht die einzigen zu sein. Das Quartier zeigte noch die Spuren des nächtlichen Kampfes. Kathryn war noch nicht in Uniform, trotzdem war sie ganz der Captain, als sie herausfordernd sagte: "Sie sind früh, Commander." "Ja, nicht?" antwortete Dax strahlend, "guten Morgen!" wobei sie sich unverhohlen neugierig in Kathryns Quartier umschaute, "oh oh, das sieht ja hier aus, als wäre eine ganze Horde Klingonen bei Ihnen eingefallen." Kathryn warf Dax einen vernichtenden Blick zu, worauf Dax mit einem entzückenden Augenaufschlag süffisant bemerkte: "Ich scherze nur. Ich wollte Ihnen nur schon einmal die Unterlagen bringen. Lassen Sie sich ruhig Zeit, es geht erst heute abend los." "Ich danke Ihnen", erwiderte Kathryn kühl. Dax gab Kathryn den Chip. "Übrigens", sagte sie ebenfalls kühl, "Sie sollten das" - und dabei berührte sie ungemein zartfühlend Kathryns Stirn - "lieber behandeln lassen. Computer, das medizinische holographische Notfallprogramm initiieren." Mit diesen Worten ging sie. Ein unverschämt gelungener Abgang, wie Kathryn sich eingestehen mußte. Jetzt mußte sie sich mit dem kratzbürstigen Holo-Doktor in der Einfach-Version herumschlagen. Das Leben war hart. Und mit Dax würde sie es auch nicht gerade einfach haben, soviel stand fest.

Kathryn hatte bis zum Abend die Unterlagen über die temporären Subraumspalten durchgearbeitet und war sehr beeindruckt von Lieutenant Commander Dax´ Forschungsarbeit. Die Mission schien durchaus spannend zu werden. Sie würden durch diverse Plasmanebelfelder fliegen müssen und sollten sich auf Turbulenzen gefaßt machen. Als Kathryn dies Dax mitteilte, zog Dax ihre Stirn in Falten und

Petra Rissmann

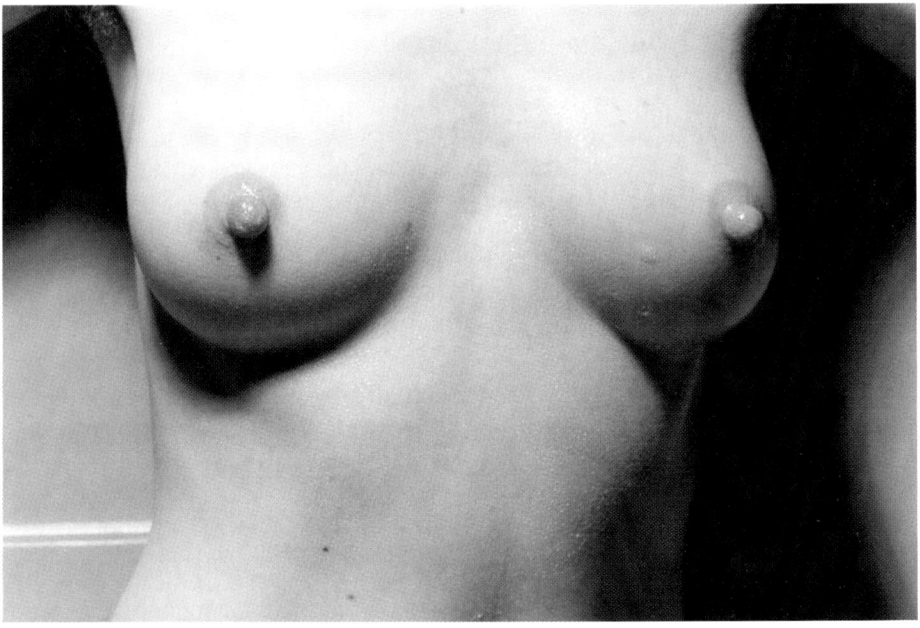

sagte eine Spur anzüglich: "Oh ja, das glaube ich auch." Kathryn beobachtete Dax genau, als diese das Shuttle geschickt aus der Rampe steuerte. Ihre Finger flogen über die Computerkonsole, als sei es ein Kinderspiel, und als sie beinahe ein entgegenkommendes grünes Klingonenschiff rammten, das andocken wollte, kicherte sie, als hätte sie eine gute Pointe gehört. Kathryn ließ die Sache kommentarlos stehen und konzentrierte sich auf die auffallenden Zeichnungen an Hals und Kopf von Dax. Jetzt, da sie beim Lachen den Kopf zurückwarf und ihre Halsmuskeln sich anspannten, sahen die in sich verschlüsselten Punkte wieder anders und sehr grazil aus. Kathryn konnte gar nicht den Blick abwenden und verspürte unwillkürlich den Impuls, Dax dort berühren zu wollen. Wie sie sich wohl anfühlte? Bei diesem Gedanken rutschte Kathryns Blick herunter auf die Brüste unter der Uniform, die Seite entlang bis zu den Beinen. Die ganze Linie dieses Körpers erschien ihr unglaublich anziehend. "Captain, wir kommen jetzt an die cardassianische Grenze - Sie wirken so abwesend, kann ich Ihnen irgendwie behilflich sein bei Ihren Gedankengängen?" Dann schob sie mit einem konzentrierten Gesichtsausdruck hinterher: "Oder sind sie eher
privater Art?" Kathryn zuckte zusammen. Diese Frau war auf eine so charmante und nicht zu fassende Art impertinent, daß sie sich fast ein wenig wehrlos fühlte. Und das mochte sie ganz und gar nicht. Was war es nur, warum fühlte sie sich so durcheinander. Da fiel ihr das Zwischenspiel mit Bellana ein, und ihr wurde ein wenig flau in der Magengegend. Beinahe hatte sie Sex mit Bellana gehabt. Beinahe? Und sie fragte sich, ob Dax das aus irgendeinem Grund wußte, wer wußte schon, was für Fähigkeiten Trills sonst noch so besitzen. Wie es wohl ist, mit einer Trill Sex zu haben, bei 300 Jahren Erfahrung... "Captain?" fragte Dax sanft. "Ja, Cardassia", sagte Kathryn nachdenklich und blickte auf ihre Füße. "Wie heißen Sie eigentlich mit Vornamen?" "Jedzia."

Die erste Nacht auf dem Shuttle schlief Kathryn unruhig. Dax kam mitten in der Nacht in Kathryns Schlafkajüte, zog sie sanft am Arm und flüsterte, unnötig nahe, in ihr Ohr: "Captain, wir nähern uns dem Plasmanebel, wir müssen uns auf Turbulenzen gefaßt machen, ich brauche Sie an der Konsole." Kathryn hätte sich gern einfach an Jedzia geschmiegt und weitergeschlafen, aber sie war es gewöhnt, ad hoc aufzustehen und vollkommen konzentriert zu sein. Dennoch hielt sie Dax fest - ihre Hand fühlte sich fest und kühl an - und schaute sie einen Moment lang schweigend an. Aber Dax machte sich sehr ruhig und bestimmt los, sagte nur "kommen Sie" und lächelte erst, als Kathryn es nicht sehen konnte. "Hab ich dich", dachte sie. Kathryn hingegen wurde erst langsam bewußt, daß sie völlig fasziniert von Dax war, nahezu kindisch führte sie sich auf. In dieser Nacht wurde Kathryn Janeway glasklar, daß sie Dax begehrte und sie ganz nah bei sich haben wollte. Sex mit Dax wollte. Aber leider wußte sie partout nicht, wie sie es anzufangen hatte. Sie grübelte. Lichtjahre zogen vorbei. Lieutenant Jedzia Dax schlief nach Durchquerung des Plasmanebels ausgezeichnet. Sie träumte von Subraumspalten und davon, wie Captain Kathryn Janeway auf Knien um etwas bat, was sie - Dax - ihr erst nach einer kleinen Ewigkeit, etwa gegen Ende ihrer Mission, zu geben bereit war. Dann aber richtig. Mit 300 Jahren Erfahrung war das ein Kinderspiel.

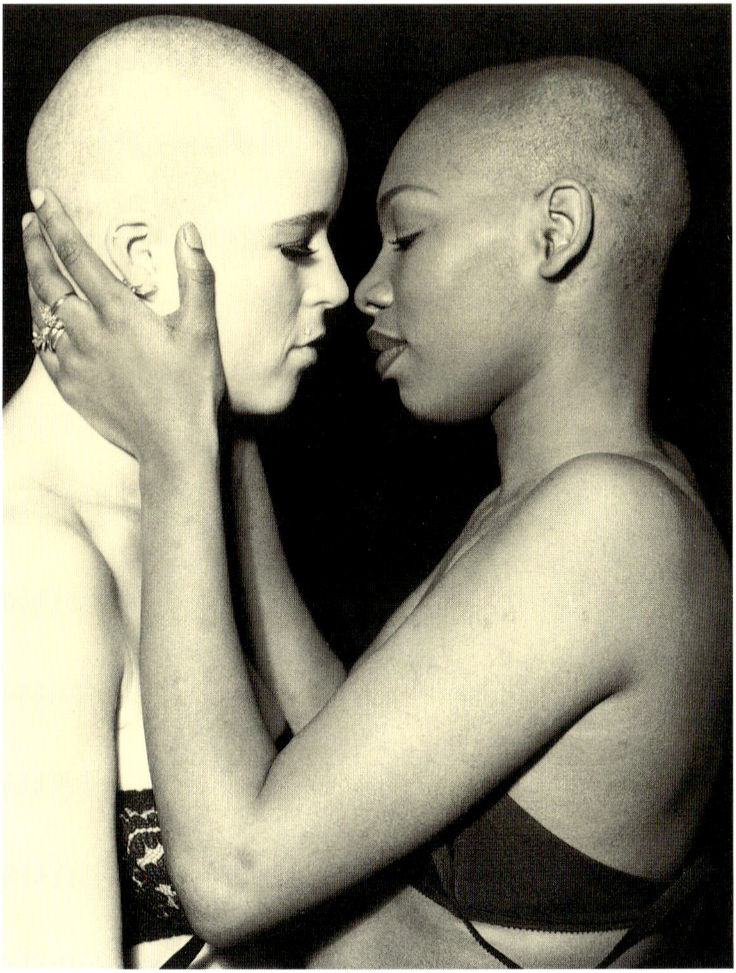

Was Sie schon immer über lesbischen Sex wissen wollten...

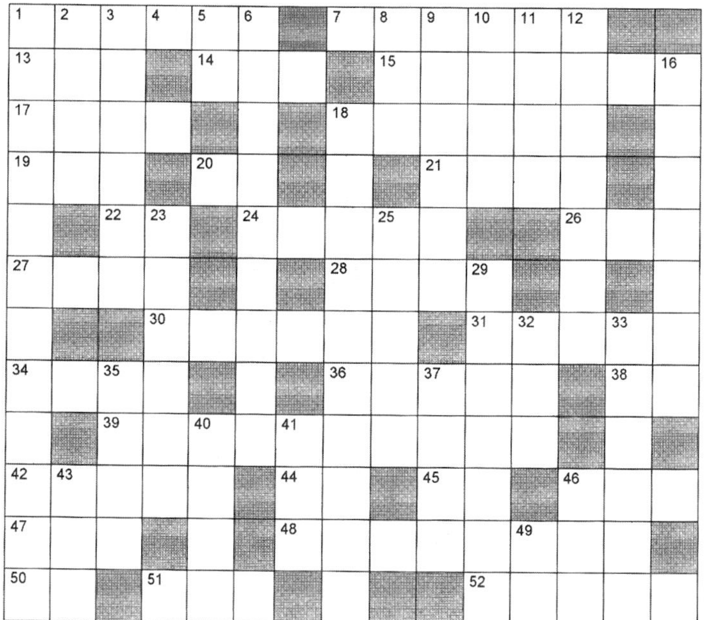

© HaSi

Lösungswort: militant gewordenes Sexspielzeug

1	50	20	9	27	1	45

Waagerecht
1 Geistesschwäche. oder wenn sie anfängt mit dem Dildo den Kaffee umzurühren
7 Liebhaberin im Festgewand
13 mit kleinen grünen Weiblein besetztes Raumschiff
14 gefürchtetstes Wort in Beziehungen
15 männl. Vorname - zusammengesetzt aus einer knappen Verneinung, einem reizendenden Körperteil und einer Märchengestalt
17 gelbes Gefühl beim Anblick großer Titten
18 zu allem entschlossene Möse unter dem Motto: wer wagt gewinnt
19 Erotik versprechende Heilbehandlung, kann jedoch mit einem Schatten belegt sein
20 26 waagerecht ist es, wir nicht
21 vorn abgerubbelter Busen
22 zu hart oder zu weich führt es seit Generationen zu Beziehungskonflikten
24 so heißt sie hoffentlich nicht
26 animalisches Freigehege
27 singendes Idol
28 aufpeppendes Färbemittel mit Rechtschreibfehler
30 rüder Ausdruck für ein ehemaliges Bettmäuschen
31 planieren (kommt nach dem ackern)

34 geschickt, beweglich, leicht zu führen... - (sollte sie schon sein)
36 lärmende Aufmachung, hinter der nichts steckt oder viel Wind um nichts
38 prägnanteste Erwiderung auf eine Anmache
39 irregeleitetes Sexspielzeug
42 Seefahrerin mit Unteroffiziersrang (wahrscheinlich Teetrinkerin)
44 sie kommt aus Aachen
45 ernüchterndes Fazit einer Nacht mit einer Krankenschwester (Abk.)
46 berauschende honigsüße Flüssigkeit
47 in einen Hausflur verwandelter Stern
48 nahrhafter süßer Gespiele in Tütchen
50 krächzender Sonnengott
51 vereint alles was zusammengehört
52 venezianische, Romantik verheißende Transportmittel

Senkrecht
1 darkroom für Fotografinnen
2 florale Metapher für die Gestalt der Geliebten, kann später würgend werden
3 die drei griechischen Handarbeiterinnen des Schicksals
5 geht als Frage 38 waagerecht voraus
6 auf Schienen reisendes Quicky
8 Annas veraltetes Hobby, sie trägt es in sich
9 Kreuzung eines Leguans mit einem Pinguin
10 altägyptischer heiliger Stiergott, kennt wahrscheinlich keine
11 in der Mitte zu kurz geratene Ordensfrau
12 zeitgemäße Blaustrümpfe
16 Nonne an mittelalterlichem schweren Kriegsgerät
18 erotische Phantasien einer schlafenden Masochistin
23 Igel auf Latextrip
25 Zeus` Gattin als Truppenführerin
29 „Problemzonensport" (...dann doch lieber Joggen)
32 Nachtlokal, in dem es zumindest *eine* Dame gibt
33 die Alten tut man kentern - die Jungen tut man ....
35 vorn abgebrochener Diwan
37 vor 21 waag. beschreibt es dessen überwältigende Ausmaße
40 die Treue hat's in sich
41 Airbag aus dem die Luft raus ist
43 kreischendes Haustier
46 schafsgemäße Antwort
49 zickiges Füllwort

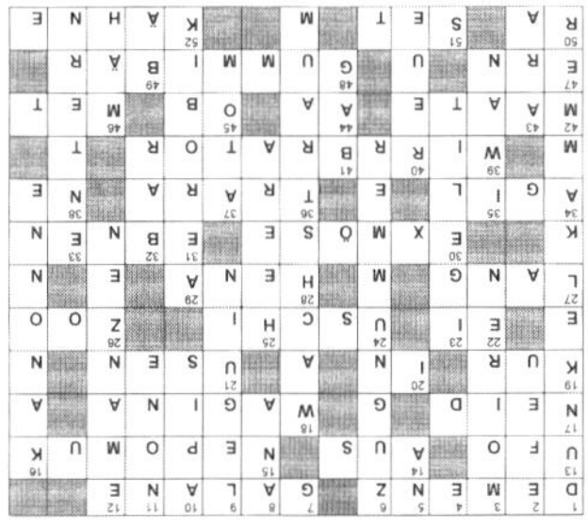

Auflösung

Autorinnen

A.K.Ash, S. 146: 27 Jahre alt, Berlinerin mit fast abgeschloss. Anglistikstudium sowie literarischen Ambitionen; Buch in Arbeit, journalistische Karriere im Sinn, Frauen im Herzen.
Babett, S. 15 u.a.: Abenteurerin; macht Fotos, manchmal Filme, verdient ihr Geld als Erzieherin; lebt mit ihrer Ratte Mimi am Wald in der Nähe von Berlin.
Mimi Barett, S.27 u.a.:*1967 in Hamburg , Studium Psychologie und Pädagogik, Journalistin u. Fotografin, Ausstellungen, zahlreiche Veröffentlichungen.
Roswitha Baumeister, S. 42 u.a.:* 1954 in Trier, an einem Tag von multipler historischer Bedeutung (Deklaration der Menschenrechte); viele wunderbare Frauen feiern an diesem Tag ihren Geburtstag z.B. Clarice Lispector. Ihr Kampf in Wissenschaft u. Kunst ist auch meiner geworden. Seit 1975 in Berlin. Licht- und Schattenspiele in Fotografie, Film, Video, Projektion und Installation.
Simone Beckmann, S.191: geb in Gütersloh, Tischlerin. In ihrer Malerei kompensiert sie die Konflikte u. Ungerechtigkeiten, die sie in ihrer Umgebung wahrnimmt, und setzt sich kritisch mit ihnen auseinander. Seit 89 Aktmalerei. Seit 92 auch Neoexpressionismus.
Krista Beinstein, S.56: Fotografin, Künstlerin, Aktionistin Hamburg/Wien. Viele Buchveröffentlichungen. Ihr neues edel gedrucktes Fotobuch: „Kabinett Vagina Dentata" erscheint Herbst 1998.
Anette Berr S.80: *1963 in Berlin, trinkt Whisky und Kamillentee, ißt Kinderschnitzel und Salat mit Essig und Öl. Verdient ihr Geld auf der Bühne (Chanson, Kabarett, Lesungen) und mit Papier und Stift (Songtexte für Kollegen vom Schlager über Musical bis House sowie Erzählungen und Romane. Veröffentlichungen: 3 Bücher, z.B. "Nachts sind alle Katzen breit", und 4 CDs, z.B. "...und decke mich mit Sehnsucht zu".
Bloody Maries, S.178: Lufttanzpaar Berlin. Die Vampirinnen treiben seit 200 Jahren ihr Unwesen und suchen ihre Opfer auf Frauenparties und in Variétés.
Eva Bornemann, S.228: unser Covergirl, 72. leider groß geworden in der Nazizeit, unfreiwillig Krankenschwester, wäre gerne Dolmetscherin und Übersetzerin geworden; seit der Rente Mitarbeiterin in der UKZ.
Kate Bornstein, S.173: USA, Schauspielerin, Stückeschreiberin und Performerin. Veröff.u.a. "Gender Outlaw", mit Caitlin Sullivan die erotische Geschichte " Nearly Roadkill"; ihr letztes Buch "Gender Workbook", ill. v. Diane di Massa 1998, wurde ins Deutsche übersetzt, ihr wurde ganz warm und heimelig davon. Sie will mehr davon.
Ilka Burosse,S. 140: 44, Berlin, Zahntechnikerin.
Traude Bührmann, S. 234: Schriftstellerin & Übersetzerin, Paris und Berlin. Veröffentlichungen. u.a.: "Flüge über Moabiter Mauern", Erzählung 1987; "Die Staubstraße nach Matala", Reiseerzählungen 1994; "Mohnrot", Roman 1998; "Sie ist gegangen" (Hrsg), Geschichten zum Abschied für immer, 1997.
Del LaGrace Volcano, S. 58: ehemals Della Grace, 40 Jahre alt, geb. in den USA, Starfotograf in London. Das Fotobuch „Lovebites back"(Arbeitstitel - da „Lovebites", das Buch von Della Grace, vergriffen ist) erscheint Herbst 1999 im konkursbuchverlag mit den Kapiteln: Ars Poetica - Girlies & Lesbian boys - Drag Kings - Genital chapter - Selbstportraits - Transdykes - Censured Love Bites Pictures - u.a. Subskriptionsbestellung über Verlag
D.K.Denz, S. 202 u.a.. Nach 3 Wochen Ostfriesland (nur zu Geburtszwecken) u., 21 Jahren in einem Dorf in Schwarzwaldnähe (Obersäckingerinnen, seid gegrüßt) gelang ihr 85 die Flucht nach San Francisco. Trotz 9 Jahren Aufenthalt fuhr sie niemals Cable Car und besichtigte auch nie Alcatraz, da sie zwar nicht zeitlich, dafür aber wortwörtlich gebunden war, mit Vorliebe auf Play Parties. Seit 94 lebt sie in Freiburg im klösterlichen Exil.
Barbara Dietl, S. 19: *1966, Mag. der Kulturanthropologie, studiert z.Z. an der HdK Berlin Visuelle Kommunikation. Arbeitet haupts. im Bereich Aktfotografie.
Djean, S. 8: *30.5.65 in Detmold, lebt in Berlin, Studium Germ/Gesch. Lehramt, arbeitet gerne an verschiedenen Projekten, seit 97 Redaktion bei "OOPS". Gay and Lesbian MegaScene, für die auch dieses Foto entstanden ist.
Nada B. Doellen, S.46, 78: Künstlerin in Berlin
Jocelyne Dupouy, S. 231, Paris, macht Bildinszenierungen, z.Z. für „Scenes Orientales" (erscheint Herbst 1998)
Fraya Valeska Frömming, S. 194:* 1970, lebt in Berlin. Einzelveröff. "Stutenparfüm", Ed. Maldoror (1996), Fotos von Hucky F. Porzner. Roman in Arbeit.
Petra Gall, S. 7 u.a, Fotografin in Berlin.
Donna Gallagher, S.97: Autorin aus den USA, publ.im Internet auf einer Dykes-Seite,wir danken Ruth Gogoll für die Vermittlung. Ruth Gogoll ist Autorin wunderbarer erotisch-lesbischer Unterhaltungsromane und Herausgeberin von el!es und so immer auf der Suche im Internet nach neuen Autorinnen für die Reihe...
Carolyn Gammon, S. 209: aus dem Osten von Kanada, jetzt in Berlin. Ihr Gedichtband "Lesbian Ignited" 1992 dokumentiert Freud und Leid lesbischer Erotik. Sie arbeitet an einer Novelle.
Helga Ginevra, S.79 u.a.: 1938 - 1996, geb. in Weißenfels, Meisterschülerin a.d. Akademie der Künste Berlin, viele internationale Ausstellungen, Kataloge. Ein Buch von ihr in Vorber.: exhibitionen
Michaela Göltl, S. 78, 167: * 1966 in Wien, Fotokünstlerin in Berlin u.Wien, Studium a.h. Hochschule f. angewandte Kunst Wien u. HdK Berlin, zahlreiche Veröff. u.Ausstell., seit '93 beim Künstlerinnenverein „eigenart", Org. der Frauenfotowerkstatt „silberblick" in Berlin
Cornelia Gürtler, S.162 u.a.: Köln. "Ladies and Gentlemen, mit vier wollte ich ein Junge sein, später absolvierte ich die Mädchenklosterschule. Studium der Visu-ELLEn, lesbisch dominierten Tumulte (um öffentliche weibliche Erotik bzw. "Kraft durch SM-Freude" und Medien in Frauenhand). Darüber hinaus reizt mich als Journalistin heute das große Geld: Wirtschaft, Banken, Steuerparadiese".
Laurence Jaugey-Pared,S. 17 u.a.: Fotografin in London. Arbeitet für Lesben-Magazine, u.a. Diva, flirt, ein Fotobuch mit einem Überblick über ihre Arbeit erscheint vorauss.1999. Bestellung u. Nachfrage über Verlag
Johnny. S. 66: Berliner Flaneur.
Sonja Julier, S.98, 159:Künstlerin in Bern, zus. mit Yasmin Roth u. Christine Blau Fotogruppe „RothBlauGrün", Ausstellungen, u.a. „O du weiches Fleisch", Reithalle Bern.
Susanne Kaiser, S. 10: immer noch nicht 30. „Folgte else lasker-schülers spuren von wuppertal in die berliner salons. altgediente tageszeitungs-redakteuse, freelancerin und homosexuelle medien-lobbyistin, außerdem gelegentlich sexclusive toy-dealerin ihres vertrauens."
Andrea Knoll-Quiotek,S. 210 : Berliner Fotografin.
Erika Knoll, S. 100 u.a.: 38, Schweizer Bergmädli. Betreibt ein Catering namens "Amuse Gueule", Erikas Mundvergnügen.
Frauke Kober, S. 65, 177 : seit 1964 blauäugig und offen für alles, lebt, liebt und arbeitet in Berlin.
Julia Kordina, S.111 u.a.: Wienerin
Katrin Kremmler, S. 161: *1972, Berlin, von ihr erschien

gerade das Buch„Dykes On Dykes“, ein Internet-Comic.
Petra Kuczmarski, S. 240 : *1963 in Herten/ Westf., Architekturstudium in Karlsruhe u. Berlin, lebt in Berlin. Ausstellungen (Malerei) in Berlin u. Speyer, Buchillustration (Fotographie) „Strafe muß sein“ von Regina Nössler
Sabine Küster, S. 142: Jg.67, lebt in Berlin. Beruf: Kulturarbeiterin. Naturell: Spielerin...leidenschaftliche Konsumentin und Sammlerin von Lesbenliteratur.
Stephanie Kuhnen, S. 109: * 1969, freie Journalistin und Autorin in Berlin. Mitarbeit b.Lespress, Hrsg Anthologie „Butch/Femme“, Querverlag 1997, arb. z.Z. an „Perfekt Lesbisch“, Quer 1999
Mai Lef, S. 245 u.a.: setzt sich und andere über und das seit 46, lebt auch in oranienburg, "aba lieba irjendwo sonst".
Mahide Lein, S. 205 u.a.: feministische Kulturvermittlerin, Berlin..
Anna Leopolder, S.52: *1967, Malerin, lebt in Berlin.
Daniela Malzahn, S. 74: wohnhaft in Berlin, Hobbyautorin.
Sandra Maravolo, S.109: Betreiberin der Sex-Boutique Inside Her in Frankfurt.
Sabine Müller, S.32:* 1972, Altenpflegerin in Süddtschl.
Christiane Pausch, S.120 u.a.: Fotografin, Berlin, Fotos aus dem Lesben-Erotikfilm „airport“ von Manuela Kay u.a.
Hucky F. Porzner, Titelbild und Innentitel: Fotografin, Fotowerkstatt „Silberblick“. Diplom Grafikdesignerin, Meisterschülerin der Filmklasse Prof. Ramsbott HdK Berlin, Videokünstlerin und Musikerin. Dozentin für neue Medien. Lebt in Berlin.
Susan Proctor, S. 124: Internetautorin
Ingrid Rafael, S. 25.u..a: *1955, Studium Malerei und Grafik in Braunschweig, Berlin und Paris von 1974-1981. Ausstellungen im In- und Ausland seit 1976, seit 1980 erotische Zeichnungen. Lebt und arbeitet in Berlin.
Virginia Murcia Raimundi, S. 185: * 1948 in Barcelona, in Tradition der Familie Ausbildung als Farblithografin, erste Veröff. in anarchistischer Zeitschrift „La Nueva Obra“, unter Franco im Untergrund private Kunstzirkel, seit 1972 in Berlin, Zeichnungen, Foto-, Schrift-, und Objektcollagen. Restauration d. Jugendstiltreppenhauses Wrangelstr., Ausstellungen und Beteiligungen u..a. IBA vor Ort; CAPS, Networking Art Projekt'96, Mailart Canada '97..Rendez-Vous mit der Künstlerin in der „Bar 'N'Art Futuro“, Adalbertstr.79, Berlin-Kreuzberg
Barbara Richter, S. 132 : * 1965, lebt in Bochum.
Karin Rick, S. 115: Schriftstellerin und Übersetzerin in Wien, Buchveröff.u.a.: Böse Spiele, Roman; Sex, Sehnsucht und Sirenen, erotische Kurzgeschichten; Cote d'Azur. Hrsg u.a..: Das Sexuelle, die Frauen und die Kunst (konkursbuch 20); Mit Würde und Feuer - Frauenfreundschaften (mit Diana Vogt). Übersetzungen u.a.: Das Buch von Promethea, Hélène Cixous; Der Fluch, Rachid Mimouni
Petra Rissmann, S. 51 u.a.: Fotografin Berlin
Nadja Schefzig S. 14 u.a.: altert unter dem Motto "Ohne Bart sehen wir beschissen aus"; lebt, schreibt, studiert, fährt Lastwagen, Kinderwagen, Fun Bikes und Bikerinnen aller Art in Wien.
Dagmar Schönfisch, S.22: Betreiberin der legendären Berliner "Die 2", jetzt am Wasserturm, beste Barfrau Berlins.
Waltraud Schwab, S. 188: freie Journalistin, lebt in Berlin.
Sabine Schwaighofer, S. 71 u.a.: 28, lebt in Wien.
Gabi Sieg, S.50 u.a.: Dresden, Frauenzentrum Sowieso
Isabell Stade, S. 97: lebt in Berlin
Susan Steward, S. 124 u.a., interdisziplinäre Künstlerin und Kunstdozentin in Vancouver/ Kanada, seit 1978 Arbeit mit Fotografie u .Multimediaperformance, u.a. in der lesbischen Künstlerinnengruppe „Kiss and Tell“. Viele Ausstellungen und Anerkennungen, in Deutschland Ausstellung „Lovers and Warriors“ Frankfurt 1997. Foto-Buch „A queer ethnography“ in Vorbereitung. Bei Interesse Nachfrage u.Bestellung über Verlag
Hilla Stute, S. 168 u.a., * 1957 in Steinheim/Westf., Studium Kunst/Visuelle Kommunikation, Physik. Arbeiten zum Thema räumliche Darstellungsweise(n), Schwerpunkt räuml. Bezüge i.d.Landschaft. (1987-93), MitGründung der Berliner Künstlerinnengruppe WHODUNIT '93, Arbeiten in Siebdrucktechnik, Plakatwandkunst, Computergrafik, videografische Arbeiten z. Thema räumliche Verschiebung, Differenz, Bewegung. Ausstellungsbeteiligungen u.a. in Saarlouis, Marseille, NYC, Potsdam, lebt in Berlin
Szini, S.220: * 1963 in Budapest, lebt merkwürdigerweise immer noch, was ihrem belastbaren Organismus und dem Glück zu verdanken ist. Diese Budapester Story ist Teil einer Kollektion, an der sie derzeit arbeitet.
Anke Tesman, S. 247: *1962, Studium freie Kunst/Bildhauerei bei Harry Kramer in Kassel. Ausbildung zur Goldschmiedin an der Zeichenakademie Hanau. Lebt in Kassel, arbeitet als Bildhauerin und Schriftstellerin.
Leo Tesch, S. 43: lebt und arbeitet in Berlin. Kulturwissenschaftlerin, Trabi-Lesbe. Fotografie und Steinbildhauen.
Helga Trachsel, S. 226: 59 Jahre alt, Buchhalterin, Engagement in Gewerkschaften und jetzt in der Feministischen Partei, seit 15 Jahren Mitherausgeberin des Lesben-Magazins UKZ aus Berlin.
Andrea Troll, S. 229: Fotografin, Köln
Viola Voigt, S.47: 42 Jahre alt, Berlin. Damenmaßschneiderin, Lyrik und Prosa, Rundfunk und Theater.
Sybil Volks, S.169: Lektorin und Autorin in Hamburg
Karin Windt, S. 221, * 1967, Stud. in Paderborn u. Wien, flottiert frei in diversen Disziplinen: Fotografie, Malerei, Mediendesign, Publizistik, Kostümbild u.Requisite. '93-'95 Fotografin f.d. „Raum für Kunst e.V.“Paderborn, Einzelausstellungen ebd. Lebt in Paderborn u.liebt den Honigtau
Simone Ch.Wicki, S. 101 u.a.: 1955-1997, lebte in Zürich u. Glarnischblick, Performances, Installationen, Objekte u.Zeichnungen; suchte die Irritation, das Spannungsfeld zw. organischen und künstlichen Elementen. Die Frage nach Wirklichkeit und Bedeutung der körperlichen Existenzen stellte sie mit jeder Arbeit neu.
Ute Windrath, S.206, * 1964, lebt in Wuppertal. Dies ist ihre erste Kurzgeschichte überhaupt und entstanden aus Frust über zu viele zu seichte erotische Geschichten, und aus Lust an Frauenlust.
Martina Witte, S.16 u.a., *1965, Psychologin, lebt in Berlin.
Zariamma, S. 170. Bildende Künstlerin, Berlin.
Simone Zobel, S.225, *1965, Arbeit im Bereich Kunst (Malerei) u. Landschaftsplanung in Paris, jetzt in Berlin

Herausgeberinnen

Laura Méritt: Sexpertin, betreibt in Berlin seit 10 Jahren Sexclusivitäten, Sex-Spielzeug und Videos aus Frauenhand und dazu ergänzend Club Rosa, den ersten lesbischen Escort-Service. Aktiv in der Huren-, Frauen- und Lesbenbewegung. Veröff.: "Lauras Animösitäten und Sexkapaden", Wörterbuch(1993), "Austern" (Sex-Zeitschrift 93), zahlreiche Artikel zum Thema Sex. Arbeitet an ihrer Diss. über das Gesprächsverhalten von Frauen über Sex. Alle Interviews und Portraits in diesem Buch sind von ihr.
Regina Nössler, * 1964 in Gelsenkirchen, lebt in Berlin. Buchveröffentlichungen: Strafe muß sein , Roman(1994), Wie Elvira ihre Sexkrise verlor, Erzählungen (1996) In Vorbereitung für Herbst 1998 „Wahrheit oder Pflicht“, Roman. Mitherausgeberin von konkursbuch 33, Blut.